歷代總集選刊

全高麗朝鮮詞

[韓]柳己洙◎編著

華東師範大學出版社

本書受中國教育部規劃基金項目
“中韓詞文學比較研究”(14YJA751029)資助

此書獻給先師羅公忼烈教授

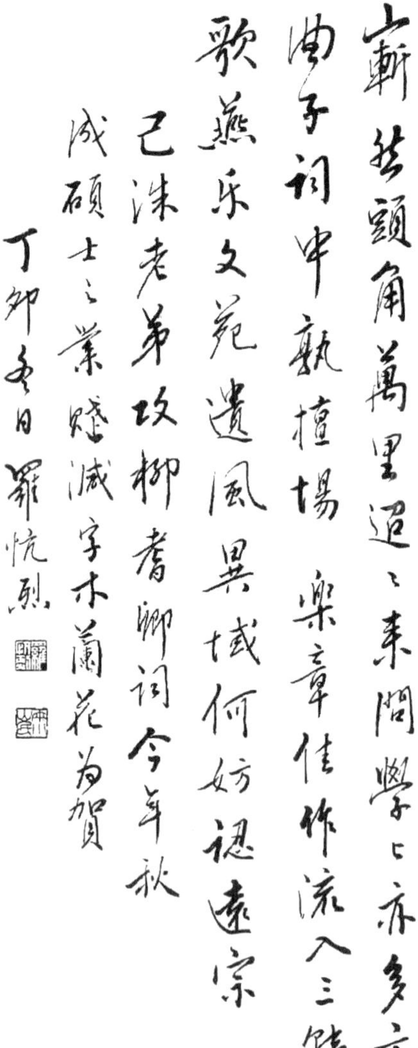

嶄然頭角萬里道，道來問學，學亦多方。曲子詞中執壇場。樂章佳作，流入三韓歌燕樂。文苑遺風，異域何妨認遠宗。

己洙老弟攻柳耆卿詞，今年秋成碩士之業，填減字木蘭花為賀。

丁卯秋日　羅忼烈

羅忼烈教授手迹

序

中國歷史悠久，因各種淵源，與周邊國家的文化交流也開展得較早。但若論彼此關係的密切程度，則首推日本、韓國、越南三國，原因就在於這三國均引入漢字書寫系統，受中國文化影響較深。封建時代，三國的官方文書系統採用漢字，上層貴族和知識分子用以文學創作的也是漢字。因此，這三國留存的漢字古典文學作品，可能是除中國本土以外，數量最爲龐大的。

但這些文學作品主要是詩和文，詞的數量要少得多。筆者曾就此問題與一位越南學者探討過，她認爲越南古代的士大夫主要通過詩文來表達自己的情志，比較注重作品的社會價值，而中國的詞最初是配合燕樂演唱的小歌詞，基因中帶有較强的娛樂功能，因此影響了在越南的推廣和流傳。她的話不無道理，但我想這還不是全部，詞的數量少，恐怕還和詞的體制特點有關。詞就其本質而言，是一種詩和樂相結合的綜合藝術，具有依曲定體、按腔填詞的特性。唐五代和北宋時期，詞的創作主要依賴其音樂性，如果作者不熟悉詞樂，就很難自如地填詞。這對域外的作者來說，要求就比較高了。越南現存最早的詞是匡越大師創作的《王郎歸》(《阮郎歸》),創作時間是中國北宋的雍熙四年(九八七),背景是宋使李覺歸國。據越南《大越史記全書・黎記》:「覺辭歸,詔匡越製曲以餞。其辭曰:『祥光風好錦帆張。遥望神仙復帝鄉。萬重山水涉滄浪。九天歸路長。情慘切,對離觴。攀戀使星郎。願將深意爲邊疆。分明奏我皇。』」文中「製曲以餞」點明了這首詞的創作目的和創作方式,也説明當時越南詞具有與中國詞相似的功能,能侑酒而歌,具備很强的音樂屬性。日本的詞創作則産生更早一些,一般認爲最早的作品是創作於嵯峨天皇弘仁十四年(八二三)的五首《和張志和〈漁歌子〉》,這五首和作是否採用按腔填詞的創作方式,需要進一步的文獻資料才能證實,但其所作年份相當於中國的唐長慶三年,其時距張志和創作《漁歌子》僅四十餘年,這時期詞與音樂的關係更爲密切。可見早期域外詞與中國本土一樣,與音樂有較緊密的關係,這就對作者的音樂修養與文學才華均提出了較高要求。

當然,現存域外詞大部分創作於詞樂失傳以後,與音樂並無太大直接關係,如夏承燾先生《域外詞選》中所選,大部分是相當於中國晚清時期的作家作品,只有朝鮮著名詞人李齊賢是例外,但李氏所處時間相當於中國的元朝,這時即使在中國本土,詞樂也已經式微。只是詞和音樂分離,並不意味著詞的創作就變得容易起來。詞和詩最大的不同是有詞調。

詞調原本是詞樂的標識，詞樂失傳後，就成了詞的格律要求。句子的長短，平仄的安排，韻位的設定，全由詞調決定。因此即使沒有詞樂束縛，域外文人要掌握詞調也不是那麼容易。需要指出的是，中國的詞譜（格律譜）一直要到明代中期才開始出現，至清代康熙時期才成熟，中間有相當長一段時間處於詞樂失傳、詞譜又没有出現的「空白期」。這時期詞的創作，除了老師的傳授外，估計主要是通過按詞填詞的方式。按詞填詞當然也可以創作出優秀的作品，但由於缺少詞譜製作者對唐宋詞格律的大規模梳理和系統性總結，僅僅靠模仿，難以掌握詞調的一些規律，不免會出現問題。這對域外文人來説就更難一些。晚明以後，詞譜開始在中國文人中流傳開來，成爲填詞的有效工具。這直接刺激了詞的創作，成爲清代詞學復興的一個重要原因。但這些中國詞譜是否流傳到域外，流傳的程度如何，以及域外詞家能否在中國詞譜的基礎上作進一步研究和發展，編撰出自己的詞譜？都可能對域外詞的創作産生重要影響。

筆者曾在臺灣東海大學圖書館翻閲過日本詞人田能村孝憲《填詞圖譜》日本文化三年（一八〇六）宛委堂刻本。該詞譜其實並非田能村孝憲自創，而是來源於中國的成熟詞譜。據該書《發凡》，作者於壬戌（一八〇二）春得到萬樹所著的《詞律》廿册，感歎其「字法句格，精嚴詳悉」，對填詞幫助極大。於是在此基礎之上，參考了之前已流傳到日本的一些其他詞譜，以實用爲目的，改文字譜爲圖譜，編撰了這本《填詞圖譜》。此詞譜在日本影響很大，並曾回返入中國，由上海掃葉山房在民國年間刊印，受到中國詞人的歡迎。從田能村孝憲編撰《填詞圖譜》可以看出：第一，中國詞譜早就流傳到了日本。該書《發凡》：「比來清舶所賫，雖有《草堂》諸集，圖譜數種，多置不顧。」説明田能村孝憲看到《詞律》之前，已有「圖譜數種」傳入，只不過未引起足夠重視罷了。事實上田能村孝憲在編撰《填詞圖譜》時就參考了這些詞譜，其《自序》明確説「輯諸圖譜，參訂斟酌，綜爲六卷」。第二，這些詞譜极大地影響了日本的詞學與詞的創作。據署名丘思純的《填詞圖譜序》，在當時的日本，「凡華人所爲無所不爲，獨詩餘一途，寥寥無所聞焉」，原因就在於「譜之難辨，調之難協」。《填詞圖譜》出，其「並圖與譜，纖悉無遺」的特點，基本上掃除了這一難題，至此「初學之士，照圖按譜，何詞不可填哉？」《填詞圖譜》對日本詞譜學的研究，有導夫先路的示範作用和推進作用。此後日本的詞譜學研究進一步發展，並出現了森川竹磎的《詞律大成》。這些詞譜的編撰與流行，極大地推動了詞的創作。有學者認爲，日本明治時期詞學繁榮，出現森槐南、高野竹隱、森川竹磎「詞壇三雄」，是與詞譜學的發達有密切聯繫的。

與日本的情況相似，中國的詞譜也很早就流傳到韓國。據韓國學者金學主發表在《東亞文化》第二十五輯上的《朝鮮時代刊行中國文學關係書概況》一文，朝鮮宣祖朝（一五六七——一六〇八)時曾刊刻過《詩餘圖譜》活字本。而《詩餘圖譜》中國現存最早版本刊刻於明嘉靖時期(序於嘉靖丙申,一五三六),説明僅過了幾十年,此書即流傳到了朝鮮。另據朝鮮學者許筠所著《惺所覆瓿橋》,他的姐姐、朝鮮歷史上著名的女詩人許蘭雪軒喜爲小令,自稱「作詞則合律」,對照《詩餘圖譜》核驗所作,「或有五字之誤,或有三字之誤,其大相舛謬者,則無一焉」。説明當時朝鮮詞人作詞已參考詞譜,講究詞律。但稍感疑惑的是,許蘭雪軒所見《詩餘圖譜》「句句之傍盡圈點,以某字則全清全濁,某字則半清半濁,逐字注音」。與我們通常所見的《詩餘圖譜》不同。類似的疑惑日本學者神田喜一郎也有,他在《日本填詞史話》中認爲,這本《詩餘圖譜》其實是明代散曲家金鑾的《填詞圖譜》,並非張綖的《詩餘圖譜》。最近張仲謀先生經考證,又提出不同意見,以爲其實還是張綖的《詩餘圖譜》,只是金鑾(或是託名者)對書作了改動,並署「關中金鑾校定」。張先生是嚴謹的明詞研究專家,其言可信。但許蘭雪軒所看到的清濁標注,錢謙益《歷朝詩集小傳》中也曾清晰地提到:「嘗取古詞,辨其字句清濁爲一書,填詞者至今祖之。」看來此問題還需學者作進一步研究。但無論如何,朝鮮詞家在明末就已經參考詞譜、講究詞律,這一點是十分清楚的。那麽,中國的詞譜是否也流傳到越南?從中國詞譜在日本、韓國的流傳情況以及越南詞人阮綿審的創作實際看,應該也是有的,但這需要用文獻來證明。

問題是韓國、越南文人有没有在中國詞譜的基礎上進行本地化改造，進一步編出類似田能村孝憲《填詞圖譜》這樣注重實用性、適合韓國或越南詞人使用的詞譜，則需作更深入的考證與研究。如果不能從普及的層面去編出一本適合大衆使用的詞譜，那麽詞的創作只能在少數文人的範圍内進行，這必然會影響到詞的創作數量。域外漢文書寫的詞在數量上少於詩，這或許是一個非常重要的原因。

域外詞雖然數量不多，但也出現一批很優秀的詞家，如朝鮮的李齊賢、越南的阮綿審、日本的「詞壇三雄」等，這些人的創作與中國同時期優秀作品相比，一點也不遜色。但令人遺憾的是，這些優秀的詞人詞作未必都在自己的國家受到足夠重視。如越南阮綿審雖貴爲越南王宗室，其詞集《鼓枻詞》卻首先在中國的《詞學季刊》刊載，因受到中國詞家的喜愛和美譽，才在越南引起重視。之所以出現這種情況，與詞在越南不被關注、研究不夠有關。但相信隨著國際漢學界對詞學的重視，這種情況很快就會改變。

柳己洙先生是韓國韓神大學中國語文化學科教授，早年曾留學於香港大學，親炙於著名學者羅忼烈教授。他長期從事詞學研究，並在高麗朝鮮詞學文獻收集整理以及中韓兩國詞學的關係研究方面造詣頗深。最近十餘年他將比較多的精力和時間放到古代高麗朝鮮詞作的收集整理上，廣搜博求，爬梳剔抉，終於編成《歷代韓國詞總集》一書，二〇〇六年由韓國韓神大學出版社出版。之後他繼續留意此方面的文獻，對著作進行不斷的補充與修訂，此次由華東師範大學出版社出版的《全高麗朝鮮詞》，就是經補充修訂的新成果。此書收録高麗和朝鮮時期三百多名詞人二千餘首作品，是迄今最爲完備的高麗朝鮮詞總集。此書出版，不僅可全面展示高麗朝鮮時期漢文詞的創作實績，也可爲編撰高麗朝鮮詞學史奠定堅實的文獻基礎，具有相當高的文獻價值和學術意義。

書成之後，承蒙柳教授問序，然我與柳教授年齡相仿，且學不甚精，恐力有不逮，故一再建議柳教授不妨聯繫並延請學界輩分更高、名位更顯者。惟柳教授堅持，故勉竭駑鈍，略書數語於簡端。

朱惠國

二〇一七年八月於滬西雲瓶齋

凡例

* 本書以詞人生年爲序，生年不詳者，參照其卒年或科第、交遊等事迹酌定之。雖有姓名而歲次無考者，以及無名氏之作，悉列編末。
* 本書每家之前，均撰有作者小傳，簡介字號、年里、仕履、著述諸項。事迹不詳者，則從蓋闕之義。
* 本書統一以詞調爲正題，詞意標題爲副題，詞意副題或小序均以小字單行列於正題之下。
* 詞之正文，依《欽定詞譜》、《詞律》斷句；與譜、律不合者，參酌詞意標點。自度曲而譜律未載者，亦按詞意定其句讀。
* 本書所用標點，援《全宋詞》成例。詞之正文，韻脚用句號「。」，句用逗號「，」，讀用頓號「、」。小傳以及案語等，用現代通用符號標點。
* 本書别編「引用書目」以及「作者索引」，附列全書之後。

目次

王運（一）
金克己（二）
李奎報（四）
慧諶（一〇）
崔滋（一二）
李承休（一三）
李齊賢（一四）
閔思平（三四）
李穀（三五）
鄭誧（三九）
元天錫（四四）
金九容（四六）
陳義貴（五〇）
崔執鈞（五三）
佚名（五四）
成石璘（七五）
李詹（七六）
權近（七八）
權遇（八一）
安魯生（八五）
李原（九〇）
權賢妃（九三）
徐居正（九四）
李承召（九八）
姜希孟（一〇二）
魚世謙（一〇六）
金宗直（一一三）
佚名（一一五）
金時習（一一六）
洪貴達（一二二）
俞好仁（一二四）
丁壽崑（一二五）
李婷（一二六）
曹偉（一二八）
李湜（一三三）
金馹孫（一三五）
金安國（一三六）
申光漢（一三七）
蘇世讓（一五三）
沈彥光（一五七）
鄭球（一五八）
申潛（一七〇）
鄭士龍（一七一）
李浞（一七五）

趙士秀（一七六）
崔演（一七七）
金麟厚（一九一）
李洪南（一九二）
黃俊良（一九六）
宋寅（二〇〇）
朴承任（二〇二）
權應仁（二〇六）
黃應奎（二一〇）
權擘（二一四）
吳守盈（二一六）
奇大升（二一九）
權好文（二一九）
丁希孟（二二一）
李大甹（二二四）
韓濩（二二五）
李介立（二二六）
金圻（二二六）
林悌（二二八）
洪迪（二二九）
梁弘澍（二三〇）
許篈（二三二）
權暐（二三三）
徐渻（二三五）
孫起陽（二三六）
成文濬（二四〇）
金止男（二四二）
林㦿（二四三）
李德馨（二五一）
曹友仁（二五二）
陳景文（二六六）
許楚姬（二六七）
李春英（二六八）
朴元甲（二六九）
李光胤（二七〇）
李廷龜（二八五）
申欽（二八六）
趙濈（二八九）
曺繼明（二九三）
具容（二九四）
權韠（二九六）
許筠（二九八）
盧景任（三〇〇）
李民宬（三〇一）
李安訥（三〇三）
邊慶胤（三〇五）
金榮祖（三〇六）
鄭榮邦（三〇七）
徐恩選（三一一）
申楫（三一一）
金汝煜（三一六）
宋夢寅（三一七）
金應祖（三一九）
李弘有（三一九）
李明漢（三二三）
都慶俞（三二四）
金烋（三二五）
柳稷（三四一）
申吉暉（三四四）
朴應衡（三四六）

呂考孟（三四八）
曺漢英（三四九）
石之珩（三五〇）
朴長遠（三五一）
李榘（三五一）
柳東淵（三五三）
具崟（三五四）
李殷相（三五四）
南夢賚（三六九）
洪汝河（三六九）
洪柱國（三七〇）
宋延耆（三七一）
金壽增（三七二）
金載顯（三七三）
李夏鎭（三七四）
南龍翼（三七六）
金壽恒（三七七）
宋奎濂（三七八）
金萬基（三八一）
李瑞雨（三八二）
鄭祥麟（三八四）
孫佺（三八四）
崔日休（三八八）
趙龜祥（三九三）
申琓（三九四）
林泳（三九九）
黃命河（四〇〇）
朴泰淳（四〇一）
南正重（四〇二）
李衡祥（四〇三）
鄭沆（四二三）
李東標（四二八）
吳尚濂（四二九）
姜萬著（四三〇）
李漵（四三一）
申聖夏（四三三）
趙裕壽（四三四）
李萬敷（四三五）
文德龜（四四〇）
蔡彭胤（四四四）
法宗（四四五）
河世應（四四六）
金熙洛（四四七）
趙泰億（四四八）
金夏九（四五〇）
李東（四五五）
河潤寬（四五七）
權相一（四五七）
金秀三（四六一）
柳升鉉（四六二）
申維翰（四六五）
鄭來僑（四六六）
李瀷（四六六）
安命夏（四六九）
朴昌元（四七七）
金始鑌（四八二）
李廷藎（四八七）
柳宜健（四九二）
鄭梯（四九四）
南國柱（四九六）

趙觀彬(四九七)
池光翰(四九八)
鄭基安(五〇一)
趙天經(五〇二)
南有常(五〇五)
南有容(五〇八)
吳瑗(五一一)
李晚松(五一三)
權熚(五一六)
鄭煜(五二二)
南龍萬(五二四)
權導(五二七)
安鼎福(五二八)
李光靖(五二九)
李周遠(五三〇)
趙宜陽(五三一)
丁範祖(五三四)
徐寅命(五三六)
申國賓(五三九)
李爗(五四〇)
黃胤錫(五四〇)
孟欽堯(五四六)
金養根(五五〇)
李養吾(五五五)
李鎭宅(五六一)
成彥根(五六五)
姜鼎煥(五六七)
權宗洛(五六七)
金載瓚(五七一)
南景羲(五七三)
李周禎(五七六)
申昌朝(五八〇)
都禹璟(五八三)
金相日(五八五)
鄭奎漢(五八七)
丁若鏞(五八九)
柳台佐(五九五)
韓文健(五九六)
權晉度(五九七)
洪醇浩(五九八)
黃磻老(六〇二)
李羲發(六〇三)
金三宜堂(六〇四)
沈榮植(六〇六)
惠藏(六〇七)
姜橒(六一〇)
李載毅(六一二)
申命顯(六一五)
南羲采(六一五)
梁進永(六一八)
趙秉鉉(六一九)
趙冕鎬(六二〇)
張心學(六四四)
洪壂(六四五)
司空檍(六五五)
金芙蓉(六五六)
閔冑顯(六五七)
高聖謙(六五八)
任憲晦(六七一)
李裕元(六七四)

李震相（六八五）
姜瑋（六八六）
柳道洙（六九二）
金輝濬（六九四）
權相迪（六九五）
琴佑烈（六九九）
白晦純（七〇一）
崔宇淳（七〇四）
鄭胤永（七一六）
柳大源（七一八）
金汝振（七一九）
李相求（七二〇）
申應善（七二三）
吳弦默（七二八）
金允植（七三二）
孟晚燮（七四〇）
徐應潤（七四二）
都漢基（七四四）
許薰（七四六）
朴尚台（七五〇）
張錫藎（七五〇）
李秀榮（七五九）
郭鍾錫（七六三）
李祥奎（七六八）
李道樞（七七〇）
武臣（七七二）
申晋運（七七二）
許杓（七七七）
崔濟泰（七八〇）
安益濟（七八一）
申泰一（七八二）
張華植（七八四）
安永鎬（七八五）
李宅煥（七八八）
李南珪（七九〇）
權直熙（七九一）
李萬相（七九二）
姜永祉（七九三）
崔正模（七九四）
沈相吉（七九五）
文鍾（七九七）
崔鍾和（八〇〇）
梁在慶（八〇一）
李熏浩（八〇二）
尹炳謨（八〇三）
鄭鳳基（八〇五）
諸世禧（八〇六）
申泰龍（八〇七）
李漢龍（八〇八）
鄭丙朝（八〇八）
朴載華（八一六）
金箕瑛（八一九）
李正浩（八二五）
芮大周（八二五）
裵道泓（八二七）
沈斗煥（八二七）
河鳳壽（八二九）
崔東翼（八三一）
金基鎔（八三四）
趙鏞憲（八三五）

李垕（八四二）
何謙鎭（八四七）
芮漢基（八五三）
吳周根（八五六）
曹兢燮（八五七）
李甲鍾（八五八）
河經洛（八五九）
丁泰鎭（八六一）
權道溶（八六二）
金甯漢（八六三）
沈鶴煥（八六五）
李鍾弘（八六七）
李鉉郁（八六八）
趙正來（八七一）
柳潛（八七二）
鄭鍾和（八七六）
李教宇（八七七）
安壎（八七八）
李炳鯤（八七九）
鄭德永（八七九）
朴遠鍾（八八〇）
李炳和（八八一）
朴膺鍾（八八三）
金榥（八八五）
鄭泓采（八九二）
成煥赫（八九三）
姜錫鋧（八九四）
有目無詞（八九六）
失調名　自度曲（九四八）
朝鮮漢文小説中的詞（九七〇）
引用書目（九七五）
作者索引（九九八）
後記（一〇〇八）

王運

（一〇四九——一〇九四），即高麗宣宗，初名蒸祈，字繼天，文宗之次子，順宗之弟，一〇八三年即位，一〇九四年卒。

賀聖朝影[一]

露冷風高秋夜清。月華明。披香殿裏欲三更。沸歌聲。擾擾人生都似幻，莫貪榮。好將美醁滿金觥。暢懽情。

《高麗史·世家·宣宗》

[一] 詞牌原作《賀聖朝詞》，今據律訂正。《賀聖朝影》即《添聲楊柳枝》。

金克己

（一一五〇？—一二〇四？），號老峰，慶州人，據俞升旦《金居士集序》，登第後不仕，一二〇三年奉使金朝，歸國後不久卒。有《金居士集》，不傳。

望江南

江南樂，靈嶽莫高焉。幽谷虎曾跑石去，古湫龍亦抱珠眠。月夜降群仙。　高不極，一握去青天。松寺曉鐘傳絶壑，柳村寒杵隔孤煙。鳥道上鈞連。

采桑子

鰲頭轉處黄金闕，偶落人間。鳳輦追歡。一眠瓊田萬頃寬。　長風忽起吹高浪，飄湧銀山。日已三竿。曉氣凄微送嫩寒。

玉樓春

多景樓

家園寂寞春將半。隨分春光猶爛漫。煙濃柳弱短長垂，雨歇花繁紅紫間。　禁中憶昔同游玩。涕淚交零腸欲斷。唯將尺素寫幽懷，忘卻疎狂詩酒伴。

錦堂春〔一〕

翠黛迴浮暮嶺，青眸輕剪秋波。珠簾十里笙歌地，漂梗幸閒過。　潘岳乍煩擲果，謝鯤寧避投梭。凉煙細雨西樓上，爭奈別愁何。

《新增東國輿地勝覽》卷三五、卷五一、卷五二

〔一〕《采桑子》以外，其他三首都不標詞牌，今據律補。

李奎報

（一一六四—一二四一），字春卿，號白雲居士，黄驪人。一一九〇年登第，累官知門下省事、户部尚書、集賢殿大學士、判禮副事、金紫光禄大夫、守大保、門下侍郎平章事、修文殿大學士、監修國史、判禮副事、翰林院事、太子大保，以老致仕。謚文順，有《東國李相國集》。

臨江仙

希禪師方丈觀碁

夜靜紅燈香落灺，蛇頭兎勢縱横。但聞玉宇響紋枰。誰饒誰勝，山月漸西傾。　十九條中千萬態，世間興廢分明。個中一换幾人生。仙柯欲爛，回首忽相驚。

望江南[一]

籠中鳥詞

籠中鳥，竟日幾千迴。縱有一鳴脣舌在，那堪四觸羽毛摧。餒食益哀哀。天上路，回首夢悠哉。再浴鳳池猶有意，新棲烏府豈無媒。且復待時來。

望江南[二]

衿州客舍，次孫舍人留題詞韻

衿州好，春景一何奇。芍藥嬌多工媚嫵，海棠眠重正欹垂。把酒惜芳時。皐壤沃，膏潤賴潭池。俗習雖同齊土緩，居民多似老臺熙。飢飽卜安危。

[一] 原作《望江南令》，今據律補訂。
[二] 不標詞牌，今據律補。

漁家傲

登家園遥聽樂聲，即作詞。

鱗錯萬家遥可按。玉樓高處褰羅幔。應是筵開紅錦爛。方望斷。唯聞風送金絲幔。

緬想倡兒揎露腕。嬌顔捧酒流微盼。日脚垂欹人不散。遮老漢。灰心煽起那堪亂。

浪淘沙令[一]

重九日無聊，有空空上人、盧同年來訪，小酌泛菊。因有感作詞一首。

黄菊趁前期。已滿東籬。無人也與泛金巵。賴有詩朋來見訪，小酌開眉。　伊昔少年時。醉挿芳枝。狂歌亂舞任人欺。往事追思祇自悵，似夢疑非。

〔一〕原作《浪淘沙》，今據律補訂。

浪淘沙令〔一〕

兩君見和，又作

何處赴佳期。步繞園籬。欣逢二老始傾卮。一曲俚歌猶未聽，何況蛾眉。　人壽幾多時。有似花枝。紅潮借臉酒全欺。豈必秋來悲逝景，暮是朝非。

桂枝香慢

丙申年門生及第等，設宴慰宗工朴尚書。予於筵上，作詞一首。并序：

五月十七日，丙申年門生及第等，大設華筵，慰座主朴尚書廷揆致政。以予其年亦預試席，故并邀參赴。又迎朴樞院梠、朴學士仁著、朴侍郎暉同宴，予酒酣，即席作詞一首，奉呈云：

光華慶席。正玉笋參羅，迎致嘉客。還有嬌花解語，近前堪摘。殷勤好倒千金酒，幸相逢、不妨歡劇。兩翁俱老，門生獻壽，古今難得。　念往日、貪遊好樂。恨枯瘦如今，何處浮白。多喜開筵，別占洞天仙宅。莫教舞妓停飄袖，顧看看、紅日西側。笑哉殘叟，搖肩兼將

〔一〕原作《浪淘沙》，今據律補訂。

手拍。惜朴樞府宅，花草奇景最勝。

又

是日三朴學士見和，復次韻

笙歌簇席。更錦繡襲熏，瓊弁賓客。門擁桃華李艷，往年親摘。仙香暗動金杯酒，興飛揚、飲酣談劇。紅粧慢唱，爭前祝壽，不教歸得。　記昔日、曾經此樂。俱重到歡場，雙鬢添白。侵夕將迴，更坐忘歡家宅。有時豁起遭牽袖，任蹉跎、烏帽欹側。笑哉殘叟，連呼倡兒促檀拍。戊戌年，予之四度門生等，設如此筵，慰於致政，此門生亦於其日在焉。

又

別贈門生

當年試席。在蟻戰正酣，誰是門客。經了千淘萬汰，始登採摘。天墀拜受黃封酒，便飛榮、翼修鳴劇。奈今開宴，稱觴奉壽，此情良得。　老坐主、乘酣快樂。更呼索華牋，濡染冰白。方信門生，以是美田良宅。起離妓簇香餘袖，要歸時、扶我身側。笑哉殘叟，洪崖肩高醉堪拍。

桂枝香

次韻李侍郎需和《桂枝香》詞見寄二首

門人宴席。有貴介滿堂，多是親客。慚我衰髯渾皓，倩人方摘。金鍾雹醑流霞酒，顧如儂、飲誡云劇。但無夫子，相酬屬壽，靡由邀得。竟日暮、吟詩共樂。嘆曹在無劉，元在無白。無問誰家，第一養花豪宅。千葩爛映倡兒袖，奈無言、解語同側。可憐衰叟，還圖觥船與君拍。來章云：且問第幾侯宅，故云是宅草木第一。

二

詩筵酒席。自往昔縱遊，因號狂客。天上星辰雖遠，筆頭皆摘。殘年遇子同傾酒，與題詩、漸成繁劇。君猶年少，予登老壽，尚皆相得。已退縮、將誰與樂。恨孤負春風，桃李紅白。將子殷勤，不惜往來窮宅。縱欣擲玉堆盈袖，欲親攀、歌詠陪側。許容迂叟，詞源相誇浪相拍。

清平樂

六月一日，朴學士暄，設華筵會客，并邀予參赴，酒酣，作詞一首贈之。

虛臺豁榭。自足清風，未知朱夏。不分豪門亦呼我。宴席綺包羅裹。　可憐兩個紅粧。皓齒笑勸玉觴。感極敢辭芳酒，唯愁歸路扶將。廣廈虛豁，足容百人，華侈不可勝言。

《東國李相國集·全集》卷八、卷一五；《東國李相國集·後集》卷四、卷五、卷一〇，《古律詩》

慧諶

（一一七八——一二三四），眞覺國師，字永乙，號無衣子，本名崔寔。一二〇一年司馬試及第後出家，當大禪師，有《無衣子詩集》。

更漏子

秋風急，秋霜苦。歲月看看向暮。群木落，四山黃葉〔一〕，松筠獨蒼蒼。　人間世。能幾

〔一〕原文爲「黃葉」，疑爲「葉黃」之倒，本句依律當韻。另，據譜本句應爲三三對仗句式，疑「四」字衍。

歲。怱怱光陰電逝。須猛省，細思量。無來一夢場。

漁家傲〔一〕

漁父辭

一葉片舟一竿竹。一蓑一笛外無畜。直下垂綸鉤不曲。何撈摝。但看負命魚相觸。海上煙岑翠簇簇。洲邊霜橘香馥馥。醉月酣雲飽心腹。知自足。何曾夢見閒榮辱。

《無衣子詩集》卷上

二

脱落塵緣與繩墨。騰騰兀兀度朝夕。獨是一身無四壁。隨所適。自西自東自南北。落落晴天蕩空寂。茫茫煙水漾虚碧。天水混然成一色。望何極。更兼秋月蘆花白。

《眞覺國師語録》

〔一〕不標詞牌，今據律補。

崔滋

（一一八八—一二六〇），初名宗裕，字樹德，號東山叟，海州人。累官知御史臺事、中書舍人、中書平章事、守太師、同中書門下平章事、判吏部事。謚文清，有《崔文忠公家集》十卷，不傳，有詩話集《補閑集》。

獻仙桃

三五夜觀燈，神州撒紅蓮萬斛，一千年結實，仙母獻碧桃七枚。恭惟主上殿下，纘禹儉勤，躋湯聖敬。朝廷清明無弊，既安且寧，國家閒暇及時，式燕以樂。八音克諧無相奪，百戲皆呈亦未休，慶觀惟新，懽聲競沸。妾等愧無伶枝，濫詣教坊，鳳感簫韶蹌蹌來於舞殿，鶴從蓬島，肅肅歌於漢池。口號。

五色雲間燕鹿鳴。蟠桃初摘露香清。舊經仙劫渾肌碧，新醉皇恩半頰頳。風雨那催金結實，乾坤不管玉攢英。偷嘗一顆猶千歲，況薦盤中個個盈。

《東文選》卷一〇四《致語》

李承休

（一二二四—一三〇〇），字休休，號動安居士，嘉利人。高麗高宗時登第，奉使元朝，累官右司諫、殿中御史、判秘書事，官至密直副使監察大夫詞林承旨，以老致使。有《動安居士集》。

臨江仙

慶原李侍中扈駕，遊衫廊城，作《臨江仙令》，以慶中興之兆。承休謹依韻課成一首，奉呈。

水繞山迴成別境，昌基諺亦相傳。龍飛鳳舞共差然。中容千岫輳，外控一江弦。　四海五湖波正渌，澄澄一點無煙。重瞳舜日正中天。聯珠星報瑞，定鼎業增年。是時五星聯珠故云。

《動安居士集》卷第二

李齊賢

（一二八七—一三六七），字仲思，號益齋，别號櫟翁，慶州人。一三〇一年登第，一三一四年赴元，與姚燧閻、趙孟頫交遊。累官匡靖大夫、密直司使、政堂文學、三重大匡、領藝文館事、判三司事、都僉議贊成事，謚文忠，有《益齋集》。

沁園春

將之成都

堪笑書生，謬算狂謀，所就幾何。謂一朝遭遇，雲龍風虎，五湖歸去，月艇煙蓑。人事多乖，君恩難報，爭奈光陰隨逝波。緣何事，背鄉關萬里，又向岷峨。　幸今天下如家。顧去日無多來日多。好輕裘快馬，窮探壯觀，馳山走海，摠入清哦。安用平生，堗黔席暖，空使毛群欺卧駝。休腸斷，聽陽關第四，倒捲金荷。

江神子

七夕冒雨到九店

銀河秋畔鵲橋仙。每年年。好因緣。倦客胡爲，此日卻離筵。千里故鄉今更遠，腸正斷，眼空穿。夜寒茅店不成眠。一燈前。雨聲邊。寄語天孫，新巧欲誰傳。懶拙只宜閒處著，尋舊路，卧林泉。

鷓鴣天

過新樂縣

宿雨連明半未晴。跨鞍聊復問前程。野田立鶴何山意，駟柳鳴蜩是處聲。千古事，百年情。浮雲起滅月虧盈。詩成卻對青山笑，畢竟功名怎麽生。

二

九月八日寄松京故舊　追録

客裏良辰屢已孤。菊花明日共誰娱。閉門暮色迷紅草，欹枕秋聲度碧梧。三尺喙，數莖鬚。獨吟詩句當歌呼。故園依舊龍山會，剩肯樽前說我無。

三

飲麥酒，其法不篘不壓，揷竹筒甕中，座客以次就而吸之，傍置杯水，量所飲多少，挹注其中，酒若不盡，其味不喻。

未用眞珠滴夜風。碧筩醇酎氣相通。舌頭金液疑初滿，眼底黃雲陷欲空。香不斷，味難窮。更添春露吸長虹。飲中妙訣人如問，會得吹笙便可工。

四

揚州平山堂，今爲八哈師所居

樂府曾知有此堂。路人猶解說歐陽。堂前楊柳經搖落，壁上龍蛇逸杳茫。雲澹佇，月荒涼。感今懷古欲沾裳。胡僧可是無情物，毳衲蒙頭入睡鄉。

五

鶴林寺

夾道修篁接斷山。小橋流水走平田。雲間無處尋黃鶴，雪裏何人聞杜鵑。　誇富貴，慕神仙。到頭還是夢悠然。僧窓半日閒中味，只有詩人得秘傳。皆山中故事。

太常引

暮行

棲鴉去盡遠山青。看暝色、入林坰。燈火小於螢。人不見、苔扉半扃。　照鞍涼月，滿衣白露，繫馬睡寒廳。今夜候明星。又何處、長亭短亭。

浣溪沙

早行

旅枕生寒夜慘悽。半庭明月露凄迷。疲僮夢語馬頻嘶。　人世幾時能少壯，宦遊何處計東西。起來聊欲舞荒鷄。

二

黃帝鑄鼎原

見説軒皇此鍊丹。乘龍一去杳難攀。鼎湖流水自清閒。　空把遺弓號地上，不蒙留藥在人間。古今無計駐朱顔。

大江東去

過華陰

三峰奇絶。儘披露一掬，天慳風物。聞説翰林曾過此，長嘯蒼松翠壁。八表遊神，三杯通道，驢背鬚如雪。塵埃俗眼，豈知天上人傑。　猶想居士胸中，倚天千丈，氣星虹間發。縹杳仙蹤何處問，箭筈天光明滅。安得聯翩，雲裾霞佩，共散騏驎髮。花間玉井，一樽轟醉秋月。

蝶戀花

漢武帝茂陵

石室天壇封禪了。青鳥含書，細報長生道。寶鼎光沈仙掌倒。茂陵斜日空秋草。　百歲眞同昏與曉。羽化何人，一見蓬萊島。海上安期今亦老。從教喫盡如瓜棗。

人月圓

馬嵬效吳彦高

五雲繡嶺明珠殿，飛燕倚新妝。小鬒中有，漁陽胡馬，驚破霓裳。　海棠正好，東風無賴，狼藉春光。明眸皓齒，如今何在，空斷人腸。

水調歌頭

過大散關

行盡碧溪曲，漸到亂山中。山中白日無色，虎嘯谷生風。萬仞崩崖疊嶂，千歲枯藤怪樹，嵐翠自濛濛。我馬汗如雨，修徑轉層空。　登絶頂，覽元化，意難窮。群峰半落天外，滅没度秋鴻。男子平生大志，造物當年眞巧，相對孰爲雄。老去卧丘壑，説此託兒童。

二

望華山

天地賦奇特，千古壯西州。三峰屹起相對，長劍凜清秋。鐵鎖高垂壁，玉井冷涵銀漢，知在五雲頭。造物可無物，掌迹宛然留。　記重瞳，祟祀秩，答神休。眞誠若契眞境，青鳥引丹樓。我欲乘風歸去，只恐煙霞深處，幽絶使人愁。一嘯蹇驢背，潘閬亦風流。

玉漏遲

蜀中中秋值雨

一年唯一日。遊人共惜，今宵明月。露洗霜磨，無限金波洋溢。幸有瑶琴玉笛，更是處、江樓清絶。邀俊逸，登臨一醉，將酬佳節。　豈料數陣頑雲，忽掩卻天涯，廣寒宫闕。失意初筵，唯聽秋蟲鳴咽。莫恨姮蛾薄相，且吸盡、杯中之物。圓又缺。空使早生華髮。

菩薩蠻

舟中夜宿

西風吹雨鳴江樹。一邊殘照青山暮。繫纜近漁家。船頭人語譁。　白魚兼白酒。徑到無何有。自喜卧滄洲。那知是宦遊。

二

舟次青神

長江日落煙波緑。移舟漸近青山曲。隔竹一燈明。隨風百丈輕。　夜深篷底宿。暗浪鳴琴筑。夢與白鷗盟。朝來莫漫驚。

洞仙歌

杜子美草堂

百花潭上，但荒煙秋草。猶想君家屋烏好。記當年，遠道華髮歸來，妻子冷，短褐天吳顛倒。　卜居少塵事，留得囊錢，買酒尋花被香惱。造物亦何心、枉了賢才，長羈旅、浪生虛老。卻不解、消磨盡詩名，百代下、令人暗傷懷抱。

滿江紅

相如駟馬橋

漢代文章，誰獨步、上林詞客。遊曾倦、家徒四壁，氣吞七澤。華表留言朝禁闥，使星動彩歸鄉國。笑向來、父老到如今，知豪傑。　人世事，眞難測。君亦爾，將誰責。顧金多祿厚，頓忘疇昔。琴上早期心共赤，鏡中忍使頭先白。能不改、只有蜀江邊，青山色。

木蘭花慢

長安懷古

騷人多感慨，況故國、遇秋風。望千里金城，一區天府，氣勢清雄。繁華事無處問，但山川景物古今同。鶴去蒼雲太白，鴈嘶紅樹新豐。　夕陽西下水流東。興廢夢魂中。笑弱吐强呑，縱成横破，鳥没長空。爭如似犀首飲，向蝸牛角上任窮通。看取麟臺圖畫，唯餘馬鬣蒿蓬。

二

書李將軍家壁

將軍眞好士，識半面、足吾生。況西自岷峨，北來燕趙，並轡論情。相牽挽歸故里，有門前稚子候淵明。對酒歡酣四坐，挑燈話到三更。　高歌伐木鳥嚶嚶。懷抱向君傾。任客路光陰，欲停歸騎，更盡飛觥。人間世逢與別，似浮雲聚散月虧盈。但使金軀健在，白頭會得尋盟。

巫山一段雲

瀟湘八景

一

平沙落鴈

玉塞多矰繳，金河欠稻粱。兄兄弟弟自成行。萬里到瀟湘。　遠水澄拖練，平沙白耀霜。渡頭人散近斜陽。欲下更悠揚。

二

遠浦歸帆

南浦寒潮急，西岑落日催。雲帆片片趁風開。遠映碧山來。　出没輕鷗舞，奔騰陣馬回。船頭浪吐雪花堆。畵鼓殷春雷。

三

瀟湘夜雨

潮落蒹葭浦，煙沈橘柚洲。黃陵祠下雨聲秋。無限古今愁。　漠漠迷漁火，蕭蕭滯客舟。個中誰與共清幽。唯有一沙鷗。

四

洞庭秋月

萬里天浮水，三秋露洗空。冰輪輾上海門東。弄影碧波中。　蕩蕩開銀闕，亭亭插玉虹。雲帆便欲掛西風。直到廣寒宮。

五

江天暮雪

風緊雲容慘，天寒雪勢嚴。篩寒灑白弄纖纖。萬屋盡堆鹽。　遠浦回漁棹，孤村落酒帘。三更霽色妬銀蟾。更約掛疎簾。

六

煙寺暮鐘

楚甸秋霖捲，湘岑暮靄濃。一春容罷一春容。何許日沈鐘。搖月傳空谷，隨風渡遠峰。溪橋有客倚寒筇。一徑入雲松。

七

山市晴嵐

遠岫螺千點，長溪玉一圍。日高山店未開扉。嵐翠落殘霏。隱隱樓臺遠，濛濛草樹微。市橋曾記買魚歸。一望卻疑非。

八

漁村落照

遠岫留殘照，微波映斷霞。竹籬茅舍是漁家。一徑傍林斜。綠岸雙雙鷺，青山點點鴉。時聞笑語隔蘆花。白酒換魚鰕。

九

平沙落鴈

醉墨疎還密，殘棋整復斜。料應遺迹在泥沙。來往歲無差。 水暖仍菰米，霜寒尚葦花。心安只合此爲家。何事客天涯。

十

遠浦歸帆

解纜離淮甸，揚舲指楚鄉。風聲颯颯水茫茫。帆席上危檣。 斷送浮雲影，驚回過鴈行。江樓紅袖倚斜陽。遠引客心忙。

十一

瀟湘夜雨

暗澹青楓樹，蕭疎斑竹林。篷窓夜雨冷難禁。攲枕故鄉心。 二女湘江淚，三閭楚澤吟。白雲千載恨沈沈。滄海未爲深。

十二

洞庭秋月

衡岳寬臨北，君山小近南。中開七百里湖潭。吳楚入包含。　銀漢秋相接，金波夜正涵。舉杯長嘯待鸞驂。且對影成三。

十三

江天暮雪

向夕迴征棹，凌寒上酒樓。江雲作雪使人愁。不見古潭洲。　聲緊雲邊鴈，魂清水上鷗。千金駿馬擁貂裘。何似卧漁舟。

十四

山市晴嵐

海氣蒸秋熱，山容媚曉晴。森森萬樹立無聲。空翠襲人清。　鏡裏雙娥斂，機中匹練横。隔溪何處鷓鴣鳴。雲日翳還明。

十五

漁村落照

雨霽長江碧，雲歸遠岫青。一邊殘照在林坰。綠網曬苔扃。波影明重綺，沙痕射遠星。鱸魚白酒醉還醒。身世任浮萍。

十六

煙寺暮鐘

詞缺。

松都八景

一

紫洞尋僧

傍石過清淺，穿林上翠微。逢人何更問僧扉。午梵出煙霏。草露霑芒屨，松花點葛衣。鬢絲禪榻坐忘機。山鳥謾催歸。

二

青郊送客

芳草城東路，疎松野外坡。春風是處别離多。祖帳簇鳴珂。村暖鷄呼屋，沙晴燕掠波。臨分立馬更婆娑。一曲渭城歌。

三

北山煙雨

萬壑煙光動，千林雨氣通。五冠西畔九龍東。水墨古屏風。巖樹濃凝翠，溪花亂泛紅。斷虹殘照有無中。一鳥没長空。

四

西江風雪

過海風凄緊，連雲雪杳茫。落花飄絮滿江鄉。偷放一春狂。漁市關門早，征帆入浦忙。酒樓何處咽絲篁。愁殺孟襄陽。

五

白岳晴雲

菖杏春風後，茅茨野水頭。晴雲弄色藹林丘。雨意未能休。京縣民無賦，郊田歲有秋。明朝去學種瓜侯。身事寄菟裘。

六

黄橋晚照

隱見溪流轉，縱横野壟分。隔林人語遠堪聞。村徑緑如裙。鳶集蜈山樹，鴉投鵠嶺雲。來牛去馬更紛紛。城郭日初曛。

七

長湍石壁

挿水雲根聳，横空黛壁開。魚龍吹浪轉隅隈。百里緑徘徊。月浸玻瓈色，花分錦繡堆。畫船載酒管絃催。一日繞千迴。

八

朴淵瀑布

日照群峰秀，雲蒸一洞深。人言玉輦昔登臨。盤石在潭心。　白練飛千尺，青銅徹萬尋。月明笙鶴下遥岑。吹送水龍吟。

九

紫洞尋僧

老喜身猶健，閒知興更添。芒鞋竹杖度千巖。迎送有蒼髯。　坐久雲歸岫，談餘月掛簷。但教沽酒引陶潛。來往意何厭。

十

青郊送客

野寺松花落，晴川柳絮飛。臨風白馬紫金鞿。欲去惜芳菲。　聚散今猶古，功名夢也非。青山不語暗相譏。誰見一疎歸。

十一　西江風雪

雪壓江邊屋，風鳴浦口檣。時登草閣掛南窓。雲海杳茫茫。　斫膾銀絲細，開尊緑蟻香。高歌一曲禮成江。腸斷賀頭綱。

十二　北山煙雨

澹澹青空遠，亭亭碧巘重。忽驚雷雨送飛龍。欲洗玉芙蓉。　稍認巖間寺，都迷壑底松。良工吮筆未形容。疑是九疑峰。

十三　白岳晴雲

曉過青郊驛，春遊白岳山。提壺勸酒語關關。一聽一開顔。　村舍疎林外，田畦亂水間。郊原雨足信風還。羨殺嶺雲閒。

十四

黄橋晚照

曠望菰田路，嵯峨柳院樓。夕陽行路卻回頭。紅樹五陵秋。　城郭遺基壯，干戈往事悠。村家童子不知愁。横笛倒騎牛。

十五

朴淵瀑布

絶壁開嵌竇，長川掛半天。跳珠噴玉幾千年。爽氣白如煙。　豈學然犀客，誰期駐鶴仙。淋衣暑汗似流泉。到此欲裝綿。

十六

長湍石壁

瘦骨千年立，蒼根百里盤。横張側展緑波閒。一帶玉孱顔。　獵騎何曾顧，漁郎只漫看。詩人强欲狀天慳。贏得鬢毛斑。

《益齋集》卷一〇，《長短句》

閔思平

（一二九五—一三五九），字坦夫，號及庵，忠肅王時登第，累官藝文春秋館修撰、應教、大司成、監察大夫，封驪興君，官至贊成事商議會議都監事。謚文溫，有《及庵先生詩集》。

夢仙鄉

奉送許存撫使

關東寒食，碧松沙路。翠蓋映、玫瑰紅雨。杖節作高游。迎候擁芳洲。河內居民借寇，心猶未徹。香案下、來含鷄舌。一笑對天顔。魚水更同歡。

朝中措

奉和益齋

每聞夫子憶郊扉。何日賦言歸。矯首尋常南望，古詩謾詠星稀。春回谷口，煙沈釣瀨，水滿春機。溪友貽書催我，野花幾度殘菲。

朝中措

眼看紅雪灑窓扉。閒賦阮郎歸。遠近雲蒸霞熨，武陵氣像依稀。　琴臺錦石，來從底處，織女支機。曲罷賓朋星散，帽簷滿插芬菲。

朝中措

獨憐春色到閒扉。何事忽忙歸。莫遣家僮來掃，漸愁地上花稀。　如今更覺，悠悠世事，萬萬天機。來歲豈無佳節，可辭爛醉芳菲。

《及庵先生詩集》卷四，《詩》

李穀

（一二九八——一三五一），字中父，號稼亭，韓山人。李齊賢的門生，一三一九年登第後赴元，一三三二年中征東省鄉試第一名遂擢制科，所對策大爲讀卷官所賞置第二甲，宰相奏授翰林國史院檢閱官。歸國後奉興學詔還國尋復如元，本國授典儀副令，元授徽政院管勾轉征東省行中書省左右司員外郎。

累官政堂文學、都僉議贊成事，封韓山君。謚文孝，有《稼亭集》。

浣溪沙

眞州新妓名詞

客路春風醉不歸。笙歌緩緩夜遲遲。竹西樓逈月參差。　行樂雅宜無事地，尋芳卻恨未開時。他年誰折狀元枝。

巫山一段雲

次鄭仲孚《蔚州八詠》

一

大和樓

鐵騎排江岸，紅旗出郭門。遨頭來此送賓軒。賓從亦何繁。　水色搖歌扇，花香撲酒尊。但無過客鬧晨昏。淳朴好山村。

二

藏春塢

是處花多少，君家酒有無。人間紅紫已難留。曾見襯庭隅。世事將頭白，餘生業舌柔。携壺日日渡溪流。藜杖不須扶。

三

平遠閣

有客登仙閣，何人棹酒船。宦遊不覺到天邊。江路草芊芊。極浦低紅日，孤村起碧煙。離情詩思共悠然。歲月似奔川。

四

望海臺

自昔聞浮海，吾今信望洋。有時風靜鏡磨光。一色際穹蒼。絶島知誰到，孤帆爲底忙。從教日本是殊方。三萬里農桑。

五

白蓮巖

寶匳明珠顆，銖衣霧縠紋。白蓮嘉瑞豈虛言。時有異香聞。　客枕凉如水，禪燈耿破昏。誰言儒釋不同論。到此任朝曛。

六

碧波亭

山雨花浮水，江晴月滿汀。古人詩眼此爲亭。誰敢換新銘。　去國心猶赤，憂時鬢尚青。漁歌政欲共君聽。驚起翠毛零。

七

開雲浦

地勝仙遊密，雲開世路通。依俙羅代兩仙翁。曾見畫圖中。　舞月婆娑白，簪花爛熳紅。欲尋遺迹杳難窮。須喚半帆風。

八

隱月峰

玉葉收銀漢，冰輪溢桂華。高峰礙月故峨峨。不待影欹斜。　逸興逢清夜，高吟愧落霞。恒娥竊藥不歸家。風露濕纖阿。

南歌子

次平海客舍詩韻

古木多寒籟，虛簷剩晚涼。秋聲無處不鳴商。況是客程佳節過重陽。　詩壁籠紗碧，歌筵舞袖香。官奴已老尚新粧。幾見使君遺臭與流芳。

《稼亭集》卷二〇，《詞》

鄭誧

（一三〇九—一三四五），字仲孚，號雪谷，清州人。一三二六年登第，以藝文修撰奉表赴元，尋擢左司補。忠惠王時，因上疏被罷官，又受誣陷被流配到蔚州。後遊燕都，丞相别哥不花一見大愛，將薦於帝會，病卒，年三十七。有《雪谷集》，《高麗史·列傳》云：「詩詞簡古」。

巫山一段雲〔一〕

蔚州八景

一

大和樓

丹檻臨官道，蒼波隔寺門。喧闐車騎送歸軒。歌吹日來繁。　細雨花生樹，春風酒滿尊。古今離恨月黄昏。漁唱起前村。

二

平遠閣

〔一〕不標詞牌，今據律補。

閣外臨江寺，門前渡海船。千年遺怨柳堤邊。芳草緑芊芊。　畫棟輝朝日，朱欄泛暮煙。遊人登覽意茫然。滿眼好山川。

三

藏春塢

驟雨驅春去，群花掃地無。東君疑是此間留。紅白滿山隅。　隔水歌聲遠，連船酒味柔。誰言太守不風流。醉倩翠娥扶。

四

望海臺

絶壁凌晴漢，高臺控大洋。遥看水色接天光。百里共蒼蒼。　石室知秋早，松扉報曉忙。幽人呼客瞰東方。紅日上扶桑。

五

碧波亭

疊石欹秋岸，叢篁卧晚汀。舟人云是碧波亭。碑壞已無銘。雨過沙痕白，煙消水色清。當時歌調不堪聽。倚棹涕空零。俚里有碧波亭曲。

六　白蓮巖

松嶺丹青色，苔巖繪繡紋。白衣遺像兀無言。靈感謾前聞。泛壑風聲壯，連空海氣昏。悠悠心事共誰論。搔首日西曛。

七　開雲浦

映島雲光暖，連江水脉通。人言昔日處容翁。生長碧波中。草帶羅裙緑，花留醉面紅。佯狂玩世意無窮。恒舞度春風。

八　隱月峰

天近明河影，峰高隱月華。扶筇遠上碧嵯峨。細路入雲斜。　古樹含秋色，空岩拂晚霞。深林知有梵王家。鐘鼓隔山阿。

臨江仙

代人作

蕭史吹笙天上去，白雲空鎖秦城。春風迴首涕縱橫。至今明月夕，猶想鳳凰鳴。　聚散誠知皆有數，奈何懷抱難平。人生此別最關情。夜闌聞玉笛，渾是斷腸聲。

浣溪沙

昨夜香閨見玉蓮。飄飄巾帔若神仙。擬將歌舞重留連。　舊恨新愁濃似酒，相逢即別奈何天。知心唯有使君賢。

二

莫笑先生酷愛蓮。此花風韻屬詩仙。那堪風雨竟連連。　曲渚方塘添晚景，紅粧翠蓋媚秋天。巢龜眞個過吾賢。

《雪谷集》卷上、卷下，《詩》

元天錫

（一三三四——一四一六？），字子正，號耘谷，原州人。在雉岳山隱居，終身不仕。有《耘谷行録》。

鷓鴣天

南谿柳下追凉，作《鷓鴣天》，憶契内張、趙二公。

夾岸垂楊弄影微。追凉盡日卻忘歸。身閒樂土知今是，跡寄名場悟昨非。　初收暮靄〔一〕，轉斜暉。倚筇時復一悽悕。故人化作松間土，誰識吾行與世違。

鷓鴣天

促織詞

風静空階玉露清。隔窓啾唧動哀情。征夫一聽應添恨，寒婦初聞忽暗驚。　秋七月，夜

〔一〕原文如此，按譜當爲三字，疑「初」字衍。

三更。弄鳴機杼到天明。卻嗟爾事如吾事，往往叫閽無助聲。

鷓鴣天

白鷗詞

江海無涯浩蕩春。隨波逐浪自由身。浮雲態度元無定，白雪精神固未馴。　心絶累，格離塵。淡煙疎雨伴漁人。平生我亦忘機者，莫負前盟日相親。

阮郎歸

名

一區山郡水雲清。溪聲遶古城。臨流可以濯塵纓。幽禽相送迎。　思許子，久留京。喜聞傳美名。願君安好速迴程。林泉無變更。

蝶戀花

處

客裏應難爰得所。鄉思凄然，夢繞秋蓮渚。日暮長安愁幾許。羨他孤鳥高飛去。　我亦凉凉無伴侣。閒寂幽居，只有山禽語。忽憶前遊多意緒。悠悠往事尋無處。

鷓鴣天

送竹溪軒信迴禪者遊江浙詞

并序：

三韓無學、本寂二師，皆懶翁門之秀者也。翁信而待之，異於衆。及懶翁示寂之後，一國禪流，敬而致禮，尊榮無對。上人投於二師爲弟子，而於懶翁，義當門孫也。蓋其學道修習，從可知矣。今欲遠遊江浙，飛錫而去。其意無他，切欲參訪明師，亦歸敬懶翁舊遊之地也。若用其有餘力之智行，歷參天下善知識，則必於無所得處有所得矣。作短歌以贐行云。

布襪青縢意趣深。欲參天下大叢林。隻條杖抹千峰影，一片雲含萬里心。　無孔笛，没絃琴。必應今去遇知音。要看普濟曾遊處，須向平山古道尋。

《耘谷行録》卷一，卷五《詩》

金九容

（一三三八—一三八四），字敬之，號惕若齋，别號六友堂，安東人。十六歲登進士，累官三司左尹、左司議大夫、成均館大司成。有《惕若齋學吟集》。

畫堂春

代人

綠楊堤畔杏花香。馬頭旌旆盡□，闐街朱翠更奔忙。爭覩檀郎。　卻恨春宵苦短，錦衾纔展鴛鴦。嬌饒揔是漢宮粧。□暗斷腸。

卜算子

代人

倚户望斜陽，正在孤村樹。淚眼昏昏烏遠飛，京國知何處。　一別似千秋，此恨憑誰語。極目千山又萬山，底是郎歸路。

長相思

代人

松山青。勝山青。兩地相望知幾程。難堪送別情。　獨歸京。未歸京。別後傷心夢不成。滿窓寒月明。

巫山一段雲

送李直門下出按西海

藥砌吟詩句，薇垣倒酒杯。一年無事好開懷。送別恨難裁。　　擘畫匡時略，埋輪濟世材。風流鹽海莫徘徊。恐有鐵腸摧。

鷓鴣天

送節廉使

持節郎官出鳳城。□滿城花柳雨晴。先聲已逐春光遍，到處歌謡詠太平。　　山繚繞，水澄清。驪江樓上最多情。夜深人靜闌干外，一葉扁舟載月明。

少年游[一]

驪江

黄驪古縣最風流。江上有高樓。水緑山青，柳陰深處，終日繫蘭舟。纖歌一曲行雲遏，芳草恨悠悠。十二闌干，三行粉面，明月滿汀洲。

朝中措

驪江

人間萬事到頭空。春夢百年中。一卧江堧無賴。相從明月清風。採山釣水，鮮美滿案，賢聖盈鍾。獨酌獨吟終日，平生甘作村翁。

《惕若齋學吟集》卷下，《詞》

[一] 原作《少年行》，今據律補訂。

陳義貴

（？—一四二四），字守之，號栗亭，驪陽人。恭愍王時登第，歷中書門下右常侍，集賢殿提學。朝鮮太宗時累官左司諫、刑曹典書、吏曹參議、恭安府尹。有《冰玉亂稿》，不傳。

巫山一段雲〔一〕

清安八景

一

龍門送客

野闊山如畫，川平草似茵。匏樽木植送佳賓。別酒莫辭頻。　悽斷陽關曲，蹉跎末路塵。臨分執袂更逡巡。不禁涕酸辛。

〔一〕不標詞牌，今據律補。

二

龜石尋僧

古寺依岑寂，層軒對翠微。穿林石路入煙霏。晝靜掩苔扉。面壁知僧定，尋巢見鶴歸。日斜禪榻坐忘機。嵐翠欲沾衣。

三

藯谷牧馬

斷岸菰蒲緑，層巒躑躅紅。良辰秣馬碧溪東。雨過草連空。物外兹遊勝，樽前異味重，酒酣長嘯興無窮。欹帽落花風。

四

磻溪捕魚

水闊魚吹浪，風輕燕掠波。横流擧網忽盈車。得雋各務誇。斮膾傾杯數，烹鮮漑釜多。沙頭盡日飲無何。也任帽欹斜。

五

杻城白雨

列岫圍平野，孤城倚翠巔。風吹雨脚散如煙。山氣共悠然。　虹斷知何處，鴉棲欲暮天。幽人捲箔倚欄邊。秋水滿前川。

六

椒嶺晴雲

疊嶂凌清漢，閒雲惹碧岑。如綿如雪鏁千林。洞壑更幽深。　鶴去空懷古，猿啼似感今。吟看倚仗思難禁。回首日將沉。

七

清河禊飲

柳暗藏春色，松疎帶雨聲。山深白日子規鳴。佳節是清明。　水迭流觴急，風吹舞袖輕。花枝滿插接䍦傾。扶醉畫中行。

八

黌舍閒吟

山郡携佳客，黌廬謁素王。斐然狂簡摠成章。相揖共升堂。　後嶺松杉翠，前池菡萏香。論文對榻日偏長。清興浩難量。

《新增東國輿地勝覽》第一六卷《忠清道》

崔執鈞

（十四世紀前後在世），李齊賢《櫟翁稗説》云：「近世崔集均之工於集句，雖長篇險韻，走筆立成，觀者絶倒，……對偶親切，假使自爲未必過之。」

剔銀燈

昨夜細看蜀志。笑曹操孫權劉備。用盡機關，徒勞心力，只得三分天地。屈指細尋思，何似，劉伶一醉。　人世都無百歲。少癡孩、老尫悴。只有中間，些子年少，忍把浮名牽

繫。雖一品與千鍾，問白髮、如何回避。〔一〕

徐居正《東文選》卷八

佚名〔二〕

獻仙桃（舞隊）［七首］

獻仙桃

元宵嘉會賞春光，盛事當年憶上陽。堯顙喜瞻天北極，舜衣深拱殿中央。懽聲浩蕩連韶曲，和氣氤氲帶御香。壯觀太平何以報，蟠桃一朵獻千祥。

〔一〕案：此范仲淹《剔銀燈》詞，略改數字。
〔二〕案：《高麗史·樂志·唐樂》所載七十三首詞，除了其中作者可考的宋詞十五首，其餘都收在「佚名」之下。此五十八首詞亦收録在《全宋詞》第五册「無名氏」名下。

獻天壽（慢）

日暖風和春更遲。是太平時。我從蓬島整容姿。來降賀丹墀。　幸逢燈夕眞佳會，喜近天威。神仙壽算遠無期。獻君壽、萬千斯。

獻天壽令（嗺子）

閬苑人間雖隔，遥聞聖德彌高。西離仙境下雲霄。來獻千歲靈桃。　上祝皇齡齊天久，猶舞蹈、賀賀聖朝。梯航交湊四方來〔一〕，端拱永保宗祧。〔二〕

金盞子（慢）

麗日舒長，正葱葱瑞氣，遍滿神京。九重天上，五雲開處，丹樓碧閣峥嶸。盛宴初開，錦帳繡幕交横。應上元佳節，君臣際會，共樂昇平。　廣庭。羅綺紛盈。動一部、笙歌盡新聲。蓬萊宫殿

〔一〕本句依律當韻，《欽定詞譜》作「四方遥」。
〔二〕此首亦收録在《欽定詞譜》卷一〇。

神仙景，浩蕩春光，邐迤王城。煙收雨歇，天色夜更澄清。又千尋火樹，燈山參差，帶月鮮明。〔一〕

金盞子令（嗺子）

東風報暖，到頭嘉氣漸融怡。巍峩鳳闕，起鼇山萬仞，爭聳雲涯。梨園弟子，齊奏新曲，半是塤篪。見滿筵、簪紳醉飽，頌鹿鳴詩。

瑞鷓鴣（慢）

海東今日太平天。希望龍雲慶會筵。尾扇初開明黼座，畫簾高捲罩祥煙。梯航交湊端門外，玉帛森羅殿陛前。妾獻皇齡千萬歲，封人何更祝遐年。

瑞鷓鴣（慢　嗺子）

北暴東頑，納款慕義爭來。日新君德更明哉。歌詠載衢街。清寧海宇無餘事，樂與民同燕春臺。一年一度上元回。願醉萬年杯。

〔一〕此首亦收録在《欽定詞譜》卷六。

壽延長(舞隊)[二首]

中腔令

彤雲映彩色相映，御座中、天簇簪纓。萬花舖錦滿高庭。慶敞需宴懽聲。千齡啓統樂功成。同意賀、元珪豊擎。寶觴頻擧俠群英。萬萬載、樂昇平。

破字令

青春玉殿和風細。奏蕭韶絶繹。瑞遶行雲飄飄曳。泛金尊、流霞豔溢。瑞日暉暉臨丹扆。廣布慈、德宸遐邇。願聽歌聲舞綴。萬萬年、仰瞻宴啓。

五羊仙(舞隊)[二首]

步虚子令

碧煙籠曉海波閒。江上數峰寒。佩環聲裹，異香飄落人間。弭绛節、五雲端。宛然共

指嘉禾瑞，開一笑，破朱顔。九重嶢闕，望中三祝高天。萬萬載、對南山。〔一〕

破字令

縹緲三山島。十萬歲、方分昏曉。春風開遍碧桃花，爲東君一笑。　祥飆暫引春塵到。祝高齡、後天難老。瑞煙散碧，歸雲弄暖，一聲長嘯。〔二〕

抛毬樂（舞隊）〔七首〕

折花令三臺

翠幕華筵，相將正是多懽宴。舉舞袖、回旋遍。羅綺簇宫商，共歌清羨。　瓊漿泛泛滿金尊。莫惜沉醉，永日長遊衍。願樂嘉賓，嘉賓式燕。〔三〕

〔一〕此首亦收録在《欽定詞譜》卷一二。
〔二〕此首亦收録在《欽定詞譜》卷八。
〔三〕此首亦收録在《欽定詞譜》卷一〇。

水龍吟令

洞天景色常春，嫩紅淺白開輕蕚。瓊筵鎮起，金爐煙重，香凝錦幄。窈窕神仙，妙呈歌舞，攀花相約。彩雲月轉，朱絲綱徐在，語笑抛毬樂。繡袂風翻鳳擧，轉星眸、柳腰柔弱。頭籌得勝，懽聲近地，光容約。滿座佳賓，喜聽仙樂，交傳觥爵。龍吟欲罷，彩雲摇曳，相將歸去寥廓。

小抛毬樂令

一

兩行花竅占風流。縷金羅帶繫抛毬。玉纖高指紅絲網，大家着意勝頭籌。

二

滿庭簫鼓簇飛毬。絲竿紅網揔擡頭。頻歌覆手抛將過，兩行人待看回籌。

三

五花心裏看抛毬。香腮紅嫩柳煙稠。清歌疊鼓連催促，這裏不讓第三籌。

四

簫鼓聲聲且莫催。彩毬高下意難裁。恐將脂粉均粧面，羞被狂毫抹污來。

清平令

滿庭羅綺流粲。清朝畫樓開宴。似初發芙蓉正爛熳。金尊莫惜頻勸。近看柳腰似折。更看舞回流雪。是懽樂、宴遊時節。且莫催、歡歌聲闋。

惜奴嬌曲破

一

春早皇都冰泮。宮沼東風布輕暖。梅粉飄香，柳帶弄色，瑞靄祥煙凝淺。正值元宵，行樂同民揔無間。肆情懷、何惜相邀，是處裏容欵。　無弄〔一〕仗委東君遍。有風光、占五陵閒散。從把千金，五夜繼賞，並徹春宵遊翫。借問花燈，金瑣瓊瑰果曾罕。洞天裏、一掠蓬瀛，第恐今宵短。〔二〕

二

誇帝里。萬靈咸集永衛。紫陌青樓，富臻既庶矣。四海昇平，文武功勳盖世。賴聖主，興賢佐，恁致理。　氣緒凝和，會景新訪雅致。列群公、錫宴在邇。上元循典，勝古高超榮異。望絳霄、龍香飄飄旖旎。

三

景雲披靡。露浥輕寒若冰〔三〕，盡是遊人才美。陌塵潤，寶沉遞。笑指揚鞭，多少高門勝

〔一〕《欽定詞譜》作「無算」。
〔二〕此首亦收録在《欽定詞譜》卷一六。
〔三〕本句依律當韻，《欽定詞譜》作「寒若水」。

會。況是。只有今夕誓無寐。〔一〕

四

盛日凝理。羽巢可窺。閬苑金闕啓扉。〔二〕爐連宵，寧防避。暗塵隨馬，明月逐人無際。調戲。相歌穠李末闌已。

五

騁輪縱勒。翠羽花鈿比織。並雅同陪共越。九衢遍，儘遨逸。料峭雲容，香惹風縈懷袂。遍寓目。幾處瑶席繡帟。

〔一〕此首亦收録在《欽定詞譜》卷一六。
〔二〕《欽定詞譜》將本首和前一首合成一首，與《高麗史》原本不符。然《欽定》此二句作：「簫韶可繼。閬苑金門齊啟。」「繼」、「啟」押入其餘各韻所在韻部，似更合理。

六

莫如勝槩，景壓天街際。彩鼇擧、百仞聳倚。鳳舞龍驤，滿目紅光寶翠。動霽色，餘霞映，散成綺。　漸灼蘭膏，覆滿青煙罩地。簇宫花、擱蕩紛委。萬姓瞻仰，苒苒雲龍香細。共稽首，同樂與衆方紀。

七

樓起霄宫裏。五福中天紛絳瑞。絃管齊諧，清宛振逸天外。萬舞低回紛繞，羅紈摇曳。頃刻轉輪歸去，念感激天意。　幸列熙臺，洞天遥遥望聖梓。五夕華胥，魚鑰並開十二。聖景難逢無比，人間動且經歲。婉娩躊躇再拜，五雲迆邐。

萬年歡慢

一

禁籞初晴，見萬年枝上，工囀鶯聲。藻殿連雲，萃巇高熖簷楹。好是簾開麗景，裊金爐、香暖煙輕。傳呼道、天蹕來臨，兩行拱引簪纓。　看看筵敞三清。洞寶玉杯中，滿酌犀觥。爛熳芳葩，斜簪慶快春情。更有簫韶九奏，簇魚龍、百戲俱呈。吾皇願、永保洪圖，四方長樂昇平。〔一〕

二

當今聖主，理化感四塞，永滅狼煙。太平朝野無征戰，國内晏然。風調雨順歌聲喧。簫韶韻，九奏鈞天。願王永壽，比南山、更奏延年。

三

婥妁要肢輕婀娜。學内樣、深深梳果。如五鳳雙鸞相對舞，隨腰帶、乍遊瑣。　鶯幕、滿頭花，見緑楊摸蔌。金堦獻，一庭細管繁絃裏，誰把撥抛過。

〔一〕此首亦收録在《欽定詞譜》卷二六。

舞鸞雙翥，香獸低。散瑞景煙微。投袂翩翩，趁拍遲遲。按曲度瑤池。　曲遍新聲，斂繡衣跪。綵袖高捧瓊巵。指月中丹桂。春難老，祝仙壽維祺。

憶吹簫慢

血洒霜羅，淚薄艷錦，伊方教我成行。漸望斷、斜橋暝柳，曲水歸雲。月暗風高露冷，獨自纔抵孤城。江南遠，今夜就中，愁損行人。　愁人。舊香遺粉，空淡淡餘暖，隱隱殘痕。到這裏、思量是我，忒瞧無情。水更無情侶我，催畫航、一日三程。休煩惱，相見定約新春。

月華清慢

雨洗天開，風將雲去，極目都無纖翳。當遇中秋，夜靜月華如水。素光晃、金屋樓臺，清氣徹、玉壺天地。此際。比無常三五，嬋娟特異。　因念玉人千里。待盡把愁腸，分付沉醉。只恐難當，漏盡又還經歲。最堪恨、獨守書幃，空對景、不成歡意。除是。問姮娥覓取，一枝仙桂。

感皇恩令

和袖把金鞭，腰如束素。騎介驢兒過門去。禁街人靜，一陣香風滿路。鳳鞋弓様小，彎彎露。　驀地被他，回眸一顧。便是令人斷腸處。願隨鞭鐙，又被名韁勒住。恨身不做個，閒男女。

醉太平

厭厭悶着。厭厭悶着。奴兒近日聽人咬，把初心忘卻。　教人病深謾摧拙。憑誰與我分說破，仔細思量怎奈何，見了伏些弱。

還宮樂

喜賀我皇，有感蓬萊，盡降神仙。到乘鸞駕鶴御樓前。來獻長壽仙丹。　玉殿階前排筵會，今宵秋日到神仙。笙歌寥亮呈玉庭，爲報聖壽萬年。

清平樂

眞主玉曆成康。德睿寧安國中良。時和歲豐稔，民阜樂、何情泚、瑞木呈日五色，月華重有光。更羽鶴來儀鳳凰。萬邦鄉。濟供明皇。祝遐齡、聖壽無疆。

荔子丹

　　盈盈巧笑詠

鬪巧宮粧掃翠眉。相喚折花枝。曉來深入艷芳裏，紅香散，露浥在羅衣。新詞。舞態畫嬌姿。裊娜文回迎宴處，簇神仙、會赴瑶池。

水龍吟慢

玉皇金闕長春，民仰高天欣載。年年一度定佳期，風情多感慨。綺羅競交會。爭折花枝兩相對。舞袖翩翩歌聲妙，掩粉面、斜窺翠黛。

　　錦額門開彩架，毬兒裳、先秀神仙隊。融香拂席霓裳動，鏗鏘環珮。寶座巍巍五雲密，歡呼爭拜退。管絃衆作欲歸去，願吾皇、萬年恩愛。

太平年慢（中腔唱）

皇州春滿群芳麗。散異香旖旎。鼇宮開宴賞佳致。擧笙歌鼎沸。永日遲遲和風媚。柳色煙凝翠。唯恐日西墜。且樂歡醉。

金殿樂慢（踏歌唱）

駕紫鸞軿。乘風縹緲遊仙。紅霓蘸影，近瑤池、鶴戲芝田。臨蕙圃、飲瓊泉。上蕭臺、遥瞻九天。對眞人蘂書親授，已向南宮住長年。

安平樂

開瓊筵，慶佳辰。綵帟當中月華明。笙歌樂、如夢幻，望丹山彩鳳，飛舞邃庭。遐艷異、壽盃同斟。抃舞謳歌浹歡聲。方今永永太平。更衍多男，共集錦昌壽恩。

愛月夜眠遲慢

禁鼓初敲，覺六街夜悄，車馬人稀。暮天澄淡，雲收霧捲，亭亭皎月如珪。冰輪碾出遥空，無私照臨千里。最堪怜、有情風，送得丹桂香微。 唯願素魄長圓，把流霞對飲，滿泛觥觴醉凭欄處、賞翫不忍、辜卻好景良時。清歌妙舞連宵，踟躕懶入羅幃。任佳人、儘嗔我，愛月每夜眠遲。[一]

惜花春起早慢

向春來，覩林園，綉出滿檻鮮葶。流鶯海棠枝上弄舌，紫燕飛遶池閣。三眠細柳，垂萬條、羅帶柔弱。爲思量，昨夜去看花，猶自班駁。 須拌盡日樽前，當媚景良辰，且恁歡謔。更闌夜深秉燭，對花酌、莫辜輕諾。隣雞唱曉，驚覺來、連忙梳掠。向西園、惜群葩，恐怕狂風吹落。

千秋歲令

想風流態，種種般般媚。恨別離時大容易。香牋欲寫相思意。相思淚滴香牋字。畫堂深，銀燭暗，重門閉。 似當日、歡娛何日遂。願早早相逢重設誓，美景良辰莫輕拌，鴛鴦帳

[一] 此首亦收録在《欽定詞譜》卷三二。

裹鴛鴦被。鴛鴦枕上鴛鴦睡。似恁地，長恁地，千秋歲。

風中柳令

愛鬟雲長，惜眉山，尋乍相見，一時眠起。爲伊尚驗，未欲將言相戲。早樽前、會人深意。霎時閒阻，眼兒早巴巴地。便也解、封題相寄。怎生是款曲，終成連理。管勝如、舊來識底。

漢宮春慢

春日遲遲。稱遊人、盡日賞燕芳菲。新荷泛水，漸入夏景雲奇。炎光易息，又早是、零落風西。白露點，黃金菊蘂，朝雲暮雪霏霏。光陰迅速如飛。邀酒朋共歡，且恁開眉。清歌妙舞，更兼玉管瑤篪。人生易老，遇太平、且樂嬉嬉。莫待解，朱顏頓覺，年來不似當時。

花心動慢

暑逼芳襟，甚全無因依。便教人惡。賴有枕溪百尺，朱樓映日，數重香箔。馱冰圍定猶嫌暖，紅日綻、雨收殘脚。漫試取，紅綃弄雪，碎瓊推削。　粧罷低雲未稤。葉葉地仙衣，剪輕裁薄。汗洒淚珠，急捧金盤，向前顆顆盛卻。鳳凰雙扇相交扇，越攔就、越腰肢弱。待做個、青紗罩兒罩着。

行香子慢

瑞景光融。換中天霽煙、佳氣葱葱。皇居崇壯麗，金碧輝空。彤霄外、瑶殿深處，簾捲花影重重。迎步輦、幾簇眞仙，賀慶壽新宮。　方逢。聖主飛龍。正休盛大寧，朝野歡同。何妨宴賞，奉宸意慈容。韶音按、露觴將進，蕙爐飃馥香濃。長願承顔，千秋萬歲，明月清風。

雨中花慢

宴闕倚欄郊外，乍別芳姿，醉登長陌。漸覺聯緜離緒，淡薄秋色。寶馬頻嘶，寒蟬晚、正傷行客。念少年蹤迹。風流聲價，泪珠偷滴。　從前與、酒朋花侶，鎮賞畫樓瑶席。今夜裏、清風明月，水村山驛。往事悠悠似夢，新愁苒苒如織。斷腸望極。重逢何處，暮雲凝碧。

迎春樂令

神州麗景春先到。看看是、韶光早。園林深處東風過，紅杏裏、鶯聲好。　漠漠青煙遠遠道。觸目是、緑楊芳草。莫惜醉重遊，逡巡又年華老。

西江月慢

煙籠細柳，映粉墻、垂絲輕裊。正歲稍暖律風和，裝點後苑臺沼。見乍開、桃若燕脂染，便須信、江南春早。又數枝、零亂殘花，飃滿地、未曾掃。　幸到此，芳菲時漸好。恨閒阻、佳期尚杳。聽幾聲、雲裏悲鴻，動感怨愁多少。謾送目、層閣天涯遠，甚無人、音書來到。又只恐、別有深情，盟言忘了。

遊月宮令

當今聖主座龍樓，聖壽應天長，寶錢噴香煙，玄宗遊月宮。　海晏河清，盛朝侍，群臣喜呼萬歲，萬人民，開樂業，願吾皇、增福壽。

桂枝香慢

暖風遲日，正韶陽時節，淑景明媚。一霎雨打紅桃，花落滿地。閨獨坐簾高捲，困春容、懶臨香砌。自從檀郎，金門獻賦，不絶朱翠。　聞上國、纔有書回，應賢良明庭，已擢高第。拆破香牋，離恨卻成新喜。早教宴罷瓊林苑，願歸來、永同連理。這回良夜，從他桂枝，香惹鴛被。

慶金枝令

莫惜金縷衣。勸君惜、少年時。花開堪折直須枝，莫待折空枝。　一朝杜宇纔鳴後，便從此、歇芳菲。有花有酒且開眉。莫待滿頭絲。[一]

百實妝[二]

一抹絃器，初宴畫堂，琵琶人把當頭。鬐雲腰素，仍占絶風流。輕攏幔撚，生情艶態，翠眉

[一] 此首亦收録在《欽定詞譜》卷七。

[二] 一作《百寶妝》。

黛顰，無愁謾似愁。變新聲曲，自成獲索，共聽一奏梁州。　彈到遍急敲穎，分明似語，爭知指面纖柔。坐中無語，惟斷續金虬。曲終暗會王孫意，轉步蓮、徐徐卸鳳鉤。捧瑶觴，爲喜知音，勸佳人、沈醉遲留。

滿朝歡令

未央宫闕丹霞住。十二玉樓揮錦繡。雲開雉扇捲珠簾，煙粉龍香添瑞獸。　瑶觴一舉蕭韶奏。環珮千官齊拜首。南山翠應北華高，共獻君王千萬歲。

天下樂令

壽星明久。壽曲高歌沈醉後。壽燭熒煌。手把金爐，燃一壽香。　滿斟壽酒。我意慇懃來祝壽。問壽如何。壽比南山福更多。

感恩多令

羅帳半垂門半開。殘燈孤月照窓臺。北斗漸移天欲曙、漏更催。　携手勸君離别酒，泪和紅粉滴金盃。嗚咽問君今夜去、幾時迴。

鮮佩令[一]

臉兒瑞正。心兒峭俊。眉兒長、眼兒入鬢。鼻兒隆隆，口兒小、舌兒香軟。耳垛兒、就中紅潤。　項如瓊玉，髮如雲鬢。眉如削、手如春筍。妳兒甘甜，腰兒細、脚兒去緊。那些兒、更休要問。

《高麗史》卷七一

成石璘

（一三三八——一四二三），字自修，號獨谷，昌寧人。一三五七年登第，歷政堂文學、藝文大提學、門下贊成事，入朝鮮累官右政丞，左政丞，領議政。謚文景，有《獨谷集》。

[一] 一作《解佩令》。

阮郎歸

病中賦《阮郎歸》，寄呈騎牛子

春寒悄悄閉重門。疎簾雨氣昏。達官厚禄是誰恩。香爐火尚溫。　人語少，鳥聲喧。風花飛上軒。園中井水豈無源。汲多能不渾。

《獨谷集》卷上，《詩》

李詹

（一三四五——一四〇五），字中叔，號雙梅堂，洪州人。一三六八年登第，歷右常侍、知申事。入朝鮮，累官簽書三軍府事、藝文館大提學、知議政府事。奉命兩次赴明，謚文安，《雙梅堂篋藏文集》。

臨江仙

重遊密城

春瀨和煙分遠野，官橋楊柳依依。花香苒苒襲人衣。樓臺無限好，客子甚時歸。　憶昔泛舟遊夜月，鱸魚挑上漁磯。中流漸覺露華微。此來思□（漏一字而疑往事）事，黃鶴白雲飛。

臨江仙

松月亭

亭畔雙松張翠葆，秋來十分蒨蔥。幽人衣上露華濃。待看清夜月，聳出亂山中。 桂影參差天宇靜，一聲何處冥鴻。彈琴古調入松風。浩歌清興發，莫使酒尊空。

南柯子

竹徑煙

梨棗通隣圃，桑麻翳古墟。竹林深處是吾廬。益友平生但與、此君居。 彭澤休官後，山陰卜築初。風霜雪露縱憐渠。爭似和煙一簇、暗扶疎。

虞美人

驚塞鴈

金河秋畔驚胡管。萬里初飛鴈。哀鳴輕舉趁西風。十載江湖、來往也悤悤。 去寒就暖謀身巧。弋者徒求飽。尺書誰遣到南州。有客懷歸、終日倚江樓。

《雙梅堂篋藏文集》卷一，《詩類》

權近

（一三五二—一四〇九），字可遠，一字思叔，號陽村，安東人。一三六八年登第，歷左代言、知申事、簽書密直司事。入朝鮮，累官藝文館大提學、大司成、議政府贊成事、世子左賓客、貳師。謚文忠，有《陽村集》。

巫山一段雲

新都八景，次三峰鄭公道傳韻

一

畿甸山河

疊嶂環畿甸，長江帶國城。美哉形勝自天成。眞個是王京。　道里均皆適，原田沃可耕。居民富庶樂昇平。處處有歌聲。

二

都城宮苑

天作鴻都壯，雲横雉堞開。觚稜金碧鬱崔嵬。劍佩此徘徊。　上苑三春樂，深宮萬壽杯。君王勤政坐朝回。花影轉樓臺。

三

列署星拱

弦直長街闊，星環列署分。天門冠蓋藹如雲。濟濟佐明君。　庶政皆凝績，英材惣出群。籠街喝道遞相聞。退食正紛紛。

四

諸坊碁布

新邑天開府，諸坊局布碁。千門萬户正參差。冠蓋日追隨。　市肆家家富，園亭處處奇。遠聞歌吹月明時。適際大平期。

五

東門教場

五校容儀壯，三軍號令行。東門鉦鼓響鏗轟。萬騎耀戈兵。日照明金匣，風生動畫旌。獻禽奏凱象功成。四域振雄聲。

六

西江漕泊

南海恬風浪，西江蔟畫船。烏檣櫛立蔽雲天。委積與山連。紅腐千倉粟，青生萬户煙。公私富足各安然。王業永綿綿。

七

南渡行人

雜遝爭官道，繁華近國門。街亭日日擁高軒。迎送倒芳樽。野路連江岸，汀沙帶水痕。往來皆向此中奔。誰識濟川恩。

八

北郊牧馬

豊草長郊外，清川斷岸邊。龍媒萬匹競騰騫。藹藹五花連。走坂蹄生電，嘶風鬣舞煙。無邪一念正超前。思欲獻駉篇。

《陽村集》卷八，《詩》

權遇

（一三六三——一四一九），字慮甫，號梅軒，權近之弟，安東人。一三八五年登第，歷成均館博士、吏曹佐郎。入朝鮮，累官校書監丞、軍器監丞、藝文館提學。有《梅軒集》。

巫山一段雲

新都八景，次三峰鄭先生道傳韻，先生首列八景之目，各賦《巫山一段雲》體，獨谷、陽村皆效其體而賦之。

一

畿甸山河

四境邦畿遠，千年地理雄。山河設險出天工。建國此營功。　虎踞龍蟠處，鷄鳴狗吠中。吾王修德慎初終。鴻業永無窮。

二

都城宮苑

翼翼都城壯，嵬嵬象魏尊。五雲佳氣正氤氲。凝作大平痕。　劍佩趨丹闕，旌旗映紫門。天顔咫尺賜温言。稽首謝鴻恩。

三

列署星拱

天近金宫邃，星排粉署多。烏臺鳳閣最清華。相望鬱嵯峨。　夜直消銀燭，晨趨動玉珂。丹青王化德無瑕。世合沐恩波。

四　諸坊碁布

錯落閭閻密，縱横道路分。千車萬馬自成群。來往互紛紛。　市賈日中聚，街鐘風裏聞。繁華一代正修文。城闕藹祥雲。

五　東門教場

地勢平如掌，軍容迅若雷。鼓行金止幾番回。萬騎更徘徊。　善陣精明術，摧鋒勇決才。能令敵國自降來。預養豈徒哉。

六　西江漕泊

漕運通千里，樓船累萬艘。長江水闊抱汀洲。潮至衆帆投。　貢賦年年入，倉箱日日收。民膏國脉各充周。舞蹈答王休。

七

南渡行人

遥望迢迢路，横流脉脉津。南來北去幾千人。絡繹日相臻。風定舟行穩，煙開水氣新。濟川亭上送迎頻。爛漫設華茵。

八

北郊牧馬

野闊青煙冪，春深碧草齊。奔騰陣馬自東西。飛電入輕蹄。渡水成羣飲，迎風向侶嘶。牧人終日逐長堤。蓑笠雨凄凄。

菩薩蠻

寄春亭

妙齡才思何神速。新詩句句如珠玉。唱和幾多篇。皆堪衆口傳。敷榮春樹木。將見稠紅綠。擬欲一尊前。吟餘共醉眠。

《梅軒集》卷五，《雜體詩》

安魯生

（十四世紀前後在世），號春谷，竹山人。恭愍王時，歷軍資少尹、兵曹摠郎。入朝鮮，歷吏曹參議，忠清道道觀察使。

巫山一段雲〔一〕

一

騰雲山

地軸從天北，山根揷海中。浮雲積翠幾千重。雲氣自沖融。　古木蒼藤老，深崖白日

〔一〕不標詞牌，今據律補。

曚。會當登覽最高峰。隨意倚清風。

二

望日峰

早發尋暘谷，來登望日峰。金鴉飛出碧波中。淑氣萬長空。萬物分形影，三元造始終。細推盈昃妙無窮。嘿嘿謝天工。

三

西泣嶺

澗道過清淺，峰巒向翠微。三行紅粉並鞍歸。白日動光輝。水逐征驂急，山從祖帳圍。離歌未闋已西暉。揮淚更霑衣。

四

南眠峴

東國龍興日，三韓虎鬪時。只緣歷數在君師。大業豈前期。和睡登南峴，輸肝獻一卮。風飛電掃定安危。端拱示無爲。

五

燕脂溪

洞密藏仙境，溪回繞妾家。香風和月上窓紗。流影照琵琶。　手拂青銅鏡，頭簪白玉珈。曉來粧罷貌如花。水赤㨾丹砂。

六

丑山島

地盡滄溟大，雲收島嶼開。洪濤洶湧動驚雷。勢若雪山頹。　萬竹籠煙靜，千帆帶雨回。縱然海寇不虞來。知是望風摧。

七

揖仙樓

樓逈雲生棟，山高翠滴裳。荷風細細送清香。便是入仙鄉。　木落知秋氣，月明生夜涼。倚欄時復引壺觴。身世兩相忘。

八

奉松亭

海闊波聲壯，郊虛颷氣侵。松爲保障蔚成林。千載翠陰陰。芳草青氈軟，晴沙白雪深。幾人把酒日相尋。乘興豁煩襟。

九

觀魚臺

石壁千層下，滄溟幾丈餘。湯湯萬里一堪輿。俯瞰數游魚。水落漁磯出，帆開宿雨疎。若令尚父此來居。西伯便同車。

十

梵興寺

寶地尋精舍，空門薄世情。赤髭白足出巖扃。松下説無生。夜靜石泉響，曉寒鐘梵聲。道心潭影共澄清。趺坐旋忘形。

十一　含恨洞

驃褭紫騮馬，夸毗白面郎。金鞭指點百花粧。中有倚新粧。　纖手開珠箔，明眸出洞房。上樓相對賞春光。一嘆已摧腸。

十二　貞信坊

有別彝倫正，無非德行清。但因節婦秉心貞。閭井得佳名。　烈女風猶在，關雎化復行。丹陽禮俗古今成。自是被文明。

《新增東國輿地勝覽》卷二四

李原

（一三六八—一四三〇），字次山，號容軒，固城人。一三八五年登第，累官司僕侍丞、禮曹佐郎、兵曹正郎。入朝鮮，歷兵曹判書、右議政、左議政。謚文敬，有《容軒集》。

巫山一段雲[一]

次《蔚州太和樓》詩

一

太和樓

官解初尋寺，僧閒不閉門。山光水色映晴軒。詩景自成繁。　古調聞瑶瑟，高吟倒緑尊。歸來長笛月明昏。前路曲通村。

[一] 不標詞牌，今據律補。

二

平遠閣

歲遠無遺閣，江空不見船。昔人行樂在何邊。草樹獨葱芊。　村逕連官道，山雲雜野煙。客中遊興轉凄然。健筆憶臨川。

三

白蓮社

雪作蓮花藥，波生竹簟文。老禪面壁默無言。妙法恨難聞。　白髮身將老，紅塵眼欲昏。何時結社學高論。今日又殘曛。

四

碧波亭

古郡臨鯨海，幽蹊遶鶴汀。欲尋往事上高亭。卧碣已殘銘。　遠水連天碧，平蕪滿地青。誰家長笛惱人聽。懷古涕空零。

五

隱月峰

新月如明鏡，危峰似翠華。磨天數點聳嵯峨。藏得一輪斜。不聽驚飛鵲，空看欲落霞。停盃知是謫仙家。早晚照陵阿。

六

望海臺

臺迴臨無地，天低接大洋。鯨波浴日動晨光。萬頃共蒼蒼。風起潮聲壯，雲開帆影忙。倭奴不得犯東方。處處務農桑。

《容軒集》卷二，《詩》

權賢妃[一]

（一三九一——一四一〇）朝鮮嘉善大夫工曹典書權執中之女，明成祖朱棣之妃，《明史》有傳。一四〇八年以貢女赴明，永樂七年封賢妃。《明史》稱：「姿質穠粹，善吹玉簫。帝愛憐之。」永樂八年薨於臨城，葬於嶧縣（今山東省棗庄市嶧城），謚恭獻。權妃墓亦稱「娘娘墳」，位於山東省棗庄市嶧城西十五公里處，一九八六年被列爲棗庄市市重點文物保護單位，一九九〇年被定爲旅游景點。

謁金門

宫女聲停刀尺。百和御香眞堪惜。錦帳夜半虛擲。挑盡銀燈情脈脈。描龍無氣力。

撲鼻。簾捲西宫窺夜色。天青星欲滴。

〔一〕《衆香詞》、《全明詞》皆作「權貴妃」，今據《明史》改。

踏莎行

時序頻移，韶光難駐。柳花飛盡宫前樹。朝來爲甚不鉤簾，柳花正滿簾前路。　春賞未闌，春歸何遽。問春歸向何方去。有情海燕不同歸，呢喃獨伴春愁住。

臨江仙

花影垂簾初睡起，繡鞋著罷慵移。窺粧强把緑窓推。隔花雙蝶散，猶似夢初回。　玉旨傳宣呼女監，親臨太液荷池。爭將金彈打黄鸝。樓臺凌萬仞，下有白雲飛。

徐樹敏、錢岳《衆香詞·禮集》

徐居正

（一四二〇——一四八八），字剛中，號四佳亭，大丘人。一四四四年登第，歷任六曹判書，官至左贊成。謚文忠，有《四佳集》。

滿江紅

效顰

尺五城南，形勝地、畜眼未有。自太古，尾星分野，巨鼇孕秀。宅都定鼎金湯堅，分裂元非麗濟舊。蘭槳桂櫂、風流行樂，漢江口。

鷁首飛，鼉面吼。瑠璃鍾，琥珀酒。使佳會安得，天長地久。江山是壺中物外，人物非王前盧後。明日參商、南北何處，空搔首。

《四佳詩集》補遺卷二，《詩類》

巫山一段雲[一]

次益齋李先生《瀟湘八景》

吾同年金子固得益老手書八景《巫山一段雲》體，粧潢爲一軸，求詩縉紳，又求於次韻，聊復效顰耳。

[一] 不標詞牌，今據律補。

一

遠浦歸帆

牛岑寒日落，極浦晚潮催。十幅篷篠劈浪開。長風穩送來。　遠隨歸鴈去，暝帶暮鴉回。愼勿行過灩澦堆。驚濤吼作雷。

二

平沙落鴈

塞北迷風雪，江南足稻粱。書空咄咄自成行。一一下沅湘。　秋水碧於酒，晚沙明似霜。由來行止喜隨陽。得意恣飛揚。

三

洞庭秋月

玉斧脩何日，冰輪輾上空。銀河清淺漏丁東。人倚小樓中。　冷影驚飛鵲，寒光射屬虹。長天如掃海無風。身在水晶宮。

四

瀟湘夜雨

蕭踈篁竹雨，淅瀝荻蘆洲。晚泊黄陵祠下秋。聲聲惹起愁。　三湘何處客，萬里未歸舟。篷底沈沈夜更幽。多情雙白鷗。

五

山市晴嵐

山來青未了，水繞緑成圍。紅槿花間白板扉。淬濛靄翠霏。　樓臺迷遠近，水墨轉稀微。擬向市橋買酒歸。遥看近又非。

六

江天暮雪

晚雲凝作冷，驟雪勢矜嚴。銀界茫茫玉屑纖。撒空時學鹽。　買魚尋白屋，賖酒問青帘。薄暮欲歸山吐蟾。登樓不下簾。

七

煙寺暮鐘

樹木招提古，煙雲罨畫濃。鴉鬟粧點媚山容。薄暮一聲鐘。隔壁連獅吼，穿林撼鷲峰。僧歸行脚迷短筇。殘月耿疎松。

八

漁村落照

葡萄新漲水，躑躅晚蒸霞。隱映漁村八九家。三竿紅日斜。沙頭拳宿鷺，林表閃昏鴉。晚泊孤舟蘆荻花。秋深足蟹蝦。

《四佳詩集》卷四一

李承召

（一四二二—一四八四），字胤保，號三灘，陽城人。一四四七年狀元及第，歷大司成、吏曹參判、刑曹判書、左參贊。謚文簡，有《三灘集》。

巫山一段雲

次益齋《瀟湘八景》詩韻〔一〕

一

遠浦歸帆

遠水兼天淨，長風特地催。蒲帆晚帶落霞開。飛影過江來。　更逐寒潮上，還隨返照回。船頭驚鴈起沙堆。劈浪響如雷。

二

平沙落鴈

逐候飛南北，謀身豈稻粱。相呼萬里不離行。隨意下清湘。　江闊涵秋影，天清拂曉

〔一〕不標詞牌，原題爲「次益齋《瀟湘八景》詩韻，《巫山一段雲》體」。

霜。長州沙暖好秋陽。遵渚任飄揚。

三

洞庭秋月

晶晶波横練，溶溶月上空。水天一色迷西東。滉瀁玻瓈中。雲際飛明鏡，江心卧綵虹。岳陽樓上倚清風。疑入蘂珠宫。

四

瀟湘夜雨

雲接蒼梧野，雨昏白鷺洲。湘靈鼓瑟滿江秋。誰與伴牢愁。露泣千竿竹，煙沈一葉舟。蓬窓月黑轉悠悠。波上有鳴鷗。

五

山市晴嵐

靄靄千林暗，悠悠一水圍。輕煙引素羃岩扉。共作翠嵐霏。暫逐溪風度，深埋野徑微。何人市上醉扶歸。不管是耶非。

六

江天暮雪

日落雲俱黑，風吹氣轉嚴。初看酒幕雨廉纖。變作撒空鹽。排挮江樓檻，飄蕭酒店帘。清光卻勝廣寒蟾。透入水精簾。

七

煙寺暮鐘

遠水依山盡，輕煙羃樹濃。忽驚雷吼撼秋容。蕭寺晚來鐘。飛響搖寒月，殘聲隱斷峰。誰携綠玉一支筇。去入雲間松。

八

漁村落照

山逈啣紅日，川明映綵霞。柴門面水幾人家。漁艇自横斜。影亂群飛鴈，光翻尺去鴉。撑舟撒網浪生花。轉覺富魚鰕。

《三灘集》卷九，《詩》

姜希孟

（一四二四——一四八三），字景醇，號私淑齋，晉州人。一四四七年登第，累官吏曹判書、世子賓客、知春秋館事、兵曹判書、左贊成，封山府院君。謚文良，有《私淑齋集》。

巫山一段雲[一]

瀟湘八景

先君戴愍公，雅好書畫。家累百餘件，必令希孟收藏齊帙，其中奇愛者，益齋文忠公所作瀟湘八景《巫山一段雲》八首，乃其手翰也。希孟問請得於何所，公曰：「得之文忠公遠孫李公嘻，此實眞跡也。」希孟雖在童丱，未嘗不欽慕其文章翰墨之妙。及戴愍捐館，而所藏書畫散失殆盡。其後廿

[一] 不標詞牌，今據律補。

四年，琴軒金子固氏送一古牋軸求詩，乃其八景軸也。噫手澤尚新，忍觀諸！敢依韻敬次云。

一

遠浦歸帆

咽咽汀潮上，蓬蓬鼉鼓催。湖平風熱衆帆開。隱然鏡光來。縹渺鷗邊闊，微茫煙際回。群檣繫纜白沙堆。江殷地中雷。

二

平沙落鴈

冥路通雲漢，低飛爲稻粱。排空點點字千行。去意在三湘。沙遠平鋪雪，蘆深冷着霜。驚寒千陣向衡陽。作勢抑還揚。

三

洞庭秋月

雲物掃銀漢，露華凝碧空。衡湘萬里混西東。暗淡有無中。海角迷金暈，乾端射白虹。冰輪輾上駕長風。今徹碧雲宫。

四

瀟湘夜雨

雲煙藏海嶠，風雨滿汀洲。水國蒹葭響晚秋。燈前萬里愁。　寒聲聞竹岸，遥火認漁舟。五夜不眠篷底幽。哀鳴三兩鷗。

五

山市晴嵐

遠岫青如髻，輕嵐白作圍。茅茨何處掩柴扉。空翠落霏霏。　野逕通林細，溪橋跨岸微。誠教摩詰畫圖歸。眞趣也應非。

六

江天暮雪

頑雲垂地暗，密雪挾風嚴。薄暮擎寒竹枝纖。擺亞落輕鹽。　蓑重回漁棹，村孤誇酒帘。江樓霽景帶寒蟾。倚醉喚鉤簾。

七

煙寺暮鐘

樹密招提隱，煙沈紫翠濃。鯨音忽撼暮山容。三十六聲鐘。役役悲塵世，悠悠望翠峰。偶然深省倚孤筇。暝色入蒼松。

八

漁村落照

山遠啣斜日，江澄漾彩霞。漁人相聚自成家。籬落整還斜。橋斷明秋水，林高返暮鴉。阿翁收網入蘆花。談笑説魚鰕。

《私叔齋集》卷五，《雜體·歌詞》

魚世謙

（一四三〇—一五〇〇），字子益，號西川，咸從人。一四五九年以吏文學官赴明，一四六九年封咸從君，一四七九年以奏聞使赴明。歷全羅道觀察使、工曹判書、刑曹判書、京畿道觀察使、漢城府判尹、户曹判書、兵曹判書、弘文館大提學、左參贊、右贊成、左贊成、右議政、左議政。謚文貞，有《西川集》，不傳。

巫山一段雲

榆關驛二首

榆塞狼煙息，關河驛路平。倦投孤館一含情。白日欲西傾。　槐帶年前子，松留雪後貞。相將沽酒暫停行。更起問前程。

二

作客何多日，離懷甚不平。長途無處洗塵情。對酒盃自傾。　有母今違養，爲臣只欲貞。五雲宮闕近前行。春色滿回程。

臨江仙

元日宴功臣

天機袞袞催時節，一年萬事俱新。五色雲中拱聖神。千宮齊蹈舞，仙樂動韶鈞。鹿鳴魚藻筵初秩，與宴俱是勳親。九醞淪肌花映春。魚水一堂上，萬類入同仁。

浣溪沙

落花歎

日日春風吹不休。酒醒一夕生春愁。何人獨上西南樓。飄然白雪雜紅雨，隨風散盡誰得收。只有香魂浮玉舟。

玉樓春

醉吟

百歲一身曾錯料。漁磯苔没未歸釣。蕭蕭華髮已千莖，攬得菱花羞自照。老婦稍黠前致笑。杜康頗覺曾同調。須臾春色上天庭，擬拍孫登發長嘯。

清平樂

綠陰

風花萬點。愁人方掩苒。酒醒一夜香魂斂。萬樹紅消綠染。兒童未識春歸。走覓南垣北扉。屋頭鶯啼自在，陰深不見黃衣。

南柯子

送朴性之赴京師，長短句

皇祚三千歲，中原十二州。江河日夜向東流。萬古朝宗袞袞、何時休。遼海堪招鶴，燕山有變彪。此間眞作丈夫遊。直指蓬萊宮闕、五雲浮。

漁家傲

才藝當時誰獨步。軒身直上青雲路。何幸瑶臺看玉樹。正堪慕。若爲相逐驅風露。一夕翻然留不住。乘槎卻向銀河渡。玉帝開顔一回顧。披雲霧。前星耀彩天無雨。

虞美人

送洪判官泂赴慶源，長短句

去年奔走甘棠下。幾日情同瀉。炎風吹夏忽增愁。豈意君先被召、我淹留。　悲歡人世眞千變。今日看君面。碧天無際朔雲飛。誰料風霜聊復、送君歸。

臨江仙

短句不堪酬遠別，風吹落日悠悠。傳盃馬上看吳鉤。醉中成一笑，投袂不曾留。　白羽腰間光照日，鳴騶逸氣横秋。塞垣千里黑雲收。想將游刃手，能副九重憂。

定風波

塞下那無士荷戈。羽林熊虎亦應多。莫謂書生無適用，到卻，洪君今日果如何。　我亦少年遊六鎮，也識，豺狼難制俗難和。子有胷中文武業，須記，狂夫三唱定風波。

巫山一段雲[一]

次益齋八景

金子固得益齋本稿甚寶之，粧䌙成軸，求和於諸公屬韻已多，更徵余作，敢辭云：

一

遠浦歸帆

十幅迎潮擧，雙橈鼓枻催。浪花飛雪棹頭開。萬里好歸來。　風利難教泊，波恬未擬回。遥岑帆外露微堆。應是澤名雷。

二

平沙落鴈

避患矰並弋，謀生稻與粱。南飛次第不遠行。帶影度衡湘。　天氣清如水，汀沙白混

[一] 不標詞牌，今據律補。

霜。飆風亂叫更陽陽。隨意落荆揚。

三

洞庭秋月

白露驚秋序，金波湧晚空。洞庭清浪暮江東。消息一環中。影倒銀成闕，光搖玉瀉虹。蕭蕭木葉下隨風。吹入九龍宮。

四

瀟湘夜雨

漠漠湘江夜，沉沉帝子洲。靈媧鼓瑟不堪秋。況復雨添愁。蕭颯風驚竹，浮搖客繫舟。十年叢桂古寺幽。相近一雙鷗。

五

山市晴嵐

山作青螺點，嵐如練帶圍。市鋪紈縠接雲扉。初日鬭林霏。入眼迷虛白，回頭失翠微。悠然對此忽忘歸。四十已知非。

六

江天暮雪

微霰先馳令，寒威已戒嚴。盈盈舞態聘穠纖。誰絮又誰鹽。　縹緲漁舟客，霏微酒市帘。終宵瑟縮月中蟾。何得下窺簾。

七

煙寺暮鐘

蘭若何林隔，煙雲是處濃。平生役役抗塵容。羞聽道山鐘。　迸獸潛幽壑，驚禽失舊峰。晚將深省起扶笻。徙倚兩三松。

八

漁村落照

村逈明殘照，天晴絢暮霞。披蓑曬網是誰家。漁船眼前斜。　遠水涵歸鴈，遥林一暝鴉。待他流水泛桃花。乘月打蘆蝦。

《咸從世稿》卷六、卷七，《詩》

金宗直

（一四三一—一四九二），字季昷，號佔畢齋，善山人。一四五三年登第，累官都丞旨、吏曹參判、同知慶筵事、漢城府尹、工曹參判、刑曹判書、知中樞府事。謚文忠，有《佔畢齋集》。

憶秦娥

端午觀鞦韆

秋千架。佳人遊戲傾臺榭。傾臺榭。翠翹花勝，焂高焂下。　王孫卻被無情惱，躊躇墻外香羅帕。香羅帕。歸家心醉，終宵喈喈。

水調歌頭

喜雨

春早，牟麥盡槁，水種愆期。四月初三日，予遣郡人朴由信，往禱於聖母廟。又令童子呼蜥蜴。數日得雨，以誌喜。

蒼虬久幽蟄，赤羽欲燒春。東陂西埭俱涸，畦壟但黃塵。五月十日不雨，無麥無禾可懼，念此損精神。二篋雖云薄，王母眷明禋。　卻喜今朝雲，勢好澹平勻。回頭方丈山下，雨脚正紛綸。滿眼桑麻葱蒨，四野鉏耰如織，生意一般新。我有芳樽酒，自酌慶丘民。

滿江紅

晉州教坊歌謠，獻吳觀察使伯昌

鳳岫菁川，人道有、神仙遺迹。今又見、喬卿冕服，象先旌節。原隰風聲馳海上，瓊樓喚點蓬萊籍。便歡情、如許水增深，山增碧。　秋日淨，秋霄寂。期易失，時難得。儘洞房清敞，芳罇明月。雲雨未排臺下夢，鴛鴦已暈機中織。願星軒、流憩一霎兒，娛今夕。

一籮金

賀春塘納贅

咸陽三月鶯花鬧。年少仙郎，卻勝王濛貌。金雀屏間木更巧。紫姑吉語誰能撓。　里閑相知非管豹。閥閱風流，不復錙銖較。但願熊羆新夢覺。一生看得離孫孝。

《佔畢齋集》卷七，《詩》

佚名

巫山一段雲

兩宮倖圓覺寺，還宮時，中宮女妓歌謠，并引

女妓某等，伏以君爲民而種福，三寶是憑，月配日以增明，四方咸仰，兹訖慶讚。普騰謳謡，恭惟柔道膺坤，徽音嗣世，儷珈笄於中壼，闡隆母儀，協悃愊於聖人，歸依象教。嘗紺宇斷手之日，值蓮花捧足之辰，翼鳳輦而副以魚軒，賁桑門而禮於猊座，非煙非霧，祥雲靄以輪囷，如蜜如飴，瑞露紛其霑灑。寶花散墜，設利交輝，民民物物之共觀，在在處處而相慶。兹符徵之駢集，實前古之罕聞，將見玉燭載調，珠躔式序，兜鈴戢於遠塞，風雨順於四時，家國磐安，人神闓懌，兩宮享南山之壽，百世鎮北極之尊。妾等，蓬島末流，梨園賤伎，屬覩鑾儀之返，仰獻巴里之音。其詞曰：

金地鳩功日，龍天啓慶辰。霞誠轉與法輪新。嘉瑞自叢臻。倪妹光玄德，承乾布至仁。煌煌翟茀返中宸。歡抃洽臣民。

金宗直《佔畢齋集》卷一

金時習

（一四三五—一四九三），字悦卿，號梅月堂，江陵人。幼年聰穎過人，一四五五年對朝鮮世祖篡位不滿，削髮爲僧，一四七一年拒絶世祖召他進京爲官，一四八一年還俗。有《梅月堂集》。

念奴嬌

山中看月

小窓静倚，看青山遠碧，蛾眉新畫。煙淡雲收光欲滴，更看冰輪倒掛。篆香初熏，茶煙欲起，景致多蕭灑。幽人多愛，好山佳境心快。　人世風波須臾，推遷如夢，使人多勞憊。錯了千般那個悟，些子風流閒話。百尺塵埃，□□難逢，如此清涼界。須知這裏，幾般伎倆摧敗。

滿江紅

春興

草暖花香，春山寂、鳥啼巖樹。溪雲起、藤蘿蔓處，澗聲作雨。石逕高低苔蘚古，竹房深鎖清香炷。也不管、浮世乍悲歡，令他苦。　朝霞襯、入庭户。山月掛，穿廊廡。獨行狂歌發，倚笻看圃。松下棲遲意自適，葛巾蕭散衣繿縷。須記取、待漏五更寒，人無數。

天仙子

燈下

山室無人春夜永。銷盡蘭膏花吐影。銀屏紙帳自無風，心地惺。人初靜。紅艶剪來還耿耿。　睡覺漏聲全未省。月在西峰星斗冷。整衣撞卻四更鐘，沈短綆。汲寒井。爐火試剪龍鳳餅。

如夢令

秋思

庭畔黄葉交墜。只有澗邊松翠。寂寞倚欄干，獨捻紫簫横吹。無語。無語。月落參横不寐。

浣溪沙[一]

有感

天上雙輪似擲梭。倚欄情緒奈然何。知心唯有碧江波。　人事一年歡意少，風光百歲苦心多。不如孤嘯一長歌。

菩薩蠻

秋江

白蘋紅蓼映江渚。洞庭木落情如許。漁艇背斜陽。短歌歸興長。　下瀧水清淺。別浦煙初卷。最好泛扁舟。沿流復泝流。

〔一〕原作《浣溪》，今據律補訂。

憶王孫

騷騷風竹響西軒。天外斜陽獨閉門。宿鳥爭枝相與喧。已黄昏。月上山城似玉盆。

更漏子

燈下

斗杓横，銀河淡。淅淅風簾相撼。孤枕冷，素屏寒。夜深更漏殘。　剔燈花，挑玉蘂。靜裏閒敲碁子。松摵摵，竹蕭蕭。博山香霧消。

隔浦蓮

明星三五嘒嘒。暝色雲初霽。曙氣露已綴，煙垂柳帶腰裊，殘月微淡，嫩鶯聲慧。露竹眠荒砌。　薰風細。闌干曲曲，薔薇牧丹麗。重門十二，翠鳥一雙流睇。那介高唐其伉儷。弄到心見，無語流涕。〔二〕

〔二〕本詞句式多與譜不合，現按文意句逗。

石州慢

寒松寺

十里寒聲，蕭颯高低，吹我耳側。疑聞帝居紅雲，奏彼鈞天廣樂。生平豪氣，如今添卻遨遊，滄波萬頃何遼廓。都是一胸襟，儘教伊吞吐。舒縮。窪尊斲石，團圓都是，舊時蹤跡。萬古相傳，一任風磨苔剥。流年如許，跳丸歲月蹉跎，前人視我今猶昔。慷慨發長歌，滿沙汀飛鴨。

洞仙歌

鏡浦

青樽白髮，畫舸汀洲遶。嫌卻皇華負年少。記前朝舊事、一段風流，都是夢，輸與人間一笑。琉璃千頃碧，□□□□，極浦孤山閒坐釣。更玉輦金輿、法駕東巡，絲管鬧、羽葆幢旗前導。作千古閒談、付漁樵，問庭畔雲霞、爲誰繚繞。

滿庭芳

華表柱

人世繁華，倏如星轉，暫時笑語悲歡。千年城郭，民物遞凋殘。常見紅塵萬丈，令人老、苦樂千般。唯華表，撑空獨立，長閲古今顔。　縱横城裏道，榆柳蔭傍，行旅盤桓。逢鄉人指點，何代幡竿。牛礪角、樵童擊火，苔花暈、碧點成斑。遼東客，何年化鶴，來語歎人間。

八聲甘州

白沙汀

海無垠沙汀白晴光，濛濛射殘輝。見雙雙白鷗，浮沈波際，咬嘎爭飛。何處漁舟未返，長笛一聲歸。不管人間世，心事相違。　我本風流宕客，謝浮生毁譽，得失幾微。探江湖風月，到處更依依。望那邊、滄波萬頃，顧這般、身影淚沾衣。韶光暮、底心獻賦，獨侍丹墀。

江城子

洞山館

海濱孤館接滄溟。倚風欞。望蓬瀛。浩渺滄波，數點白鷗輕。物外浮沈渠似我，渠不競，我忘形。　異鄉千里影伶俜。鬢星星。眼青青。怪底乾坤，身世一長亭。若見安期煩寄語，千日酒，與君傾。

《梅月堂集》卷七，《詩·調詞》、卷一三，《詩》

洪貴達

（一四三八——一五〇四），字兼善，號虛白堂，缶溪人。累官都承旨、大提學、户曹判書、左參贊。一五〇五年違孫女入宮之命，流配途中被絞殺。謚文匡，有《虛白先生集》。

巫山一段雲

次朴艮甫《巫山一段雲》

青山將落日，紅樹即深秋。江南江北晚煙收。鴈落白沙洲。　有約滄波上，無心紫陌遊。唐虞天地一巢由。身世兩悠悠。

艮甫之居，環以青山，園中又多嘉植，秋來紅葉如燒。其洞口一里許，兩水東西來，合而爲大江，南註於海，洲中白沙如雪，鷗鷺鴻鴈之所翔集。艮甫骨相清高，胸次灑落，有以安貧賤而不願乎其外，髣髴有箕潁之遺風。余故云云。

踏莎行

寄丁不騫

歲月跳丸，功名累卵。悠悠堅白吾不管。去季尋紅□翠人，半隨落花飛絮散。　握來臂損，掃來髮短。令人□馬出門嬾。欲呼春酒償春色，雀羅門外人來斷。

臨江仙

三月十五日，玉堂群賢邀我於獨松亭。因病不赴，詩以寄之。

獨松百尺寒如玉，萬縷垂楊手携。天傾河漢瀉玻瓈。併入神仙面，相看醉似泥。（下闋缺）

臨江仙

跌宕平生吾與點，年年心事暮春。文園今作卧吟身。嬾逐看花伴，愁將勸酒人。　寂寂簾帷度長日，負他桃李芳辰。招呼更負古仙眞。佳期嗟已失，後會問誰因。

《虚白先生續集》卷二，《詩》

俞好仁

（一四四五—一四九四），字克己，號林溪，別號雷磎，高靈人。一四七四年登第，歷工曹佐郎、掌令、陜川郡守。有《雷磎集》。

虞美人

潯陽江頭送客詞

荻花楓葉西風冷。萬古行人影。傷鴻戢翼過滄溟。汩汩紅塵、是事不堪聽。　潮生潮落江千頃。滿眼浮生境。天涯羈迹兩飄萍。一曲離歌叵耐、鬢星星。

虞美人

金庾信墓

吉祥山擁紅雲朵。天遣金童隨。萬靈鼓鞴鑄英豪。烈二雄圖磅礴、妥金鼇。　軒天撼地今無跡。蔓草西兄麓。祈連三丈夕陽邊。一匊東溟回首、幾桑田。

《雷磎集》卷四，《七言古風》

丁壽崑

（一四五二—一四八七），字不騫，羅州人。一四七二年及第，累官成均館學諭、博士、監察、承文院校理。

踏莎行〔一〕

次兼善

紫燕銜巢，倉庚伏卵。韶光撩亂問誰管。年年不改舊繁華，上林千樹紅霞散。　泉石興

〔一〕此詞也收録在洪貴達《虛白先生續集》卷二，《詩》。

長，貂蟬意短。不堪束帶隨行嫩。一場春夢到江南，起看天末碧雲斷。

清平樂

寄舍弟不崩永安幕，《清平樂》二闋

鴒原悵望。落落神斜放。雲白天高横萬嶂。不斷情懷漾漾。先春嶺上豊碑。至今守在蠻夷。校尉綸巾長嘯，將軍羽扇吟詩。

丁壽崗，《月軒集》卷五，《樂府》

李婷

（一四五四——一四八八），即月山大君，成宗之長兄。字子美，號風月亭。有《風月亭集》。

獻仙桃

奉賡御製賦《獻仙桃》曲宴

閶闔雲開漏日光。蓬萊天近望蒼蒼。承恩侍客歡情洽，度曲佳人舞袖長。王母獻桃瞻殿裏，東韓閱樂近螭旁。宴中斯枝還爲頌，休問唐家記曲娘。

巫山一段雲

貢串春潮

波湧千層雪，風喧萬衆車。桃花小雨亂紛紛。春浪已騰奔。雷輥夫差國，雲翻海若村。千年浪憶楚臣魂。何處恨堪論。

巫山一段雲

廣德朝嵐

朝旭籠寒谷，晴嵐隔野村。人家何處似桃源。翠色映柴門。桑拓迷深洞，松杉失故園。前溪後嶺暗無痕。疑是舞黄昏。

畫堂春

畫竹

丹青寫出歲寒枝。腦中造化誰知。虛堂粉壁影離離。長日便宜。颯爽秋聲幾處，森陰雨脚何時。會看高節不曾移。相對襟期。

畫堂春

畫蘭

猗猗獨秀煙林深。紫花暖弄春陰。可憐馨氣亦相侵。誰是知音。　不種天生爛熳，非根地産簫森。千年莫憶楚臣心。紉佩難尋。

虞美人

送浪翁遊松都

傷心故國繁華地。登臨應垂淚。荒城野草自茫茫。政是行人、今古一銷腸。　扶蘇王氣千年滅。往事浮雲歇。何時風雨洗心愁。只有長湍、煙浪向西流。

《風月亭集》卷二，《七言律詩》；補遺，《詩餘》

曹偉

（一四五四—一五〇三），字太虛，號梅溪，昌寧人。一四七四年登第，歷都承旨、觀察使，一四九八年以聖節使赴明，歸國路上牽累戊午史禍，死在配所。謚文莊，有《梅溪集》。

憶秦娥

中秋對月懷舊寄叔强

中秋月。暮雲飛盡清輝徹。清輝徹。江南漢北，茅簷魏闕。　年年月色今宵別。共看千里應愁絶。應愁絶。鸞坡舊約，不堪重説。

水龍吟[一]

《鎖録》云：「公謫海上，見時事，感慨懷鄉，多賦樂府，以見意云。」

秋日書懷

小園蕭瑟秋風，曉霜摇落橋頭柳。斜陽巷陌，寒煙聚落，初過重九。梔子微黄，楓林正赤，菊花時候。恨良辰荏苒，佳期寂寞，空喚僕、敲茶臼。　萬里天高一鴈，望關山、幾番搔首。霜鰲雪縷，江鰩海蠣，南烹可口。到處唯應，看天戀闕、停雲懷友。更何時任逐，鷄豚

[一] 詞牌原作《水龍詞》，今訂正。

社□，醉隣家酒。

點絳脣

清明出遊城南

寒食清明，綠楊芳草無情緒。小桃和雨。開遍村村樹。　欲撥閒愁，跨馬垂鞭去。城南路。隔林人語。佇立斜陽暮。

沁園春

春日言懷

少日桑弧，北略幽并，南窮漢巴。翱翔緱嶺，驂鸞駕鶴，夷猶玄圃，飲露飡霞。右執安期，左招子晉，不數玄卿與道華。瑤池侍宴，香浮棫座，酒滿金荷。　那知老蹉跎。奈曳尾、泥沙伴坎蛙。正夷陵城裏，夜聞鳴鴈，關山路上，魂斷梅花。目極神州，心馳故國，兩鬢春來雪半加。商量了，竟林泉有約，風月無涯。

阮郎歸

春晚

小園煙景日遲遲。颺空花片飛。杜鵑苦道不如歸。思歸雙淚垂。　　腸斷處，靠欄時。惜春無限思。落紅無數委塵泥。緑陰梅子肥。

摸魚兒

新築小室

結茅齋、僅能容膝，短椽堪庇風雨。緑陰蔥蒨成帷幕，正在百花深處。開小户。瞰海闊、天低隱隱丹丘路。算來阿堵。只白水青山，朝煙暮靄，明滅互呑吐。　　身如寄，塞北江南且住。何須分別鄉土。黄岡暫謫峨嵋老，後日雪堂誰主。潘郎古。今寂寞、無人酬和風騷句。閒中細數。有墮砌繁紅，縈簾飄素，一縷篆煙縷。

桃源憶故人

寒食寓懷寄庶弟伸

天涯遠客頻懷舊。身在湖南嶺右。病廢看花對酒。照影傷春瘦。　　故山松栢無人守。

寒食清明時候。夢到鳳溪回首。緑盡溪南柳。鳳溪，先生所居之地。

《梅溪集》卷五，《樂府》

安東士民

（一五〇〇年前後在世），作《南鄉子》一闋，獻給慶尚監司權柱。

南鄉子

嶺伯時巡到安東，士民書障子以獻。

日下星軺，降雲霄之縹緲。天涯花郡，增綉衣之光輝。幸蒙棨戟之臨，載續甘棠之詠。謹綴俳體《南鄉子》一闋，拜獻道左。詞曰：

才調冠群倫。出入君門早致身。中外歷敭華聞動，簪紳。更按南州惠我民。　故國媚煙雲。昔日題楣姓字新。瞻望行塵翹首待，逡巡。快與鄉人覩鳳麟。弘治癸亥臘月下澣

權柱，《花山先生逸稿》卷一，《詩》

李湜

（一四五八—一四八八），字浪翁，號四雨亭，延安人。能詩善歌，封富林君。有《四雨亭集》。

虞美人

梧桐葉落銀牀冷。雨過林亭靜。老夫無事只吟詩。小妓多情、臨鏡照蛾眉。何人和我傷秋句。獨倚庭前樹。竹扉嘔軋爲風開。疑是故人、尋我入門來。

臨江仙

窓外修竹森似束，緑陰間卧看書。滿庭芳草不曾除。閉門塵事少，誰復問幽居。公道世間唯白髮，鏡中雙鬢扶疎。天晴雲斂月如梳。思君君不到，秋色政愁予。

玉樓春

秋閨夜情

玉階一夜蛩聲咽。月入珠簾光更潔。深閨美女翦刀催，塞遠征夫音信絶。 屏山半掩風燈滅。脈脈幽懷誰與説。梧桐露滴靜無人，千里斷鴻愁未歇。

巫山一段雲

贈成上人

焚香清淨裏，烹茗黑甜餘。袖裏長携貝葉書。雲林無定居。 郊平望不極，山迥畫難如。嗟我塵懷苦未除。從師得一歔。

臨江仙

示浪叟

鉛燭高燒羅幌靜，雨聲滴碎枯管。漏籌催夜夜漫漫。風檽驚醉夢，秋氣透衣寒。 中有佳人顔似玉，愁深慵整雲鬟。含情脈脈倚朱闌。携琴閒下指，指冷不勝彈。

《四雨亭集》卷上，《詩》

金馹孫

（一四六四—一四九八），字季雲，號濯纓，金海人。一四八六年登第，累官弘文館博士、副修撰、成均館典籍、吏曹正郎。牽累戊午士禍被處死。謚文愍，有《濯纓集》。

滿江紅

吾同年友鐵城李君子伯，比持服纔外除。執政者即補子伯朔方幕僚之缺。子伯以其大夫人在堂，餘日苦短，欲伸己志自乞，而又爲其所格，鬱鬱不得志。將赴幕，覲其王母於嶺南，迤邐向東北，特蒙上許其行也，其朋友追而送之江之滸，嘆子伯之賢，宜處侍從諫爭之地，而遠屈外閫，爲公私交惜，感刺刺焉。季雲笑而告子伯曰：以壯遊而言，孤矢無定，由性命而觀，往來有數。較事業則文武無分別，視君親則恩義有輕重。夫天下至廣，此心至大，而身繫一方。此中山川，尚未遍觀，吾焉爲匏瓜也哉？過海之句，已吟於寇忠愍未相之前，犂母之拜，已夢於胡澹庵未疎之先，浮生世事，自有前定，不可逃也。中唐騷人，莫不佐幕，盛宋眞儒，皆能談兵。射不穿札，亦能制勝，修齋誦經者，非獨無策耳。親生我身而責之君，君制我命，而進退有義。戰陣無勇，以爲非孝。則男兒事親，豈全在晨昏堂塾之間哉？朝廷於北狄，撫馭謹嚴，主客形勢，兵民利病，揣摩籌畫，而補主帥之不逮。一面重責，君得自任矣。青油幕下，橫槊吐虹，黄雲塞上，解甲晏眠，使朝廷無北顧之憂，然後瓜時受代，歸報倚門，翩翩綵衣，得蒼顏之一破，可矣。吾覲子伯，風樹餘懷，恤恤乎若無所適，而又有將母之諗，故序以告之。又賦《滿江紅》一闋侑别，詞曰：

畫戟森在眼，正宜偉筆收拾。江山風土奚囊裏括。萬里從軍天有意，幢巾城上春雲結。望白山黑水弔興亡，詩幾闋。　一盞酒，三年别。楊柳條，無情緑。對晚湖握手，西陽易夕。白日長安回首杳，先春嶺上流遐矚。記舊遊、朋伴隔暵雲，空相憶。

《濯纓集》卷五，《詞》

金安國

（一四七八—一五四三），字國卿，號慕齋，義城人。一五〇三年登第，歷禮曹判書、兵曹判書、大提學、贊成、世子貳師。謚文敬，有《慕齋集》。

浣溪沙

次申參議光漢小詞三首韻，題尹友衡衡之快分亭。

柳擁松遮是子廬。月升清夜影扶疎。主人邀客詑仙居。　宇宙一身無繫著，白雲舒卷任空虛。笑斟尊緑意何如。

虞美人

鏗鏘溪韻縈山麓。日奏瑶琴曲。小亭誰構此中間。得喪升沈、何物擾腸肝。　披襟林下風來快。明月當簷掛。烏甌新茗啜無多。清露三更、孤鴈叫空過。

臨江仙

世路浮名添白髮，晚年收我天君。東華步步起青雲。閒翁方獨卧，長嘯度朝曛。　紅白盈階香送罘，年年醒醉三春。眼看塵事逐時新。一簾風雨鬧，高枕伴幽人。

《慕齋集》卷七，《詩》

申光漢

（一四八四—一五五五），字漢之，號企齋，高靈人。一五一〇年登第，歷吏曹判書、右參贊、右贊成、左贊成。謚文簡，有《企齋集》。

蝶戀花

次副使《蝶戀花》韻「殘春風雨」，用雲岡《惜暮春詞》。

樓頭客子春心小。蝶恨花愁，草草都忘了。芳信不傳雲杳杳。美人誰與開孤笑。　庭院沈沈春欲曉。萬事思量，未見年還少。愁似繅車千緒繞。無端捲幔東風峭。

蝶戀花

終朝庭院廉纖雨。簾外小桃，借問人何去。海上三山隔島嶼。瑤英識我歸來思。　芳草萋萋迷去路。無數雲鴻，邇來飛不度。惆悵別愁難盡處。風花揔是傷心樹。

憶王孫

次韻

無端花絮曉隨風。送盡春歸我又東。雨後嵐光翠欲濃。寄征鴻。家在山前萬柳中。

菩薩蠻

次韻

若到曉鐘春已過。春光此日傷兼暮。誰送斷腸聲。黄鸝知客情。　山花嬌靨濕。似帶傷春泣。緑酒瀉杯心。捲簾空抱琴。

謁金門

次韻

對花月。病後還抛舊藥。忽憶去年垂柳陌。子規聲未歇。　千里殘春孤客。愁見花紅頭白。不有小槽春酒滴。青衫那禁濕。

玉樓春

次韻

海棠含露臙脂濕。小雨霏微欺晚日。傷春人復捲簾看，目斷萋萋芳草色。　誰吹嘹亮江城笛。應惜風花飄錦席。金龜何處酒須賒，莫把菁華空枉擲。

敝邦音調有異，不慣此作。然盛意不可虚負，録呈求教，伏希斤正。

玉樓春

次韻

來時浦柳未吹絮。歸日山花皆落去。眼前人事卻多違，黯黯離愁天易暮。　逐婦鳩鳴初霽雨。薊門迢遞迷煙樹。分明他日寄相思，水碧山青相送處。

蝶戀花

次正使《蝶戀花》韻「肅寧道中」，和雲岡《惜春詞》。

錦繡山前逢細雨。送客黄鸝，似訴風光暮。白馬翩翩歸底處。驕嘶緩踏垂楊路。　籬外幽花含夕露。粉蝶飛來，翅濕多情緒。婭奼何人門裏語。去年崔子今歸去。

蝶戀花

次正使《蝶戀花》韻「肅寧道中」，和雲岡《惜春詞》。

殘醉厭厭成小夢。胡蝶翩翩，飛繞閒花弄。覺後無端愁思重。悤悤卻把年光送。　又是暮春天氣朗。楊柳吹綿，黄鳥交相哢。欲寄深情誰與控。薔薇花映風簾動。

憶王孫 次韻

蘭湯浴罷挹清風。綵鳳祥麟耀海東。天上金花雨露濃。送歸鴻。回首燕山瑞靄中。

菩薩蠻 次韻

誰知别後寬圍帶。客行盡日雲山外。下馬坐芳洲。濃陰藏翠樓。　驅車花落曉。景勝吟囊小。爲報惜春人。韶華易損神。

謁金門〔一〕 次韻

情索寞。相送江南江北。别後相思書不得。爲君含苦藥。　鴈斷魚沈消息。雨散雲飛

〔一〕《企齋集》卷一一《皇華集》云：「嘉靖己亥春，天使翰林侍讀華察、工科左給事中薛廷寵，奉詔來頒。特遣公爲都司迎慰使，代遠接使蘇世讓作。」

旌節。歸去玉京朝紫陌。倘記離顏色。

虞美人

聞鶯有感

上林花落春將老。曾記一聲曉。堪憐今日小山中。垂柳陰濃、啼罷又東風。　綿蠻聲裏初回夢。并坐花枝重。眼前光景去年同。白髮孤臣、唯恨酒罇空。

浣溪沙〔一〕

快分亭長短句，爲尹上舍作

採木爲椽結草廬。柴門煙鎖槿籬疎。個中云是主人居。　嘯傲孤亭眞快分，夜深山月卷簾虛。有誰知道我何如。

〔一〕原作《浣沙溪》，今據律補訂。

虞美人

孤雲獨寄剛金麓。野水三重曲。怡然俯仰百年間。山色江光、能寫此心肝。自無愧怍方生快。請看亭銘掛。紛紛富貴誤人多。翁醉初酣、風雨夢中過。

臨江仙

天付散村隨分老，小山叢桂留君。儻來軒冕是浮雲。闌干高倚處，歌罷日西曛。萬事已成知命後，落花看到殘春。芳罇白髮意還新。巢由輕聖世，好在卧亭人。

巫山一段雲

《瀟湘八詠》，效《益齋八詠》

一

平沙落鴈

霜落長空杳，潮回遠渚生。水清沙白暮霞明。風定數群横。影亂蘆花色，聲連玉塞情。飜飜纔下又輕輕。宿處莫須驚。

二

遠浦歸帆

漠漠煙迷浦，遥遥水拍天。檣梢斜日亂帆懸。何處遠來船。　和鴈浮空外，連山映渚邊。開頭捩柁最堪憐。横帽是長年。

三

瀟湘夜雨

暝色沈巴岸，寒雲接洞庭。若爲孤客此時聽。一夜鬢星星。　篷底蕭蕭響，心頭個個經。湘娥倚竹獨伶俜。何處泣幽靈。

四

洞庭秋月

嫋嫋風吹夜，微微露洗秋。空明無際素光浮。影動岳陽樓。　玉兎飜愁冷，湘靈定戀幽。千般騷思入搔頭。人艤木蘭舟。

五

江天暮雪

野迥風威動，雲深雪意催。斜斜整整映山回。誰送渡江來。簑濕漁舟暝，燈明酒店開。何人得句倚樓臺。一望興悠哉。

六

山市晴嵐

墟市朝歸後，山雲晚翠重。戎戎淰淰淡還濃。杜句善形容。跋馬三湘客，回頭兩鬢蓬。欲沽春酒慰龍鍾。橋斷更誰逢。

七

煙寺暮鐘

日落寒山遠，煙參古樹齊。諸天鎖斷暝鐘低。風引渡溪西。欲遇僧歸問，還愁客路稽。只疑靈隱此間棲。獨立使人迷。

八

漁村落照

落葉明幽逕，孤舟閣淺沙。山頭返照耿將遮。門掩兩三家。　鷺聚汀仍暝，魚跳水映霞。還收弊網理生涯。少女亦絲麻。

虞美人

校生謠

魯城從古絃歌地。時雨看方至。關雎不是詠周公。却到振振、誰使任斯功。　琪花瓊樹蓬萊島。曾掌絲綸草。東人何處保深仁。留與甘棠、長作召公春。

臨江仙

教坊謠

天上瑞雲開爛熳，慶星來照東方。恩風和氣與蜚揚。蛾眉齊拜處，歌頌滿康莊。　士願生逢堯舜世，一文一武身兼。金章玉節衆爭瞻。風流誰似此，十里捲珠簾。

更漏子[一]

寒夜吟

短檠明，寒夜永。獨照白頭衰境。眼花爛，書卷昏。有心誰與言。　孤飛鴈，鳴求侶。更向汀洲甚處。雪皎皎，月娟娟。空留憶載船。

滿江紅

戲贈歌妓滿園紅

吾東方人，益齋外無作歌詞者，試爲之爾。

春滿名園，是何處、西山南麓。正繁英初綻，嫩條新禄。一陣東風吹雨過，眼前芳意知誰屬。出短籬、愁絶倩人看，開還落。　盈杯酒，紅侵玉。傍江路，青遥續。惜世間聚散，亂人心曲。勸爾殷勤千萬壽，那忍負此燈前約。怨别離、酸苦定何時，明朝隔。

[一] 原作《玉樓春》，今據律補訂。

長相思

花未開。笑味開。客思冥冥小雨來。重簾新燕回。　別瑤臺。夢瑤臺。凡骨仙姿自有才。鳳凰那得媒。

念奴嬌

抱州送春

邊城春暮，更狂風急雨，客思撩亂。午醉微醺人欲睡，獨掩杏花山館。燕語簷間，煙霞夢覺，起拓斜窓半。雕闌倚處，觸情景物難看。　離別能使銷魂，韶華將去，掛長繩誰絆。花自飄零風亦擺，不道柔腸更斷。芳信綿綿，明心炯炯，願作聯珠貫。那知異日，念兹都入眉攢。

憶王孫

戲贈童女八娘

尋花太早誤開期。卻恐重來較又遲。風擺成陰未幾時。歎仳離。莫負當年杜牧之。

夏初臨

躑躅初殘，黃梅纔熟，客窓細雨毵毵。簾額低垂，營巢燕語呢喃。依俙夢到江南。賞青帘、麗日方酣。遽然吟倚，緑陰重闌，鬢髮鬖䰐。　追懽人去，舊事悲凉，山長水渺，客思無堪。金罇緑酎，未成杯面輕添。見舊詩，銜在楣間、字漫難諳。帶愁憨。欲寫芳牋、家在湘潭。

吾東人鮮有作詞者，益齋後，無復繼者。僕久病無聊，忽承玉堂直學士辱示所製三詞，且謂求正。此事古聞而今始見之。奉讀再三，不覺沈痾去體，觀其詞意高古，格律森嚴，雖置古人作中，不多讓焉，況敢有所評議耶。且其所賦，實皆先得病夫未道之懷。謹依來韻和之，此亦相長之意也。

巫山一段雲

故山秋思

古寺石泉洞，小村秦井塘。紅翎白藕割鮮芳。卻憶使人傷。　舊病秋尤劇，歸心夜轉忙。幾時鷄黍薦馨香。青眼對眞黃。

南柯子

辭山後作

猿鶴愁長夜，風光待主人。空將白髮首回頻。何物浮名能絆、自由身。　寂寞誰相賞，紛華竟胥淪。邑居一日拂塵中。學士碧山應許、更焚魚。

鷓鴣天

秋夜

衰病關心事更多。不眠聊復整烏紗。靜看虚幌風摇犀，時聽疎梧月墮鴉。　垂領髮，亞枝花。蕭騷爛熳對流霞。故園明日重陽會，三一招尋有幾家。

何滿子

夏旱，次季任公韻

看後花枝有待，窓間愁醉無醒。白首宦情仍晝困，夢回睡鴨餘馨。誰遣新詞起我，東峰正帶嵐青。　峰上鳴鳩唤雨，空庭柳絮飛零。大旱沖融焦土久，天聽不管民聽。風伯何必更怒，雲霓日望屏屏。

更漏子

次韻

落紅飄，輕絮散。枯竹風枝葉亂。主病久，客來稀。簷前新燕飛。　度清晝，誰相告。未識憂心正苦。民胥痛，雨屯膏。碧天空自高。

南鄉子

寄大樹令公

駱洞是仙鄉。翠壁風泉夏亦凉。休道企齋詩料富，蒼茫，終日吟哦只短章。　何日菊花黄，又見丹楓新着霜。一壑專來車馬少，酒香。應爲懷君白髮長。

武陵春

次季任公詞韻

春晚駱峰人卧病，花落入房櫳。白首頻搔覓句慵。有信一簾風。　没道連朝春雨好，庭院緑將濃。消盡芳菲別恨重。寧睡擁、錦衾紅。

憶秦娥

次韻

逢佳節。吹簫何處弄明月。弄明月。人間幾許，參商楚越。　猴山春晚音塵絶。玉笙聲斷淚如血。淚如血。灞原殘照，斜啣陵闕。

點絳脣

次韻

懶倚雕闌，東風亂我床琴韻。相思人遠。歌罷淘沙慢。　緑柳煙深，已退黃金嫩。惜春晚。詩能排悶。欲寄憑誰問。

《企齋集》卷一一；《企齋別集》卷七，《歌詞》

蘇世讓[一]

（一四八六——一五六二），字彦謙，號陽谷，晉州人。一五〇九年登第，歷刑曹判書、漢城府判尹、知中樞府事、兵曹判書、吏曹判書、右贊成、左贊成。謚文靖，有《陽谷集》。

蝶戀花

次薛副使「殘春風雨」，用雲岡《惜暮春詞》，弊邦音調有異，不慣此作。然盛意不可虚負，録呈求教，伏希斤正。

樓頭客子春心小。蝶恨花愁，草草都忘了。芳信不傳雲杳杳。美人誰與開孤笑。　庭院沈沈春欲曉。萬事思量，未見年還少。愁似繅車千緒繞。無端捲幔東風峭。

[一] 蘇詞亦收録在申光漢《企齋集》中，疑爲申光漢的代作。

二

終朝庭院廉纖雨。簾外小桃，借問人何去。海上三山隔島嶼。瑶英識我歸來思。芳草萋萋迷去路。無數雲鴻，邇來飛不度。惆悵别愁難盡處。風花摠是傷心樹。

憶王孫

無端花絮曉隨風。送盡春歸我又東。雨後嵐光翠欲濃。寄征鴻。家在山前萬柳中。

菩薩蠻

若到曉鐘春已過。春光此日傷兼暮。誰送斷腸聲。黄鸝知客情。山花嬌靨濕。似帶傷春泣。絲酒瀉杯心。捲簾空抱琴。

謁金門

對花月。病後還抛舊藥。忽憶去年垂柳陌。子規聲未歇。千里殘春孤客。愁見花紅頭白。不有小槽春酒滴。青衫那禁濕。

玉樓春

海棠含露胭脂濕。小雨霏微欺晚日。傷春人復捲簾看，目斷萋萋芳草色。誰吹嘹亮江城笛。應惜風花飄錦席。金龜何處酒須賒，莫把菁華空枉擲。

次華正使「肅寧道中」《惜春詞》六闋韻

蝶戀花

錦繡山前逢細雨。送客黃鸝，似訴風光暮。白馬翩翩歸底處。驕嘶緩踏垂楊路。籬外幽花含夕霧。粉蝶飛來，翅濕多情緒。婭姹何人門裏語。去年崔子今歸去。

二

殘醉厭厭成小夢。胡蝶翩翩，飛繞閒花弄。覺後無端愁思重。忽忽卻把年光送。又是暮春天氣朗。楊柳吹綿，黃鳥交相哢。欲寄深情誰與控。薔薇花映風簾動。

憶王孫

蘭湯欲罷挹清風。彩鳳祥麟耀海東。天上金花雨露濃。送歸鴻。回首燕山瑞靄中。

菩薩蠻

誰知别後寬圍帶。客行盡日雲山外。下馬坐芳洲。濃陰藏翠樓。　驅車花落曉。景勝吟囊小。爲報惜春人。韶華易損神。

謁金門

情索莫。相送江南江北。别後相思書不得。爲君含苦藥。　鴈斷魚沈消息。雨散雲飛旌節。歸去玉京朝紫陌。倘記離顔色。

玉樓春

來時蒲柳未吹絮。歸日山花皆落去。眼前人事卻多違，黯黯離愁天易暮。　逐婦鳩鳴初霽雨。薊門迢遞迷煙樹。分明他日寄相思，水碧山青相送處。

《陽谷續集》卷一、卷二，《詩》

沈彦光

（一四八七—一五四〇），字士炯，號魚村，三陟人。一五一三年登第，歷吏曹判書、工曹判書、右參贊。謚文恭，有《漁村集》。

滿江紅

寄南人用敘苦懷

參商兩地。問誰遣、乍離乍合。長相思、白雪天南，黄雲海北。半夜哀鳴何處鴈，憑軒側耳情無極。書幌守孤耿，一枕夢，三更月。　開寒窓，已明日。酒數行，淚數掬。信轡各分岐，懷抱脈脈。十步九顧南鄉山，頭陀螺髻供遐矚。記香兒去時，夕陽淡，晴雲白。

臨江仙

離意

柳暗花明三月尾，滿園魏紫鞓紅。春眠十里香雲濃。幽懷誰共語，遠目送歸鴻。

瓓珊何所似，天孫河鼓西東。鵲橋七夕要相從。與君因未了，良晤屬秋風。

南柯子

教坊歌謠。伏以逖逖星軿，下玉樓之十二，窈窈雲鬟，簇茜裙之三千，鶴立瞻望，雀躍謳吟。因歌《南柯》一闋。

花月青樓夜，笙歌紫洞春。三生金母舊精神。曾是襄王雲雨、夢中人。寂寂芙蓉帳，盈盈錦繡茵。武陵何處托香塵。只怕翠鸞消息、□全眞。

《漁村集》卷五，《詩》

鄭球

（一四九〇—？），字大鳴，號乖隱，東萊人。一五一〇年登第，歷檢閱、司諫，遭己卯士禍隱居不仕。有《乖隱遺稿》。

雜興效陳簡齋《無住詞》十八首

法駕導引[一]

述懷

功名路，功名路，芹曝獻吾君。鍊石補天無五色，空回白首望卿雲。叫閽誰能聞。

法駕導引[二]

睡起

睡初覺，睡初覺，窓影竹陰揺。説與虎頭描此景，恨無鮫客一端綃。午漏政遥遥。

[一] 原作《望江南》，今據律補訂。
[二] 原作《望江南》，今據律補訂。

法駕導引〔一〕

遣興

天漠漠，天漠漠，塵世幾經秋。欲放漁舡鷗鳥外，無心宦海泛虛舟。歲月水東流。

點絳唇

幽居

牢落幽居，終南山下漢江左。玄關深鎖。莫使煎膏火。　風月無邊，嗒爾吾忘我。不知那。獨吟無和。山矗芙蓉朵。

玉樓春

井華飲

皓月玲瓏初出嶺。幽人睡覺安心境。石竇活皋潑潑寒，波瀾不起涵天影。　欲取精華

〔一〕原作《望江南》，今據律補訂。

洗湯鼎。莫使人面先窺井。澆我清虛藜莧腸，蔗根佳處味方永。

虞美人

牧丹[一]

濃薰臭味聞天香。國色稱花王。自然富貴檀佳麗。芍藥海棠靡靡、作輿衛。艷陽雲日天如醉。妃子春方憮。風搔雨沐生新彩。須占繁華終始、鎭長在。

臨江仙

萬年松

亭亭落落歲寒期，凜凜作丈人行。受命於天應獨正。托根寒士家，羞與大夫競。風霜搖落不關渠，勁節橫空老哽。傲視秋冬肅殺柄。獨能全大材，意柱明堂政。

[一] 原文爲「牧丹」，疑爲「牡丹」。

漁家傲

夕望

落景西郊澹欲收。暮雲南嶺聚還浮。半壁返照在樹頭。閃川流。昏鴉陣陣擇棲投。

喬木扶疎影倒摎。原陵漸没耿林丘。北嶽佳氣寫客愁。更幽幽。茫茫天地幾春秋。

清平樂

雨滴竹林

宿醒初醒。棐几午窓明。雨滴琅玕風打驚。喚起笙簫鶴翎。　累累貫素珠鳴。鏗鏗擲地金聲。默鼓天機時動，性情感發詩成。

定風波

獨酌

春寒料峭砭人肌。親煮聖人一中之。引子麻黄烏藥併，橄欖，辛甛儁味摠相宜。　喫盡三甌通大道，醺感，龍鍾病骨燥腸滋。陶鑄一身天地了，獨酌，風流莫遣俗兒知。

憶秦娥

芍藥

春駘蕩。數叢芍藥東階上。東階上。繁華佳麗，可供幽賞。　絳紗素練隨風颺。興酣手撥床頭釀。床頭釀。一尊終日，細斟相向。

菩薩蠻

籬菊

三徑黄花寔已知。宿縁未盡一段奇。隱逸兩相逢。金蘭臭味同。　聲利不吾累。風霜胡汝悴。九月發新蕚。重陽尋舊約。

南柯子

紙帳

朧朧窓影度，稍稍日光窺。木枕蒲團病骨攲。防風遮冷黏懸、數幅垂。　恐妨虚白集，呼僕捲毋遲。卻嫌夜氣梏亡夷。欲將萬束溪藤、晝亦披。

浣溪沙

終南山

几席軒窻作友朋。朝朝爽氣鬱層層。風流丘壑興堪乘。　戀戀襟懷同子美，歲寒心事到霜冰。窮通胡奈問無譍。

南柯子

匣鏡

鑑心非鑑貌，明古復明今。雙鳳孤鸞安足琛。空教紅粉粧成、色塵侵。　得失宜爲戒，興亡亦可監。金背表清還可欽。怕來偏照星星、白髪添。

臨江仙

逆水船

我將萬斛龍驍舸，遡水浮江保天。渺渺郵程隔八千。曲曲慳灘碍，敢期利涉川。　層層逆浪雷車掣，淹滯盤旋不前。瀰瀰漫漫鰲極邊。遮莫徐徐棹，覘風欲借便。

臨江仙

泛駕馬

有馬渥洼天驥種，龍膺虎脊權奇。盧胡踶囓脱羈鞿。千金誰晝僨，不直病駑資。伯樂儻能煩一盼，價增倍倍如坻。朝刷崑崙暮燕岐。展渠追電足，群駿共驅馳。

臨江仙

絶絃琴

嶧頂梧桐材中用，偏霑雨露息光。我憐斫付國工良。商量均尺度，製作一琴張。世上顧無鍾子耳，爲誰鼓奏峨洋。陽春白雪謾鏗鏘。知音終莫待，絃絶匣中藏。

法駕導引〔一〕

遣興

室虚白，室虚白，至止吉祥㠯。大夢初酣方栩栩，五湖煙月伴沙鷗。莫使蝶爲周。

〔一〕原作《望江南》，今據律補訂。

法駕導引〔一〕

遣興

日初出，日初出，龍吼鼻雷鳴。無夢人間尋一物，身閒意適味如餳。誓不冒朝榮。

法駕導引〔二〕

遣興

簾垂地，簾垂地，瀏瀏曉光清。窗外交加庭草緑，葱蘢元氣兩間盈。物我信同生。

點絳唇

對月

獨坐南榭，半竿明月可中庭。天游虚靈。魂骨喜雙清。　浩浩心地，聲利功名。莫來攖

〔一〕原作《望江南》，今據律補訂。

〔二〕原作《望江南》，今據律補訂。

情。一篇詩成。夜漏欲三更。

玉樓春

松華飲

苦厭羶葷飲食奢。啖松餐栢酌朝霞。擣殘金屑和崖蜜，喫破三匙香齒牙。　藜莧腸無鄙吝芽。交梨火棗發春華。痒穢已澄周顫腹，滅除二竪策勳多。

虞美人

北嶽

奇峰削出北辰邊。萬古鬱葱然。龍飛鳳舞鎮京都。佳氣蜿蟺朝暮、亘盤紆。　遥臨八極路千岐。不耐墨悲絲。飄飄獨立最高崗。怳若身乘白鶴、覔上方。

臨江仙

述懷

平生忠孝終身抱。結髪從師學道。濩落祇今成一老。空廢蓼莪詩，運乖雲龍造。　事親報主兩無保，蒼蒼難倚旻昊。自任龍鐘還潦倒。樂天知奈何，久矣丘之禱。

漁家傲

悶旱

幽便適意懶相仍。眠食隨時更晚興。畏日杲杲慘東昇。赤血凝。炎神旱毋勢憑陵。
稼穡卒痒嗟可矜。老龍方睡罪當懲。欲作霖雨救黎蒸。苦難能。籲天肝膽落如崩。

清平樂

管城子

强記多聰。文會日相從。系出神明物莫同。不惜拔毛策功。　九丘八索厖鴻。三謨二典雍容。嘉乃勳庸封賞，黑頭作管城公。

定風波

祈雨

聚童街禱怕冥冥。焚曝尫巫亦不經。圭璧禮神烏可已，望秩，燔柴祀事詎非明。　罪己求言頻詔下，避殿，撤懸王食減葷腥。一理感通如影響，最可，應天以實德惟馨。

憶秦娥

午睡

午睡酣。簷前啼鳥語喃喃。語喃喃。喚醒蟻穴，功名槐南。　日長庭院緑陰深。黑甜一枕蔗根甘。蔗根甘。可憐佳境，世無人諳。

菩薩蠻

悶雨

密雲不雨自西郊。萬國如遭膏火炰。東作知無奈。西成終未賴。　明德豈非馨。皇天信不靈。寧忍下方民。相携丘壑煙。

南柯子

葵花

指佞擅芳名，蕘蓂亦最靈。葵花脉脉向陽傾。有似陶潛繫晋、戀君情。　緑葉青袍嫩，絳英赤抱明。誰言植物禀惟貞。愛日孤忱耿耿，出至誠。

浣溪沙

硯

萬物生成儘在天。箕疇五福壽居先。聖人不覺慟顔淵。　即墨管城嶢易缺，計年日月最可憐。渠伊與我鈍俱堅。

《乖隱遺稿》卷一、卷二，《詩》

申潛

（一四九一——一五五四），字元亮，號靈川子，别號峨嵯山人，高靈人。一五一三年進士，累官藝文館檢閲，司饔院主簿，泰仁縣監，杆城郡守，尚州牧使。

玉樓春

戲次清卿，《玉樓春》二首

楚臺襄王沉不寤。十重金屏朝復暮。錦瑟泛彈樓月明，玉斝穩送階花雨。人生少年能幾時，世間離别令人老。細馬爭蹄相顧笑，揮鞭直入城東路。此首聞清卿抵洪州，得妓鍾情，將别不忍，仍載來於京，故戲之也。

二

丹心耿耿侶神寤。豈不有朝傷此暮。昔年朱閣寵生嬌，今日深閨淚自雨。問君何事忘我多，玉顔每怨愁中老。湖西女兒雖媚嫵，春情蕩蕩如歧路。此首戲清卿舊姬，怨得新人而忘己也。

《高靈世稿續編》卷二《冠山録》上，《詩》

鄭士龍

（一四九一——一五七〇），字雲卿，號湖陰，東萊人。一五一〇年登第，歷禮曹判書、工曹判書、大提學、判中樞府事。有《湖陰雜稿》。

南鄉子[一]

效龔雲岡小詞

梁燕壘

春去大無情。幾處香輪輾晚晴。簾幙受風花絮亂，輕輕。坐撫流年暗自驚。初鶯。傍主呢喃意不平。牢落一番懷舊思，盈盈。分付佳人捻玉笙。

蝶戀花

惜春，作《蝶戀花》一闋，録奉松岡。

勝

春序忙忙如過鳥。萬點紅飄，攪亂人多少。只遣狂風驚樹杪。園林暗換清陰遶。賞由來天所惱。我輩登臨，安得隨時了。獨掩簾帷情悄悄。彩毫夢斷啼鶯曉。

[一] 不標詞牌，今據律補。

蝶戀花

松岡見和，復疊前韻

無奈盡情花裏鳥。啼送閒愁，意緒春偏少。把玩流光還屬杪。香輪放輾青蕪遶。　試着羅衣黐懊惱。賸得東陽，幾許腰圍了。默算浮生都悄悄。曲欄倚遍清鐘曉。

點絳脣

效《點絳脣》，録奉松岡

深院蕭蕭，紅稀緑暗俱無奈。晚來羸卧。高柳鶯相和。　想見山居，無事詩爲課。堪傳播。願書崖左。勿使遊塵涴。

玉樓春

牡丹盛開，戲效《玉樓春》，呈松岡

風日清和酣晚霽。深院裏異花開砌。嬌癡國色媚丹霞，襞積仙裙籠翠袂。　賦擬元輿稱絶世。詞進清平還鬭擘。誰能錦繡藴心腸，摛藻與渠爭組麗。

水調歌頭

效《水調歌頭》，呈松岡

春事已無迹，撫景但成嗟。豈堪風雨時節，憂月更無花。欲逐千場拚醉，其奈心衰面改，不復逞豪誇。日日瀹新茗，無酒任多茶。　謝池草，江夢筆，思難加。與君試討畦逕，爭得縱天葩。非久收身歸去，孰有泥行牽輓，晚計在漁家。肯羨玄眞子，孤艇弄煙沙。

桃源憶故人

效秦淮海《桃源憶故人》小詞

韶華如客暗中換。忙序令人堪惋。無賴百花撩亂。萬點隨風散。　空閨鎖別深羅幔。音斷玉關春半。鶯燕不來誰伴。自倚瑶笙按。

踏莎行

效《踏莎行》調

過眼飛花，可人新綠。成功欲去趨功續。不堪孤悶餞春華，酒和愁陣嬰心曲。　綉幙笙歌，金堤蕩俠。屬懽未覺年光促。豪家豈久得春偏，不如顏巷常知足。

《湖陰雜稿》卷三、卷五

李滉

（一五〇一——一五七〇），字景浩，號退溪，眞寶人。一五三四年登第，歷大司成、僉知中樞府事、工曹判書、禮曹判書、右贊成、兩館大提學。謚文純，有《退溪文集》。

和松岡樂府三篇

武陵春

屋角鳩鳴春雨細，起晚倚窓櫳。滿目煙花一萬重。好是幾番風。　陣陣吹紅香不斷，庭院政薰濃。惆悵閒吟望遠空。淡淡日斜紅。

憶秦娥

逢佳節。樓臺錦繡春三月。春三月。情親遠送，適秦歸越。　柳條攀盡離腸絶。征衫雨淚斑斑血。斑斑血。夜來天上，只看銀闕。

點絳脣

春暮芳園，百紅千紫珍禽韻。路長家遠。縹緲愁情慢。　緑草滿庭，弱柳枝枝嫩。臨觴晚。酒難消悶。此意憑誰問。

《退溪文集·别集》卷一，《詩》

趙士秀

（一五〇二——一五五八），字季任，號松岡，漢陽人。一五三一年及第，累官吏曹判書、户曹判書、刑曹判書、工曹判書、知中樞府事、左參贊。謚文貞。

南鄉子

把酒送君歸。暮嶽崚嶒雪路逶。莫向離筵歌一闋，含悲。不覺罇前暗淚垂。

南鄉子

玉漏永沈沈。惱念歸人動孤吟。别酒欲冰心欲絶，知音。海内何人肯我尋。

西江月

淺酌難勝臘沍，深情可斷荆金。白頭何事謾傷神。日暮送君懷遠。莫遣離絃柱促，便應兒女情多。相逢重會在何時。更待冰霜歲晏。

李瀣《溫溪先生逸稿》卷三，附録

崔演

（一五〇三——一五四九），字演之，號艮齋，江陵人。一五二五年登第，歷吏曹參判、兵曹參判、兵曹判書、知中樞府事。謚文襄，有《艮齋集》。

巫山一段雲

題集勝亭十詠

一

郡城曉角

纖月依林落，荒鷄報曉催。江城畫角數聲來。孤枕夢初回。　遠引風傳急，相和鴈叫哀。山齋早起碧窓開。寒日上高臺。

二

山寺暮鐘

遠樹秋容淡，遥岑暮色濃。招提隱隱萬雲重。鯨吼隔林鐘。　夜静摇殘月，風飄度亂峰。尋僧準擬謝塵蹤。蓮社倘相從。

三

遠林白煙

萬井迷桑柘，千村接樹林。白煙溶曳半晴陰。雲壑窈而深。素練籠寒水，輕綃罩遠岑。倚樓吟住日初沈。分暝失棲禽。

四

長橋落照

遠樹銜紅日，晴煙護白沙。垂虹百尺卧江波。金柱界天斜。片影隨蒲席，餘輝帶綺霞。林間閃閃數歸鴉。漁唱隔蘆花。

五

堂洞春花

遲日薰楊柳，條風動草萊。挑源洞裏百花開。紅紫錦千堆。不數河陽滿，寧須羯鼓催。尋芳莫待委黄埃。留與好含盃。

六

鶴峰秋月

雲淡星火流，虹銷雨洗秋。揚輝清月上峰頭。桂影入簾鉤。彩徹三千界，光生十二樓。會須携飲酒添籌。不用憶吴州。

七

蘆浦牧笛

野潤煙光膩，風暄草色柔。牧童横笛立芳洲。聲斷暮江頭。緩響連樵唱，餘音答棹謳。歸來牛背穩於舟。返照在林丘。

八

箭灘漁火

暝色來山徑，溪光動野扃。漁燈數點雨中青。閃爍訝流星。良颸看難定，風回影不停。一聲羌笛夜深聽。驚鴈起寒汀。

九

北山行雨

土潤先流礎，鳩鳴正熟梅。頑雲潑墨密難開。飛雨度山來。　光助施鞭電，威加失箸雷。吟邊心眼覺增恢。知爲好詩催。

十

南川飛雪

天黑雲容慘，風嚴澤腹凝。縈叢惹砌雪崩騰。粉屑滿溝塍。　浩蕩銀千界，模糊玉百層。三更報霽彩蟾升。剡棹興堪乘。

巫山一段雲

定州迎春堂八詠

一

原田棊布

受井分疆界，均田畫澮溝。横蹤棊布接林丘。農務事鋤耰。

蔽野禾麻盛，盈疇黍稷稠。竟非吾土倦羈遊。回首仲宣樓。

二

里閭星羅

櫛密場原接，星繁里閈連。閭閻撲地遍郊廛。西陌與東阡。

耕鑿身無事，蠶麰歲有年。萬家桑柘泰平煙。閒聽武城絃。

三

出水新荷

拍岸湉湉水，生泥濯濯蓮。玉盤擎出疊青錢。翠蓋舞文漣。

露洗晨粧靚，風飄曉服鮮。開花待得藕如船。象鼻瀉香泉。

四

倚墻稚栢

夭矯龍姿瘦，縭縰鶴骨輕。高抽墻角近東榮。青盖蔭雕甍。尚帶參天色，猶含聳壑情。他年應得保幽貞。共結歲寒盟。

五

庭畔翠梧

瘦榦風霜老，疎柯雨露低。亭亭直壓小庭西。翠色蔚萋萋。琴斲枝堪斫，詩成葉可題。終教留待鳳凰棲。不願剪周圭。

六

階前紅藥

葉奪琅玕碧，花欺瑪瑙紅。階前春後兩三叢。造化讓全功。穠艷含朝露，狂香惹晚風。繁英燦燦照簾櫳。恍在紫微宮。

七

囀柳黃鸝

雨洗千條滑，風摇萬縷輕。黄公何處送三聲。隔葉弄新晴。喚友叮嚀語，娱人晛晥鳴。閒窓孤枕夢初驚。深覺鼓詩情。

八

出塘碧草

小雨收花塢，輕風漾柳堤。匝塘芳草碧萋萋。生意動柔荑。書帶芽全斷，裙腰葉未齊。王孫離恨正凄迷，夢入好詩題。

巫山一段雲

新都八景，次權陽村近韻

一

畿甸山河

浩渺流成帶，嵬峩矗作城。山河磅礴是天成。枕臂控瑶京。綺陌連闤闠，雲阡樂鑿耕。狼烽永靜賀時平。絃誦溢歡聲。

二

都城宫苑

九陌聯街列，重城匝地開。離宫别院共嵬嵬。化日政遲徊。瑞氣浮金殿，祥光艶玉盃。諸臣拜賜罷朝迴。醉舞樂春臺。

三

列署星拱

雙闕中天起，諸司列宿分。明良相慶會風雲。拱北奉明君。待漏開魚鑰，趨庭整鷺君。鳴珂振佩響相聞。駟盖正繽紛。

四

諸坊碁布

綺陌平於掌，雲衢列似棊。諸坊鶱瓦碧鱗差。冠盖好追隨。　列肆䜌珍錯，盈機蜀錦奇。熙熙富庶屬清時。歌舞趁佳期。

五

東門教場

雷鼓三軍合。沙場萬馬行。金戈霜刃響轟轟。大閱教治兵。　匝地堂堂陣，飜風孑孑旌。揚威耀德武功成。刁斗熄邊聲。

六

西江漕泊

汴水聯唐舶，褒渠簇漢船。帆檣隱隱拂晴天。運穀舳艫連。　萬廩堆陳粟，千家起爨煙。熙河豈若宋人然。國富祚長綿。

七

南渡行人

路接秦官渡，人多漢國門。濟人何必用乘軒。渾似醉衢樽。　棹楫彌煙渚，舟梁撲漲痕。民無病涉互爭奔。隨處足君恩。

八

北郊牧馬

野接魯垌外，屯分秦渭邊。八坊群馬恣騰騫。苜蓿與天連。　影動吳門練，毛凝漢苑煙。無邪致郊古無前。作頌繼詩篇。

巫山一段雲

離詞一闋，奉贐奏聞使宋守初純燕京之行

北闕分卿月，西關照使星。脂車銜命馬駉駉。載驟迅奔霆。　欲要防邊患，須煩奏帝庭。終無賈舶點南溟。永世荷皇靈。時福建人通貨日本，恐惹起邊釁，奏請禁斷，故云。

憶秦娥

贈朴通禮忠元書狀之行

承恩露。行輈暮住松京府。松京府。西連箕壤，亂峰平楚。　整船初渡龍灣浦。脂車遥向燕山路。燕山路。直徑遼海，薊門煙樹。

南柯子

贈朴通禮忠元書狀之行

地到龍灣盡，天從鶴野連。遼陽西去路三千。訪古離鄉，初賦遠遊篇。　渭舍霏朝雨，荆門起暮煙。臨分搔首意茫然。卻羨君行，先我着歸鞭。余以冬至使將赴京，故末句及之。

憶秦娥

奉送朴昌邦祐令公完山之行

窮冬風色蕭蕭暮。驅車南陽父。牛刀蹔試完山府。完山府。湖南巨鎮，没頭文簿。　遥向天涯路。天涯路。淡煙衰草，暮雨春樹。

法駕導引[一]

無住詞

惜春詞三闋，次金仁卿益壽韻

春光暮，春光暮，風擺百花飛。緑暗紅殘愁索莫，賞心樂事向來稀。無術絆餘暉。

二

章臺柳，章臺柳，拂面弄金絲。遊絮漫空長惹恨，悠悠似解怨歸遲。傷别憶前時。

三

家萬里，家萬里，鶻没海東天。長望白雲吟陟屺，慈親何處倚門前。辜負壽觴筵。

[一] 不標詞牌，今據律補。

虞美人

惜春詞，又次仁卿韻

故園迢遰春光鬧。一萬煙花好。佳辰何事坐塵中。向老衰顏、無復舊時紅。　芳時不與朱顏住。謾向愁中老。海東何處是吾鄉。擬賦歸田、山水任相伴。

臨江仙

雪，次遠接使蘇公三清詩韻香奩

黯黯江雲初釀雪，銀山玉界迷茫。艷歌一曲唱春陽。高堂生暖熱，纖手撑瑶腸。　縹緲三山銀作闕，皚皚霽色連空。擁衾端坐小窓中。朝陽生眼纈，酒暈入顏紅。

虞美人

月，次遠接使蘇公三清詩韻香奩

琴絃未斷腸先斷。皓月明天漢。停彈搔首倚瓊樓。千里吴州、相憶倍悠悠。　征鴻叫月三聲送。錦瑟臨風弄。關山幾處照人明。脉脉相思、無寐覺魂清。

玉樓春

梅，次遠接使蘇公三清詩韻香奩

相思渺渺江南月。玉笛聲高搔緑髮。巡簷索笑攬長條，欲寄郎君愁正絶。　孤標自與群芳别。雪月知心同淨潔。相思一夜攬瓊葩，爲折南枝傳玉札。

《艮齋集》卷二、卷六

金麟厚

（一五一〇——一五六〇），字厚之，號河西，蔚山人。一五四〇年登第，歷正字、博士、副修撰，遭乙巳士禍，稱病還鄉，潛研性理學。謚文靖，有《河西先生全集》。

滿江紅

贈洪太虚曇

湖海風流，洪太虚、一年蹤跡。聊命駕、芹宫伴侣，玉堂僚屬。秋日虚簷仍半暖，深尊大嚼開瑶席。更流傳、麗藻借江山，留春色。　過里閈，臨阡陌。談往事，聊終夕。奈尊前見在，鏡中非昔。兩鬢雖慚煙樹緑，雙眸不減寒潭碧。幾梅花夜月，每年年，懷嘉客。

《河西先生全集》卷四，《七言古詩》

李洪南

（一五一五——一五七二），字士重，號汲古子，廣州人。一五三八年登第，歷長湍府使、工曹參議。有《汲古遺稿》。

巫山一段雲

公山十景

一

錦江春遊

前夜春雲黑，今朝錦水肥。相將聲汰去依依。繫纜傍漁磯。　簫鼓魚龍舞，盤筵粉黛圍。千林紅雨更霏霏。不覺滿人衣。

二

月城秋興

秋至元蕭瑟，山深更寂寥。登高寘酒望層霄。黄鶴遠難招。　鏡裏泛潘鬢，尊前聽楚謡。菊花楓葉夕陽摇。扶醉過林橋。

三

熊津明月

渡口塵初静，江天夜更寒。圓靈多事上乾端。纖滓不相干。　倒散黄金橘，高擎白玉盤。停杯卻憶古人看。漁唱起前灘。

四

雞嶽閒雲

磅礴山高峙，歊噓氣上升。白衣蒼狗散還凝。薈蔚蔽崚嶒。　總道無心出，誰知及物能。祁祁興雨暗溝塍。神惠屢年登。

五

東樓送客

一水涵千頃，紅樓映緑蘋。柳枝春色十分新。攀折贈行人。　浪跡同漂梗，浮生幾問津。渭城歌罷更酸辛。朝雨浥輕塵。

六

西寺尋僧

寺古多喬木，山深絶谷囂。心清丈室妙香曉。風蔓入窓摇。　靜憩鵑啼晝，清愁鶴警宵。傳冠爲誤暗魂消。膏火自煎焦。

七

三江漲緑

衆委分釵股，安流卷鏡奩。夜來山雨勢何嚴。贏得一篙添。　淨貯長天半，平含遠岫尖。膏肓漁釣孰鍼砭。移艇傍蒼蒹。

八

五峴積翠

形勝千年國，周遭五峴圍。攙天爭長勢峩巍。空翠自霏霏。　寂寞人煙遠，寬閒土脉肥。山中信美逝將歸。耕稼老岩扉。

九

金池菡萏

檻外天涵影，庭邊夜有香。紅雲幾朶盖方塘。露氣轉清凉。　月下聞逾遠，風前引更長。濂溪著説極褒揚。文字借餘光。

十

石甕菖蒲

甕腹枵然大，雲根斲了成。國亡千古太無情。留種九花精。　異節何時長，靈莖幾許生。仙山回首隔滄瀛。徂歲轉崢嶸。

《汲古遺稿》卷中，《詩》

黃俊良

（一五一七—一五六三），字仲舉，號錦溪，平海人。累官户曹佐郎、兵曹佐郎、持平、新寧縣監、丹陽郡守、星州牧使。有《錦溪先生文集》。

蝶戀花

別後，又承天章伻問，寄謝。

山疊雲深愁渺渺。關嶺相思，咫尺令人老。握手傳杯成一笑。天鷄忽報荒村曉。風雪離懷江渭杳。目斷魂銷，自恨知音少。世事牽人須卻掃。阻池麗景吟青草。

蝶戀花

兩地江山分楚越。客裏風光，又逼青春節。郡閣閉門天欲雪。一行雲篆紓愁結。日下天南成遠别。縹緲音塵，各怪添華髮。聚散怱怱歡電掣。謫仙謾憶吳州月。

巫山一段雲

集勝亭十詠，《巫山一段雲》體，次崔東原演，乃安上舍承宗亭。

一

郡城曉角

萬落鷄鳴早，千山曙色催。江城畫角逐風來。星漢正昭回。　悲壯聲非惡，和平聽不哀。滿懷幽興撥難開。一嘯上高臺。

二

煙寺晚鐘

亂岫高還下，青煙淡又濃。幽林絶壑擁千重。誰報夕陽鐘。　雷動驚殘夢，風傳度遠峰。尋聲祇社擬投蹤。雲逕杳難從。

三

遠林白煙

野色來虛閣，春光上遠林。煙村十里弄輕陰。白氣望中深。　風引分千片，雲和失半岑。畫欄吟立意沈沈。飛割見歸禽。

四

鷄橋落照

碧草眠晴野，長虹卧淺沙。溪風獵獵漾金波。紅日半天斜。　隱映連青靄，蒼茫鬪紫霞。誰揮綵筆落棲鴉。望眼欲生花。

五

堂洞春花

暖氣回窮谷，和風振槁萊。粧林紅紫照天開。爛熳錦成堆。　芳信三春麗，神功一雨催。直愁衰謝散飛埃。留賞倒千杯。

六

鶴峰秋月

天豁孤亭夜，風高一鴈秋。滿規蟾綵湧岑頭。珠箔爲懸鉤。佛氏迷銀界，仙曹認玉樓。戲將杯酒當詩籌。驚鷺起沙洲。

七

蘆浦牧苗

煙暖蘆芽短，春香細草柔。短童横笛過前洲。泥足掛牛頭。解喚詩翁夢，相和採女謳。世濤飜覆善沈舟。樂子老林丘。

八

箭灘漁火

山雨朝仍急，風窓夜不扃。漁燈散飈遠熒青。天水混明星。金柱光爭倒，紅雲影暫停。喧囂人語隔林聽。巨鯉躍沙汀。

九

北山行雨

濃翠陰垂柳，輕黄實著梅。遠山銜日半邊開。白雨過江來。　膏潤千畦稻，聲轟一笑雷。此間詩界正恢恢。不待片雲催。

十

江天暮雪

垂地寒雲凍，連江積縞凝。漫空玉屑亂崩騰。塡壑更盈塍。　狡兎迷三窟，銀山聳百層。夜窓還訝曙光外。詩興正來乘。

《錦溪先生文集》卷二，《詩》；《錦溪先生文集》卷二外集，《詩》

宋寅

（一五一七——一五八四），字明仲，號頤庵，礪良人。中宗之駙馬，封礪原君，官至都摠管。謚文端，有《頤庵先生遺稿》。

題故妓上林春詩卷，歌詞二首

并序：

上林春，琴妓也，以國手稱。少時爲三魁申參判從護所眷。公嘗有詩云：「第五橋頭煙柳斜，曉來風日轉清和。緗簾十二人如玉，青鎖詞臣信馬過。」蓋春居在廣通橋旁也。及春之暮年，湖陰鄭相公每吟此詩而加憐焉，爲作圖而留詠。一時斯文諸老，無不屬和，遂成巨軸。春死，而其女巫山雲能傳厥業，又寶此軸，求續題於搢紳間。間以示余，兹敢效顰云：

踏莎行

名擅梨園，才傾法部。上林物色人爭覩。雲從街畔廣通橋，鳴琴白晝常扃户。　翰苑推豪，青樓作主。三魁風致誰能伍。一時華藻寫閒情，寧知好事還摹取。

南歌子

大手初留句，諸公繼有題。美名高價更誰齊。笑殺湓江商婦、老空啼。　玉軫今寥落，香奩亦慘悽。可憐茲卷競提携，爲報渠家傳寶、當珠犀。

《頤庵先生遺稿》卷二，《歌詞》

朴承任

（一五一七——一五八六），字重甫，號嘯皐，潘南人。一五四〇年登第，一五六九年以冬至副使赴明，歷都承旨、慶州府尹、大司諫，因言事觸犯，貶爲昌原府使，到任不久後病死。有《嘯皐先生文集》。

巫山一段雲

次《集勝亭十景》韻，《巫山一段雲》體，丙午在東湖作。

一

郡城曉角

衾凍霜華冷，簷虛曙色催。角聲飛自麗譙來。吹斷宿雲回。　斜漢摇難定，輕風顫更哀。更闌睡足眼微開。卯飲倒連臺。

二

山寺暮鐘

日落殘霞斂，煙沈遠峀濃。洞門雲樹幾重重。天闊漏疎鐘。

飛報傳烽堞。先催吐月峰。發人深省閉幽蹤。塵土斷追從。

三

遠林白煙

隱映山前店，蔥蘢雨後林。晴煙橫帶鎖濃陰。練色淺還深。

遠緒披如縷，危梢露似岑。畫屏相對鏡俱沈。啼破數聲禽。

四

長橋落照

野渡搖晴柳，長橋枕晚沙。龍腰屈曲漾金波。落照鏡中斜。

淩亂飜層壁，參差噴爛霞。何人騎馬趁棲鴉。橫截浪頭花。

五

堂洞春花

細雨經山郭，層嵐捲野萊。一春花事倚風開。霞綺爛成堆。物色高低遍，繁華次第催。黃蜂粉蝶鬧煙埃。香滿主人盃。

六

鶴峰秋月

鴈影明河夜，螢光湛露秋。月輪清透海雲頭。鶴背闖銀鉤。霽色凝瑤毌，寒光浸玉樓。松梢警唳報更籌。露彩散蘋洲。

七

蘆浦牧笛

野燒添新碧，平蕪弄晚柔。倒騎黃犢傍莎洲。一篴起風頭。過水挑巖響，穿林和鱎謳。短簑身世等虛舟。閒趣共林丘。

八

箭灘漁火

月黑山村犬，煙迷水店扃。抑揚聲裏火光青。點點亂寒星。　柳外明還暗，磯邊走乍停。語囂時好半酣聽。得雋叫前汀。

九

北山行雨

雲氣凝幽夢，年光屬送梅。凉生幾案紙窓開。山腹雨聲來。　鳴葉巖前樹，喧空脚底雷。坐看天宇失恢恢。風力更相催。

十

南川飛雪

凍色連墟暗，寒威向曉凝。江天雪意挾雲騰。萬片舞丘塍。　玉立峰撑柱，花繁樹亂層。興來倒釀斗兼升。驢背聳肩乘。

《嘯皐先生文集》卷一續集，《詩》

權應仁

（一五一七—？），字士元，號松溪，安東人。退溪李滉的門生，能詩會文，因庶孽禁錮法，官終漢吏學官。有《松溪集》。

玉蝴蝶

送賀正使湖陰鄭相國，《玉蝴蝶》體，二首。

翰墨場中三昧，筆陣堂堂，百戰秋霜。妙年萬選，青銅金馬玉堂。三秀芝、一代佳祥。九包鳳、千載文章。峨冠博帶，龍墀上，雨露恩光。　漢節，西朝王帝，咫尺龍顏，滿袖天香。蓬萊宮闕，勝事都入古錦囊。鴨水□、風寒雪虐，鶴柱□、雲暗煙荒。最斷腸。陽關三疊，西日蒼茫。

巫山一段雲

次沈同知詮《萬里岾》韻，《巫山一段雲》體，十首。

一

東峰望月

逈倚鰲頭擧，回瞻鏡面平。眼窮天際遠山横。萬象最分明。　煙繞江村泛，霞蒸海島生。求仙何用快帆輕。身世已登瀛。

二

西峰落照

冰淨金成柱，山明劍帶霜。暮雲分暝倏飛揚。平楚漸微茫。　樹掛餘光閃，窓移迅晷忙。殷勤留客更徊徨。邀月盡瓊觴。

三

冠岳閒雲

出峀凝千片，籠山障萬重。離披擘絮起回風。拖白正漫空。　新態供詩料，奇姿屬畫工。朝朝夢裏淡還濃。神女在高峰。

四

青溪疎雨

霡霂和朝霧，冥濛雜夕霏。半邊殘照影微微。銀竹乍稠稀。谷口林先暝，嵒頭瀑亂飛。山含霽景便生輝。遥見暮鴻歸。

五

麻浦觀漲

杳野寬如許，臨江興更□。驚濤噴雪拍天流。無處吐汀洲。點點鳧鷖浴，摇摇船艦浮。要津欲濟喚黄頭。知有路人愁。

六

茅亭翫月

江上蟾輪湧，簷前桂影孤。金波蕩漾接西湖。天地是仙壺。風至雙清並，雲消一點無。但將佳致付盃盂。奇絶有誰模。

七

前圃採藥

仙草栽無數，陽坡性所宜。千畦芽茁及春時。承露自含滋。　充餌靈苗嫩，成丸病骨肥。刀圭分我寄來遲。要斸寸根移。

八

後圃收栗

早歲根分隰，深秋子滿林。鄰兒來覓就繁陰。爭摘易盈衿。　可續張梨句，並賡楚橘吟。拾將佳實飣盤心。呼酒滌胸襟。

九

栗島長沙

雪積三春過，霜堆十里延。翻疑白帝□江前。權力一方專。　潤色全經雨，呈形半捲煙。尋巢飛鷺似爭先。低拂暮歸遄。

十

平郊霽雪

萬片婆娑舞，千堆頃刻花。橫飛作態整還斜。粧點幾村家。　寒氣生林梢，晴光轉水涯。休文才調富詞華。堪向兎園誇。

《松溪集》卷三，《雜體》

黄應奎

（一五一八—一五九八），字仲文，號松澗，昌原人。歷典翰司別提、長興庫直長、折衝將軍、敦寧府同知事，授鄉兵大將而病死。有《松澗先生文集》。

憶秦娥[一]

效《菩薩蠻》，寄李大用

寒鴉散還棲，腸斷綺疎月。綺疎月。悠悠轉輾，有懷明發。　南園蝴蝶西山雪。□□珠箔想思切。想思切。天長地久，此情難歇。

巫山一段雲

次朴重甫承任《夏寒亭八詠》

一

烽山秋月

木落千峰瘦，天高萬壑空。一輪明月出天東。來照此山中。　耿耿銀河露，冷冷玉宇風。憑欄無睡夜將終。瑶砌咽寒蟲。

[一] 原作《菩薩蠻》，今據律補訂。

二

聖峰春花

峰巒昨夜雨，林木一番風。樹樹林林并鬪紅。山皆錦繡中。　蜂喧飛上下，鳥咽和雎雄。管領芳華何處翁。吟詩曳短笻。

三

凝寺曉鐘

寺樓催夜漏，客榻聽晨鐘。和月隨風度幾峰。山窓霧尚濃。　疎松驚睡鶴，幽壑起潛龍。憶得招提深省翁。此時萬慮空。

四

北村暮煙

西日催歸客，炊煙羃半空。疎籬茅屋淡還濃。水墨古屏風。　曖曖孤村外，依倚一望中。欲成一句句難工。暝色更濛濛。

五

滄深落照

青郊初洗雨，白水半消煙。落日蒼蒼近嶺懸。川原景色圓。　昭昭明近岸，翳翳暗長阡。倦鳥閒雲共杳然。令人促駕旋。

六

蟠洞驟雨

山顔深黑里，雲氣正濃中。銀竹玉麻翳太空。晦冥怒勢雄。　雷飜百里野，天露半邊容。雨歇須臾便吐虹。微凉生晚風。

七

鐵峀晴嵐

霽雨青帷薄，横山翠帶長。迷高移下往來忙。淡淡更茫茫。　半嶺散還合，專林滯更揚。非煙非舞靄人望。回首便消亡。

八

白山霽雪

雪峰遠更奇，霽景望還宜。引領倚軒不覺疲。令人歛兩眉。　遥思司馬簡，郤憶灞橋詩。手展霜絹求畫師。世無顧愷之。

《松澗先生文集》卷二，《詩》

權擘

（一五二〇—一五九三），字大手，號習齋，安東人。一五四三年登第，歷藝文館檢閱、弘文館正字、禮曹參議、掌隸院判決事、知製教。兩次奉命赴明。有《習齋集》。

點絳唇

楊柳枝詞

露葉風枝，年年春色含柔嫩。行人結怨。暮折兼新挽。　正是一聲，羌笛長亭晚。歸程遠。垂條千萬。離別無窮恨。

憶秦娥

惜餘春詞

青春去。春花落盡春無所。春無所。淡煙芳草，一番風雨。倚欄惟聽黃鳥語。那堪滿眼愁如許。愁如許。含盃沈醉，醒來悽楚。

憶秦娥

客夜對月

冰輪潔。長空萬里浮雲滅。浮雲滅。滿身風露，百分清絶。天涯流落增凄切。十年頻作湖山別。湖山別。悄然無語，骨銷心折。

《習齋集》續集卷一，卷三《詩》

吳守盈

（一五二一—一六〇六），字謙仲，號春塘，高敞人。一五五五年進士，官至龍蚊衛副護軍。有《春塘集》。

巫山一段雲

昨夜酒醒無寐，得長短句，録示諸姪，兼呈景亮、汝誠。

野闊飛輕霧，窓虛透玉蟾。清光半夜媚幽獨。脩竹弄纖纖。　醉裏新愁失，醒來舊恨添。孤吟無語對山尖。螢火入疎簾。

巫山一段雲

再用前韻，寄景亮

小少耽書册，光陰幾兔蟾。南窓相對意無盡。疎雨正纖纖。　雲樹青山遠，生涯白髮添。閒愁終日對眉尖。獨坐捲重簾。

巫山一段雲

携裴景受登劒巖得亭基，詩以志喜，長短句。

山水雙清地，煙霞不世情。數年心上幾經營。鳩拙久無成。　南逗蒼屏列，東奔素練橫。幽棲端可幸平生。相與白鷗盟。

遣興長短句，三首

虞美人[一]

春日寒多霜雪重。悶見花枝凍。小堂冷落酒盃空。可惜衰顏日減、舊時紅。　荒凉三逕人踪掃。其奈知音少。只將口業不停吟。寂寞平生誰慰、老人心。

〔一〕不標詞牌，今據律補。

憶秦娥〔一〕

日向晚。□飛飛霰雪江天。雪江天。微風昏霧，四顧迷眼。□□□□□□□。倚窓斟破茶三椀。茶三椀。白頭老翁，終日堪玩。

臨江仙〔二〕

朝把陳編尋古事，老人不廢吟哦。暮年添得鬢雙皤。豊凶在明月，矯首望姮娥。　雪霽今朝風日暖，梅花欲動陽坡。故園光景漸多多。年衰才力乏，詩句愧陰何。

《春塘集》卷一，卷三《詩》

〔一〕不標詞牌，今據律補。
〔二〕不標詞牌，今據律補。

奇大升

（一五二七—一五七二），字明彦，號高峰，幸州人。追贈爲吏曹判書。謚文憲，有《高峰先生集》。

滿江紅

次《滿江紅》詞名

海邦雄觀，大欲借、子虚烏有。儘記得、江横清麗，峀苞深秀。文物焕彬看在此，人煙繁庶渾如舊。哂吾儕、狂態不須嫌，談天口。　腰皷裂，華鐘吼。詩滿紙，樽盈酒。侑儒仙□□，徘徊良久。幽趣未輸箕潁下，高才肯墮韓歐後。想龍灣、掩映送將歸，瞻馬首。

《高峰先生續集》卷一，《詩》

權好文

（一五三二—一五八七），字章仲，號松巖，安東人。一五六一年進士，終身不仕，隱居於青城山無悶齋。有《松巖先生文集》。

法駕導引[一]

效《無住詞》，戲上具舍人

西歸去，西歸去，一葉漢江舟。萬里飄飄身不繫，煙波點點舊沙鷗。睡月幾芳洲。

二

鳳城雨，鳳城雨，取次百花明。豪竹鳴絲五陵酒，尋芳幾處蕩春情。客夢故山青。

三

春寂寂，春寂寂，衆緑滿園林。一笑歸來搔白首，落花芳草去年心。黄鳥是知音。

《松巖先生文集》卷四，《詞》

〔一〕不標詞牌，今據律補。

丁希孟

（一五三六—一五九六），字浩然，號孤山，靈光人。壬辰倭亂時自發掀起抗倭武裝鬭爭。有《善養亭集》。

巫山一段雲[一]

龍山精舍八景，長短四律

一

宅邊柳

百世先生宅，千年處士家。三三五五散交柯。黃鳥送清歌。　彷彿隋堤岸，依俙錦里坡。苔磯一片影橫斜。漁父弄清波。

[一] 不標詞牌，今據律補。

二

籬下菊

十丈園中北，短疎籬下東。妍妍黄蘂笑秋風。但恨酒樽空。　　瞻望白衣斷，芳菲花影重。掇英清興浩無窮。正與古人同。

三

窓外蕉

條似金蓮壯，葉如鳳尾長。新心未展花封香。何事此中藏。　　蕭瑟風聲亂，玲瓏雨脚忙。幽人對此意清凉。愁殺露爲霜。

四

泉底芹

膴膴泥方滑，涓涓泉始流。春深芳菜已盈疇。言采擬珍羞。　　酒把肴云美，飯時羹亦休。獻君情語賞堪酬。莫道誤癡儔。

五

井上桐

花發東君去，葉飄秋節迥。幽翁直待鳳凰來。嗒據幾徘徊。　缺月枝端掛，清陰井底堆。孫枝一夕風雨摧。枚拾擬琴材。

六

軒前梅

花遶南軒上，枝橫西澗邊。尋芳何必到山前。把酒倚欄眠。　風動清香發，月移疎影傳。胸中灑落絶塵緣。長嘯看霜天。

七

園中栗

天末商飆起，園中栗樹秋。淡黄輕緑暗相浮。扶杖任遨遊。　蚝舛隨風落，金丸逐日收。身安此外處何求。吾亦不貪憂。

八

屋後松

灕灕門前水，青青屋後松。清溪碧嶺在西東。人外畫圖中。　蒼翠凌霜雪，羅林捍雨風。千年佳氣鬱葱葱。保障永無窮。

《善養亭集》卷二，《詩》

李大㝢

（一五四〇——一六〇九），字景引，號活溪，慶州人。一五七〇年生員，被成渾薦舉司饔院參奉，不久因母病辭職，後來授參奉、别坐、察訪、主簿、刑曹左郎，不赴。有《活溪先生遺稿》。

沁園春

自幸晚來，協夢維熊，乃得騏鸞。擬端莊蒙養，介爾壽禄，詩書卒業，興我門闌。家運多凶，天心欲喪，可惜風燈不可攀。由何事，若人生稟賦，只割親肝。　潛悲萬計成空，致白璧明珠棄碧山。念慧言美貌，永隔重泉，弄璋嬉跡，尚在人間。固是人生，壽夭有數，僶勉欲忘情反難。且進酒，强傾巵拭淚，無作慼顔。

《活溪先生遺稿》卷一，《詩》

韓濩

（一五四三年—一六〇五），字景洪，號石峰，別號清沙，三和人。一五六七年生員，歷別提、寫字官、歙谷縣令、加平郡守，以書寫官赴明。

巫山一段雲

次韻

送客江南日，離愁渭北天。重逢千里是何年。雨淚落花前。　皓皓長亭月，茫茫一水煙。追君欲去去無緣。回首轉悽然。

李介立，《省吾堂先生文集》卷二，《七言四韻》

李介立

（一五四六—一六二五），字大中，號省吾堂，別號櫟峰，慶州人。一五六七年生員，歷參奉、自如察訪、山隱縣監、鄉兵大將。有《省吾堂先生文集》。

巫山一段雲

贈別韓石峰濩

花落三春暮，鶯歌四月天。思鄉心促夜如年。歸夢北堂前。匹馬嘶青草，扁舟割白煙。行裾從此摻無緣。別意倍茫然。

《省吾堂先生文集》卷二，《七言四韻》

金圻

（一五四七—一六〇三），字止叔，號北厓，光山人。以遺逸被薦舉齋郎，謝恩而不仕，潛研學問。有

《北厓集》。

巫山一段雲

朴淵瀑布〔一〕

日照群峰秀，雲蒸一洞深。人言玉輦昔登臨。盤石在潭心。　白練飛千尺，青銅徹萬尋。月明笙鶴下遥岑。吹送水龍吟。

武陵春

寄呈同志

有美一人山外隔，心愛幾時忘。望斷雲林意渺茫。何日叙暄凉。　萬紫千紅方爛熳，斗酒政薰香。青眼何妨會此堂。永夕好徜徉。

《北厓集》卷一，《詩》

〔一〕與李齊賢詞同。

林悌

（一五四九—一五八七），字子順，號白湖，羅州人。一五七七年登第，歷禮曹正郎兼知製教，因嫌黨爭，辭官歸隱。有《白湖集》。

憶秦娥

鄉心絶。烏貂弊盡關山雪。關山雪，寒生翠幕，塞笳聲咽。　玉爐香灺殘宵徹，瑶池路阻人傷別。人傷別。琴徽塵滿，驛樓明月。

巫山一段雲

古塞人千里，交河月一眉。羈愁無限夢來遲。虫語轉堪悲。　楚峽驚心雨，蓬山宿世期。風流隨處買生離。腸斷更尤誰。

《白湖集》卷三，《七言古詩》

洪迪

（一五四九—一五九一），字太古，號荷衣子，南陽人。一五七二年登第，歷正言、執義、舍人。有《荷衣遺稿》。

鷓鴣天

麥秋詞

野隴緣山一望長。盈場宿麥遠茫茫。風吹夕浪連村漲，雨過平田幾處黃。　秋大熟，歲占祥。一家猶得免飢荒。丁寧爲報鄰翁道，社酒成來幸共嘗。

念奴嬌

北窓清風

夜半誰移澤裏山，且看神州沈陸。歸來獨卧北窓下，猶是晋家日月。清風徐來，葛巾高岸，蕭蕭吹白髮。可笑此翁心事，世人誰識。　不厭開襟，終夕微凉，滿面幽懷更清絶。自謂羲皇以上客，□傲視塵中物。五柳陰陰，三逕寂寂，生涯此亦足。風聲遠激百歲，懦夫猶立。

《荷衣遺稿》，《古詩》

梁弘澍

（一五五〇—一六一〇），字大霖，號西溪，南原人。授義禁府都事，不赴。有《龍城世稿》。

浣溪沙

淨水庵泉石在西溪

絶頂捫蘿一徑幽。道人茹草不曾愁。仙區知與隔凡流。笙鶴千年聞降此，清風明月土溪頭。紫芝歌罷白雲悠。

《龍城世稿》卷二，《歌詞》

李淑媛

（一五五〇？—一六〇〇？），一名玉峰，玉川郡守李逢的庶女，趙瑗的副室。能詩文，作品收録在《明詩綜》、《列朝詩集》、《名媛詩歸》。有《玉峰集》。

鷄叫子

春煙

帶霧連雲輕冉冉。朦朧浮翠深還淺。若非淡掃柳梢頭，定教濃抹桃花面。

醉桃源

碧潭舊業

鞦韆深處是誰家。紅樓垂柳遮。一簾香雨鎖秋花。虛堂聞落釵。凝望處，駐香車。愁思繞窓紗。寫他閒恨入琵琶。驚飛鸖影斜。

秦娥點絳脣

春漸老。輕楊翠幕蘭風好。蘭風好。紗窓窈窕。柳浪啼鶯曉。　屏山寂寞爐煙裊。露華顆顆凝芳草。凝芳草。海棠睡覺。依舊迎人笑。

《衆香詞》，《書集》

許篈

（一五五一——一五八八），字美叔，號荷谷，陽川人。歷吏曹佐郎、昌原府使。有《荷谷先生詩鈔》。

浣溪沙

贈老琴妓

斜日江村罷釣歸。晚鷗低拂綠煙絲。鳳琴哀怨落花時。　彈作白頭無處訴，夢啼紅淚爲誰垂。人間何獨楚臣悲。

女冠子

龍潭鶴洞。白首歸來如夢。正春風。瑞靄迷朱棟，金花映紫宮。　夜闌紅燭暗，愁極緑尊空。折得寒梅樹，與誰同。

《荷谷先生詩鈔》補遺，《詩》

權韠

（一五五二——一六三〇），字叔晦，號玉峰，别號玉山野翁，安東人。一六〇一年登第，累官典籍、工曹佐郎、刑曹佐郎、户曹佐郎、禮曹佐郎、輸城察訪。有《玉峰集》。

水調歌頭

鄭景任令公次晦庵《水調歌頭》一闋，題金士悦巖亭，余亦效顰。

會友有餘樂，得酒且消憂。誰知這裏眞味，終日喜相酬。任彼世間飜覆，愛此巖亭風景，清興浩難收。爭似桐江客，心事付漁舟。　桐江唤，客興漢，業豈無。謀掉頭諫議恩，命歸去理魚鉤。澤畔羊裘煙鎖，瀨上釣絲風捲，堯舜邈悠悠。榮辱人間夢，不到白鷗洲。

《玉峰集》卷一，《五言古詩》

鄭慶雲

（一五五六—？），字德顒，號孤臺，晋陽人。有《孤臺日録》。

長相思

五日壬辰，訪盧景紹，贈《長相思》一闋。

望血溪。往血溪。溪路悠悠溪草齊。溪翁在溪捿。　北雲迷。西雲迷。雲去雲來天欲低。霽月何時兮。

長相思

六日乙巳，待吳翼承於龍岩，不遇，製《長相思》一闋贈之。

歎參商。會參商。來待龍岩水草芳。頭流天外蒼。　人何茫。路何茫。石磴高低偏入望。雲雨晴山陽。

《孤臺日録》卷四

徐湝

（一五五八—一六三一），字玄紀，號藥峰，大丘人。一五八六年登第，歷兵曹佐郎，兵曹判書，户曹判書。謚忠肅，有《藥峰遺稿》。

行香子

差宗廟獻官，致齋閭舍，看壁上所粘唐人刊傳三疊《行香子》詞，感而和之。

城南卜居，有屋有廬。杏桃梅栽植庭除。卿郎名號，散逸規模。任天雨暘，時春秋，日慘舒。　酺我沽我，熙如皞如。素卓上隨有蔬魚。從他推擠，自笑非夫。或與客棊，問好耕，教兒書。

《藥峰遺稿》卷二，《雜著》

孫起陽

（一五五九—一六一七），字景徵，號聱漢，别號松磵，密陽人。一五八八年登第，累官省峴察訪、典籍、蔚州判官、昌原府使。有《聱漢先生文集》。

巫山一段雲

竹院十景

一

三峰雪月

夜静雲初散，山空雪乍晴。中天霽月照三更。灝氣鬪輕明。　穆穆金波動，晶晶玉宇清。盡難模寫語難名。輸與入詩評。

二

七谷煙花

浩蕩風吹盡，簾纖雨霽初。尋春行樂肯虛徐。花外命巾車。　時節須探勝，江山不負余。前川過了興如如。隨意導籃輿。

三

琴郊刈稻

露濕平蕪緑，風吹晚稻紅。江郊秋日暖烘烘。拍手賀年豐。　終畝禾如櫛，登場積漸崇。盈缸酒熟畢農功。呼取對鄰翁。

四

盞淵釣魚

風靜晴江晚，花殘紅蓼秋。磯頭垂釣曳還投。身世伴沙鷗。　餌下銀初掣，筐中玉漸稠。開樽斫鱠醉騎牛。此外更何求。

五

竹林夜飲

戛玉風摇彩，篩金月滿林。停杯遐想七賢襟。雅興古猶今。　萬事須長醉，孤懷只朗吟。世間何處遇知音。惟酒許傾心。

六

栗堤春行

小雨催花節，輕煙没曉痕。晴川芳草日初暄。步出傍江濆。　景物呈千態，乾坤運一元。東華難換此林園。不要姓名喧。

七

東山眺望

偃蹇臨無地，嶔崟聳半天。江山十里老雲煙。登眺豁無邊。　縹色通金谷，清光映月淵。盪胸何必祝融巔。豪氣想前賢。

八

南畝遊觀

大野寬春望，清泉散夏畦。柴門步出過前溪。竹杖與芒鞋。禾稼雲千頃，郊原雨一犂。登皐舒嘯喚詩奚。歸路夕陽低。

九

長浦絲蓴

久擬麗公隱，翻成張翰歸。江鄉風味樂忘飢。蓴滑又鱸肥。翠帶冰隨泮，香羹雪欲飛。從今須製芰荷衣。不必蹈危機。

十

沈溪石蠏

竹院秋將晚，琴郊稻正香。已聞東海蠏輸芒。半殼忽含黃。玉片頻隨筯，金穰正滿筐。加餐點酒也相將。風味擅江鄉。

《聱漢先生文集》卷二，《詩》

成文濬

（一五五九—一六二六），字仲深，號滄浪，昌寧人。一五八五年生員，歷世子翊衛司洗馬、司圃署司圃、永同縣監。有《滄浪先生詩集》。

菩薩蠻

征婦怨，戲效溫飛卿體

盧龍塞北青絲鞚。丹鳳城南綺窓夢。鸞鏡染啼粧。鵲爐銷暗香。　金風捲羅幕。池柳霜初落。萬里憶征夫。寒衣今到無。

菩薩蠻

次李白《菩薩蠻》韻

金梭響斷回文織。燕鴻叫侶吳雲碧。落月滿粧樓。洞房人正愁。　玉闌搔首立。幾處寒砧急。天末望歸程。秋風生灞亭。

《滄浪先生詩集》卷一，《詩》

菩薩蠻

效李白《菩薩蠻》

寒蛩唧唧秋宵永。玲瓏落日珠簾影。白露襲羅帷。夢闌人自悲。　此心何處託。獨鴈飛沙漠。搔首望邊城。深閨空復情。

憶秦娥

有懷，效《憶秦娥》體

金風起。梧桐葉落秋堂裏。秋堂裏。虫聲繞壁，惱人愁思。　擁衾長夜相思淚。魚鴻阻絕西江水。西江水。滄波渺渺，月明千里。

《滄浪先生文集》附《懶眞詩稿》

金止男

（一五五九—一六三一），字子定，號龍溪，光山人。一五九一年登第，歷藝文館檢閲、禮曹佐郎、執義、慶尚道觀察使。有《龍溪遺稿》。

虞美人

百戰但見君王捷。不見君王北。神騅所向霹靂忙。今日霜蹄、何事獨周防。四面楚歌歌不已。悲凉壯士淚。花顔雲鬢奈爾何。碧草香魂、千載恨難磨。

憶秦娥

清渭水。珠箔青樓勞夢思。勞夢思。梅花一窓，明月千里。雲鴻不傳相思字。寶瑟朱絃愁不理。愁不理。湘江日暮，采采蘭芷。

臨江仙

江上仙翁誰氏子，去來一葉扁舟。蘆花楓葉滿江秋。飛來縞衣鶴，煙雨共遲留。　飛過南溟與北海，長風袖裏颼颼。俯首塵世一蜉蝣。行逢回道士，期會岳陽樓。

漁家傲

秋江風急不恬靜。移泊蘆叢待少定。晚來風霽波如鏡。理小艇。過盡柳堤婆娑影。　亭亭殘日度西領。罷釣歸來江月迥。前村換酒探幽勝。多少興。不復塵埃到心境。

《龍溪遺稿》卷一

林懽

（一五六一——一六〇八），字子中，號習靜，羅州人。一五九〇年生員，歷司圃別提、茂州縣監、稷山縣監、文化縣令。有《習靜遺稿》。

臨江仙

見新鷰

芳社已過風日暖，忽看玄鳥初迴。頡頏飛繞舊池臺。廢基荒薺合，撿草去還來。　景物蕭條人事換，覔棲何處徘徊。杏花疎雨語哀音，喃泥多少恨，斜日耿難哉。

虞美人

春怨

相思予美雲端隔。怨黛春山碧。玉簫金鎖閉重門。卻怕殘花、銷盡九晁魂。　香風細蹙蘂塘水。故戲鴛鴦起。萬端愁緒罷簾櫳。欲奏瑤琴、斜倚曲欄東。

憶秦娥

思故園

韶華歇。羈魂只繞鄉關月。鄉關月。萋萋芳華，短亭超忽。　楓湖水暖花如雪。嗟無羽翰南雲闊。南雲闊。荒山清曉，杜鵑啼血。

菩薩蠻

縣齋即事

溪山如畫春將晚。高齋晝静鈴音斷。隱几岸烏巾。蕭然遺俗塵。　　倦來時染翰。只拱煙霞判。盡日更無營。幽禽聞一聲。

點絳脣

次《點絳脣》調韻，賦春愁

久閉粧樓，含愁懶奏朱絃韻。□人甚遠。月入芙蓉幔。　　柳暗花明，奈此韶光嫩。佳期晚。欲排煩悶。寂寞誰相問。

玉樓春

三清舊基，新構草堂

神仙素好居樓觀。碧瓦朱欄曾炳煥。年來兵火盡灰煤，蕭瑟荒基文礎斷。　　三椽草構臨溪岸。奚羨齊雲高峙漢。一刀玄訣一爐香，逸興飄飄遊汗漫。

更漏子[一]

縣齋寒，孤燭短。獨惜錦衾空爛。海波淺，愁緒深。誰知今夕心。　羅帷有時風捲。坐到星河曉轉。目炯炯，夜漫漫。相思夢亦難。

清平樂

山花四圍，始覺韶光已晚。

山花方夭。錦幄重重繞。媚悦東皇爭獻笑。萬朶紅雲散照。　峽中莫道幽遐。始知春事夸奢。何以能酬佳節，脱巾快飲流霞。

定風波

問俗

撲散淳漓世道移。墨絲楊淚恨參差。終使薰蕕紛有臭，休怪，人心波蕩更難支。　錯認

[一] 原作《玉樓春》，今據律補訂。

非沉能着力，請看，園花先萎澗松遲。方寸九疑眞可怕，須會，死生榮辱盡天爲。

漁家傲

前溪灘

溪在縣南，尺地有上下灘，日夜喧豗轟聒，或上灘嗚嗚之不止，妨於夢寐，故仍賦前溪灘。

一道雲谿涵萬影。灘分上下因風響。長繞琴書添颯爽。扃羅幌。山翁夢斷綦燈耿。日夜喧豗轟聳聘。儂今厭□居爲幸。激入東華塵耳醒。空空境。庭瓢絶棄應憐靜。

浣溪沙〔一〕

苦待鄉使

一片鄉愁緑鬢凋。音塵阻絶海雲遥。洞房幽夢惻寒宵。　待使不來春欲盡，燕泥芳草緑迢迢。眼穿斜日更難聊。

〔一〕原作《浣沙溪》，今據律補訂。

武陵春

三月晦日

佳節易過人抱病，愁寂滯朱溪。獨掩重簾盡影低。花落鳥頻啼。　可惜春光難此夕，畏及曉天鷄。鶗鴂聲、芳草歇，寧把醉酒中似泥。

南鄉子

初晴

節序屬清和。穀雨初晴草色多。閒看覓巢，新燕掠泥過。溪樹飛花奈爾何。　愁倚曲欄東，獨把青銅兩鬢皤。勳業雖遲，身暫靜地□。□□端合衣薜蘿。

南柯子

子規

玉闕生爲帝，青山死作禽。千秋血淚染花林。魄冤哀啼、愁緒不能禁。　故國何時返，空溪此夜心。西川契活釼峰深。芳草接天、歸路杳難尋。

更漏子

子規

落紅紛，芳草暮。怨魄催歸政苦。缺月照，曉星低，慇懃啼更啼。　悵誰種，相思字。白帝荒城萬里。何日返，始無愁，血痕花上留。

河滿子〔一〕

連日中酒氣，似憔悴

溪上韶華忽盡，簾間樽酒常盈。累日杳冥頻中聖，玉山倒臥無營。那忍良辰棄我，愁邊鬢雪千莖。　浮世榮枯度外，鄉關夢思空驚。每詠陶潛歸去賦，浮雲浩笑吾生。萬事何如一醉，曾知飲者留名。

〔一〕原作《何傷子》，今據律補訂。

巫山一段雲

燈夕

深院落花雨，萬溪飛絮天。寂廖今夕倚凄然。何處賞燈筵。 悄悄誰相語，依依祇自憐。故園歡會樂無邊。蝴蝶去翩翩。

鷓鴣天

惜春

深掩緗簾夢亦遲。惜香心事有誰知。身同粉蝶留芳戀，愁似春蠶引繭絲。 瑶瑟怨，玉簫悲。碧桃花老月陰移。劉郎豈是無情者，再入天台未可期。

長相思

聊寓悲悼之悰

愁未忘。怨未忘。石爛山崩恨豈亡。茫茫蓬海長。 掩洞房。卧洞房。耿耿音容況在傍。徒添雙鬢霜。

憶王孫

蘼蕪緑盡野花菲。怊悵王孫幾日歸。燕子尋棲故故飛。歎離違。恨滿南雲淚滿衣。

滿江紅

新鶯

春盡江南，斷腸處、落紅新緑。況流鶯相喚，綿蠻可惜。霽日初暄煙柳靜，碧雲明捲繁謌合。亂溪□，愁起掛簾鉤，心還惡。　幽閨婦，顔銷玉。長門妾，金難得。正憶君憐戍，乃憑蝴蝶。莫向此中啼睍睆，驚破恨未凝精魄。倚午窓、山客引眠長，何猜覺。

《習靜遺稿》第二

李德馨

（一五六一——一六一三），字明甫，號漢陰，廣州人。一五八〇年登第，歷禮曹參判、大提學、同知中樞府事、右議政、左議政、領議政。謚文翼，有《漢陰先生文稿》。

長相思

又賦《長相思》一闋，送張好古兼奉上使金守伯令公。

筆花殘。雪花寒。人事天時悲歲闌。離愁衣帶寬。　望關山。歷關山。臘盡春回征路難。他鄉頻勉餐。

《漢陰先生文稿》卷二，《七言古詩》

曹友仁

（一五六一——一六二五），字汝益，號頤齋，昌寧人。一五八八年登第，累官鏡城判官，製述官，右副承旨。有《頤齋先生文集》。

澤風曰：「公長於音律，故此曲子諧和得意，篇篇可詠。」

江城子

代人行

清心樓下別君時。朔風吹。雪花飛。猶記臨分、脉脉淚雙垂。　海誓山盟那復道。兩不見。但相思。怊悵碧天、滄海月如眉。廻臨君，分照我，多少恨，爾不知。

釵頭鳳

驚魂別。佳期歇。幾回明月盈還缺。朱絃斷。流光换。一宵孤夢，數行歸鴈。漶。漶。漶。心如結。燈將滅。洞房如水衾如鐵。憑書案。垂羅幔。沉憂成緒，積愁難算。漫。漫。漫。

更漏子

送別

壟雲黄，邊草白。斜日一聲羌笛。流水急，暮鴻驚。北梁傷別情。人將散，魂先斷。悵惘征衫誰挽。天際路，塞垣秋。去留多少愁。

長相思

水氣寒。夜氣寒。衾鐵稜稜夢未闌。兩情知幾般。信手彈。促手彈。彈罷更深燭漸殘。魂歸招不還。

浣溪沙

憶昨郵亭結好緣。別來重覺日如年。更憐孤月缺成弦。　枕漬蘭膏消未盡，席留花暈看猶圓。使人安得不腸煎。

望遠行

舊恨新愁問幾重。又聽一秋鴻。悲歡忽忽十年中。雲雨覓無蹤。　石有爛，海應枯。深盟密約那渝。只緣人事喜崎嶇。後夜佳期也難孤。説與海天月，分照兩情無。

酒泉子

一别音容。重覺暮春將半。夢難圓，魂不返。錦衾空。　燭殘孤館影相伴。若爲緣未斷。楚雲邊，湘水畔。會相逢。

定西番

離合政如雲聚散。離必合，合還離。事堪悲。　芳草夕陽橋畔。綠楊千萬絲。那似此心撩亂。憶君時。

望江南

魂已斷，深院落花時。新燕撲簾春晝永，緑楊如畫舞千絲。凝望爲伊誰。

望江南

魂不返，南浦草青青。無復更論生死誓，此生難卜況他生。贏得淚雙橫。

漁歌子

水西來，山北走。津亭斜壓西城右。浦雲邊，山雨後。落日依依楊柳。喚名姬，古美酒。風光挽我淹留久。趁鷄鳴回馬首。怊悵茲遊難又。

擣練子

思歸

風峭峭，日凄凄。客子懷歸意轉迷。心似冷灰吹不暖，謾搜新語續前題。

長相思

閨怨

水風清。夜雲輕。孤館愁人段段情。況聞征鴈聲。　露華零。月華生。一曲秦箏夢不成。脉脉度殘更。

憶王孫

終日思歸

霏霏凍雨又凄風。病擁熏爐火撥紅。藥餌無功歲律窮。信難通。聽盡數聲天外鴻。

生查子

冬日

玄威近小寒，積霧連天黑。短景苦無暉，客子衣裳薄。　南至已云過，風雪猶饕虐。暖候幾時回，卻問梅消息。

點絳脣

閨恨

金鴨香殘，銀燈半滅羅幃冷。夜深人靜，相伴唯孤影。　舊歡無蹤，新綠生銅鏡。都由命。孰非前定。但拭千行迸。

浣溪沙

詠燕

含卻香渥度粉牆。趁花穿竹去來忙。爲緣營壘語雕梁。　風暖園林春意晚，日長庭院午陰涼。只知棲息有華堂。

浣溪沙

又別體，詠劍

袖裏青蛇繞紫鋩。曾經百鍊擅精鋼。寶匣十年嗟未試，秘龍光。　纔報蠻煙收海國，復聞胡騎遍遼陽。當道豺狼憂更切，淚沾裳。

子夜歌

一名《菩薩蠻》，憶湖舍盆梅

盆梅種在湖堂裏。花開趁臘清芬起。皎皎出塵姿。盈盈冰玉肥。　故園何許隔。千里空相憶。歲盡霜雪繁。天涯勞夢魂。

如夢令

憶昔年所栽斑竹

窓外數叢斑竹。歲久森森如束。苦節耐風霜，玉瘦瓊寒渾一色。蕭索。蕭索。誰復慰渠孤寂。

訴衷情令[一]

憶碧桃

仙桃品格擅仙標。貞白壓瓊瑤。當年手栽階畔，明艷映雙條。　關路隔，歲華遷。夢迢

[一] 原作《訴衷情》，今據律補訂。

迢。斜風深院，細雨空庭，魂去不須招。

采桑子

一名《醜奴令》，詠雪

頑雲凍作飄空絮，皛皛漫天。舞態回旋。着樹俄成幾樹綿。

群峰束起瓊瑤障，幻境無邊。高聳吟肩。興在山陰訪戴船。

卜算子

臘盡歲華窮，愁病催人老。坐擁重衾悄無歡，萬事翻成惱。

天際塞鴻聲，夢裏鄉關道。脉脉思量魂政斷，窺簾霜月皓。

好事近

更憶盆梅，臘後三日

手斲小梅叢，栽卻盆中歲久。趁臘清芳方綻，幾耐寒孤瘦。

新年應待主人歸，冷艷開依舊。怊悵雪霜標格，惜佳期重負。

憶秦娥

苦寒

寒威冽。長安路上飛殘雪。飛殘雪。千樹萬落，閉門人絶。　新正自古稱佳節。愁多秖覺心如結。心如結。萬般思量，便成嗚咽。

謁金門

立春

窮陰散。物象暗偷新暖。乍見堅冰隨處泮。嫩黄浮柳眼。　一氣尤無間斷。試更對爐看。卻向前溪行緩緩。蒲芽生匝岸。

清平樂

有懷

同嘗憂患。再閲星霜换。一隔參商魚鴈罕。叵耐眼穿腸斷。　客窗深夜孤燈。入簾風露生稜。耿耿通宵歸夢，覺來欲記無憑。

更漏子

憶兒

眼如星，肌似玉。墮地嶄然頭角。纔學語，便呼爺。別來爲日多。　額垂髮。肩穿褐。顛倒牽衣嗚咽。長在目，曷能忘。哀猿空斷腸。

阮郎歸

自敘

東風吹暖雪初消。嬌黃生柳條。物華撩意轉無聊。鄉關入夢遥。　恩未報，罪難饒。追愆骨欲銷。蒼天臨下大陽昭。只宜歌且謡。

畫堂春

憶弟

春回百物總芳華。可憐荆樹分花。鶺鴒無侶鴈孤飛。形影隔天涯。　入夢謝池草緑，通宵姜被寒多。驚魂飄散落誰家。關路横斜。

武陵春

春雨啼禽

暄暖春風吹院落，小雨下簾纖。紅杏梢頭脉脉霑。香霧濕重簾。　更有百般禽語嫩，睡思攪來嫌。忙把銀箏弄指尖。多少恨、曲中兼。

青衫濕

有懷

澗冰消盡新芳嫩，物色轉春姿。政當問柳，尋花叵耐，坐負佳期。　餘生迄可，行休其奈，跡似羈雌。江梅想已開還落，空費相思。

海棠春

有感

人間何日風波止。日復日、無時可已。巨艦尚難容，一葦那能試。　怒濤未息，疊浪再起。出没黿鼉競戲。底處是通津，卻問操舟子。

浪淘沙令〔一〕

詠巢鵲

含木構新巢。用意勤勞。漂搖風雨樹顛高。飛去飛來晨復暝，相喚相號。　牖户更牢堅。怕有猿猱。佇看祥慶水溜溜。倚伏從來如晝夜，不爽秋毫。

錦堂春

望終南山

晴後俄成翠黛，晚來看作青螺。儀形相對如相語，柱笏意如何。　烏倦飛雲有態，夕陽半抹晴霞。悠然展眺忘言處，渺渺碧天遐。

〔一〕原作《浪淘沙》，今據律補訂。

朝中措

詠櫻桃

團團朱實火齊紅。的皪更玲瓏。細看匀圓如許，儘是一天工。瑛盤月下，仙廚風味，好事成空。時物至今猶在，嘗新洗盡塵胸。

秋波媚

一名《眼兒媚》，遆承旨後有感

纔別佳人戀佳期。再會問何時。渺渺蓬山，漫漫弱水，青鳥來遲。情緣恰似銀瓶水，繩絶復奚爲。愁腸只學，隨風亂絮，掛樹遊絲。

賀聖朝

過忠州有感

忠原背嶺稱雄府。據山河險阻。千年天塹，一江東下，一江西注。興衰翻覆，紛紜沿革，幾番風雨。清明佳節，夕陽征路，行人弔古。

柳梢青

渚草初青，汀花政發，客向長安。逝水悠悠，遥山簇簇，行路漫漫。　臨歧更住征鞍。日將歇，春愁萬般。袖裹陰符，百歲易徂，餘生幾許，願學還丹。

西江月

暮春

昨夜顛風急雨，今朝緑暗紅稀。透簾香霧濕霏霏。萑葉漸舒鸞尾。　莫戀飜階芍藥，徑尋滿架薔薇。直須終日醉扶歸。百世歡娱能幾。

萬年歡

送張元帥有序

皮裹詩書，並忠肝義膽，偉器英略。曾被眞龍，預識應時才局。剩蓄經綸大策，屬强虜，憑陵沙漠。勤天討，歲歲年年，相持勢似掎角。　宸衷已卜干城，便舍此誰某，躬親推轂。暮草離亭，蔽日高張雲幕。肅穆威顔咫尺。玉觴滿、金莖霞液。恩如許、粉骨何酬，尚方新賜蓮鍔。

虞美人

流鶯初囀清和節。柳絮飄如雪。薰風拂面水軒涼。睡罷更憐、雙燕語雕梁。新裁白苧如蟬翼。穩貼凝□白。含嚬不語若爲情。怊悵一年、芳草杳歸程。

踏莎行

一帶瑶川，千峰錦葉。高樓人倚闌干立。舊歡如夢水悠悠，緗簾日暮西風急。翠竹煙籠，黃花露濕。撩懷物色吟邊集。休將怨曲篷中吹，滄溟怕有潛蛟泣。

《頤齋先生文集》卷一，《歌詞》

陳景文

（一五六一——一六四二），字汝郁，號剡湖，驪陽人。一五八九年生員，壬辰倭亂時自發掀起抗倭武裝鬪爭，又有功於李适之亂。有《剡湖詩集》。

憶秦娥

一闋

江上别。天涯美人佳期絶。佳期絶。長堤春晚，柳絮如雪。　碧紗窓畔鳴瑶瑟。風吹珠箔紅燈滅。紅燈滅。梨花深院，洞房殘月。

《剡湖詩集》卷一《七言古詩》

許楚姬

（一五六三——一五八九），許筠的姐姐，號蘭雪軒，陽川人。有《蘭雪軒集》。

漁家傲

庭院東風寒惻惻。墻頭一樹梨花白。斜倚玉欄思故國。歸不得。連天芳草萋萋色。　羅幙綺窓扃寂寞。雙行粉淚霑朱臆。江北江南煙樹隔。情何極。山長水遠無消息。

許筠《鶴山樵談》

李春英

（一五六三—一六〇六），字實之，號體素齋，全州人。一五九〇年登第，歷吏曹正郎、持平、掌令、奉常寺僉正，追贈左贊成。有《體素集》。

浪淘沙令〔一〕

過大堤，題一詞以悼亡

愁裏歲華新。忽忽沾巾。香銷故篋鏡生塵。不忍復經埋玉地，鄰笛傷神。　莫望大堤春。纍然孤墳。遶湖芳草又如茵。蓬島弱水千萬里，再結來因。

《體素集》卷下，《詞》

〔一〕不標詞牌，今據律補。

朴元甲

（一五六四——一六一八），字仁伯，號桃源，高靈人。壬辰倭亂和丁酉再亂時自發掀起抗倭武裝鬪爭。有《桃源文集》。

巫山一段雲

次李修撰《矗石樓》，題《巫山一段雲》體以贈之。

銜命辭青瑣，承綸出紫薇。星軺遥訪白鷗磯。江路政熹微。　秀色驚眵眠，清光照末輝。同庚毋使我心速，溪湍緩言歸。

二

疑晤燈將迷，傳杯夜報更。繡衣使者與田氓。惜别醉前楹。　雖有丈夫淚，還慙兒女情，雍容行色起秋風。離恨滿江清。

《桃源文集》卷上，《五言詩》

李光胤

（一五六四—一六三七），慶州人，字克休，號讓西，一五九四年登第，歷户曹佐郎、修撰、副提學。有《瀼西先生文集》。

巫山一段雲

秋月堂八詠，姜參判公信別墅，在韓山地。

一

黄橋牧牛

曲澗鳴寒玉，危橋跨斷虹。村童驅犢出煙中。一逕傍林通。　細草緣坡緑，斜陽帶雨紅。倒騎長笛捻西風。渾不辨商宫。

二

南陽勸耕

四野新陽遍，千林晚雨晴。陂田繞郭水盈盈。布穀盡情鳴。植杖看菑墾，持鋤怕草生。津頭過客促鞭行。不識有何營。

三

石寺朝煙

淨界饒眞趣，高僧謝俗緣。閒敲白石煑山泉。旭日帶茶煙。掩映彤霞外，依微綠樹邊。空門景色畫堪傳。一望意悠然。

四

西林夕烽

落日低滄海，疎雲斂小城。飛烽千里遞光晶。星彩照簷楹。只喜通安否，非關看滅明。長教一點達王京。夜夜慰宸情。

五

珠嶺雙松

窈窕岡巒轉，蔥蘢樹竹堆。亭亭雙盖是誰栽。偃蹇棟梁材。　明月枝間逗，清風葉底來。最憐滕六没蒿萊。高聳碧山隈。

六

歧浦片帆

蘋渚寒潮漲，蘆汀返照斜。孤帆添腹引風多。飛割暮江霞。　隱現依林杪，低昂逐浪花。漁翁倚櫂發高歌。雲水是生涯。

七

魚城宿霧

結屋依深樾，開軒對翠岑。山靈洩霧作層陰。日出尚蕭森。　靄靄沾書幌，霏霏濕布衾。愁來强欲理瑶琴。絃慢不成音。

八

聖山驟雨

接海雲容黑，連空雨脚横。雷聲電影若相爭。坤軸訝摧傾。　斷壑奔流急，疎林爽氣生。煩襟此日十分清。顧盻句還成。

鷓鴣天

早秋涵碧亭即事

楊柳風微水檻清。竹扉深掩斷人行。蟬嘶碧樹秋聲苦，雨歇長空夕照明。　悲遠别，歎浮生。白雲天末望盈盈。蒼苔細路忘歸去，屋後炊煙一抹横。

西江月

郭外清溪環轉，林間好鳥和鳴。雨餘花卉競芳馨。糚點一春光景。　自詑襟懷的的，誰憐鬢髮星星。欲招歡伯破愁城。可笑瓶罍俱罄。

南柯子

巷僻輪蹄斷，庭空草樹香。幽人盥罷坐東廂。初旭依微山翠、潤琴床。　暗覺青春暮，還憐白髮長。人間得失摠亡羊。只可花前携友、醉盃觴。

臨江仙

倣李相國體

日午茅齋幽夢覺，山前清澗玲瓏。倦來攲枕課兒童。銀絲玉尺，堆滿一盤中。　急向村街沽白酒，旁招比舍詩翁。羹香膾嫩味何窮。□溪居口業，端不讓江東。

少年游〔一〕

望美壇

雎鳩東畔卧龍隈。除地作層臺。山回水遶，草樹蔥蒨，幽逈出塵埃。　登壇日日望彼

〔一〕原作《少年行》，今據律補訂。

美，何處是蓬萊。獨鶴初歸，丹霞漸没，悲抱自難裁。

朝中措

即事

飛花亂絮打窓櫳。庭院緑陰重。病起如驚春夢，日斜試把藜筇。溪頭谷口，樵歌互答，何處兒童。可惜芳菲佳節，無人詩酒相從。

二

青山如畫遶茅簷。春雨晚廉纖。雅性偏憐邱壑，朝朝手揭疎簾。緗桃已發，紅杏未謝，澗水新添。聞道鄰家酒熟，乘閒來往何厭。

望江南令

即事

睢鳩谷，村巷日舒遲。階上枯梅生意思，門前衰柳媚容姿。凝睇立多時。春欲暮，深樹杜鵑悲。偶坐溪巖題瘦句，卻尋蓮老結幽期。心事少人知。

太常引

即事

幽人日午睡朦朧。持茗椀倚窓櫳。微雨帶斜風。雲半捲、山光淡濃。羃溪殘絮，滿林嫩緑，春事已成空。黄鳥語惺忪。似驚起鄰家酒翁。

如夢令

漫興

雨後飛花糝逕。風裏清溪滿聽。獨坐對青山，觸目無非佳境。人靜。人靜。盡日翛篁弄影。

二

已歎年光荏苒。更覺名途艱險。離索苦無悰，老去寧抛鉛槧。門掩。門掩。滿院緑苔千點。

西江月

漫興

紫陌爭如邱壑，朱門不及巖扃。日長庭院午風清。幽草緑陰交映。　掠過誰家飛燕，綿蠻是處啼鶯。客來詩句要相評。醉裏都迷聲病。

清平樂

村居

村齋獨卧。永日無人過。縱有新詩誰與和。諷詠供晝課。　晚來散策溪壇。堂堂春事闌珊。更待樹陰交遍，携朋共賞青山。

錦堂春

效金克己，嘉山題詠

匹馬行穿深樾，高臺俯瞰清流。溪山是處眞奇絶，風景入詩眸。　靜聽黄鸝睍睆，閒看白鳥沈浮。斜陽欲去還停棹，煙雨暗中洲。

巫山一段雲

晉州清心軒題詠

古郭煙空鎖，荒墟歲屢更。元戎緩帶撫軍氓。荆棘化軒楹。風月還多事，江山轉有情。坐看霞弄秋晴。詩思十分清。甲辰秋，以統營宣犒御史南下，留住晉州。

二

飛棟臨丹壁，脩篁間紫薇。蘭舟移傍釣魚磯。江樹遠熹微。咬嘎洲禽響，凄清渚月輝。佳期不與賞心違。遥夜澹忘歸。

採桑子

效金克己《採桑子》樂府體，村興。

村居卜在寬閒境，草樹菁葱。水石玲瓏。妙曆何能數衆峰。幽人睡罷渾無事，手撫絲桐。目送歸鴻。不覺西林夕照紅。

添聲楊柳枝〔一〕

效麗王《賀聖朝》樂府體，夕坐。

山客尋詩鬢屢掀。日將昏。炊煙一抹隔孤村。亂鴉喧。　坐久茅堂人不到，共誰言。爲憐明月入松軒。獨開罇。

巫山一段雲

江村落照

小店沿江住，垂楊匝岸長。斜陽一抹染霞光。金柱竪滄浪。　曲浦歸帆疾，遥空去鳥忙。晚來煙景轉蒼茫。清興溢詩囊。

〔一〕原作《賀聖朝》，今據律補訂。

浣溪紗

仙巖亭，與潘景珍、朴景施、朴景廉會飲。

除地山腰作一臺。菊花楓葉爛成堆。酷憐雲骨聳江隈。 佳景不窮人易老，清歡未盡日將頹。一盃相屬重徘徊。

二

琪樹玲瓏護一臺。亂峰深處白雲堆。醉呼詩友坐巖隈。 且喜江頭銀闕湧，不妨松下玉山頹。斜陽欲去更徘徊。

巫山一段雲

登咸興，望德山

巨野平如掌，長川淡似油。溟波萬頃没鰲頭。積氣望中浮。 林暖幽禽哢，沙暄嫩草抽。琴歌終日領風流。消遣十年愁。

二

暖霧收青嶂，和風動碧油。長安指點彩雲頭。萬里此身浮。　漸喜邊塵靖，何方手版抽。晚來携酒更臨流。一酌散千愁。

一剪梅[一]

效元朝學士虞集體，時在舒川，和趙上舍夢翼。

秋日凄凄易夕陰。煙暗松林。雨暗松林。夜窓剛喜月盈襟。清亦難禁。冷亦難禁。　旅宦三年鬢雪侵。詩所關心。藥所關心。陽春有譜孰知音。我一彈琴。君一彈琴。

二

古館寥寥簾幕深。梧帶秋陰。竹帶秋陰。爾來風雨滿西林。愁易相侵。病易相侵。　旅榻孤眠擁布衾。茶共誰斟。酒共誰斟。海亭清景可開襟。欲往登臨。盍往登臨。

[一] 不標詞牌，今據律補。

一剪梅〔一〕

盧上舍子海寓舍，醉裏書懷

春雨霏霏溪上村。山雜煙雲。海雜煙雲。主人開酒掃松軒。情一何勤。禮一何勤。
聞説東華風浪喧。榮莫相欣。寵莫相欣。休官行欲退邱園。我亦云云。君亦云云。

巫山一段雲

龜鶴亭四時詞

一

春

江郭清明近，林園景物宜。春光浩蕩惱詩脾。撚斷幾莖髭。　對月尊頻倒，看山席屢移。夜深香露滴琴絲。風動杏花枝。

〔一〕不標詞牌，今據律補。

二

夏

雨氣迷青嶂，灘聲滿畫欄。人間炎熱不曾干。琪樹擁簷端。　水簟凝香細，冰盤斫膾寒。斜陽漸没彩霞殘。汀畔結幽蘭。

三

秋

潦盡寒潭淨，天晴快鶻驕。西風一陣掃炎歊。秋興滿江郊。　漸喜黄花綻，還愁碧蕙凋。夕來携酒倚蘭橈。涼月在松梢。進退格

四

冬

野渡行人少，山蹊落葉重。愁吟盡日聳肩峰。風雪亂裘茸。　大地成銀界，長冰作玉

龍。酷憐巖壑秀孤松。歲暮託襟胷。　《瀼西先生文集》卷三，《詩·雜體》

吳長

（一五六五—一六一七），字翼承，號思湖，咸陽人。壬辰倭亂時自發掀起抗倭武裝鬭爭，一五九五年授鎭安縣監，一六一〇年登第。歷正言、鏡城判官。有《思湖集》。

長相思

次鄭慶雲

君歌商。我歌商。千古猗蘭徒自芳。水清山又蒼。　山茫茫。路茫茫。會不得會望失望。報鶴叫斜陽。鶴指朴君

鄭慶雲，《孤臺日録》卷四

李廷龜

（一五六五—一六三五），字聖徵，號月沙，延安人。一五九〇年登第，歷大提學、禮曹判書、右議政、左議政。謚文忠，有《月沙集》。

題《尹晴詩卷》，爲五峰作

晴，龍灣娼。尹其姓也。余客於灣，前後十年，酒席花筵，知名識面者，蓋非一二，而晴娘獨以五峰故，來輒致款。歲辛丑，忝儐詔使，久滯於茲，客館孤寂，晴常趁日來話，話間啼笑，皆五峰也。居無何，晴忽不來。一日峰翁在宣城，以書抵余，知晴已作峰前雲雨也。又未幾，晴之詩卷至矣。讀其文，詠其詩，晴之守情於峰蓋久矣，而峰之戀舊於晴亦勤矣。世間最難擺脱者情。男子好心腸，風流佳事跡，苟無稱述者，則嬌紅翠卿之名，其孰從而傳於後也。况吾與峰翁爲兄弟，而晴娘又是舊伴，烏可無一言於茲卷耶。遂爲詞一闋，他日與峰翁對酒，俾晴歌之。

臨江仙

一朵荷花明月夜，多生暗結芳緣。幾回離别惜流年。重尋華館夢，羅袖向春天。暗擲琴心回鳳髻，爲君低唱尊前。一春光景政堪憐。試看湖上柳，能得幾時妍。晴初見五峰時，以荷花一朵通其意，故首句及之。

憶秦娥

龍灣道。粧樓睡起春纔好，春纔好，人間傷別，幾年芳草。　謫仙當日因緣早，驂鸞共上蓬萊島。蓬萊島。雲窓香夢，白頭難老。

《月沙集》卷一〇

申欽

（一五六六——一六二八），字敬叔，號象村，平山人。一五八六年登第，歷禮曹判書、左議政、右議政、領議政。謚文貞，有《象村稿》。

柳梢青　送台徵朝京師

庭梧影疎，渚蓮香褪，可惜年華。特地消魂，對酒無語，岐路空賒。　浮生到處是家。休教恨、萬里天涯。留作相思，朔鴻關月，薊樹遼河。

長相思

風滿山。月滿山。星斗蒼茫更漏闌。幽愁空掩關。路漫漫。意漫漫。隴水東西何日還。長憐雙鬢斑。

二

冰塞河。雪塞河。舊恨新愁添歲華。相思天一涯。别路賒。歸路賒。世事紛紛莫浪嗟。人情同逝波。

望江南

莫浪恨，萬事不如閒。香爐獸爐縈寶縷，簾垂池閣障輕寒。遲暮且盤桓。不須道，世路險於山。緑水丹厓何處好，竹椽茅屋此中還。眞個碩人寬。

南柯子

閨怨

蕙逕花初謝，粧樓柳已眠。雛鸎乳鷰競相姸，添卻韶華底事、更悽然。　珠箔慵開蒜，瑶筝捲不絃。人何杳杳書何闊。唯有中宵魂夢、寄君邊。

浣溪沙

曾侍先王香案前。鑾坡鳳掖幾經年。玉音長是聽經筵。　鼎水蒼茫龍馭遠，喬山何處怨啼鵑。白頭空有淚如泉。

減字木蘭花

浮生百歲。榮辱悲歡竟何許。虫臂鼠肝。一任天公千萬般。　雲林石瀨。閒往閒來長自在。明月清風。夜夜相尋不負儂。

《象村稿》卷二〇，《詞》

趙濈

（一五六八—一六三一），字德和，號花川，豊壤人。一五九一年登第，歷正言、副修撰、掌令、同副承旨。奉命赴明，有《燕行酬唱録》。

沁園春

「家在夢中何日到」七字分韻什《沁園春》曲，録似東關，以求斤正。

胡雛負恩，塵暗塞垣，路阻三叉。歎父母之邦，邊亂多聳，義同休戚，之死靡他。有懷必達，有慶即賀，何憚乘木渡風波。嚴程急，笑冒雨催行，俠風橫槎。水闊天長路何盡，遠浦微茫生多霞。想黄城島下，一帆風長，水城門外，三竿日斜。欸乃聲悲，棹謳齊發，匣裏秋蓮生劒花。大丈夫，事公耳忘私，國耳忘家。

二

朝拜君門，夕投開元，短檠相對。念十生九死，捨舟登岸，思量想像，悽凉慷慨。東韓何許，碧雲天末，回首鯷岑望中碍。王靈大，只一介微臣，心切感戴。君恩欲報方寸丹，耿耿中心寧可背。惜年踰知命，工夫蔑如，策勵自訟，愧積於内。死生有命，富貴在天，□□□□□□□。悄然坐，覺精神如失，軀殼獨在。

三

千里嚴程，式遄其行，河橋誰送。但遠岫微茫，棲鴉畢逋，暮天斜日，落葉風弄。兒童慢侮，擔夫爾汝，笑我天朝話不動。臨淄洛，緊我思故人，仲齊之伸。尊周功業冠當時，楚罪稟然第苞貢。嘻假仁新伯，五尺羞稱，抑之揚之，聖人折衷。桑園月白，獨流風情，客魂曉涉天津凍。瑣瑣恨，長喟憑心，故園入夢。

四

律飛葭灰，一陽初回，萬國來同。笑二百年餘，至誠事大，夷險寧論，我來自東。三清寶殿，五鳳樓門，聖恩新許着袍紅。鳴鞭止，喜玉輅朝出，廣樂琤瑽。臚聲寥亮自九宵，漸香馥郁因天風。見糾儀御史，高拱殿上，司禮郎官，科起廳中。禮罷朝回，環佩逶迤，太平文物祝聖躬。誰知道，□羈旅遠臣，叨參遭逢。

五

烏鑾一區，西連蕙樓，東枕玉河。對柳市桃園，紋窓繡户，雲鬟星眸，月姬仙娥。□□□□，□□□□，□□□□□□□□。爲客久，見三千長髮，一夜皤皤。何處玉簫愁裏聞，幾點春鴈北天過。幸故人他鄉，萍水相逢，消憂間間，對酒當歌。使事已完，歸去宜乎，蓬閣風清水無波。算過可，知客日三百，客路幾何。

六

溪流鶤黄，山葩吐芳，韶華京物。恨佳人雪膚，瘦盡傷心，驛樓西望，歸周何日。香薰半衾，鏡照孤鸞，不忿畫樑雙雙乹。女伴過，問春在幾何，餘三之一。可憐孤負年時，約夫壻功名固難必。願瀟湘岸上，故人相逢，同心解孤，鸞枕相暱。朱銷粉褪，封髮如蓬，粧奩虚擲相思筆。洞房深，歎薄命紅顔，天生麗質。

七

燕山雪霜，帝里風光，一年潦倒。我家安在，洛城之東，我魂頻往，我身不到。風和日暖，天朗氣清，時節正好開船好。好好好，見宣沙浦口，相傳喜報。　王事靡盬不遑居，古來還役當爲勞。想今我東歸，楊柳依依，昔我西來，雨雪載道。山亭梅折，水驛春回，香夢暗然王孫草。裙帶解，念我征聿至，南枝鵲梟。

山花子

新安館，作《浣溪紗》，奉呈奏使。

人老簪花不自羞。花應羞上老人頭。幾個青春小年子，擅風流。　□卜已隨風裏絮。故人還作戚施求。贏得青樓名薄幸，揔閒愁。

二

□安館裏女如雲。婉姿清揚特出群。雖則如雲不可説，樂我員。　□處瀟湘遠至人。納清長路曉星分。昔日紅顔今白首，爲思君。

《燕行酬唱録》

曺繼明

（一五六八—一六四一），字熙伯，號松齋，昌寧人。壬辰倭亂時自發掀起抗倭武裝鬬爭。一五九四年武科及第，累官訓練院僉正、恩津縣監、訓練院副正。丙子胡亂時又自發掀起抗清武裝鬬爭。有《松齋遺稿》。

巫山一段雲

幽居

境不塵人界，家同處士居。南山霞彩寫簷虛。清景此多儲。　細菊秋香艷，孤雲暮卷舒。理荒時復荷藜鋤。帶月返茅廬。

二

結屋村猶靜，開庭地自平。眼空天際遠山橫。萬象最分明。　雲鎖孤松逕，霞蒸細菊英。求仙何必快帆輕。身若已登瀛。

《松齋遺稿》卷一，《五言古詩》

具容

（一五六九—一六〇一），字大受，號竹窗，别號楮島，綾城人。歷金化縣監，有《竹窗遺稿》。

臨江仙

仲秋月

玉階梧葉夜驚霜。銀蟾影挂西墻。天風吹送桂花香。白雲紅樹，何處是仙鄉。　記得去年今夜月，玉人同賞清光。海山歸路正茫茫。佳期如夢，離恨共天長。

臨江仙

春思

簾影參差晝漏遲。紗窗懶展愁眉。起來無語撚花枝。緑萍池畔，凝望立多時。　乳燕聲中春已暮，一年光景堪悲。此時心事有誰知。夕陽芳草，離思滿天涯。

菩薩蠻

秋夜

霜月娟娟秋夜永。梧桐葉落空階冷。孤枕夢來時。隔窓虫語悲。　故鄉千里遠。旅泊驚時晚。何日是歸期。計程生鬢絲。

夢江南

春已晚，鸎語隔窓聞。夢斷江南無覓處，落花飛絮正紛紛。愁思亂如雲。

夢江南

日欲暮，風雨正蕭蕭。簾外落花紅滿地，一年春事已無聊。愁坐暗魂銷。

《竹窓遺稿》卷下，《詩》，《拾遺》

權韠

（一五六九—一六一二），字汝章，號石州，安東人。被薦舉製述官，不赴。追贈持平，有《石州集》。

憶江南

憶天磨三首，效白樂天

天磨好，伊昔再經過。千澗水聲歸海遠，萬峰秋色入雲多。能不憶天磨。

二

天磨憶，最憶朴生淵。誰言白練飛千古，定是銀河落九天。回首意茫然。

三

天磨憶，其次憶花潭。春雨歇時花影亂，夜波殘處月光涵。何日得重探。

題《尹晴詩卷》，二首

晴，龍灣娼也。五峰公鍾愛甚，自敘奇遇首末，繼以五絶句。東槎諸學士皆和之，余作小詞二闋，題於卷尾。晴初見五峰時，以荷花一朵爲信。

臨江仙

玉似肌膚雲似鬢，紅樓坐惜容華。尚書風彩也堪誇。不勞青鳥使，芳信託荷花。　我亦三生香案吏，夢中曾到仙家。翹英艶麗本無差。玄霜成藥後，騎鳳上煙霞。

憶秦娥

秦樓女。多生好結吹簫侶。吹簫侶。盟山誓海，嫩啼嬌語。　可憐南浦人歸去。春城揔是傷心處。傷心處。一番風雨，滿簾飛絮。

《石州集》卷八，《雜體》

許筠

（一五六九—一六一八），字端甫，號蛟山，陽川人。一五九四年登第，歷公州牧使、户曹參議、左參贊。抗拒光海君暴政，圖謀反亂而被誅殺。有《許筠全集》。

雨中花慢

雨過巫山，花發大堤，東風暗換年光。正睡罷、愁生玉枕，淚拭殘粧。江柳初飄落絮，野堂晚撲晴香。想奚囊覓句，彩筆題情，斷盡離腸。　春歸南浦，草緑瀛洲，小池雙浴鴛鴦。更魂銷、一宵會合，片夢凄凉。芳信不傳沈鯉，玉笙忍品求凰。繡屏燈暗，羅衾香冷，月照銀床。

江城子

繡窗春怯五更風。錦屏中。燭花紅。夢罷西廂，微雨暗房櫳。望斷瀛洲人不見，多少恨，泣芙蓉。　滄溟天闊碧煙籠。聚眉峰。向瑶空。遥想雪波，應與鏡湖通。寄我思君千點淚，流不到，草堂東。

滿庭芳

春入神京，花開禁苑，一陣微雨初晴。朱樓縹緲，飛絮撲簾旌。樓上佳人罷睡，斜陽裏、低按銀箏。青驄馬，誰家浪子，門外繫紅纓。　凄凉行樂地，塵昏灞岸，若變昆明。悵巷陌無人，草樹叢生。斷雨殘雲何處，歸路絶、弱水蓬壺。凝情立，黄昏好月，猶照鳳凰城。

風入松

緑香家住小林泉。朱户鎖嬋娟。五花慣識西湖路，驕嘶過、芳草橋邊。紅杏半開籬落，粉墻斜拾鞦韆。　風流堪敵杜樊川。才貌冠群仙。廣寒宫闕天香滿，羅衾裏、重結芳緣。更把霓裳□曲，爲君彈上瑶絃。

念奴嬌

霏微細雨，正春寒、別院綺窗深閉。社日初回寒食近，墻角小桃含意。燈暗羅幃，塵生寶枕，多少傷心事。梅粧粉褪，起來雲鬢慵理。　簾外□燕新歸，千言萬語，説愁人春思。

望斷天涯芳草遍，盡日雕欄獨倚。瑶席流紅，銀屏掩翠，恨滿春塘水。倩誰描我，移入崔徽卷裏。

夢江南

明月夜，夢到廣寒宫。羅幕綺窗深似海，吟嘯人在玉樓中。銀燭影揺紅。

夢江南

長記得，花落大堤西。門掩夕陽君不見，花橋芳草玉驄嘶。楊柳緑陰低。

《惺所覆瓿藁》卷二，《詩部》

盧景任

（一五六九—一六二〇），字弘仲，號敬庵，安康人。一五九一年登第，歷校理、持平、寧海府使、星州牧使。有《敬庵集》。

水調歌頭[一]

次晦庵辭，贈金士悅二首

有客氣豪蕩，遺卻人世憂。巍然一亭江上，詩酒邀朋儔。雲盡暮山如畫，夜深明月如晝，個裏興難收。紅塵何處是，獨笑上漁舟。　榮與辱，於我何，不須謀。半世婆娑，雲水有時弄釣鉤。生前富貴功名，死後寒煙荒草，萬事渾悠悠。何如任天放，高卧白鷗洲。

《敬庵集》卷一，《長短句》

李民宬

（一五七〇——一六二九），字寬甫，號敬亭，永川人。一五九七年登第，歷注書、兵曹正郎、正言、修撰。一六二三年以書狀官赴明，一六二七年丁卯胡亂時當義兵將。有《敬亭集》。

[一] 不標詞牌，今據律補。

滿庭芳

爲李尚古，賦贈行之日本

問才子，何年别建章，乘槎又向扶桑。天涯驚夢，鶴髮在高堂。不見幾微之色，形言面、辭氣軒昂。好個風波□忠信，飲冰笑葉粱。　浪翻鼇背岫，何殊齋閣，□□焚香。掉寸舌，風霜烈烈蠻邦。男兒義氣輕身命，要試平生鐵石腸。斡事至庭闈，日暖綵衣舞侑觴。

齊天樂

爲百歲翁賦

神仙何在蓬萊山，騎鳳乘雲往還。渴飲瓊漿，飢餐金膏，留童齒駐冰顔。有聞無見，弱水三千，渺渺隔塵寰。報你知道，□□只是在人間。　人間甲子多少，三萬六千日，子已回環。七十兒郎，雙鬢如鶴，春風舞綵斕褊。碧桃花下，細酌流霞，醉聽鳥間關。更滿千歲，笑歸蓬島山。

沁園春

次趙花川韻

摇艇柴門，花浪新漲，錦鱗可叉。山青水碧，一聲欸乃歌，往往汀洲，狎鷗非他。嫩緑簑衣，直繞紫綬，羊裘何羡釣煙波。問怎麽，卻被浮名誤，驅傳乘槎。倚畫閣縹緲天涯。詠孤鶩齊飛落霞。把銀燭，大明宫裏，早朝罷，柳拂赤墀，旗影横斜。牢鎖烏鸞，度日如歲，鏡中雙鬢着秋華。好歸去，拜聖主蒙恩，即放還家。

《敬亭集》卷二、卷八，《詩》

李安訥

（一五七一—一六三七），字子敏，號東岳，德水人。一五九九年登第，歷慶州府尹、禮曹參判、禮曹判書。謚文惠，有《東岳集》。

奉次李判官汝涵見貽二首韻

菩薩蠻

余嘗用俚語作憂民短歌。李判官飜以文字，演成《菩薩蠻》一章，遂用其韻而答之。

汝口則粥吾口食。田野何時似即墨。莫云使君飽，其奈閭里飢。　寧出我身血。願滴爾家匙。老幼各飲滿，無飢亦無渴。

憶秦娥

李判官知余有區區愛君之心，作《憶秦娥》一章，以示余。余亦用其韻，作爲戀主詞以自唁云。

和氏血。抱玉灑向空山月。空山月。白首新知，青春遠別。　又過清明好時節。刺桐花落歸心絶。歸心絶。杜若汀洲，蓬萊宫闕。

《東岳集》卷一八

邊慶胤

（一五七四—一六二三），字德餘，一字子餘，號紫霞，别號恥齋，黄州人。一六〇三年登第，歷校書館副正字，光海君時因屢次上訴而罷職，隱居於長城白巖山紫霞洞，追贈禮曹參議。有《紫霞先生文集》。

憶秦娥

在江中憶故園，《憶秦娥》曲

江中月。江南夢斷江流咽。江流咽。驊騮懷代，鷓鴣思越。　九月九日清秋節。斜陽古渡歸心切。歸心切。西風無語，水邊傷别。

《紫霞先生文集》卷一，《詩》

金榮祖

（一五七七—一六四八），字孝仲，號忘窩，豊山人。一六一二年登第，歷典籍、禮曹郎官、兵曹郎官、大司諫、副提學、兵曹參判、禮曹參判、刑曹參判、吏曹參判。一六三三年以副使赴明，有《忘窩先生文集》。

浣溪紗

小雨，洞壑晦暝，開窓瞪視，俄而日已夕矣。遂製《浣溪紗》一闋。

踈雨纖纖雜暮鐘。煙嵐深鎖大川東。坐看林稍靜無風。　暝色近人松影黑，羣山千疊一時空。勝遊不與俗人同。

臨江仙〔一〕

清和黃梅之交，余自山寺到青巖亭，池邊海棠芍藥盛開，巡簷竟日，作長短句詠之。

〔一〕不標詞牌，今據律補。

背立曲欄斜送目，遠林歸鳥忽忽。薔薇落盡海棠紅。院深人寂寂，簾幕動香風。萬事世間如醉夢，迷西迷北迷東。莫相爲厄好相容。祇今名利地，何似此山中。

二

再疊，專詠芍藥

滿院百花花已盡，一年奇事忽忽。當階猶有洛陽紅。海棠高樹下，相對笑南風。曾是名園爲好玩，何年移種吾東。待余詩就十分容。暗香和露濕，踈雨夕陽中。

《忘窩先生文集》卷一，《詩》

鄭榮邦

（一五七七—一六五〇），字慶輔，號石門，東萊人。一六〇五年登第而不仕，有《石門先生文集》。

巫山一段雲

芝圃八景，《巫山一段雲》體兼禁題體

一

龍淵夜雨

日落大荒黑，風吹孤棹寒。漁舟收纜及前灘。回首失重巒。 踈響聞潭竹，幽香識渚蘭。忽驚梟鴈鬧江干。月出已宵闌。

二

煙寺暮鐘

落照紅將斂，殘霏翠不齊。舂舂忽自片雲西。知有數僧棲。 一水波聲伏，羣山黛色低。卻今心地撥昏迷。無事更提撕。

三

山店朝嵐

野闊殘星隱，江暄宿靄微。天風吹縷繞山飛。半雜雨霏霏。 愁黛粧遲就，孤煙露易晞。幾家松竹護巖扉。亭午尚依俙。

四　河橋晚雪

澤畔迷寒鷺，城頭集暮鴉。恍然身世落瑤華。大地玉無瑕。　野外川迂直，坤端峀等差。客愁天末日西斜。何處有人家。

五　長郊牧篴

小雨歸平野，殘陽在遠村。數聲何處隔高原。吹斷碧雲痕。　古堞棲鴉散，危梢落蘂飄。商謳不必在齊門。潁水有清源。

六　曲浦漁燈

古渡風殘夜，長汀水活時。青熒幾點點江涯。波底自相隨。　正見月初落，欲稀星漸移。此翁於世本無期。不怕有人知。

七

平沙落鴈

荻岸渾如雪，河橋近有霜。凌空三兩字成行。點點下蘆場。剩帶邊愁至，遥添刻漏長。江南滿地稻兼粱。何事此來翔。

八

廣津維舟

岸豁何時斷，江深不肯流。長年一醉也悠悠。日暮道方脩。向者輕風浪，居然閣晚洲。煙波幾隔鳳凰樓。西望使人愁。

憶秦娥

次金義精，效《憶秦娥》

愁如雪。西山尺冰寒梅發。寒梅發。幾度芳華，美人傷別。巫山山下松江夕。一笑相逢須盡樂。須盡樂。明日相思，碧海霜月。

《石門先生文集》卷三，《雜詩》

徐恩選

（一五七九—一六五一），字精甫，號東皋，達城人。壬辰倭亂時自發掀起抗倭武裝鬥爭。有《東皋先生文集》。

巫山一段雲

朴和甫讀《昌黎文》有感，效《巫山一段雲》體示余，忘拙次之。

生當孟氏後，吾道僅延延。夫子不言自棄捐。故來光範前。　雖知命也訓，不忍廢乎天。我願更詳三上篇。至今誠可憐。

《東皋先生文集》卷三，《詩》

申楫

（一五八〇—一六三九），字汝涉，號河陰，寧海人。一六〇六年登第，歷典籍、江原道都事、司僕寺正。有《河陰先生文集》。

巫山一段雲

詠關東八景

一

越松亭

地近丹丘界，山圍白嶺傍。亭邊松樹鬱千章。沙暖海棠香。　地寂聞清籟，窓虚挹翠光。羣鷗飛盡水茫茫。知是海天長。

二

望洋亭

石竇通關路，雲梯接蜃樓。鼇頭官閣小如舟。萬里騁雙眸。　鯨戲銀山湧，鰲擘鬱島浮。平生觀水壯兹遊。乘興更遲留。

三

竹西樓

一水環城郭，重巒護邑居。流丹飛閣下臨虛。憑檻數游魚。列炬黄昏後，張帆細雨餘。三行紅粉舞輕裾。形象太平如。

四

鏡浦臺

關嶺之東畔，寒松以北偏。平湖如鏡水如煙。人在洞庭船。極浦蒼茫外，孤山杳靄邊。安詳遺跡問無緣。臺上唤神仙。

五

洛山寺

寺刹千年古，樓臺一望通。扶桑初日上曈曈。摇蕩萬波紅。蜃氣浮蛟室，虹光射貝宫。魚龍驚舞送長風。高枕夢瀛蓬。

六

清澗亭

快閣依山麓，層臺落海隅。漁人收網日將晡。天外片帆孤。　萬籟驚崩浪，三山隱積蘇。翩翩何處一雙鳧。疑向永郎湖。

七

三日浦

瀛海三千里，蓮花一萬峰。湖涵秋影闊溶溶。使我盪塵胷。　雨歇鳴沙路，亭開小島松。丹書留得四仙蹤。今夕儻相逢。

八

叢石亭

玉色叢叢直，神功面面平。秦皇橋海柱先成。鞭運幾經營。　怒颶掀空起，層濤湧雪驚。千尋削立勢高撐。應只補天傾。

法駕導引[一]

與洪叔京偶坐，朗吟效水府蔡眞君體，因成三闋。

一

臨江閣，臨江閣，高枕滿簾風。大醉流霞生灝氣，人間憂患摠成空。歌罷興無窮。

二

東流水，東流水，日夜去悠悠。白鳥一雙天共遠，煙波無限古今愁。身世有虛舟。

三

我有此，我有此，不羡萬鍾卿。紫綬金章他自得，一區煙月我平生。盤谷竟誰爭。

〔一〕不標詞牌，今據律補。

虞美人

與崔時應效《虞美人》體，送别洪叔京。

一年江渭雙蓬鬢。鴈盡愁難盡。今朝何幸和陽春。却得明珠、輝映海東濱。　離亭酒盡行人散。極目山雲斷。應知青眼有前期。不耐相看、含淚解携時。

憶秦娥

又效《憶秦娥》體，送别叔京。

愁朝暮。回頭望望君歸路。君歸路。映湖平流，鶴峰微露。　此時相别何時遇。爲君攀折臺邊樹。臺邊樹。使人腸斷，維子之故。

《河陰先生文集》卷二，《詩》；卷三，《詞》

金汝煜

（一五八一—一六六一），字叔晦，號虚舟，延安人。一六一三年進士，有《虚舟文集》。

臨江仙

追記舊遊，效《臨江仙》二闋

憶昔雙松亭上飲，坐中俱是耆英。小塘含玉晚荷生。留人天又雨，詩興動歌聲。　七十年前如一夢，此身雖在堪驚。醉中酬唱總多情。古今多少事，孤月兩鄉明。

《虛舟文集》卷一，《詩》

宋夢寅

（一五八二——一六一二），字文炳，號琴巖，恩津人。一六〇五年進士，有《琴巖集》。

踏莎行

麗情

失侶飛鴻，離弦飛矢。兩鄉千里三秋思。長江縱使向西來，也應不帶情人淚。　黄犬無憑，銀鱗無寄。眼中多少傷心事。一宵殘夢萬重山，天涯倘見相思字。

鳳棲梧

玉人一隔蓬萊島。弱水迢迢，望斷雙青鳥。枕上啼痕誰解掃。多情卻被無情惱。　芳信悠悠雲雨杳。流水落花，不管劉郎到。夢破五更心更悄。玉笙吹徹紗窗曉。

鷓鴣天

霜氣凄凄入繡楹。寒衾攲卧欲三更。殘燈挑罷邀明月，宿酒醒遲聽玉笙。　愁易積，夢頻驚。楚雲湘雨兩鄉情。青鸞隻影重簾畔，腸斷西風落葉聲。

蘇幙遮

吳家亭

半天低，千嶂抱。一水揉藍、灩灩縈花草。湖上清秋鶯忽報。快閣登臨，野興知多少。　夕陽沉，新月小。玉管横拈，吹徹空江曉。相對一尊歸莫早。吳亭不減，□□蘭亭好。

《琴巖集》，《詩》

金應祖

（一五八七—一六六七），字孝徵，號鶴沙，豊山人。一六二三年登第，歷兵曹正郎、善山府使、同副承旨、漢城府右尹。有《鶴沙先生文集》。

臨江仙

中城主洬來訪鶴沙

皀蓋飄颻松桂路，別區花柳增妍。水禽山鳥亦欣然。桃源罇俎異，玉酒似流泉。　移蓆喚醒臺上坐，白沙紅雨青煙。黃堂人作紫霞仙。清遊知不再，勝事畫堪傳。

《鶴沙先生文集》卷一，《詩》

李弘有

（一五八八—一六五五），號遯軒，慶州人。一六一五年進士而不仕，一六四四年才任省峴察訪，因母喪辭職。有《遯軒先生文集》。

巫山一段雲

治溪八詠，養一所居，戊辰七月既望，崇禎元年。

一

命峰霽月

谷口雲初捲，峰頭雨乍晴。月從海底轉青冥。大地自分明。蕩漾開銀闕，玲瓏掛水晶。始看東上又西傾。對影獨含情。

二

道洞新花

峽裏韶光遍，山中霽景新。千花飽雨媚青春。艷蘂睡風晨。罩樹交羅帳，黏巖展錦茵。可憐無語解留人。我去自逡巡。

三

松村暮煙

地避疑仙境，村稀訝化城。青煙澹澹帶風輕。捲入掩苔扃。隱隱川原過，茫茫草樹平。山含落照不分明。失去問前程。

四

妙谷朝霞

浩浩從山起，冥冥漲野平。森森萬木立無聲。空翠襲人晴。鏡裏雙蛾斂，機頭匹練橫。隔林何處鳥飛鳴。朝日翳還明。

五

樂山飛雪

雲海連天暗，朔風捲地吹。濛濛飛雪下還遲。山色粉蛾媚。似與梅花鬪，還成柳絮嬉。莫言寒氣透書帷。擁褐醉吟詩。

六

敬峴驟雨

野暗雲初起，天陰日欲沉。俄然燁燁振雷音。雨勢滿平林。淅淅斜風縷，霏霏碎水砧。斷虹殘照映遥岑。爽氣入琴侵。

七

禾寺樵僧

石磴迷青靄，蓮坊住翠微。遥看林杪鳥驚飛。樵路一僧歸。草露沾芒屨，松花落衲衣。無端折桂入煙霏。認是近禪扉。

八

巨川釣叟

巨谷千巖秀，長川一派流。漁翁垂釣立磯頭。影落水悠悠。玉尺懸鉤躍，錦鱗逐餌游。風煙十里似滄州。身世等沙鷗。

《遯軒先生文集》卷二，《詩七絶》

李明漢

（一五九五—一六四五），李廷龜之子，字天章，號白洲，延安人。一六一六年登第，歷工曹佐郎、經筵侍讀官、大提學、吏曹判書、禮曹判書。謚文靖，有《白洲别稿》。

如夢令

二十四橋明月。今夜一年佳節。行樂在誰邊，我獨與君傷别。休説。休説。欲去山長水闊。

阮郎歸

去者不來來者去。相逢又何處。月落參横天欲曙。殘樽誰爲御。　洛陽人，邯鄲女。相思玉筯垂。梅花一枝白如絮。似爲情人語。

《白洲别稿》卷一，《詞》

都慶俞

（一五九六——一六三六），字來甫，號洛陰，星州人。一六二四年進士，歷義禁府都事、平壤庶尹，追贈承旨。有《洛陰先生文集》。

古調笑

病中書感

溪口，溪口。暗緑扶春上柳。少年豪俠閒遊。誰憐病客坐愁。愁坐。愁坐。一歲虚生虚過。

長相思

村東山。水東山。山後山前花鳥闌。凝情凭小檻。　憶同懽。夢同懽。夢見雖多覺見難。相思春欲殘。

酒泉子

病吟

二月欲殘。汀草岸花春意動。野禽啼，山鳥弄。水鳴灘。　老夫因病怕輕寒。牢閉小窗瘦坐卧。藥爐煙，茶鼎火。歲將闌。

菩薩蠻

東風吹送鵝黄色。一時散入垂楊陌。睡起懶尋詩。落花微雨時。　故人音信斷。芳草江南岸。離恨正關情。背窗春□□。

《洛陰先生文集》卷二，《詞》

金休

（一五九七—一六三八），字子美，號敬窩，義城人。一六二七年進士，不仕而潛研性理學，後來被趙絅薦舉康陵參奉。有《敬窩先生文集》。

巫山一段雲

青溪堂八詠

一

西山翠栢

滿地鋪雲影，連空作雨聲。朔風吹雪太陰獰。凜凜守堅貞。　遺德思平仲，宗臣憶孔明。須將大廈要扶傾。共保歲寒盟。

二

東巓丹楓

遠壑今朝冷，繁霜昨夜零。誰教千樹着丹青。幻出碧山形。　濃淡花爲幄，鮮明錦作屏。盤雲石逕到茅亭。可使林車停。

三

溪邊釣月

石滑苔如洗，溪清水似空。煙波無限月明中。此樂勝三公。　東海思投餌，西周夢獵熊。平生最憶釣臺翁。九鼎一絲風。

四

壟上耕雲

谷中穿雲去，溪邊趁月耕。劈開春色畝縱横。俋俋且閒行。　世亂吟梁甫，時來作保衡。不須徒慕晉淵明。躬稼送平生。

五

秋郊放鷹

落木千峰秀，剛風一夜高。忽然遺卻碧絲絛。霹靂讓霜毛。　轉目光芒閃，翫身氣象豪。飛騰萬里不辭勞。渭獵幾時遭。

六

野亭爭鵠

雲捲張帳處，風恬破的時。心平自覺矢能持。徹札未爲奇。　觀德非今日，捿身是舊基。鼓聲雷動有遺詩。吟罷起遐思。

七

花晨醉客

簾影低垂地，鸚聲喚起人。幾枝風露澹清晨。一一漏精神。　且看花時好，寧辭酒味醇。滿懷都作一般春。此樂最爲眞。

八

隣夕農談

樵木歸來夕，桑麻寂歷時。幾家松火隔疎籬。各自閉門遲。　共慰耕耘苦，仍論稼穡宜。年登幸復政寬期。卒歲且遨嬉。

臨江仙

贈金叔時敏及朴弟

杜柳聲華曾飽聽，今朝忽解金龜。竹橋化院雨晴時。清涼金氣宇，瀚海樸襟期。（下闋缺）

蝶戀花

春曉詞

月隱闌干錦帳小。日映雕樑，簾捲紗窗曉。楊柳樓臺光景好。梨花院落香風早。　花下佳人花上鳥。鳥自弄春，人自愁春老。春不饒愁花漸少。紛紛滿地無心掃。

更漏子

春曉詞

鴨香爐，鸞鏡匣。塵滿虎紋龜甲。華兩鬢，淡雙眉。有簾難卷時。　黄鸝鳥。聲聲巧。綠繞關河未了。一斷續，一高低。紗窗曉夢迷。

青玉案

春夜詞

黄鸝又是青陽節。憶摻手、無言别。緑草南園香雨歇。繡窓朱户，錦衾羅襪。此恨憑誰説。　漏聲點滴歌聲咽。簾外春風帳中撤。淚落紛胸珠滿結。翠屏燈暗，玉樓人絶。寂寞梨花月。

憶秦娥

懷舊詞

歸雲暮。蕭蕭客帆花山雨。花山雨。舊年歡樂，夕陽喬樹。　白蓮暗送香風度。緑蘋波上輕摇櫓。輕摇櫓。一聲漁唱，悼今懷古。

臨江仙

懷舊詞

花發春歸院落，月明人倚闌干。新年徒想舊年歡。一聲風外笛，千里雨中山。　桃李天倫樂事，悠悠夢冷雲寒。鉤簾矯首暮遐歡。大江流不盡，落日下層巒。

巫山一段雲

春懷詞

院落愁春處，闌干欲暮時。美人遥在漢江湄，萬里遠相思。白白雲低岫，青青草滿池。瑶琴一曲酒三巵。唱罷采蘭詞。

鷓鴣天

宫詞

夢侍君王覺不看。梨花寂寞曉窓寒。簾開翡翠香風暖，帳掩芙蓉缺月殘。今日恨，昔年歡。一聲長笛倚闌干。此身已極高明享，坐詠黄裳且莫歎。

沁園春

宫詞

愛極恩踈，白日移光，蕃花未終。憶金床初拂，瓊樓侍晏，桃花夜月，柳絮春風。環佩無聲，羅紈有恨，夜雨長門鎖别宫。誰知道，把君情妾意，各自西東。殘燈獨伴朦朧。奈綺殿瑶臺夢旋空。但蘭膏香盡，歌屏怨翠，玉奩塵滿，粧鏡愁紅。柳絮風還，桃花月在，誰遣悲歡已不同。那堪度，又鶯穿庭院，燕撲簾櫳。

望海潮　宫詞

煙消庭院，春晴池館，丁當玉漏聲遲。鶯惱燕愁，梨香柳嫩，闌干曲曲簾垂。風動紫棠枝。試看鏡中貌，雲鬟成絲。咫尺長門，一回金輦更難期。何心復畫雙眉。悵顔穠寵極，顔變恩移。蓮步没塵，梅粧委地，誰知昔日嬌姿。絺綌歎凄其。空思友琴瑟，長詠周詩。寂寞藍宫夜鎖，花落月明時。

卜算子　宫詞

泣奏緑桐琴，敢願君王顧。深鎖重門翠草長，鳳輦頻頻度。不捲水晶簾，寂寞紗窓暮。銀箭金壺漏水多，滴滴梧桐雨。

木蘭花慢

秋閨詞

昔青春欲暮，長占鵲、待人旋。倚繡户紗窓，先憂王事，又惜流年。夢斷一聲黄鳥，正江南芳草緑連天。花落珠簾不掛，月明羅幕遲褰。　新凉已入采蓮船。白鴈度愁邊。悵玉塞香閨，容顔易老，書信難傳。空愁魴魚赬尾，更一堂琴瑟樂無緣。露下芙蓉墜紛，風前楊柳凋煙。

浣溪沙

春閨詞

鸜喚春眠近翠櫳。晩窓香夢失遼東。碧桃花落滿簾風。　遥望玉門關外路，戍樓明月夜臨空。不知何日報平戎。

鷓鴣天

春閨詞

人在關山信不通。芳辰别恨也難窮。秋千院落梨花月，簾幕樓臺燕子風。　愁鬢緑，淚顔紅。杜鵑聲裏倚薰籠。閉門且秘青春色，恐遣狂蜂入室中。

法駕導引

春閨詞

燕山路，燕山路，戍客淚沾巾。舊燕不來新鴈去，江南芳草欲青春。閨裏有佳人。

二

韶華晚，韶華晚，佳節蕙樓空。雙髮委欄和睡憑，懶穿金線繡雲紅。香夢半朦朧。

三

簾寂寂，簾寂寂，遲日暖金閨。睡起整鬟矯首望，綠楊春色動前溪。歌罷一鸎啼。

太常引

春閨詞

良人遠應白頭征。無信使、向長城。明月幾虧盈。千里外、君情妾情。　陌頭楊柳，半黃半碧，裊裊拂新晴。見此猶堪驚。又何處、流鶯一聲。

菩薩蠻

採蓮詞

西風雨過秋江水。芙蓉花冷愁紅墜。月白露華清。蘭舟歌有聲。　動橈明鏡裏。鳧鴈衝波起。採採欲貽誰。關山歸使稀。

定風波

送別詞

祖帳初舒鴈翼風。人當佳節欲西東。無限夕陽秋水岸，一曲，陽關離恨滿杯中。　洛水橋邊河水上，應對，碧天明月兩心同。若見苔磯微雨洒，須憶，緑簑青蒻獨漁翁。

眼兒媚

春日詞

東風淡淡雨初收。日晚翠煙浮。柳花雙岸，桃花十里，鳥喚溪流。　濯纓歌罷仍垂釣，白鷺近扁舟。一聲漁唱，山青水緑，萬古閒愁。

玉樓春

秋夜詞

秋雲淡淡秋雲靜。秋水盈盈秋水淨。松風萬壑翠屏回，月滿沙汀人朗詠。一聲清簫千巖應。白鶴飛來巖上聽。日低簫罷鶴凌虚，縹緲玄裳天半影。

漁家傲

秋夜詞

百道飛泉清灑雨。仙山縹緲開雲霧。萬壑松聲寒日暮。詠而步。夜深月照三花樹。不覺羅衣沾玉露。紫鸞笙裏心千古。白鶴横飜江雪羽。翩然舞。天風吹入秋空去。

法駕導引

懷人詞

清江曲，清江曲，南望碧山開。腸斷暮天懷遠客，北風吹送鴈聲來。何處獨登臺。

二

明月出，明月出，波冷白蘋秋。空遺錦鱗呑釣餌，嶺雲江樹思悠悠。愁倚一漁舟。

霜天曉角

暮春詞

一簾疎疎雨。淡淡花明樹。眼底忽生佳興，吟詠際、自成句。　雨晴風更急，落紅朝滿路。試倚曲欄遐眺，芳郊外、草如縷。

虞美人

暮春詞

晚鶯處處迎初夏。啼到青山夜。五更風雨滿西園。濁酒三杯、聊復餞殘春。　三杯已破强愁陣。更酌三杯進。總無籬落杏花明。但見曉日、千巖嫩緑映新晴。

撲蝴蝶

秋興詞

登高望遠，始覺塵寰小。朗吟飛下，仙風吹秋寒，玉宇崢嶸雲捲，青山縹緲。歸來夜深，明月掛松杪。　露清衣濕，閒捲疎簾碧窗曉。人間富貴悠然忘，到了水邊，倚石觀魚，林下移床聽鳥。予心樂知多少。

金縷衣

春興詞

晚泛春江渡。想前賢、浴沂至樂，過川眞趣。楊柳青黃桃杏紫，十里輕煙疎雨。獨倚處、闌干欲暮。雨歇煙消明月出，向花間弄笛花間舞。花易老，月難駐。　曉來醒醉簾前步。見東風、落紅嫩緑，交明山路。先作男兒無個事，自幸昇平之遇。袞職、吾何能補。得一乾坤二樂雙，清主。舒萬卷，掬千古。

送將歸

夏日詞

水繞青山山繞舍。疎雨一村散，桑柘蕭灑。琴書清閒，松竹露頂虚窓下。　晚汲寒泉時自瀉。見緑野、悠然枕瓦。愛楊柳清風，芙蓉明月，卧待池塘夜。

江城子

夏日詞

海棠花下睡初殘。日三竿。近西巒。抱得秦箏，腸斷不堪彈。萬里玉關人未返，眉翠薄，倚闌干。　何時破虜效桓桓。鼻孔酸。眼長寒。獨向幽林，深谷采崇蘭。粧鏡緑雲看已失，嗟歲月，若跳丸。

水龍吟

閒居詞

此身元自疎迂，含華不是矜高躅。青山當户，澄流在左，數椽茅屋。玩理鳶魚，結盟鷗鷺，淡然離俗。念人間富貴，浮雲聚散，一簞食、萬鍾粟。　芙蓉楊柳風前緑。倚仗籬門時聘目。夕陽西隱，沈鱗競躍，月摇江曲。翠竹寒松，瑶琴玉友，生涯中足。識江湖如許，無窮眞趣，有誰干禄。

滿庭芳

進酒詞

塚卧麒麟，堂巢翡翠，杜陵詩句堪驚。如知物理，有酒莫辭傾。每遇良辰美景，思白也、牛宰羊烹。吾何用，獨醒無醉，華髮鏡中生。　天倫俱會處，肆筵設席，稱壽飛觥。引香風趙舞，明月秦箏。但願及時湛樂，安足道、富貴功名。君須念，空山暮雨，腸斷白楊聲。

點絳脣

微雨詞

喜聽前山後山，鳩喚崇朝歇。能知時節。潤物當春發。　河漢流雲，淡淡聲將絶。陰猶結。凉生林樾。花院朦朧月。

《敬窩先生文集》卷三，《詩》；卷四，《小詞》

柳稷

（一六〇二—一六六二），字庭堅，號百拙庵，全州人。一六三〇年進士，終身不仕，潛研學問。有《百拙庵先生文集》。

巫山一段雲

次鄭石門榮邦《芝圃八景》韻，《巫山一段雲》體

一

龍淵夜雨

薄暮頑雲黑，凄風一氣寒。已聞江雨暗前灘。沈沈遠近巒。　應感驪龍睡，休摧燕尾蘭。田家莫歎暵其乾。簷溜曉方殘。

二

煙寺暮鐘

古寺疎煙起，羣山亂不齊。暮鐘來自殿廊西。殘僧問幾棲。　隱隱聲何遠，蒼蒼月欲低。幽人欲往路還迷。明日策當提。

三

山店朝嵐

孤店居人少，深深入翠微。青嵐曉向屋東飛。日出未分暉。　藹藹千峰暗，遲遲九土晞。此時誰有扣松扉。遥望路依依。

四

江天暮雪

騰騰飛六出，閃閃見羣鵶。開盡江邊樹樹花。大地淨無瑕。　絮颺爭輕艷，鹽堆可等差。麻姑鶴背綵雲斜。應過玉女家。

五

長郊牧篴

谷風吹軟草，山雨過江村。蘆管三聲十里原。牛卧夕陽痕。行尋朝牧近，歸趁暮鴉飜。投宿田家不閉門。樵友更源源。

六

曲浦漁燈

浦溆黄昏後，清愁雨露時。漁翁暝踏暮江湄。燈火共相隨。魚鱉應驚怪，蛟龍定欲移。生涯如此自無期。閒趣有誰知。

七

平沙落鴈

少昊三秋節，關河八月霜翩翩。南鴈幾千行。爭就稻粱場。沙曠飛無定，洲寒叫更長。世間得喪等黄粱。雲水好翺翔。

八

廣津維舟

夜來風雨惡，高浪拍天流。驅馬行人客路悠。掣斷渡頭舟。　纜抛青草岸，帆逗白鷗洲。舟子牢眠卧柁樓。失涉任他愁。

《百拙庵先生文集》卷一，《詩》

申吉暉

（一六〇四—？），字輝遠，鵝洲人。一六三〇年進士，有《幽軒文集》。

法駕導引[一]

效簡齋《無住詞》五首

[一] 不標詞牌，今據律補。

一

山寂寂，山寂寂，尖峰攢劒鋩。遠挹雲煙飛靄靄，平臨丘壑勢茫茫。回首去路長。

二

風蕭蕭，風蕭蕭，落葉飛無數。疎林淅瀝日沉西，老檜交森山影暮。愁人意何許。

三

雲漠漠，雲漠漠，天際影悠悠。遥帶夕陽歸遠峀，更和寒雨下空洲。偏驚遊子愁。

四

雪霏霏，雪霏霏，瓊樹綴琪花。寒凝半夜封松竹，冷眩清晨擁茅家。凉凉對晚沙。

五

夜沉沉，夜沉沉，空齋不眠時。風傳萬壑松蕭瑟，夢罷三更雪陸離。呵筆强吟詩。

《幽軒文集》卷一，《五言長篇》

朴應衡

（一六〇五—一六五八），號南皐，高靈人。有《南皐先生文集》。

巫山一段雲

次渭陽御留城韻，并小序敬次内舅仙溪李弘經

戊寅秋，外舅氏與鄭進士訪余於仙洞，因登玩御留城，即高麗恭愍王避兵處，故名曰御留云。石堞頹毁，老樹蔚密，外險内平可藏萬兵，眞天險也。丁丑春，渭陽仙溪翁嘗登此作詩《巫山一段雲》體一篇，余因感而追次，呈於外舅氏。

峰似千軍列，巖如萬戟森。昔年陳跡此來尋。不覺蕩胸襟。地險無前後，人情有古今。此時何以保群黔。西望涕難禁。

巫山一段雲

題寂滅庵

地勝開金屋，山高近紫霞。清江滚滚走長沙。十里浩無涯。　小草生幽逕，閒花落古査。仙遊忘卻返塵家。窓外夕陽斜。

巫山一段雲

詠暮春

處處三春晚，山山百草香。煙花佳節景蒼茫。獨立更悲傷。　玄鳥尋茅屋，黄鶯選緑楊，東風何地採芬芳。臨路卻彷徨。

巫山一段雲

開湖臺獨坐

沙岸明如雪，松林翠似雲。長江中割地形分。千里去沄沄。　秋晚紅粧壁，風高鴈念群。閒吟終日坐江濆。卻忘世慮紛。

巫山一段雲

浪吟

落照倒江渚，珠簾上玉鉤。清風淡淡渡芳洲。客意已驚秋。　江景挑詩興，山光倍我愁。時有飛來雙白鷗。樽前可消憂。

《南皐先生文集》卷一、卷二，《詩》

吕考孟

（一六〇七——一六五九），字宗如，號休叟，星山人。有《休叟遺稿》。

臨江仙

效《臨江仙》體，遊仙詞

鶴馭鸞驂上翠岑。石壇空鎖春陰。玉簫聲斷靄雲飛，金丹不老，長年甘露心。　羽盖飄飄歸玄圃，清風吹入松琴。青囊倘得俗緣。湔仙山碧，桃花下期相尋。

二

嶕嶢碧色美蓉峰。玉鋪仙路幾重。瑶壇瑞彩襲春容。祥風吹落，碧桃花陰濃。　松醪石髓嗅天香，中有赤松相逢。吾生人世最懦慵。燒丹妙訣，未遂塵間悰。

《休叟遺稿》卷二，《詩》

曺漢英

（一六〇八——一六七〇），字守而，號晦谷，昌寧人。一六三七年壯元及第，歷持平、副修撰、校理、承旨、大司諫、大司成、吏曹參議、户曹參議、禮曹參議。謚文忠，有《晦谷先生集》。

憶秦娥

擬《憶秦娥》，以上課製

長相憶。仙娥一别無消息。無消息。傷心芳草，一年春色。　鳳簫聲歇秦雲夕。仙樓夢斷秦天碧。秦天碧。咸陽斜日，渭水無極。

定風波

重陽日，與友人小飲城西，憶趙胤之，仍用簡齋《定風波》韻。時，胤之赴瀋陽。

勝地良朋本不常。亂來今日始稱觴。風景不殊人事異，可憐，黄花猶似舊時黄。　憶得崇禎乙亥歲，共向，陂西扶醉作重陽。祇爲倚樓佳句在，回首，龍沙一詠一凄凉。

《晦谷先生集》卷八，《拾遺録》

石之珩

（一六一〇—？），字叔珍，號壽峴，花園人。一六三三年登第，歷刑曹佐郎、横城縣監、江華府教授、開城府教授。有《壽峴集》。

法駕導引

簇馬動，昭容雙袖垂。玉星下點黄金軶，仙樂轟轟引朝儀。羽旄何葳蕤。　天路遥，兩兩青童掃。月佩星冠紛相迎，招摇太陰爲前導。上界光景好。

《壽峴集》卷上，《七言古詩》

朴長遠

（一六一二—一六七一），字仲久，號久堂，高靈人。一六三六年登第，歷正言、承旨、吏曹判書、禮曹判書、漢城判尹。謚文孝，有《久堂集》。

憶秦娥

秦娥憶。灞橋楊柳傷心碧。傷心碧。征夫萬里，十年於役。　音書久斷玉門關。夢魂難度金微山。金微山。歸鴻月下，戍鼓雲間。

《久堂集》卷二，《詩》

李檠

（一六一三—一六五四），字大方，號活齋，全州人。有《活齋先生文集》。

巫山一段雲

秋夜有感，效《巫山一段雲》體

月白天如洗，風清露欲漙。四壁寒蟲聲不歇，直至五更闌。　物序傷心易，人生得意難。千古閒愁只如此，能復幾時歡。

南柯子

即事，效《南柯子》體

野水流涓涓，秋山翠滴滴。夕陽西下小橋危。瘦馬短鞭借問、何處客。　世事眞悠悠，幽居正寂寂，人生幾何亂離多。白酒黃雞莫如、隨分樂。

太常引

百五節有感，用《太常引》體

雨橫風狂三月天。去年何似今年。問春春不語，愁殺人、芳草寒煙。　世事易變，浮生易老，行樂鎮誰邊。莫將好光景，等閒度、如醉夢然。

《活齋先生文集》卷一，《詩》

柳東淵

（一六一三—一六八一），字静叔，號南磵，文化人。有《南磵集》。

望海潮

效《望海潮》詞，詠丹邱臺，臺即崔艮湖所築。

帶方雄府，屯德仁里，丹邱擅勝吾東。八公中臺，普賢方丈，森列億萬奇峰。三磎繞臺前，立石羅脚下，悦臨空中。天台入望，層城在後鬬穹崇。　朝霞暮雲霏微，噫區清閒，寂寞空蒙。玉簫清轉，孤鶴徘徊，優遊五六仙翁。書笈三山記，蒼苔五嶽篇，討妙談空。斟酌流霞淡淡，自適日吟風。

《南磵集》卷一，《詞》

具崟

（一六一四——一六八三），字次山，號明谷，綾城人。一六五二年登第，歷掌令、正言、司諫、承旨、杆城郡守。有《明谷先生文集》。

江南春

三五七言，效寇平仲體，用其韻。

花初笑，柳正颦。糚點江南景，招邀岸上人。一年佳節傷心地，千里平蕪滿眼春。

《明谷先生文集》卷二，《詩》

李殷相

（一六一七——一六七八），字説卿，號東里，延安人。一六五一年登第，歷校理、承旨、大司諫、都承旨、刑曹判書。謚文良，有《東里集》。

長相思

鏡城判官有書，謝寄《長相思》小令

風滿樓。月滿樓。病起相思又一秋。書傳地盡頭。　路悠悠。夢悠悠。一曲新飜寄莫愁。遙想唱伊州。

柳梢青

甲辰八月初九日，受由於巡營，發鶴城。將沐浴於高城地，仍往觀金剛山。臨發，走筆和文谷大學士寄示《柳梢青》小令。

細草垂楊。危橋西畔，水碧天長。淺淺殘杯，依依低唱，舟下龍堂。　孤村遠望斜陽。客散處、輕風晚凉。舡上紅粧，沙頭征馬，離恨難忘。

如夢令

午發通川，行三十里抵門巖，有大石屹立半空中，其中有穴成門。其上有孤松一株着根於大石中，望之如蓋，海水衝石，聲聞數里。夕宿林斗村，有懷金久之，口占二小令。

雲捲海天如水。簾外寒霜滿地。苦憶遠征人，音塵逈隔千里。不寐。不寐。庭畔落葉聲起。

長相思

坐相思。卧相思。水闊天長夢去遲。此情知不知。　待歸期。數歸期。白露爲霜節序移。寒衣到幾時。

點絳脣

空館夜凉，孤眠驚起梧桐。蟋蟀在户。惜此秋將暮。　默算歸程，雲山千里數。離懷苦。誰與共吐。爐香添一炷。

清平樂

十一日，發林斗行四十里，午抵南涯。馬上望見蓬萊外面，口占《清平樂》志喜。

宿雲初捲。露出芙蓉面。一笑相看不知倦。半空玉雪千片。　平生夢想名區。宿願今幸不孤。吾將踏遍眞界，莫問神仙有無。

憶秦娥

小憩甕巖，山益秀水益清，已是仙境。因雨不得久留，口占《憶秦娥》。

山光碧。行人獨坐溪邊石。溪邊石。佳辰勝景，幾經送客。　層崖瀑布飛千尺。歸帆影帶斜陽色。斜陽色。孤煙起處，數村籬落。

菩薩蠻

又行十五里抵溫井。高城太守表兄李使君次山氏出待於浴所，相離四年，會合於天涯，喜可知也。仍浴溫井，表兄聞本道方伯將到境先還，仍宿浴所。十二日食後發溫井，行十五里抵鉢淵。瀑布飛流巖石間數里，聲震林壑，使僧徒坐馳水激處衝突而下，亦一奇觀，口占《菩薩蠻》。

濃雲捲盡天如拭。蓬萊露出千層玉。秋日照禪房。山風拂面涼。　殷雷喧萬壑。瀑布飛千尺。遠客卻忘疲。眈看席屢移。

西江月

又行二十里，夕抵海山亭，亭在城内最高處。前有大海，七島森列，南江在其左，雲山環三面。漁村隱映於樹木間，望之如畫圖，形勝不能盡述，口占《西江月》。

山店依依返照，漁村點點孤煙。數聲長笛暮江邊。雲際歸帆隱見。　怳接瓊樓十二，疑通弱水三千。丹書眞跡尚流傳。不怕仙源難辨。

臨江仙

十三日，行三里許，舟下三日浦。訪四仙遺迹，丹書數行宛然，南石行述郎徒六字，分明可記。四仙亭在湖中，蒼松森列，朱欄縹緲，望之若蜃樓，殆非人世之境。沿江往看獅子峰，石形如卧獸，以是名之，口占《臨江仙》。

獅子峰頭停桂櫂，滿山紅錦離披。晴波千頃堆琉璃。汀洲人語靜，吹笛夕陽時。　小亭影落明湖裏，朱欄畫棟參差。四仙一去來何遲。分留物色在，收拾入新詩。

醉桃源

午登四仙亭，又效《醉桃源》小令，示李姪洛。

纖雲捲盡海天長。漁村近夕陽。四仙古迹已茫茫。丹書餘數行。　長短亭，淺深觴。蘆洲生晚凉。臨分回首惜風光。峴山如故鄉。

畫堂春

行三十里，午憩文殊坡，仍向白川橋，口占《畫堂春》小令。

百川橋畔路縈回。煙霞深鎖蓬萊。望中飛瀑半空來。十里晴雷。　彷彿身登閬苑，依稀夢入天台。夕陽紅葉照殘杯。逸興先催。

錦堂春

小憩上臺，此處最高，平臨衆山。俯看滄海，因雲暗不能遠望，次秦少游《錦堂春》。

滿壑蒸霞瑞霧，沿溪楓葉蘆花。百川橋畔頻回首，千點暮歸鴉。
風外清歌斷續，雲間細路橫斜。奇遊幸遂平生願，忘卻在天涯。

謁金門

又占《謁金門》小令，卻寄

榆岾寺。門外石橋流水。山映樓中笛聲起。斜陽人徙倚。　形勝均分兩地。煙霞若隔千里。雲外衆香何處是。望君君不至。

鶴沖天

夜宿禪堂。月色如晝，簫笛並奏，使僧徒撞鍾而舞，足慰岑寂之懷。夜半聞剝啄聲急，本道方伯馳至。約於十七日間，相會於摩訶雲。十五日，發榆岾，小憩浮屠岐。有清虚，應祥、雙彦、法堅、秀一五浮屠相對而立。過萬景臺，臺畔石路崎嶇，時或步行，口占《鶴沖天》。

朝煙浮，宿霧收。日照山映樓。獨携藜杖步溪頭。石逕轉深幽。雲外千峰競露。天中萬瀑爭流。桂樹楓林滿眼秋。神仙眞可求。

好事近

登水嶺，望見毘盧峰屹立天半，石色如玉，凝巖尊貴。衆峰環拱於腰下，逸興飄然不可禁，口占《好事近》，馳送沙彌，寄舍季。

風定笛聲高，隔林依依僧語。翩翩一札先至，客在雲深處。名區會合屬佳辰，四仙即吾侶。天畔毘盧入望，飄然欲輕擧。

浪淘沙令〔一〕

行十餘里，小憩彌勒壇，刻石成佛像，高可數十尺，形狀奇巧。前有石塔，巖下白石鋪地，水流其上，聽之泠然，口占《浪陶沙》。

微雨夜來過。水如織羅。毘盧峰上白雲多。我欲飄然身跨鶴，直到嵯峨。　洞壑起蒸霞。石逕横斜。離披紅錦散天花。皃鳥翩翩先導處，咫尺仙家。

桃源憶故人

過眞珠潭，小憩巖石，望見普德窟，有銅柱數十尺立於危岩上。上有層樓，與弼卿有約，不可久淹，悤悤作行，擬於歸路遍踏而去，口占《桃源憶故人》。

洞深萬瀑雷聲吼。百尺珠潭在後。普德窟高幾許，千年銅柱舊。　岧嶤孤寺接牛斗。隱映緑窓朱户，龍藏鶴去何有。斜陽一杯酒。

〔一〕 原作《浪陶沙》，今據律補訂。

一絡索

十七日，朝發摩訶淵。小憩彌勒壇，過妙吉祥、毘盧庵故基，仍向毘盧峰，口占《一絡索》。

處處瓊花瑶草。仙山不老。洞壑深深水聲幽，試問煙霞多少。　玉立千巒縹緲。斜通鳥道。步上毘盧吹玉笛，俯看十洲三島。

憶江南

簫篴各奏三四調。僧輩曰：「此處最靈，不可奏樂。」余戲謂之曰：「仙人亦好吹簫。此是《步虛詞》。正宜於此處，有何傷乎？吾輩亦將步虛而行。」相與一噱而罷。步下石逕，小憩毘盧庵，宿摩訶衍。口占《憶江南》小令。

蓬萊憶，最憶正陽樓。萬瀑水聲喧枕上，衆香山翠滴闌頭。楓桂夢中秋。

望江東

十八日，朝發摩訶衍，行數里，少憩萬灰庵。庵在摩訶之後，景緻蕭灑，所見與摩訶略同，口占《望江東》。

煙霞深處暮山紫。望不見、正陽寺。千林楓葉爲誰醉。最難忘、東樓倚。　毘盧峰上篴聲起。眼底看、千萬里。依俙西北五雲裏。問長安、何處是。

巫山一段雲

示諸崑季

翫月正陽寺，看楓眞歇臺。衆香仙境若天台。步步首頻回。　煙霞香爐月，風喧萬瀑雷。毘盧峰上綵雲開。笙鶴半空來。

踏莎行

示同行

處處蒸霞，林林紅葉。無數雲巒皆玉立。銀瀑珠潭步步留，衆香翠滴征衣濕。　勝境登臨，佳辰會合。萬二千峰一笻踏。慇懃寄語仙山道，鳧舄春來將再入。

芳草渡

發隱仙臺，憩白月庵，憶正陽寺，次《芳草渡》小令。

楓林紅，桂子秋。朝旭上，宿霧收。蓬萊漸隔正堪愁。一別後，令人步步回頭。仙區遠。笛聲怨。悵望玉雪千片。雲端路，曲如鉤。落葉散。塵蹤斷。憶東樓。

江南春

夕抵海山亭，六兄弟同宿於一堂，眞是盛事。早起看日出，食後往觀湖山臺，臺在二里許，景亦清奇蘊籍，口占《江南春》。

山漠漠，水悠悠。石島瑯玕色，霜林錦繡秋。一聲長笛溪邊路，夕陽人倚木蘭舟。

鷓鴣天

發高城，口占《鷓鴣天》

青山如黛水如羅。柳岸漁歌向晚多。煙渚櫓聲驚鴈陣，檻前秋色在蘆花。蓬萊島，隔雲霞。咫尺仙源路不遐。峴首依依回望處，夕陽千點亂歸鴉。

柳梢青

二十六日，早起看日出，紅光閃鑠，玉盤湧出，海波爲金色。火輪超上一尺許，下有紅雲一朵，如鏡臺流轉海中，良久而滅。是日西風吹散海雲，萬里一色，無纖毫蔽礙，眞是奇觀。因風高不得入國島，發押戎，有懷金久之，次寄示《柳梢青》小令。

寂寞汀洲。沙邊落鴈，別恨閒愁。宿雨新晴，寒雲暮捲，風送孤舟。　名區處處回頭。最不忘、正陽東樓。萬壑輕雷，千岩紅錦，詩句相酬。

減字木蘭花

發鶴浦，午憩丫魚所，口占

秋容已暮。紅蓼花殘墜白露。楓葉玲瓏。萬壑千峰活畫中。　水清沙白。汀洲鷗鷺雙雙浴。山菊經霜。可憐佳節近重陽。

蝶戀花

夕還鶴城，口占《蝶戀花》，有懷文谷大學士。

紅蓼花殘秋已老。白露凄凄，蕭颯長堤草。寂寂汀洲征鴈叫。依依別恨知多少。　日暮孤舟横野渡。千里雲山，逈隔咸關道。塞外霜威偏覺早。遠客寒衣幾時到。

惜分飛

淮陽館，贈舍季

十里長亭日欲暮。認得送將歸處。岸上千絲柳，如何不繫征衫住。　逢時知有此離苦。可耐從今捨去。不忍便分手，相隨卻到橋邊路。

憶秦娥

口占二小令，贈別北伯權大運

秋將暮。君今欲向咸關路。咸關路。天低鐵峽，杳茫雲樹。　世故參差多散聚。年華婉晚離懷苦。離懷苦。名樓物色，試看如故。

西江月

滿月臺前疊巘，樂民樓下長橋。沛館松都景物饒。知君管領多少。　高樹秋聲淅淅，斜陽客路迢迢。閒愁離恨兩難消。奈此浮生易老。

西江月

口占《西江月》，題内弟洪國卿扇面贈别

鴨緑江頭地盡，磨雲嶺外天寒。浮生那得暫時閒。奈此離腸易斷。　蓮幕行裝潦倒，秦樓別淚汍瀾。積雪層冰道路難。願言努力加飯。

柳梢青

直廬口占《柳梢青》，贈別關西李方伯泰淵

宿雨新晴。微涼在樹，秋入蟬聲。世故難齊，離腸易斷，君向箕城。　繁華獨數西京。舉目處、山河愴情。浮碧樓空，朝天石古，陳迹愁生。

西江月

贈別平安兵使閔點聖與

苑樹秋聲淅瀝，銅壺曉漏丁東。題詩燈下句難工。爲有河橋遠送。　可惜年光莫住，那堪世故無窮。勝地繁華在眼中。昔遊回首如夢。

柳梢青

龍堂，口占《柳梢青》二小令

小雨霏霏。長川一帶，隔岸柴扉。嫩柳垂金，新蒲抽緑，春入芳菲。當時景物依俙。日將夕、棲禽亂飛。官路逶迤，溪清沙白，橋上人歸。

柳梢青

細雨無痕。龍堂夕照，已近黄昏。宿霧依依，歸鴉點點，溪上孤村。垂楊隱映柴門。舊遊處、風光尚存。橋畔蘆州，蘭舟容與，歌曲新翻。

柳梢青

臨别，口占《柳梢青》小令題扇

宿雨新晴。微凉乍起，平楚煙生。世故多端，淮陽非薄，聊慰君行。斜陽隱映孤城。欲散處、垂楊亂鸎。灧灧深杯，依依情話，離思難平。

《東里集》卷四、卷五、卷六、卷七，《詩》

南夢賚

（一六二〇——一六八一），字仲遵，號伊溪，英陽人。一六五一年登第，歷世子侍講院説書，連原道察訪，固城郡守，任實郡守，晉州牧使。有《伊溪集》。

憶秦娥

赤壁望美人詞，效《憶秦娥》體，代人課題三首

長相思。美人遥望天之涯。天之涯。愛而不見，目極心悲。　愁來時復傾金巵。醉後秪歌吟新詞。吟新詞。一江明月，露凄風飀。

《伊溪集》卷一，《詩》

洪汝河

（一六二一——一六七八），字百源，號木齋，别號山澤齋，缶溪人。一六五四年登第，歷檢閲、正言、兵

曹佐郎、司諫。有《木齋先生文集》。

沁園春

贈别宋君之文川

濁世危言，亂邦遜行，此去何悲。恨君門九重，叫號無路，白日高堂，久隔斑衣。楚雲千里，關山萬疊，忍向郊頭折柳枝。三子者，非鹵莽之輩，逮逮之儔嗟哉。物議自古如兹。好坦坦悠悠任是非。會天理不死，人心難誣，子之在彼，能得幾時。一點浮雲，數行春鴈，歸來莫待，鴈同歸。郵亭下，夕陽一樽酒，但覺依依。時公與蔡克稽、蔡克明同竄，故曰三子。

宋德溥，《醉隱逸稿》卷二《知舊投贈詩》

洪柱國

（一六二三—一六八〇），字國卿，號泛翁，别號竹里，豊山人。一六六二年登第，歷持平、副應教、世子侍講院、掌令、禮曹參議、安岳縣監。有《泛翁集》。

江南春

三五七言，效寇平仲體

南浦晚，白蘋春。平蕪煙外遠，垂柳雨中新。蘭舟搖蕩歸何處，千里芳洲愁殺人。

《泛翁集》卷五，《雜體詩》

宋延耆

（一六二三—一六八四），字俊在，號竹溪，礪山人。有《竹溪集》。

憶秦娥〔一〕

愛蓮堂詞

五月五日爲客高山，悠然而思愛蓮堂，故藹然而唱矣。

〔一〕不標詞牌，今據律補。

歌聲咽。幽人夢斷前溪月。前溪月。菰蒲葉青，咫尺相別。　洛陽原上端陽節。高山山下歸思切。歸思切。竹齋清風，鳳山明月。

《竹溪集》卷一，《詞》

金壽增

（一六二四—一七〇一），字延之，號谷雲，安東人。一六五〇年生員，累官翊衛司洗馬、刑曹正郎、工曹正郎。有《谷雲集》。

漁歌子

入城

一

盈盈玉貌意常傾。殘臘山園一笑迎。明月夜，東窓下，數枝何似水邊橫。

二

爭春映雪非關渠，可笑世人知識淺。深閣裏，小園中，隨處行藏有隱顯。以下二首，效張志和體，和三洲家姪賦梅五古。

《谷雲集》卷二，《詩》

金載顯

（一六二七—一七〇〇），字晦伯，號蘆溪，慶州人。一六六二年登第，歷正字、持平、執義、户曹參議、左承旨、户曹參判、京畿道觀察使、開成府留守。有《蘆溪集》。

江南春

三五七言，效寇平仲體

光風暖，淑氣新。葉密鶯遷樹，花殘蝶惜春。芳菲云誰贈，回首江南憶遠人。

《蘆溪集》卷二，《詩》

李夏鎮

（一六二八—一六八二），星湖李瀷之父親，字夏卿，號梅山，别號六寓堂，驪州人。一六六六年登第，歷假注書、司饔院直長、典籍、持平、掌令、都承旨、大司諫。有《六寓堂遺稿》。

謁金門

看雲

雲片片。南去北來誰遣。閒泛晴空舒且卷。怳疑新錦剪。　日日朝看暮見。異態奇形千變。魚海鴨江飛欲遍。下方無意戀。

卜算子

遼塞秋懷

暝色映寒溪，木落秋聲起。無限風光摠是愁，此地知何地。　排悶强呼杯，未飲心先醉。坐見燕鴻度塞雲，紅褪芙蓉死。

柳梢青

秋怨

故峽秋殘，荒臺夜靜，雨散雲收。玉兎無情，姮娥多妬，愁倚箜篌。　鷄人爲報更籌。一枕上、千行淚流。天外鴻悲，床頭蛩怨，風打西樓。

憶秦娥

秋風暮。孤鴻冷濕空江雨。空江雨。高樓夜靜，錦衾無主。　翠鬟徐整移蓮步。含情獨倚連枝樹。連枝樹。蕭蕭寒葉，一番霜露。

浪淘沙

簷雨冷蕭蕭。歸意搖搖。孤衾不寐度今宵。强進一杯愁不敵，蠟燭空銷。　萬里客魂飄。霜鬢全凋。倚窓搔首悄無聊。廻鴈一聲秋已晚，愁入雲霄。

《六寓堂遺稿》册二，《詩》

南龍翼

（一六二八—一六九二），字雲卿，號壺谷，宜寧人。一六四八年登第，歷禮曹判書、兩館大提學、吏曹判書。謚文憲，有《壺谷集》。

憶秦娥

效一闋

秋天暮。雙星晚向銀河渡。銀河渡。年年佳節，一番奇遇。　鳳凰臺下音塵阻。人間離别相思苦。相思苦。梧桐金井，客窓疎雨。

望江南

效詞三疊

長安好，城闕五雲端。銀燭曙光環佩響，玉樓秋色禁林寒。能不憶長安。

二

南州好，長憶去年遊。舞綵比堂親不老，鳴琴東閣醉無憂。何日返南州。

三

維揚好，桑梓是吾鄉。鶴嶺秋風松逕細，鼇峰夜雨瀑流長。聊復夢維揚。

《壺谷集》卷一一

金壽恒

（一六二九—一六八九），字久之，號文谷，安東人。一六五一年壯元及第，累官大提學、左議政、領議政。謚文忠，有《文谷集》。

柳梢青

效秦少游《柳梢青》小令，賦得別懷，追寄長卿。

柳岸蘆洲。龍堂古渡，石老雲愁。別酒三杯，勞歌一曲，人倚蘭舟。　斜陽匹馬沙頭。客去後、殘燈小樓。庭畔高梧，簾前新月，佳句誰酬。

長相思

和長卿，寄示《長相思》小令

思故人。望故人。雪山無際海無津。歸夢亦難頻。　遇佳辰。惜佳辰。霜菊初花月半輪。把酒誰與親。

《文谷集》卷二，《詩》

宋奎濂

（一六三〇——一七〇九），字道源，號霽月堂，恩津人。一六五四年登第，歷大司諫、禮曹參判、知敦寧府事。謚文僖，有《霽月堂集》。

柳梢青

效《柳梢青》詞，録奉舊按使李幼初端錫令公。時幼初欲待新伯交龜，往留於釋王寺，余送邑妓琴歌各一人，以爲遣閒之資。

琪樹叢林。如來古寺，洞寂雲深。絶代佳人，清歌妙曲，聲繞晴岑。哀絲更弄瑶琴。夜闌處、殘燈細斟。杳杳秦城，迢迢關路，歸恨難禁。

柳梢青

府館樓上即事，和文谷相公，東里李長卿舊題板上《柳梢青》詞。

緑水長橋。高樓西畔，燕輕鶯嬌。習習薰風，遲遲麗日，柳拂瓊條。堤頭嫩絮初飄。倚欄處、明月清宵。一曲纖歌，三杯緑酒，羈恨難消。

浣溪沙

翠屏岡作

獨立岡頭思杳然。碧天東望海無邊。三山何處問群仙。　十里明湖平似拭，月光如水又如煙。不妨徙倚木蘭船。

南柯子

白雪峰作

照岸沙光白，明霞日脚紅。遥看碧海侵長空。指點仙山何處、杳茫中。　湖納三更月，臺迎萬里風。怳疑身在廣寒宫。直欲飄然騎鶴、入鴻濛。

臨江仙

元帥臺作

元帥當年此駐節，秖今遺躅高臺。臺前湖水緑於苔。白沙明十里，渾似雪成堆。　五馬使君偷暇日，一樽佳友同來。斜陽更倒兩三杯。海天雲杳杳，何處是蓬萊。

憶秦娥

碧螺島作

扶桑邊。紅雲擁護三山巔。三山巔。飛瓊弄玉，一去千年。　青鳥何時消息傳。悵望愁倚斜陽天。斜陽天。怳聞空中，笙鶴泠然。

《霽月堂集》卷二，《詩》

金萬基

（一六三三——一六八七），字永叔，號瑞石，光山人。一六五三年登第，歷領敦寧府事、摠戎使、大提學、訓鍊大將。謚文忠，有《瑞石集》。

憶秦娥

赤壁望美人詞，效《憶秦娥》體，此下九首課製。

滄波渺。秋光極目離心悄。離心悄。瓊樓玉宇，夢魂長繞。　美人遥望音容杳。空江

夜寂簫聲嫋。簫聲嫋。孤舟歸去，楚天清曉。　《瑞石集》卷三，《詩》

李瑞雨

（一六三三—一七〇九），字潤甫，一字休徵，號松谷，别號松坡，羽溪人。一六六〇年登第，歷正言、東萊府使、兵曹參議、承旨、大司諫、大司憲、藝文館提學、工曹參判。有《松坡集》。

憶秦娥

赤壁望美人詞，效《憶秦娥》體

簫聲咽。孤舟影落滄江月。滄江月。煙波回首，美人相别。　南州水國新秋節。長安萬里音塵絶。音塵絶。天涯羈客，夢中雲闕。

南柯子

擬《南柯子》

一

江北孤雲白，江西返照明。江南一片雨，終道是多情。

二

井中何所有，黄栢又黄連。非君酌水飲，苦苦向誰宣。

三

青樓白銅鎖，户户閉葳蕤。樓上紅牙簟，君能乞一時。

四

來時愛躑躅，去日忘蜘蛛。柳絮將蝴蝶，非狂定是愚。

《松坡集》卷二、卷九《詩》

鄭祥麟

（十七世紀前後在世），鄭國賓（一六七七—一七二七）之父親，迎日人。有《杯山集》。

憶秦娥

春欲暮。迢迢越峽相思苦。相思苦。桃花訝面，柳枝疑舞。藍橋何日成奇遇。月宮遠隔無歸路。無歸路。斜陽獨立，別愁如雨。

《杯山集》卷二，《雜詩》

孫佺

（一六三四—一七一二），字眞翁，密陽人。有《儉庵集》。

巫山一段雲

蔚山八詠

一

平遠閣

榱鳳翬朱閣，墻烏瞥海船。望中平遠野雲邊。春草緑芊芊。　渺渺浮空靄，依依帶峀煙。賞吟何處興油然。光景滿山川。

二

望海臺

巖頂高臺屹，臺前巨海洋。通中一氣浩茫茫。眞上際穹蒼。　强擬遊觀富，不辭登陟忙。瀛溟眼底極洪荒。幾度變滄桑。

三

隱月峰

簇立成峰勢，依微受月華。沈吟良夜望嵯峨。不覺影欹斜。　松澗鳴清籟，楓林起斷霞。幽人端合便忘家。擬占考槃阿。

四

藏春塢

風雨幾多少，落花知有無。殘春物色幸分留。餘景滿山隅。　鳥語和猶響，鶯歌滑又柔。行行吟賞覓溪流。到處一藜扶。

五

太和樓

邑鎮雄城府，官居近海門。高樓百尺架飛軒。絃誦起繁喧。　亂蘂香侵案，新醪緑滿樽。留連耽樂日將昏。煙鎖海西村。

六

開雲浦

仙境三山外，名區一望通。俗傳羅代有神翁。生此海洋中。　舞釖隨裾白，簪花滿面紅。千年遺跡杳難窮。惟見古餘風。

七

碧波亭

詞缺。

八

白蓮巖

詞缺。

《儉庵集》卷一，《樂府》

崔日休

（一六三八——一六九九），字敬甫，號蓮泉，慶州人。有《蓮泉遺稿》。

浪淘沙令〔一〕

苦憶正銷魂。歲暮衡門。霜翁叫侶月黄昏。獨立寒階愁渺渺，懷與誰論。　悄悄坐南軒。木落前村。千峰的歷白雲屯。携手何當歸桂壑，聊共攀援。

長相思

合悤悤。別悤悤。此恨人間那有窮。歸期問小童。　暮山空。暮雲籠。竟日徊徨何處翁。長歌落木中。

〔一〕原作《浪淘沙》，今據律補訂。

望遠行

落日亭亭下嶺西。不見伊人怛兮。携笻獨出山蹊歸。鴻牽恨向風嘶。　相思苦，夢魂迷。風浦山雲滿蹊。莫言峰壑多高低。千疊難遮一點犀。

水調歌頭

賞春

春氣正葱鬱，騷客賞花時。披新服出門去，雜珮陸離垂。碧嶂前清溪上，呼我朋儔容與，不覺夕陽移。爲惜韶光晚，頭揷最香枝。　好華侈，青紫客，問何之。金銀鞍繡紋轂，載酒過臺池。何似鳩笻野服，楊柳風梧桐月，行樂興遲遲。千載沂雩，此意問於誰。

長相思

別故人

送故人，客異鄉。此時心事最悲傷。要醉但傾觴。　草萋萋，柳長長。喚友黃鶯語上方。係戀那可忘。

漁父〔一〕

一

鷺浴鷗眠屬玉飛。春江蕩漾萬鱗肥。魚不食，露侵衣。卷卻絲綸帶月歸。

二

白雲灣上扣舷翁。來插釣竿鷺渚東。山頂月，水心風。與爾長終不患窮。

三

觀魚盟鷺莫非歡。紅蓼紫芝亦可餐。蓬户静，柳磯乾。偃仰中間迷暑寒。

〔一〕原作《漁父詞》，今據律補訂。

四

雨後樵夫

雨後泉聲枕下飛。前山草樹緑初肥。躡芒屩，振羅衣。料理長鎌石逕歸。

五

不知夏葛與冬裘。無復漁郎逐水舟。登翠巘，渡清流。伐木丁丁何所憂。

六

清涼山裏析薪翁。唱罷樵歌渡水東。千嶂月，萬樹風。偃息中間興不窮。

七

嶺月川雲自足歡。菊英葉松亦堪餐。新釀熟，積薪乾。山家不怕北風寒。

八

千峰會合共團圓。中有寒流入海連。巖上桂，澗邊船。倚柯遊衍即神仙。

夢江南

依枕夢，夢到道溪廬。搖落寒山山日晚，主人忍餒卧看書。爲我報瓊琚。　鷄喔喔，殘月入窓虛。歸夢蘧蘧都幻妄，起拈煙竹謾愁余。欲往忽躊躇。

長相思

鴈聲寒。風聲寒。聲到窓前愁萬端。空悲歲月闌。　雲漫漫。路漫漫。始信浮生會合難。心中自不寬。

浪淘沙令〔一〕

獨唱浪淘沙。懷緒無涯。相思日日怨年華。搔首西望長歎息，石逕煙斜。　昨駕四輪車。晚到君家。一觴一詠香生牙。莊蝶悤悤何處去，雪滿梅楂。

惜分飛

缺界浮生若水漚。對酒罇誰與酬。西望恨悠悠。幾時相握叙懷幽。　白首自傷歲月流。安分卻無所求。那得同扁舟。漁歌互答下長洲。

《蓮泉遺稿》卷一，《詞》

趙龜祥

（一六四五——一七一二），漢陽人。歷善山都護府使。有《猶賢集》。

〔一〕原作《浪淘沙》，今據律補訂。

臨江仙

謹次舍伯下示韻，次《臨江仙》一闋

青春易謝同流水，可惜雙鬢半華。少日紅顔君莫誇。寂莫緗簾下，傷心對落花。　靈犀一點通不得，自是三生怨家。萬死芳盟寧有差。倘逢青鳥至，携爾躡紫霞。

憶秦娥

謹次舍伯下示韻，次《憶秦娥》一闋

眞可憐。好因緣是惡因緣。惡因緣。斷魂歸夢，碧海長天　楚雲秦樹千重遠。深閨夜夜相思恨。相思恨。落花啼鳥，亂我方寸。

《猶賢集》卷一，《詩》

申琓

（一六四六—一七〇七），字公獻，號絅庵，平山人。一六七二年登第，歷正言、江襄道觀察使、漢城府判尹、大司憲、吏曹判書、右議政、領議政，封平川君。謚文莊，有《絅庵文藁》。

江南春

三五七言

波浩浩，雨霏霏。金提碧草萋。柳岸黄鸝飛。芳洲拾翠日欲暮，水緑蘋香人未歸。

憶秦娥

梨花白。佳人夢斷關山月。關山月。塵滿粧樓，寒生翠幙。　芳華已晚一歎夕。玉關路阻征人別。征人別。望月營門，腸斷羌笛。

巫山一段雲

別恨驚千里，離愁惱一春。珠簾晝下霽景新。池謝閒芳塵。　楚峽空雲雨，秦樓鎖月輪。玉樓苔生翠眉嚬。腸斷過關人。

臨江仙

以二闋詞寄舍，時隨家親在湖南任所

春意悽悽芳草緑，燕子來時千里。人傷别兩地相思。心欲折一夢，遠逐梅花月。　迢遰江山分楚越，難過物色又迫。清明節此時難懷，正轉切極目，千里雲山隔。

瑞鶴仙〔一〕

從祖母壽席，賦《瑞鶴仙》一闋

金飈届。即看嫠躔輝映，太陰光徹。南極壽星，瑶池金母，並授長生符籙。海上千樹蟠桃，試問幾番開落。最好是庭前，兩玉樹蘭芽競茁。　稱觴舞彩地，麟脯鳳喙，龍髓爭羅列。飛瓊捧盃麻姑擊。即催傾、北斗滿酌。看取北堂遐壽，訖今算向千億。願歲歲、這一色流霞，長陪今夕。

〔一〕句法殊异，待考。

鳳凰臺上憶吹簫

寧邊山亭遇，中秋之夕作，翫月會，次李尚書殷相韻。

耿耿秋宵，遲遲漏永，曲闌邊、仙夢初醒。正琪樹風微，珠簾影靜。千階夜色如水，雲盡處、玉宇澄淨。最好是、白露暖空，素月流影。　遥念嫦娥今夜，想霓裳羽衣，正怯清冷。惜年華暗換，佳期易阻，應悔桂殿孤棲，羞殺了、此時風景。但留瑤臺身世，自誇清瑩。

壺中天

今夕何夕，一樽酒賒取，中秋月色。誰把香奩開寶鏡，冰輪輾破空碧。萍水相逢，關山壯遊，他鄉同此席。座中豪氣，看取一飲千石。　回頭京洛舊遊，落落晨星，已作天涯隔。東華風月軟紅塵，光景應非疇昔。遥想瓊樓，玉宇不勝寒，誰怜戀君衷曲。五雲何處，欲問美人消息。

柳梢青

登滿月臺懷古，《柳梢青》詞

暮煙衰草，麗王舊死，野逕横斜。故宫禾黍，荒臺麋鹿，一夢繁華。　行人來自天涯。弔古處、斜陽亂雅。寒原殘雪，小橋流水，數村人家。

水調歌頭

題許生歎時詞後《水調歌頭》一闋，并序：

夫詩歌一體也，人之喜怒哀樂感於中，而形於外，必介之於言語。言之不盡，則必詠嘆，以宣其志，而其間亦有自然節奏，而不能而焉，則此詩歌之所由作也。粤在唐虞之時，至治熙皞，朋良相遇，則賡載之歌作於上，鼓腹之謡興於下，鴻厖之音尚矣。無論已降及後代，則國之治亂，不同人心之所感各異，其所詠歌者，多出於閭巷之作，故皆一時賢人君子，閔時病俗，或托以規諷，或因以歎傷，故其忠厚惻怛之心。然於言意之表，此孔子之所取歟。今觀許子之詞，其之得於閔時病俗之意，而不悖於三百篇之遺旨歟。上述唐吴三代，次論歷代之治亂，終乃旼之於本朝。上自朝廷之得失，賢邪之進退，以至兵民之愁怨，賦役之煩重，靡不纖悉臚列。命意措辭，明白懇至，一篇之中三致意焉。其詞清而婉，其音哀而不傷，以其忠君愛國之心，寓其陳善閉邪之志，一唱三嘆，有遺音矣。此可謂畝畝不忘君者。非歟？孔子所謂怨而不誹者，殆亦近之矣。今余中文罔放於江潭久矣，當其憔悴之時，取此詞以曼鮮雜難騷歌呼，嗚嗚慷慨奮發，不自覺其太息流涕也。噫！他日看採詩之史，得此而陳之王庭，使瞽矇諷誦而用規於執御之臣，且使凡百在位之人聽之，則能無駭顔泚顙乎，遂書此以敀之。

一闋短長詞，無限憂時語。天門遠隔草澤，九重深幾許。忠憤比楚三閭，慷慨擬漢賈傅，字皆肺腑。丹心一斗血，庶幾荃心悟。　愛吾君，哀斯民，由衷素。回首人間何世，長歌白日暮。葵藿本自傾陽，芹曝猶思獻主，此懷將誰訴。思將畒畒語，願一聞當宁。

《絅庵文藁》卷一，《樂府》

林泳

（一六四九——一六九六），字德涵，號滄溪，羅州人。一六七一年及第，累官大司憲、開成府留守、副提學。有《滄溪集》。

憶秦娥

山有花

《山有花》，百濟舊曲也。有音而無詞，戲效《憶秦娥》体爲之。

江雲絶。哀歌唱斷荒城月。荒城月。千年故國，落花時節。釣龍臺畔寒潮没。臯蘭暮寺微鐘歇。微鐘歇。水光山色，夕陽明滅。

《滄溪集》卷一，《詩》

黄命河

（一六五一——一七一五），字子潤，號懈軒，平海人。有《懈軒先生文集》。

巫山一段雲

雨濕雲生峀，風輕樹繞霞。一雙飛鷰簷前斜。景物固難賖。喜點幽居趣，休將美號誇。山中蘭桂自芳華。榮悴亦何嗟。

《懈軒先生文集》卷三，《詩》

朴泰淳

（一六五三—一七〇四），字汝厚，號東溪，潘南人。一六八六年登第，歷持平、文學、右副承旨、慶州府尹、廣州府尹、大司諫、刑曹判書、全羅道觀察使。有《東溪集》。

滿庭芳

戲作《滿庭芳》一闋，詠菊

鶗鴂有聲，寒蟬寂寞，湖山秋色蒼茫。天光涼薄，白露夜成霜。無限空山樹木，摇落處、蕙艸芳。蘭皆萎，折窓前叢，菊猶自保清香。天葩雖秀絶，世無陶令，誰憐幽芳。惜融融空紫，冶冶徒黄。回首階邊籬下，花正好，龍山會，無人與共，孤負濁醪觴。

《東溪集》卷五，《雜體》

南正重

（一六五三—一七〇四），字伯珍，號碁峰，宜寧人。一六八九年登第，累官持平、校理、吏曹正郎、襄陽縣監、工曹參議、忠清道觀察使。有《碁峰集》。

臨江仙

明原客館，效古樂府小詞體，敘懷。

萬里關山驚歲暵，天涯孤客傷心。楚臣生計越人吟。譙樓寒月苦，灑涕獨登臨。　旅館挑燈愁不寐，棲鴉各自歸林。邊風淅淅夜沉沉。蕭蕭千丈髮，霜雪幾交侵。

虞美人

傷心七寶山前路。一葉驚風雨。朔雪關雲歲將闌。遥想玉樓、高處不勝寒。　故園遥在凫峰下。瀟灑三椽舍。回頭不見洛橋人。旅館殘燈、悄悄客愁新。

《碁峰集》卷一，《雜體詩》

李衡祥

（一六五三—一七三三），字仲玉，號瓶窩，全州人。一六八〇年登第，累官濟州牧使、户曹參議、漢城府尹。有《瓶窩全書》。

巫山一段雲

閒中八詠

一

神倦即寢

山月漸將頹，世人猶未寢。獨我疲神仍即枕。不覺炊將飪。友至無歡迎，酒醽莫鮮飲。夢見周公何所稟。學博問宜審。

二

氣調始興

氣乏朝猶臥，神清夜亦興。活潑源頭心自澄。洞澈玉壺冰。事業乾坤窄，生涯水石憑。試看古人皆戰兢。深淺果誰勝。

三

機事不萌

理趣怕知樂，機關自不萌。可笑塵寰轍跡横。何事獨經營。咽咽川還渴，摇摇木必傾。況有乘除更迭生。我且愛吾精。

四

俗禮自簡

大綱心欲存，零節理宜簡。假令邊幅亦無限。但知有瑟僴。未應黄俞眉，寧鮮白阮眼。紛紛俗禮空懷赧。難關似蜀棧。

五

案多眞蹟

案牘皆塵編，巾箱揔偉蹟。繙閱年來眞又積。方覺我心窄。　不有今書言，何登古聖席。倏忽遒陰當寸惜。是欲修安宅。

六

門無雜蹤

老佛曾知闢，工商已絶蹤。況且無田仍息農。迎送只朋從。　挺節看風竹，繁絃聽月松。惟有燕鶯勤不慵。蘿幕輒開封。

七

逸樂忘貧

嶺外甘爲客，寰中不厭貧。至樂如今新又新。何暇計艱辛。　趣味窮書籍，歡娛極夜晨。寠視愷崇泥視銀。人謂葛天民。

八

快活當貴

世路官方趍，人寰我獨貴。磊落平生多浩氣。朱紱有斯未。走卒宜探華，公卿不識味。快活猶知君子毅。宵晝戒三畏。

次益齋雜詠，録奉韓太叟，仍示花山、龍州、豊城三使君要和。客曰：「樂府非人人可能，況東方自古無雅樂，子之爲樂府，不亦濫乎？」余曰：「凡所謂樂府，必得中氣然後可也。東坡生長於蜀，所偏只齶音，欲諧而未諧者，氣頽然也。吾東聲音，已偏於齒，何能普也？只依方音之平調、羽調、界面調，要不失五音，則何不可之有？」客曰：「諾」。

沁園春

留滯周南，次將之成都

此生胡爲，落南身世，日飲無何。顧平日性情，小黠大癡，一江煙月，長篇短簑。良圖未展，好光漸逝，世事如今隨緑波。惟其占，湖山一曲，且棟危峩。山僧譬猶結夏。況典籍、餘論漸覺多。或釣舫漁磯，睡輒忘返，觸境嘖情，寫照費哦。是謂物中人，人中物，傴僂寧嫌郭槖駝。莫謂處士，自負客子，青衫破荷。

大江東去

城皐，次過華陰

九曲斗絶，有心哉、爲吾青氈舊物。邂逅道人於此駐，不羨坡翁赤壁。萬翠朝岡，雙碧聳檜，子猷時棹雪。六友在目，亦覺霜下有傑。　當知浩然亭上，認理且説，氣亦足以發。前子有言後鋏中，前筈萬想雖滅。顧我方寸，雹奔雷厲，青山危一髮。豈若如來，證此心千江月。

水調歌頭

望採藥山，次望華山

採藥山當户，雄渾説永州。雲霞出谷高低，宜春復宜秋。上接紫霄丹闕，旁臨白石清沙，載覺六鰲頭。髻擢惱神工，何年截髮留。　我日望，費吟哦，筆不休。鷗鷺拖到煙嵐，蒼蒼入高樓。朝暮相看不厭，且將一道飛泉，滌此萬斛愁。夜邀江月落，冠巾翠欲流。

玉漏遲

上元玩月，次蜀中中秋值雨

戊子上元日，多少樓臺，處處拜月。玉盤珠毬，出没寒江似溢。有美酒新熟，况吾閣、坐地陡絶。憑晚眺，覺爽無異，九秋時節。　停盃爲問纖阿，何年月創此，瓊宫金闕。水精銀晃，更雜流霞凄咽。請看潞州玉笛，亦廣漢宫裏一物。露華白。是以皓我壯髮。

菩薩蠻

舟中夜宿

月移殘郭舟移樹。飛花落盡清江暮。隨處即爲家。何曾一物華。　持魚且換酒。萬廬無崇有。睡熟仍蘆洲。華胥説夢遊。

江神子

即事，次七夕冒雨到九點

寄語潮陽波上仙。物無累，我有緣。歸路暫憩，解裝即盤筵。况有名山多古跡，乘吾興，幾屐穿。　倦輒瞑休醉或眠。雲滿前。落誰邊。婆娑詠月，性情皆紙傳。波仙日日洗塵惡，亭下積，萬斛泉。

鷓鴣天

飲麥酒

頎然坐我北窓風，何處浮香一脈通。吹蟻不嫌籌夜飲，喚醒方覺藹春空。　酌無算，興不窮。況又晴釭鑷短虹。豪氣從來騷響逸，老夫贏得詑詩工。

巫山一段雲

次華陰處士四首

一

移卜商山

工夫從下算，世事若前期。鶵巢不必探林窺。南飛卻有枝。　已堅移築計，誰斥買薪資。商山自古稱多芝。昔聞今見之。

二

僦屋龍洞

來時先繞郭，隨處即爲家。求田欲學東陵瓜。棲遲計莫差。　奉龍誠自別，乘鶴諒非誇。清風明月不容賒。心安輿轉佳。

三

魯谷送友

欲投如失脚，將策卻無著。謝安離別當年詞。桑榆更愴義。　把杯傾釀懶，臨紙落毫遲。蓬窓盡日獨支頤。風情暗自持。

四

華陰答書

志華長抱膝，書到足忘憂。長篇況説林泉娱。蝸廬困丈夫。　華陰僧迹熟，龍谷客燈孤。相將趣味勛盤盂。毫藤也作需。

六有詩，效《益齋雜詠》

菩薩蠻

樵有奴

詩囊從古付奚奴。獨吾貧甚任樵蘇。淡粥崇朝餐。輕擔薄暮還。高低下石逕。忙迫洗塵甑。勤苦長如此。何暇織草履。

浣溪沙

汲有婢

合計吾家數十婢。午炊晨飯無停晷。箕揚溪汲摠依爾。最是飢寒不庀，主心安得暫時弛。雖然效款亦堪喜。

鷓鴣天

寒有火

祈寒暖堗莫如火。分付家童慎勿惰。況有幼穉仍薄衾，譬猶蠶繭自纏裹。寢無氈，臥不妥。早爇薪樵烘熱可。是固天公所養具，淵明昔拜我將果。

瑞鷓鴣[一]

熱有水，效互換格

寒天誰已鑿澌冰。謾得官分解鬱蒸。樂土我思登彼域，擬將仙藥洗塵凝。　晶英貯盌霜威重，一室清涼悦玉層。石髓頤神風色活，九秋時節勝金陵。

人月圓

月有燈

楣間高掛一輪燈，彷彿月宮昇。金蓮吐出，寒冰玉毬，來自廣陵。　晶光明滅，恰如桂殿，聚卻霜凝。試看漢帝，九明之觀，仙亦無徵。

[一] 不標詞牌，今據律補。

蝶戀花

風有扇

我有武俠白羽扇。清風颯爽，時時來撲面。誰將逸翮付長線。魯縞齊紈空眼眩。　凉飈隨手電光遍。五月不熱，如在承明殿。秋來莫歎班姬倦。用舍行藏君不見。

八無詠，效《益齋雜詠》

洞仙歌

居無室

本無定居，又安事一室。卻憶當年離家日。初計豈遠出、展轉流落，至此留，人稱四皓之一。　僦屋傍蔚葎，且管城東，城北處處多芋栗。雖然此屋，終非我所有，不免患得患失。古語曰、隨處即爲家，抑何妨、左右琴書以卒。

水調歌頭

食無魚

盤無一味魚，飣餖自然疎。當餐擧匙不猛，所珍惟野蔬。公儀謾拔園葵，庾郎持籠採葷，所志諒誰如。此我分中物，何曾彈鋏居。　聞諸葛，必種不獨佃漁。咬得菜根當事，□方做得且。況是薹莖如臂，卻恐髓腦生筋，生角不堪菹。若使朱門覺，味應不及余。

滿江紅

琴無絃

我有檀琴。本不絃、古調疎響。暗中傳、秋風嶧陽，夜雨瀟湘。寒吹宛聽飛鶴音。晚濤猶憶蟄龍吟。覺爽籟、自發何須，曲裏尋。　性邪正，惟汝知；聲清濁，皆我心。況岑岑靜寂，古意愈深。卻恐喧譁彈一闋，未應蕭瑟動千林。聽者稀、惟有嶺頭松，到來禽。

大江東去

鉤無曲

我鉤無曲。不是任公投犗恣所欲。萬事無心一釣輕，何必盈車始足。滄波渡上，煙蓑去來，綸細不任束。無人知此，山雨溪風相屬。　當知鷗鷺坊中，乘興且忘機，可堪更僕。三公不換百年無，已時處處芳矚。惜世路紛紛，形役勞、夢斷山水綠。豈若吾身，直釣且自樂。

玉漏遲

夜無夢

至人本無夢。盖緣心地，自不幻弄。安閒靜寂，外物何曾觸動。又有工夫自撿，洞洞然、斷無迎送。是所謂，心全比猶，潭影自空。　嗚呼我生已耄，顧何力拘束，且磨礱。第有所勵，平生亦不算瓮。請看塵世上，物皆馬騂蠅涷。聊自寬，是以人或規諷。

沁園春

晝無眠

嘗聞宰我晝眠，夫子戒其氣偏。信朽木不雕，糞墻不杇，況其怠惰，亦足堪憐。聖道至重，學工且圽，矻矻孜孜日復年。惟其所樂者，天亦不任便。　吾何敢自安逸，使心地益昏觀物遷。苟暫時放倒，輒入鬼關，走弄變幻，無處不牽。片刻之息，雖若零碎，推之行事八倒七顛。此所以，日夕厲尤欲，念警辟鞭。

木蘭花慢

書無楷

書法固不易，且排字難楷。彼秋蚓冬蠅，已有其譏，所式惟鍇。印泥鏤板不古，覺銀鉤鐵畫左右擺。翔鸞倏騰方高，怒獅橫放必駭。　弩張劍發勢盤紆，風雲各理解。噫吾筆至拙，尋常簡牘，亦不堪灑。至若變化術非，直不能人亦知其駃。家鷄野鶩相雜，可憐澀脚如蟹。

江神子

詩無格

嗟嗟詩律貴調格。亦知虚室生白。觸物噴情、但覺塵無跡。孤峰壁立瓊杯暖，風月左右供役。　然後天機始發，喝來山色自碧。我獨無藻傳神、神反窄。洗惡廬山猶未淨，雕腸琢腎何益。

次李仲舒八詠

秋波媚

雲山

怪爾飄揚反出山。何事更知還。況其態色，有時或變，不櫛而鬟。　答云我生本無心，機巧亦不關。所以朝昏，觸發者存，當於風覸。

西江月　石澗

澗水本來無汨，人性誰敢比湍。衡山激石去來間。寂感如人自活。　源泉不撓方息，嗚呼冷瀑易寒。是以波恬難莫難。靜淵遇撼始潑。

浣溪沙　柳風

夾氣颼颼擘柳來。北窓風味向誰裁。步出林皐頗灑灑，懷自開。　弱線繚人纖又織，葛巾欹側不堪擡。羲皇亦識此佳否，信奇哉。

望江南　梧月

梧月上，坐我碧層空。珠穗碎扶疎影矗，玉光清澈淡陰籠。添卻主人翁。　登高望，皓蔚覺窿窿。桂子飄香天外落，廣漢何處是蟾宫。吾欲問青童。

長相思

露花

照眼開。影點苔。裊婀錦衾覆砌密，斗覺露相催。　酌清瑰。酒有媒。莫把浮香簪髩坐，恐被吸蜂猜。

踏莎行

霜竹

月上篩金，風來戛玉。淡影瘦陰此亦足。況當殺節羣芳摧，結露何曾凋此綠。　無挫自肥，不俗何肉。惟有籜龍能自牧。宜熱宜寒剩伴我，拔除堪笑都門爆。

減字木蘭花〔一〕

草堂

茨豈茅拙。廣廈不過容一膝。簷月漏金。屈伸偃仰將誰禁。　心不迫促。柯亭誓莫吹

〔一〕不標詞牌，今據律補。

椽竹。天地已寬。何須長夜詠漫漫。

柳梢青

居士

居士不是畸人。破屋數間瀼水濱。通來閒致倍百，亦知足則常足，何問要津。　聲譽過耳如蠅。没世不嫌名不稱。平生所學有願，亦不離道自遠，大戒小懲。

水調歌頭[一]

鳳谷操，憂樂較，次朱晦庵

顔有憂中樂，尹兼樂處憂。皆緣心地安静，何待物來酬。嘗觀北山行榜，且聞東江歸興，眞假片言收。最愛陶靖節，閒閒泛玉舟。　陶靖節，惟心安，豈身謀。興到亦或噴情，落紙爛銀鉤。在窮不失其泰，處嘿愈見其曠，形役盡繆悠。若非然命客，定是戲瀛洲。誄文曰：人否其泰，子然其命。

[一] 不標詞牌，今據律補。

望海潮[一]

陋巷樂，次柳耆卿

芝嶺産芝，鳳谷歌鳳，風色彷佛中華。蒸沙晴嵐，粉蝶翠屏，白雲深處有家。巷寂仍無譁。明疎亦不厭，樵牧生涯。採蘭爲梮，拾麝成履眼看奢。　荀龍謝樹盈室，覺掌上弄珠，筆頭生花。晨夕講大學書，好談明德，如對名娃。將休勸客歸，睡罷更探爵，滿酌流霞。所賴心本不頗，堪作性情誇。

水調歌頭[二]

心迹模，次傅公謀

破屋不盈尺，未堪花木栽。方庭似筐皓蔚，層層看作堆。竹弟松叟，對輒忘倦，間雜清風明月好懷開。雪窓寒影逼，那個是眞梅。　□腸錦，喝雲拾，上紙來。詩來亦復釣酒，傾得

[一] 不標詞牌，今據律補。
[二] 不標詞牌，今據律補。

兩三杯。山市互無延緣，平生且不狎世，心適卻遲徊。餘外我無戀，又安有觝排。

賀新郎[一]

惜花檄，次李南金[二]

人壽問幾許。我獨三豁詩詞，雖婉孌作句。亦足使人增慷慨，況惟我日漸暮。顧何戀沾泥禪絮。厥或流芳萬人口，或遺臭萬年、空掩土。凡今人，亦難據。天造茫茫何處訴。更點檢榮辱較事，此生良苦。已識男子不屈意，何必役心要嫵。將歸賓、暫借世屋。一閉上扃更不曉，覺此理、昭昭也如此。無愧庶，不虛住。

巫山一段雲

壽孫玄叟

洛英先丙午，湘纍後庚寅。方瞳綠髮更精神。回回算覺新。室饒籠鴿客，緣結撫銅

[一] 不標詞牌，今據律補。
[二] 原作「傅公謀」，今改。

人。探仙自古卻修眞。不妨作幸民。

《瓶窩先生文集》卷二，《詩》； 卷三、卷四，《樂府》

鄭沇

（一六五四——一六九六），字聖源，號四何堂，迎日人。一六八四年武科及第，累官刑曹佐郎、都摠府經歷、軍器寺僉正、咸安郡守、備邊司郎官。有《四何堂文集》。

憶江南

遍覽島潭石門隱舟巖之勝，仍向京師，自島潭至漢江纛島，行舟遍翫，未有如島潭之奇且怪者。故題憶島潭，效白樂天《憶江南》詞。

一

島潭好，揭來得一探。山頭怪石形殊萬，水面奇峰聳作三。能不憶島潭。

二

島潭憶，其次憶石門。人力豈能容意匠，神工知是運風斤。森然目常存。

三

島潭憶，最憶隱舟巖。狂颷掀處堪回棹，急雨來時可落帆。況若隔仙凡。

憶江南

憶盆城，效白樂天《憶江南》詞

一

盆城好，向年始一經。紅樓縹緲干雲漢，翠黛嬋媛弄玉笙。能不憶盆城。

二

盆城憶，其次憶西林。雪衲殷勤同慣面，青衿款曲共論心。耿耿懷至今。

三

盆城憶，最憶蒜山臺。眼前七點島南列，脚下三乂江北來。絶勝良觀瑰。

巫山一段雲

蘆溪八詠，又次《巫山一段雲》體

一

三聖晴雲

天氣春來重，山容雨後奇。晴雲彩靄互糸差。纔合復相離。罨首烏巾着，横顛翠帶垂。我聞這裏有仙兒。欲往共追隨。

二

舞鶴煙嵐

碧岫螺成髻，清溪玉作波。春深煙樹雨初過。嵐翠落殘霞。紫鳳跨青鶴，銀虹嫁玉蚪。夕風吹送似輕羅。依舊山嵯峨。

三

東岑曉旭

地近扶桑界，山分蓬島連。茅廬未及覺春眠。朝日上窓先。　紫色妬花萼，紅光拂柳煙。乾坤淑氣滿身邊。疑在玉皇前。

四

礪峴落照

遠樹留殘照，丹霞映翠微。墟煙暝靄入山扉。石徑行人稀。　宿鳥投林倦，田翁帶月歸。耽看沙景坐苔磯。不覺露沾衣。

五

溪堂賞春

谷裏春光晚，溪堂景物饒。芒鞋竹杖任逍遙。暮暮還朝朝。　巖鳥聲交應，山花影相摇。林深地僻絶塵囂。頓覺煩胷消。

六

佛庵暮鐘

谷店炊煙卷，山溪暝色濃。一聲撞破尚春容。何處隔林鐘。和雨吟疎竹，隨風響晚松。巖頭孤衲手寒筇。回首望雲峰。

七

石徑歸僧

石徑穿林曲，山花趁鳥飛。厖眉雲衲代斜暉。佇立問山扉。草露沾芒屨，松花點葛衣。寒筇移向赤城歸。無乃太顛非。

八

帶雨春耕

春雨灑磽角，田家理耒鋤。簑衣篛笠過郊墟。盡日耕菑畬。足踏煙凝碎，身披雲卷舒。歸時正帶玉蟾蜍。願學陶潛歛。

《四何堂文集》卷一，《詩》

李東標

（一六五四—一七〇〇），字君則，子剛，號懶隱，眞寶人。一六七五年登第，歷檢閱、典籍、襄陽府使、獻納、吏曹佐郎。謚忠簡，有《懶隱先生文集》。

西江月

餞春

別處江天渺藹，愁邊煙樹微茫。一年消息未渠央。君歸更欲何向。　人情厭故漸薄，物色爭新日忙。待得風雪正飛揚。卻恐青陽長往。

《懶隱先生文集》卷一，《詩》

吴尚濂

（一六五六—？），號燕超齋，同福人。善文章，當時與蔡彭胤、李遂大被稱謂「三文章」，世稱松谷李瑞雨門下的顔子。有《燕超齋遺稿》。

長相思

擬古二首

朝斷腸。暮斷腸。滿庭梨花明月光。夢回愁洞房。　書千行。淚千行。南雲萬里歸路長。何處是瀟湘。

二

朝相思。暮相思。衰燈耿耿照羅帷。深院暗更移。　猿聲悲。鴈聲悲。半床殘月夢天涯。相逢知幾時。

長相思

曉卧

一鷄鳴。二鷄鳴。凄凄風露動簾旌。薤簟有餘清。　東窓明。北窓明。知是扶桑旭日生。村逕幾人行。

《燕超齋遺稿》卷四，《詞》

姜萬著

（一六五五—一七一九），字皆叔，號癡齋，晉州人。有《癡齋集》。

臨江仙

效《臨江仙》體

半掩書齋悲隻影，相思蓬島仙人。何時閒訪武陵春。空勞蝴蝶夢，時惹麝香塵。　閬苑春深花應鬧，何時解得輕轚。中宵與歎自頻頻，悽悽眼不着，孤枕有誰親。

長相思

效康伯可《長相思》體，寄君舉

山青青。岸青青。何當共聽黃鸝鳴。一席話幽情。　君意同。我意同。何日聯榻話清風。相對一衰翁。　南山青。北山青。兩處共瞻山月明。誰知此日情。

《擬齋集》卷一，《詩》

李漵

（一六六二——一七二三），李夏鎮之子，字澄之，號玉洞，驪州人。有《弘道先生遺稿》。

西江月

月上鏡天如水，銀河脉脉星光。夜深無夢客心長。起坐推衾悵悵。　山外遠聲何處，孤鴻天末嘶霜。開窓遊目野茫茫。萬象依依入望。

卜算子

碧落八風高，鶴勢盤雲起。島嶼微茫點點青，海闊疑無地。　和風滿腔春，不醉心如醉。戒慎心兼恐懼心，無間心無死。

浪淘沙令〔一〕

流水響潺潺。秋夜瓓珊。隨風鴈起九霄寒。錦瑟一聲清興發，與衆爲歡。　翫景獨憑欄。無際青山。此間深趣儘摸難。風月盡歸吟詠裏，森列胷間。

水調歌頭

敬和《水調歌頭》

富貴不驕吝，貧賤豈窮憂。誰能窮理知命，造化與相酬。陋哉西施奇計，果矣西湖清唳，誰若順施收。將欲窮洙泗，永作濟川舟。　鴟夷子，行與止，盡奇謀。元非莘野耕田，猶未

〔一〕原作《浪陶砂》，今據律補訂。

渭川鉤。能百年榮貴，閒泛五湖煙月，一棹儘悠悠。弄覇猶餘術，豪興滿滄洲。

西江月

人間觸處陷穽，幾人昧此冥行。彼昏睡夢不知醒。聖哲見幾深省。志士脩身俟命，行藏不愧神明。心無繫累坦平平。隨事隨得中正。

《弘道先生遺稿》卷二、卷三、卷四《詩》

申聖夏

（一六六三——一七三六），字成甫，號和庵，平山人。累官參奉、縣監、延安府使，封平雲君。有《和庵集》。

江南春

江淼淼，思依依。大堤煙草迷，南浦鴛鴦飛。日暮採蘋歸來晚，江風浩蕩吹羅衣。

《和庵集》卷一，《詩》

趙裕壽

（一六六三—一七四一），字毅仲，號后溪，豐壤人。一六八三年進士，歷禧陵參奉、長興庫主簿、延豐縣監、僉知中樞府事、判決事。有《后溪集》。

憶江南

三宿之戀，多在壽春，依樂天《憶江南》，戲成三首。

一

春州望，一座龍山尚巋然。三朝前老疑眉叟，百年内賢又笑仙。長望壽星躔。

二

春州憶，昭江賢主最風流。題詩筆倒詔樓會，皷興鞭先嶽寺遊。能不憶春州。

三

春州憎，聞韶弟子没心情。寧回樊子行時首，難遇王家去後鶯。憎堪打鴨鷩。

《后溪集》卷六，《詩》

李萬敷

（一六六四—一七三二），字仲舒，號息山，延安人。以孝誠、學行薦舉冰庫别提，不赴，潛研易學，善書。有《息山先生文集》。

和瓶窩用古人壽詞各體，賀其伯徵士公壽席三首

水龍吟

用東坡韻，美公隱遁壽考。

若有人兮修姱，囊括爻象自堪處。將求擊磬者，歸溟渤泙窬轂擧。懷抱偭然，古昔成敗，輸

之忘語。卻葆眞瀓郵，瀰瀰豈佗，傺虹旂、超龍馭。眞是春光不力，奈繁榮、雨花風絮。能居此宅，有徵休詑，旌陽升許。餚膢鍾鼓，錯陳揚采，娩顏中踞。把款然悒爾，蜉蝣寄較，得幾相去。

沁園春

用辛幼安韻，美尹處士宴會圖及諸詩章。

白兎干支紀年，滄浪清濁散人。將繁絃緩節，暢娛多暇，方知玄牡，欠已全神。驕客天機，龍眠宛爾，筆陣千人亦未軍。毫端倏，忽瑶池赤縣，堂上移存。清尊酒重生痕。悅花亞庭樹玉簇溫。彼危冠安髻，疑侵晚雪，陳家廣席，正是佳辰。兼有編瓊，陰何苦心，藏襲丁寧及雲孫。蘇仙鐵，恨今無復得，扶君千春。

鵲橋仙

用辛幼安韻，歎瓶窩兄弟分離之恨，仍續已感。

鶺鴒飛急，荆庭色暮，焉得共霑瓊釀。周南久滯且餐芝，銀作鬢、亦非前樣。赤刀大呂，難陳小社，自擬卧軒皐上。棣華新什我將賡，衆感集，奈此巴唱。

水調歌頭

賦商山，寄瓶窩令公

歌罷紫芝曲，芝嶺白雲多。四翁無處，雲在芝長採阿那。歲晏歸來寂寞，願與子同荷鍤，言陟彼嵯峨。身拙猶存道，心赤任鬚皤。

歌終闋，靈芝三，秀荒阿。長安何處，浮世功名薄如羅。黄綺如能更遇，須復勸他起來，侍宴何婆娑。宇宙高風遠，雲峀任青麼。

閒居八詠，樂辭各體

秋波媚

雲山

衣狗參差與疊山。几案挹蒼還。暮壑棲痕，朝如薄紗，只有螺鬟。

飛鳥決眦不可攀。空翠卻相關。撐接天邊，何多色態，媧補擬覸。

西江月

石澗

瀉溜穹嵒汩汩，涓滋衆壑添湍。惟聞流急閱人間。不復能知源活。　環珮周旋不息，階痕動色凄寒。莫言爲水此中難。源泉愛其潑潑。

浣溪沙

柳風

度磵清飆晚塢來。垂垂岸柳影斜裁。灑灑一堂凉意足，北窓開。　裊裊長絲拂地迴，透過清響力能擡。下階兩袂欲軒擧，意悠哉。

望江南

梧月

新月到，雲霽盡晴空。蝦蟆欲生輪未定，碧梧陰老半庭籠。孤照白頭翁。　望九則，凴翼廓穹窿。皤腹乍浮瞋眼徹，長生搗藥兎居宮。坐憩翠童童。

長相思

露花

雜花開。覆階苔。白露浸沾一簇低，惱風莫須催。　散瓊瑰。蝶爲媒。觀品有如器使在。榮枯亦不猜。

踏莎行

霜竹

解籜呈身，削成碧玉。迸出森然滿塢足。衆娟一夜何零落。霜飽此君骨髓緑。　淇興吟來，貧人不肉。評品失當咎杜牧。個個亭亭皆正直。魑魅自辟何須爆。

減字木蘭花

草堂

鳩巢謀拙。卻掃蕭然恢兩膝。有照非金。狗變蟻磨來不禁。　寥寥寂寂。穹漏開襟光篩竹。占地常寬。勝似高褰逐汗漫。

柳梢青

居士

病慵一個陳人。一簞一瓢伊洛濱。宇宙形骸半百，依歸前賢自足，樂意津津。有如土蚓霜蠅。食難沈痼無他稱。猶有丈夫志願，所由如砥不遠，懲忿窒欲。

《息山先生文集》卷二，《詩》

文德龜

（一六六七—？），字子夏，號藏六齋，南平人。一七〇五年登第，官至禮曹正郎。有《藏六齋文集》。

浣溪沙

次晦翁韻

竹園籬落柳垂渠。草屋茅簷一十餘。半是耕農半是漁。婦呼兒女夫呼子，短笠長蓑出野墟。布穀飛鳴春雨初。

巫山一段雲

碧海千年月，青山一帶煙。江村夜夜波連天。孤客坐無眠。　遠嶼漁歌晚，晴沙鷗夢圓。輕帆短棹閒周旋。芳草野門前。

水調歌頭

世道多岐路，名利有危機。爭如深入江海，終日坐漁磯。朝烹滿筐金鯽，晚酌盈甌白酒，此味少人知。祇怕紅塵累，染着碧荷衣。　滄浪水，流浩浩，繞荆扉。寄身一片煙艇，曉出暮還歸。春逐桃花錦浪，秋宿寒沙明月，俗物此間稀。鷗鷺舊盟在，見我不驚飛。

望海潮〔一〕

三山霧歇，十洲波明。雲島高低遠近，風帆多少縱橫。江村春日晴。飛去飛來，白鷗有

〔一〕本詞與《望海潮》譜不合，俟考。

情。柳汀沙白，煙浦潮生。春雨魚肥七澤，秋天鴈度湘蘋。風短棹輕。一竿一絲，漁父生平。

鷓鴣天〔一〕

江檻詞，次晦翁韻

亂竹疎松繞宅生。一簾江雨晚來晴。蓮池清月窺窓冷，石瀨澄波入檻明。塵世事，已忘情。江湖重結白鷗盟。臨流郎詠煩襟爽，枕石閒眠宿酒醒。

滿江紅

柴葉主人，憶田園、草萊蕪没。命短棹、五湖風恬，三江波闊。僮僕來迎稚子候，門前柳綠煙結開，清樽獨酌顧東籬，菊花發。農圃對親戚話離别。喜青山歷歷，綠水潑潑。晝卧北窓歌白雪，暮歸南畝帶明月。但一琴、一書一酒杯，無别吻。

〔一〕不標詞牌，今據律補。

西江月

暮雨江楓簌簌，西風寒月迢迢。山翁溪老夜相邀。穩打閒中談笑。老去詩情懶緩，醉來逸興飄飖。抱琴欲奏陽春調。今世知音甚少。

二

帝雪江梅吐白，傲霜籬菊垂黄。野風吹送滿堂香。添卻主翁幽賞。松下琴鳴水檻，竹間月照書床。閒中更有酒盆觴。休道生涯薄涼去聲。

好事近

何處秋風來，洗滌霾灰溽熱。坐使盈樽白酒，對黄花明月。山川客肅水潦清，乾坤氣蕭瑟。華髪衝冠志士，悲壯心勃鬱。

南鄉子〔一〕

憶沙村，次晦翁韻

晴日駕輕船。去入湖中萬里天。無限乘風波浪意，至今，藜杖行尋芳草川。　海月初引弦。影氣澄光侵坐氈。汗漫清遊勞夢想，依俙，眼裏蒼蒼島嶼連。

《藏六齋文集》卷二，《七言古詩》

蔡彭胤

（一六六九—一七三一），字仲耆，號希庵，平康人。一六八九年登第，歷都承旨、大司諫、兵曹參判。有《希庵集》。

〔一〕原作《南歌子》，今據律補訂。

菩薩蠻

自恒陽午次砥平，自砥平東馳三十里日暮，列炬又馳二十里。越一大峴曰大松，石逕甚仄，炬影下但見古木森然。有時泉聲淲淲入耳，莫知其果何如也，仍題《菩薩蠻》一章曰：

重巒矗矗秋霄黑。雲端石逕千尋仄。樹杪落風湍。葉聲相應寒。出林聞晝角。列炬飛來急。驅馬到郵亭。山川如夢醒。

《希庵集》卷二，《詩》

法宗

（一六七〇——一七三三），字可祖，號虚静，佛僧。有《虚静集》。

巫山一段雲

題金剛山

望中大海平，足下千峰列。老木几如人立殺。奇巖白勝雪。嶽露華嚴形，溪含般若

說。於兹認得曇無竭。頭頭本寂滅。《虚静集》卷上，《雜體》

河世應

（一六七一——一七二七），字應瑞，號知命堂，晋州人。一六八七年進士，終身不仕。有《知命堂文集》。

水調歌頭

次金大集，二疊

我何長不樂，乃有終身憂。一片靈臺無主，焉能萬變酬。莘野釋耒歲晏，磻溪卷釣日暮，風雲寂寞收。何事陳忠肅，時勢諭乘舟。洛川朔，道不同，不相謀。羣邪伺釁，射影有甚漢黨鉤。天津杜鵑夜啼，江南泥馬朝渡，興廢固悠悠。吾道從何托，山林與滄洲。

望海潮[一]

陟彼頭流，俯瞰滄海，手折桂枝瑶華。郊原草樹，城郭雲煙，幾許今古人家。江流變岸沙。天地固無窮，人生有涯。蟻柯榮寵，蜃樓光怪徒夸奢。　覺峰南澗幽閒，有夏陰冬雪，秋月春花。前溪漁唱，南蒲蓮歌，時聽楚童蠻娃。香風動頰牙。閒居無所有，朝暮煙霞。富貴非所願，清趣可堪誇。

《知命堂文集》卷一，《詩》

金熙洛

（一六七二—一七五九），字淑明，號故寔軒，義城人。一七九二年壯元及第，累官郎官、司憲府持平、司諫院正言、興陽縣監。有《故寔》。

[一] 不標詞牌，今據律補。

獻仙桃

奉教製進《王母獻仙桃》詞

邈在鰲臺，來朝鳳闕，願言萬壽，休祥擎此，千年美實，敢冒宸顔，謹進口祝。

終古聖人開靈顆團團浥露光，翩繽青鳥下朝陽。東溟歷處春猶早，北斗斟時日未央。壽域，至今仙子薦新香。一開一結涵元氣，遐祝邦家萬萬祥。

二

三千日月開仙洲雲物屬中天，瑞運重回萬縷筵。酒暖蓬壺通御氣，春長殿角裊香煙。花際，九五禎祥獻壽前。卻恐天顔非復昔，金丹消息定何年。

《故寔》卷四，《詩》

趙泰億

（一六七五—一七二八），字大年，號謙齋，楊州人。一七〇二年登第，歷刑曹判書、工曹判書、户曹判書、大提學、右議政、左議政。謚忠肅，有《謙齋集》。

憶秦娥

寄呈副使節下

絃歌咽。行人久滯萊山月。萊山月。滄波萬里，一朝相别。　馬洲秋日停龍節。桐風竹籟偏愁絶。偏愁絶。天涯歸夢，五雲城闕。

憶秦娥

山川闊。秋宵獨對蟾江月。蟾江月。天涯逐客，音塵久闕。　新霜楓菊重陽節。此時念汝歸何日。歸何日。丹丘松桂，囂塵永絶。

西江月

籬下黄花粲粲，江邊赤葉離離。蟾江老叟九秋時。引領南天望子。　海上風濤澔蕩，嶺頭雲樹參差。吾衰作此半年離。日夕相思千里。

望江南

西園好，我屋近都門。繞砌松篁衝雪茂，滿庭花木得春繁。能不憶西園。

二

東湖勝，亭榭即名區。日照波光摇遠岫，春回野色藹平蕪。時復戀東湖。

三

南荒惡，兒子謫殊鄉。海近雲嵐沈草樹，鼕喧颵螋出篙篁。何日去南荒。

《謙齋集》卷六、卷二〇，《詩》

金夏九

（一六七六——一七六二），字鼎甫，號楸庵，遂安人。一七一九年登第，歷典籍、殿中御史、兵曹郎官、海南縣令、同知中樞府事。有《楸庵集》。

巫山一段雲

申汝欽德觀《新居八詠》韻，《巫山一段雲》體，此篇首句多平聲起，可仄。

一

處士里

洞繚移盤谷，人高憶老萊。林間丹竈逐寒灰。誰埽白雲開。　樵破題詩石，農耕讀易臺。煙墟付與月徘徊。遊子可歸來。

二

翰林墟

巖花留麗藻，水石見清心。厭直蓬瀛卧澗林。風流洞府深。　豈緣仙路倦，應爲俗塵侵。舊物雲霄矗萬尋。人呼大遯岑。

三

春山採蔬

陽坡消凍後，暖閣讀書餘。步摘瓊蔬倚碧虛。春光嫩可茹。早菘方氣馥，紫蕨未拳舒。小鼎呼兒活火嘘。不須丙穴魚。

四

夕磯釣魚

魚聚碧潭底，磯平紅蓼西。綠簑煙雨一竿低。童子釣筒携。柳葉金鱗動，蘆花彩羽啼。長絲捲盡已鴉棲。吹鬢磵風凄。

五

富嶺晴嵐

坤維呈秀爽，富媪劃雄奇。滿壑嵐光漏碧差。離離碎錦絲。隨風粧半面，映日畫脩眉。中有山翁攀桂枝。人傳眼四規。

六

遯岑落照

倒景淪滄海，盤根敵岱宗。金烏向夕翣陰濃。紫翠繡芙蓉。　烏背翻遥影，樵聲動暮容。開山何日卓禪笻。暝磬出深松。

七

芝圃晚景

仙方搜服食，庭實廡芳馨。唱斷芝歌枕竹亭。商顔夢四靈。　鳥鳴山寂寂，花汎水泠泠。且養丘中草木齡。無勞詠隰苓。

八

松臺曉雲

積翠冠松矗，高稜戴石巍。瑶臺雲物闢仙扉。曙色綵屏圍。　定有青童侣，時從絳節歸。霞標萬丈洗煙霏。台嶺夢依依。

憶秦娥

病中忽念南中舊校書，題寄《憶秦娥》。

鴛鴦浴。芙蓉一抹清江曲。清江曲。明波爲鏡，照人如玉。　柳枝欲妒纖腰束。遥山解纕雙蛾緑。雙蛾緑。舊遊如夢，斷絃誰續。

憶秦娥

裴友深之絳既書又詩，千里相問，此意鄭重，製《憶秦娥》一詞奉謝。拈出其首句，黄花佳節字。

黄花節。山家酒熟新尊潔。新尊潔。懷人千里，停雲一闋。　薊門孤鴈嘶霜咽。秦樓片札同心結。同心結。何緣續得，古琴絃絶。

玉樓春

戊午一月九日，邑下三郡諸老伴，約醵飲會於臨鏡臺之西偏，續斜川石馬故事，次簡齋《青墩僧舍》樂府韻。

崎嶇世路如登嶺。隨處風波無穩境。嵬勳半載策楸坪，雪霽南天朱鳥影。　臨江白石承丹鼎。新茗調烹敷冽井。一盛村酒屬匏樽，塵裏何人知雋永。是日賁艾。

《楸庵集》卷一，《五言律詩》、《七言古詩》；　卷二，《七言律詩》

李柬

（一六七七—一七二七），字公舉，號巍巖，禮安人。一七一〇年以學行薦舉莊陵參奉，不赴，一七一六年授世子侍講院諮議。一七二〇年除宗簿寺正、懷德縣監，不赴，追贈吏曹判書。謚文正，有《巍巖遺稿》。

憶秦娥〔一〕

擬晦翁梅花詞，奉懷舅氏，二闋

高低腔曲，僅用詞法，而律吕之諧不諧，此所未詳。調格之凡下則又不足論也。然區區慕用之意，則未嘗不在其中矣。伏幸笑覽。

〔一〕不標詞牌，今據律補。

天機斡。朱明已暮清商發。清商發。高梧踈柳，白雲明月。　幽人空谷音書絶。風蘭玉樹心超忽。心超忽。舞雩餘韻，紫陽遺闋。

二

煙霏廓。平原極目遥岑碧。遥岑碧。别區巖洞，中園松竹。　年華宛晚芳塵隔。暮雲蕭瑟秋風白。秋風白。露盈襟袖，鳥歸林薄。

西江月

擬晦翁作，二首

雲度高山漠漠，風回流水泠泠。桑麻一壑掛巖扃。不説朱門鍾鼎。　詩擅鶯花富貴，酒調雪月功名。淵源知自洛閩清。樂處桓文不競。

二

屋後岡巒疊翠，堂前竹栢交柯。軒窓盡日静無譁。況有圖書滿架。　憂喜生民苦樂，行藏一世平頗。時來奇誌發高哦。逸韻非騷非雅。

《巍巖遺稿》卷二，《詩》

河潤寬

（一六七七—一七五四），字澤厚，號忍齋，晉陽人。有《忍齋遺集》。

長相思

次《長相思》一闋

路悠悠。思悠悠。欲瀉幽懷傍夕洲。回首望梅丘。　歲歲遊。處處遊。前期又在菊花秋。毋負好風流。

河達永《池上世濟録》卷四《忍齋遺集》，《詩》

權相一

（一六七九—一七五九），字台仲，號清臺，安東人。一七一〇年登第，歷承文院正字、萬頃縣令、掌令、軍資監正、蔚山府使、奉常寺正、司憲府獻納、同副承旨、刑曹參議、右副承旨。有《清臺先生文集》。

巫山一段雲

次雪谷八詠，《巫山一段雲》體

一

平遠閣

秋晚藏霞壁，江清載月船。朱欄畫棟此山邊。遺址草空芊。遠海昇紅旭，平郊散白煙。雪翁稼老俱茫然。斜日映清川。

二

太和樓

老石欹江岸，蒼山鎖海門。無人更倚春風軒。使我愁心繁。此地曾留客，高樓誰把樽。漁歌一曲近黄昏。江上兩三村。

三

藏春塢

地僻園林靜，家貧樽酒無。藏紅秘白春長留。蕭灑小庭隅。日暖花陰重，風輕鳥語柔。當時太守好風流。來往竹筇扶。

四

隱月峰

秋氣集西麓，涼宵凝露華。玉妃喚月峰嵳峩。北斗已横斜。山動未崩石，林横將落霞。迢迢南谷有僧家。遺址寄山阿。

五

碧波亭

三峀聳蒼石，雙湖滿緑汀。行人指點碧波亭。欲讀無遺銘。漁火暗中照，塩煙曉後青。一聲長嘯魚龍聽。風雨滿江零。

六

白蓮庵

齋室罷清磬，秋荷成白紋。我來欲問山無語。啼鳥隔林聞。　淨界煙霞古，諸天花雨昏。蒼苔碧草復何論。散步日將曛。

七

望海臺

縹緲前開户，東南遠望洋。祥雲一朵日生光。海氣曉蒼蒼。　淨室今仍古，居僧閒不忙。齊州九點杳何方。天地閲滄桑。

八

開雲浦

遠浦滄溟闊，奇巖小竅通。雲收日出有神翁。來自水宫中。　鶴唳月空白，鷄林花自紅。流傳樂府永無窮。詭服舞春風。

《清臺先生文集》卷二，《詩》

金秀三

（一六七九—一七六七），字子良，號恥恥齋，義城人。有《恥恥齋文集》。

西江月

睡覺山齋寂寂，前林細雨霏霏。看他野鳥倦飛歸。也是幽居興味。自喜雲深心靜，聊觀遠峀依微。柴扉長掩俗人稀。惟有清風浩氣。

二

門外長流深緑，堂前細柳垂枝。遊人無事浪吟詩。有酒盈樽足喜。樹石相依環擁，滿山蔘朮多肥。草堂閒誦日遲遲。休道人間非是。

《耻耻齋文集》卷一，《詩》

柳升鉉

（一六八〇——一七四六），字允卿，號慵窩，全州人。一七一九年登第，累官禮曹佐郎、兵曹正郎、司憲府掌令、工曹參議。有《慵窩集》。

巫山一段雲

瓢溪八景

一

溪村細雨

濛濛噴似霧，細細引如絲。靄靄東坡雀滿枝。誰家簑笠兒。　泉聲添更好，山色洗逾奇。薄暮鄰舂正急時。前村炊未炊。

二　山郭濃煙

裊裊初如縷，綿綿更若雲。坐看虚郭漸難分。人語隔溪聞。　羃樹迷歸鳥，遮岑漏夕曛。淡青輕白去來紛。濃處自成雯。

三　南畮農謳

罫布稻畦錯，雲堆稻葉披。農歌互荅響參差。待饁日遲遲。　逐隊如魚進，分行似鴈隨。嗚嗚相勸夕陽時。努力莫愆期。

四　西岑牧笛

山雨朝仍在，溪雲晚不開。短童何處飯牛廻。時有笛聲來。　始訝凝踈樾，俄驚落小臺。臺邊野老獨徘徊。幽興正難裁。

五

羅浮晚霞

天際飛孤鶩，山腰轉夕陽。彤霞起處是仙鄉。咫尺但相望。　錦帳圍千匝，朱幢列萬行。紅娥簇簇理新粧。披拂紫雲裳。

六

水晶秋月

木落千山瘦，風高獨鴈哀。螺鬟擎出玉盤來。天地一瑶臺。　幾處褰珠箔，誰家擧瓦杯。一輪均照自徘徊。今夜好懷開。

七

覆砌新竹

葉密鳴蜩集，叢卑棲鳥疑。雨餘蒼玉長新枝。誰識拂雲姿。　皛皛朝輝淨，漙漙夕露滋。傲霜凌雪正猗猗。看取歲寒時。

八

依巖古松

偃蹇凌霜雪，輪囷謝斧斤。老枝蟠屈自龍文。鬱鬱翠如雲。　月掛三更冷，風高十里聞。高標誰識絶塵氛。落落獨離群。

《慵窩集》卷一，《詩》

申維翰

（一六八一——一七五二），字周伯，號青泉，寧海人。一七一三年登第，歷製述官、奉常侍僉正。有《青泉集》。

憶秦娥

青鸞咽。蛾眉恨唱陽臺月。陽臺月。瑶琴玉匣，早春離别。　碧窓花落東風節。青樓日暮心斷絶。心斷絶。行雲零雨，楚王宫闕。

《青泉集》卷一，《詩》

鄭來僑

（一六八一——一七五九），字潤卿，號浣巖，河東人。官至承文院製述官。有《浣巖集》。

憶秦娥

萬景臺詞，效《憶秦娥》體

萬景臺，玉清眞人笙鶴來。笙鶴來。河漢三更，明月徘徊。　碧海青天相抱廻。蓬萊宮闕五雲開。五雲開。香車寶馬，九陌紅埃。

《浣巖集》卷二，《詩》

李瀷

（一六八一——一七六三），字子新，號星湖，驪州人。授繕工監假監役，不赴，追贈吏曹判書。有《星湖先生文集》。

西江月

獻壽

海嶠春風已遍，山門日照芳筵。卻從平地已成仙。把握陽和一片。　幾處蝸爭蟻戰，長時凍釋波眠。稱觴便欲問眞詮。願與先生遊衍。

二

昔過曾聽鶴叫，今來重訪梅梢。此中閒意一般饒。輓得春心未了。　再拜冰清雪皎，終朝永歎長謡。令人但祝後時凋，德與長年俱卲。

水調歌頭

寄洪古阜敘一相朝，次東坡《水調歌頭》。

山川正修阻，異地本洞天。白雲何處飛繞，黄菊怨殘年。夜夢蘧然，來去隨意，楓丹露白，無處不清寒。禍福有常命，夷險轉頭間。　倚滄海，瞻斗極，悄孤眠。達人遠矚，不信觚破即成圓。衆道攀援枝葉，我獨推尋行墨，畢竟孰虧全。緬憶曾歡會，江漢雜花娟。

水調歌頭

孤青吟

徐孤青起，字待可。學於履素齋三年，返於鄉，歎鄉風鄙惡，欲行吕氏鄉約，作講信堂。里中惡少火其室，遂挈妻子，入智異山紅雲洞人迹所罕到處結廬，力田以供，朝夕猶不繼。秋夏之交，煮山梨以充飢，講學不輟，遠方之人，聞風負笈，各作書室於其側，弊及隣寺。公恐緇流生怨，居四年罷出，卜居於鷄龍山孤青峰孔巖之洞。州之士莫不敬畏而尊師，來者日益。衆謀作書院，告於州伯，州伯亦出財以助，不日而成。公自治之餘，日至於院，諄諄教誨，前後十八年，樂而忘食，末年所得益高。萬曆辛卯卒，年六十九。

天地本空闊，山水自高深。藏名何去無地，志士但存心。竹杖芒鞋，從此惟見，孤青獨秀，松栢鬱成林。負抱聖賢道，咀嚼味增欽。　採芳杜，搴宿莽，發長吟。有馨必發，風便吹度萬重岑。身在樵蘇漁釣，客問軒羲姚姒，磵壑有知音。欲識伊人迹，江月岸楓尋。

《星湖先生全集》卷一、卷五，《詩》；卷六，《樂府》

安命夏

（一六八二—一七五二），字國華，號松窩，廣州人。有《松窩先生文集》。

滿江紅

追和岳武穆《滿江紅》古意

男子堂堂，好身手、盖生不遇。奮八尺、家邦板蕩，健兒勁弩。百戰關河勢出没，乾坤震盪騰風雨。獨涅其、背上字煌煌，精忠露。　嘻青衣，俱北狩。慨黄屋，飄南寓。臣當思萬死，轣完顔部。旋軫鑾輿指日計，寧知金牌班師誤。惜忙壯圖、抛擲鷺鴦呼，想餘怒。

錦堂春

春思

屋角禽聲滿噪，墻頭日色移陰。而來委巷無佳況，塊坐倦哦吟。　花柳洛川節晚，鋤犁栗里春深。倚窓欲奏千年響，安得抱瑶琴。

憶王孫

春景

翛翛叢竹帶輕陰。池上無人蚕盖簪。細雨濛濛春事深。憶君苦，竚待花朝共賞心。

望江南

桃花

桃花雨，昨夜又今朝。聯萼霞蒸春似醉，聞香翅舞蝶偏驕。宜詠風人謡。

浣溪沙

魚躍

詠物曾聞旱麓歌。盆池意趣更無加。媚春花柳於吾何。　得意藻間迎暖日，無心雨裏躍清波。天機活潑爾魚多。

踏莎行

晚春

溪柳陰濃，山花霰亂。一年春信定誰管。連天雨氣助凄寒，小塘贘得新波漫。　懷思嘐嘐，索居寥寥。和風瑞日眞難瞯。服成欲伴沂雩人，同遊爛熳詠而玩。

擣練子

雨市

市擾擾，雨滂滂。人去人來濕滿裳。衹爲徵租民力剜，天門誰顧燭明光。

柳梢青

自遣

松塢荆扉。慕濂舊址，樹密苔稀。荷葉青浮，梅花香歇，春色將歸。　北窓頽卧忘機。掉頭處、人間是非。勝日偷閒，芒鞋隨侶，川上芳菲。

長相思

塒雞

日向西。雞上梯。庭畔懸窠簾半低。雙雛落母啼。　一超躋。一逋携。求放幾年勤畜養，自今可安棲。

減字木蘭花

畫梅

溪藤空地。寂歷瓌奇三兩蘂。半笑無言。月下疎柯含冷魂。　幽情自爽。早起不妨消息訪。何似庭梅。迓得青陽子結枚。

女冠子

白髮

無卑無貴。公道世間有爾。歲如環。飄絮黏鬚上，秋霜滿鬢端。　元戎携鏡泣，壯士撫劒嘆。濩落今猶古，意曼曼。

采桑子

寓興

請君莫問溪頭柳，鋪氈織縷，織縷鋪氈。槮逕嫋風籠細煙。　請君愛看塢頭竹，中通外直，外直中通。多少詩人美衛風。

青玉案

寫懷

青編正擬尋糟粕。個中有、何可樂。玩愒年來成濩落。清泉飲罷，誰知咬菜，滋味於吾足。　寥寂窮巷輪蹄迹。或夢魂、醒時懷猶愕。松韻泠泠虛窓白。庶殫駑鈍，長途鞭策。莫學冉求畫。

酷相思

憶李君休仲

川水東流清且瀏。相思處、幾回首。耐黯然、離懷亦孔疚。子欲過、吾難副。我欲從、君難副。　閱月風亭望月友。醇味、更誰有。問栢谷、雲煙正爛否。宿債清、明贏負。新債清、和毋負。

臨江仙　送春

虹影駕橋天暮，鳩鳴拂羽霖晴。煙緼和氣囿群生。尋芳皆畵景，解借幾詩英。　二十番風春老，三千丈髮秋生。青陽遞序讓朱明。何當從事喚，盡日破愁城。

菩薩蠻　廣灘漕運

送春兼載米俱去。東風掛帆銀波渚。負戴溢輸租。津頭連舳艫。　檣烏挾五兩。直指三江上。菩薩我王心。東方沛澤霑。

玉樓春　栗島

瓊沙茂樹古城畔。肥緑殘紅惱節換。樓臨縹緲天低隅，舟泛空明鏡拭面。　江南人說仙洲勝，洛北名垂地誌撰。願隨牢落好風襟，續尾一效黃鳥囀。

憶秦娥

牧丹

天時協。土階三月花玉立。花玉立。馨香其治，衆芳皆襲。　翠幃笑殺金衣集。紅房延攬野蛾入。野蛾入。韶華穠艶，任渠收拾。

阮郎歸

鷰

翩飛紫鷰趁春陽。雙雙頡復頏。來從何處去何鄉。雲天掠香茫。　能記得，舊巢房。御泥繞屋樑。慣人似訴語低昂。最憐朝日颺。

點絳脣

寓言

意緒闌珊，獨松亭下殘山露。相親曛暮。惟照青燈炷。　卻思馭風，汗漫遊玄圃。歸來乎。返航撑艫。泝流尋天柱。

生查子

野望

杖出郊原蕪，晝永煙霏斂。川勢練平鋪，樹色翠濃染。　物含時雨榮，民擬年豊驗。惟有麥農遲，一日三秋覘。

蝶戀花

池塘

貯得漣漪雨霽沼。一局碁盤，散落寒星照。半畝波光竹影掃。殘山㪷起控孤島。　魚躍雲飛境趣妙。想像古人，會得源頭了。菡萏晚來花更好。香風吹擁松窓老。

鷓鴣天

雨夜

天氣稀暘雨不晴。偏憎宵月遶星行。斜穿竹牖輕添潤，冷滴荷塘細作聲。　披案牘，對釭檠。此翁身世鬢空明。田家惟祝陰陽理，膏澤時調卧太平。

漁家傲

漁父

擊汰滄浪波渺瀰。水雲鄉裏短簑披。明月鉤頭香餌細。無定止。白蘋紅蓼滿汀沚。山雨濛濛孤棹倚。江上漁家鏡裏翠。萬事無心樂在此。誰得似。澤中垂釣羊裘子。

《松窩先生文集》卷二，《詞》

朴昌元

（一六八三——一七五三），字善長，號澹翁，密陽人。有《朴澹翁集》。

臨江仙

立春

何處栽花春意動，漢宫佳麗聯翩。風光物色共欣然。獻君千萬壽，拜舞賀新年。草木回蘇天地泰，方春聖主垂憐。群生囿化樂無邊。雪融山澗外，風暖柳梅前。

蝶戀花

除夕立春

除夕庚申春節又，閃閃燈花，相照簪花鬢。一盞屠蘇隨舊俗，少年歡笑耆年恨。　燈下相逢相笑問。此夕團圞，更兼三陽近。送臘迎春新舊接。年年玉管爲憑准。

醉春風

春閨

窓外櫻花近。別離何處問。龍門迢遞鶴關遥，悶。悶。悶。戲蝶攪心，流鶯喚睡，久阻音信。　孤燭成灰燼。春夜眠何穩。錦衾不暖畫屏空，恨。恨。恨。楊柳和風，梨花明月，亂我心寸。

醉春風

早春

東皇布德時。溪苑惠風吹。柳眠欲舒梅吐白，怡。怡。怡。閨中少婦，隴上遠人，先應有思。

春光洩柳枝。日影暖萍池。鳴鳥游魚先得意，熙。熙。熙。一壺佳釀，數闋新音，興酣唱詞。

漁家傲

漁父

冰雪初融梅柳好。滄波渡口春風早。挽棹漁人雙鬢皓。山水老。滿江煙月閒幽討。

萬頃滄波山日倒。此間遠隔紅塵道。白鳥知心來海島。無懊惱。一區名勝長熙皞。

一剪梅

人日

佳節團圞對故人。七葉丹蓂，一半金輪。臨風談笑酒罇開，細萊盤中，占得新春。　梅

欲飄零柳欲顰。麗日舒遲，和氣氤氲。遥和金勝漢宮傳，香惹衣冠，拜賀中宸。

天仙子

上元

月上遥空明鏡樣。隨處景光元夕當。一年佳節起遊人，聞浩唱。携新釀。前輩風流今不讓。　相約相期何處向。十二橋頭清債償。黄柑絲酒興無窮，酣欲暢。詩爭長。料峭東風梅柳上。

鳳凰閣

雨水

雪冰消活水，聲來遠峽。候鴻塞燕影相接。正是乾坤開泰，雨露霑濕。想得蓂生三五葉。　垂楊金色，拂處新梅玉頰。更看團月檻前入。參宿正中，斗杓指點寅甲。坐見天時如水急。

青玉案

驚蟄

池塘草緑冰初泮。漸院落、餘寒散。暖日和風春欲半。厥民初析，蟄蟲方振，樂意無涯畔。　枝頭好鳥聲相喚。正爲報、花朝使人翫。俠客金羈與珠彈。玉樽酒重，錦筵花繞，喜氣盈樓觀。

賣花聲

青閨怨

愁向鏡臺前。愁減嬋娟。愁心風雨落花天。愁憶遠人猶未返，愁自年年。　愁對碧窓煙。愁不成眠。愁邊鶯蝶共翩翩。愁見櫻花春日暮，愁望君邊。

風中柳

立夏

夢裏青春，辭去朱明回薄。綠暗時、殘紅寂寞。楝花風景，正清和樓閣。鶯語嬌、勸人杯酌。　浩蕩詩情，借問三春何若。樹影濃、煙綿草色。更看底處，最堪相娛樂。海棠開、鬪姸紅藥。

何滿子

早春

古砌殘梅白玉，長橋細柳黃金。物色媚春春尚早，把杯覓句沉吟。坐對氤氳和氣，更嘆荏苒光陰。知節纖纖好雨，趨林恰恰新禽。草木群生皆自樂，方看天地仁心。聖主順行時令，化民恩澤偏深。

《朴澹翁集》卷中，《詞》

金始鑌

（一六八四—一七二九），字休伯，號白南，咸昌人。一七〇二年登第，歷弼善、掌令、蔚山府使。有《白南先生文集》。

漁家傲

雨餘

日日炎旗天上擧。今朝喜見商羊舞。頃刻龍君行大雨。行無住。風吹卻斂神功去。

莫作邊關千里旅。人情懷土斯其所。所以鍾儀音奏楚。傷心處。陰山帶濕青無語。

點絳脣

睡起

倦睡初回，虛堂寂歷青山暮。斷煙疎雨。郭外迷春樹。　吏散庭空，禽鳥飛無數。飛還住。瞻言南路。坐誦歸來賦。

浣溪紗

午睡

木枕藤床課午面。幽禽時語小窓前。覺來山色在詩篇。　起看隰雲歸遠壑，官城南畔響鳴泉。忽然醒耳復怡然。

玉樓春

明原詞，一疊

孤城四面皆高嶺。天意分明開別境。譙樓晝靜不生塵，時有閒雲來弄影。　休言撲地無鐘鼎。富貴江山粧邑井。春深煙景似佳賓，應接能教今夕永。

清平樂

明原詞，二疊

欄亭孤倚。紫靄青山低。□四月西林木美。夕鳥相啣首尾。　吾行曷月言旋。愁中一日如年。時復回頭南望，蒼茫翠色磨天。

南柯子

明原詞，三疊

渺渺雲移壑，依依鳥過岑。園花飛盡綠成陰。坐見人間流序、去駸駸。　旗動飄飄影，笳傳咽咽音。忽然起立聽龍吟。孤釼惟知、千古丈夫心。

定風波

島卵，上疊

縹緲滄溟一秫高。人間羅網此堪逃。機巧由來無限伏，故遣，漁兒飛步度層濤。　空裏長繩如羽翰。應到，天神將禍餉渠曹。□□□□□□□，□□，□□□□□□□。

菩薩蠻

島卵，下疊

蓬萊島上青青卵。胡爲來作孤臣伴。毛羽異時成。行看王母迎。　　仙桃天上在。結子三千載。此物是同盤。也知分別難。

虞美人

黄花詞

春風恥作嬋娟態。此意誰能會。自持孤節到秋蘭。但備湘江、江上屈原餐。　　回頭三逕荒蕪久。亦有猶存否。他時濁醪泛寒英。政復疑、君顔色在深觥。

臨江仙

幽蘭詞

猗彼幽蘭生谷底，春來烈烈其香。世人那識此孤芳。獨彈尼父曲，悽惋不成章。　　學得楚臣滋九畹，吾將結佩充纕。寒天容易下嚴霜。清芬須自保，委折亦何傷。

憶秦娥

蟾光詞

陰雲捲。空中露出姮娥殿。姮娥殿。珠簾凝洗，玉窓如練。有繩難繫蟾輪轉。西溟易報清光餞。清光餞。五更凉露，一樽虚院。

法駕導引〔一〕

關樹詞三疊，效韓夫人

一

明原雪，明原雪，着樹自成花。不必春遊遊陌上，塞城冬月亦繁華。堪唱郢中歌。

〔一〕不標詞牌，今據律補。

二

城南樹，城南樹，春入去年枝。手種何人勤護惜，居然花盡子垂垂。遊蝶謾躊踟。

三

南歸去，南歸去，迢遞路三千。谷轉山圍人不見，夕天關樹杳孤煙。回望政依然。

《白南先生文集》卷三，《詩》

李廷藎

（一六八五—一七三八），字國卿，號白雲齋，眞寶人。一七一五年進士。有《白雲齋詩集》。

浣溪紗

閨思

回文織破玉窓前。風松荳香麗昊汗。透花喝霧濕蟬。

雲欹鳳髻支雙手，梅打鶯枝拂

半看。搖亂春愁獨自憐。

憶王孫

手拚瑶草夢王孫。雨紅斜陽惱醉魂。緑柳鶯歌不欲聞。碧山昏。待月高樓獨倚門。

長相思

黄鳥啼。黄鳥啼。啼在芳林緑樹迷。斜陽看看西。　登長堤。下長堤。夢逐歸雲流不齊。故人消息稽。

浪淘沙令〔一〕

田家詞

郊外暑風薰。杲日如焚。麻衫葛褲汗成紋。滿樹栗留啼款曲，北里南村。　舉首看天文。一段浮雲。幾時霶霈洗昏氛。最是野棠時節晚，落蘂紛紛。

〔一〕不標詞牌，今據律補。

臨江仙

炙背

午月天中佳節近，碧浦畦裏人行。長風時送牝牛聲。斷流禾畝闊，捲浪麥秋成。斜陽幾尺黑，恬天地初醒。幽禽來喚語多情。望邊山徑遠，歸路暝煙晴。

漁家傲

漁火

雨歇黄梅芳樹静。毵毵落絮沾泥徑。霧帳連山低弄影。占野景。新秧潤色青相映。滴瀝簷頭鈴不定。田家一曲荆門迥。牝着煙蓑種數頃。豊歲慶。鳴蛙池上平波暝。

天仙子

禁樹

垂柳陰濃煙一據，春日飛鳴聲不惡。滿城春意豔陽遲，瑶箏錯。眞珠落。舌上宫商滿妙拍。破得書窓枯寂寞。佳人何事教莫啼，遼西迫。閨懷索。且聽金枹公子樂。

漁家傲

玄淵漁火

江水無風清見底，白鷗汀上漁燈亂。玉鏡奪明紅暈澈。秋渚暖。落星直射寒煙熯。幾陣眠鷗驚忽散。一一銀鱗須可數。〔二〕絳雲影裏人相喚。惓興懶。斜光返照柴扉款。

西江月

鵝浦明月

環浦玉沙瓊澈，中天玉兔金波。湖邊□點兩三家。别是光明世界。好見江流瑩澈，更憐樹影婆娑。莫教塵跡往來過。只愁瑶華踏壞。

〔二〕二句原文如此，然「數」字處依律當韻，疑係與上句互倒。

鶴沖天

明沙鷗陣

渚日暖，浦雲披。沙上白鷗宜。雪衣暗浴碧玉浪，摇蕩碎輕漪。蘆花處，疎雨垂。閒弄水天晚景，驚人飛去割青靄，漁唱竹枝詞。

菩薩蠻

茶峰曉嵐

山靈噴霧粧山色。娥鬟未掩苧蘿織。曉起拓仙堂。疎簾漏遥光。谷風翻翠幌。點點露□掌。忽見夫從□。霏霏山雨釀。

山花子

五老晚鐘

繞閣降吼巨鯨遥，鐘風滿□碧林間。玉削芙蓉映晚照，腐禪壇。一榻夢回破寂寞，靜聽摇曳暗闌姍。聲笑惺惺方寸意，倚闌干。

《白雲齋詩集》，《白雲齋遺稿》

柳宜健

（一六八七—一七六〇），字順兼，號花溪，瑞山人。一七三五年進士，終身不仕，精通於經書及諸子百家，對易學造詣深。有《花溪先生文集》。

浣溪沙

贈友詞

日暮江雲細雨時。南松亭上送君歸。手持芍藥口吟詩。　一步一回又一笑，相逢相別更相思。丈夫不作兒女悲。

浣溪沙

達城路中

盡日行行不蹔休。路順泥滑阻深流。羸驂頓蹃弱奴愁。　蒲野農謳爭互唱，隔林禽語好相酬。詩情到此更悠悠。

浣溪沙

達城路中

朝發元堂夕慶林。休僮秣馬坐沉吟。逢僧相話蹔開襟。南陌雨過催稼事，前溪日暖語遊禽。行忙那得恣探尋。

望江南

前程遠，雲際露尖巒。亂水横侵青草路，啼鶯飛入緑林間。饁罷農夫還。垂鞭去，忘卻日啣山。十里長程無阻碍，單僮匹馬共安閒。莫道行路難。

望江南

送遠人

送君去，三水路三千。宦海冥行宜被逐，書生何事更投邊。堪笑亦堪憐。爲君賀，遊覽遍山川。黑石枌榆開壯矚，白頭風雪散吟鞭。贏得錦囊篇。

西江月

積雪中作，以遺懷

天地茫茫不辨，山原浩浩無涯。閭閻盡是玉京家。比屋瑶簷瓊瓦。　滿目玲瓏可愛，砭肌凜漂堪嗟。妖姬狎坐酌流霞。何處銷金帳下。

西江月

積雪中作，以遺懷

封合山頭谷口，彌綸地角天涯。不知遠近有人家。一色難分草瓦。　積雪圍中受苦，寒冰獄裏同嗟。超然安得鍊丹霞。駕鶴驂鸞上下。

《花溪先生文集》卷七，《歌詞》

鄭梯

（一六八九—一七六五），字可升，號南窓，東萊人。有《南窓先生文集》。

巫山一段雲

霖雨

雨脚連天直，雲容近亩横。白波三三滿郊坰。浩浩一滄溟。　屋漏全身濕，廚寒餒腹鳴。恰然端坐閱遺經。心事自寬平。

浣溪紗

閒居幽趣也如何。雨後青山本色多。體察吾身永日哦。　男兒大抱歸虛拖，半世工夫入戲魔。誰識胸中學海波。

鷓鴣天

觀書

宿雨濛濛久未收。書窗高卧尚神遊。旁通諸子觀時象，上友羣賢道味腴。　千古事，一瞬輸。滄桑世變等浮漚。洞庭春色今蕭索，緣底澆書滌蕩愁。

菩薩蠻

宿泉谷寺

海門風景三春好。平生宿債今行了。落落長松邊。淵淵曉磬前。　觀音遺像古。兜率諸天暮。中有休糧禪。焚香説太玄。

《南窓先生文集》卷一，《樂府》

南國柱

（一六九〇——一七五九），字厦仲，號鳳洲，英陽人。有《鳳洲先生文集》。

水調歌頭

人踏平蕪去，鳥帶夕陽還。溪翁醉着簑笠，磯上錦紋斑。煙洲柳絮飄拂，霞堤荻花蕭瑟，乘月棹歌閒。何似羊裘子，垂釣滄波間。　羊裘子，辭諫議，卧富山。七里灘一竿竹，扶得漢鼎安。身將客星同隱，心與浮雲共淡，千古莫攀難。更唱坡翁曲，不勝玉樓寒。

《鳳洲先生文集》卷一，《詩》

趙觀彬

（一六九一—一七五七），字國甫，號悔軒，楊州人。一七一四年登第，累官大司憲、户曹參判、禮曹判書、大提學、知中樞府事。謚文簡，有《悔軒集》。

望江南

吾邦好，聖化際鴻厖。賢父戒兒言在耳，愚臣愛主血盈腔。回首望吾邦。

二

吾家好，僻巷靜無譁。妻釀女斟流檻月，翁吟兒和滿園花。何日返吾家。

三

東湖好，古貊自名區。專壑梨花開户靜，滿山楓葉拄笻孤。能不憶東湖。

《悔軒集》卷七，《詩》

池光翰

（一六九五—一七五六），號雪嶽，忠州人。有《雪嶽遺稿》。

水調歌頭

家兒共觀察使趙公泛錦江，卧病懷想，用朱子九體韻，以記之。時甲戌七月既望也。

遥想清秋夕，牙纛出江城。是時暮色蒼凉，瑶鏡一望平。喚聚二三仙侣，撑渇高檣健席，浩浩擊空明。浦口雲何暗，天際月無情。　篝燈去，鮫屋外，萬星横。櫓聲和弄簫鼓，豪氣醉中生。西指朝天舊路，南訪義慈遺跡，業海笑空名。水月匪無盡，蘇子亦何成。

滿江紅

一曲熊江，抱鳳山、清今靡隔。聊命駕、北樓新景，蹕亭遺陌。蘋吹生凉山向暮，高牙大纛連帆席。忽天公、戲事夜迷茫，雲幽色。　張偉燭，當明月。點大軸，留仙迹。樂思波汪濊，山河猶昔。錦瑟人依涂□緑，瓊簫鶴舞踈林碧。願大舡、萬艘載生靈，歡無極。

西江月

甲戌清秋既半，可憐江月團團。舲窓波面自輕安。別界冰亭風館。思浪近船鶴舞，清標睡渚鷺寒。扶蘇山碧古花殘。一笑滄業易換。

鷓鴣天〔一〕

江檻詞

駐蹕臺前江可憐。清秋水落月浮天。雲嵐遥火漁人屋，簫敲長尊節使舡。蒼桂外，白蘋前。滿沙鷗鷺舊仍緣。三聲畵角驚蛟窟，六幅榴花繞妓筵。

浣溪沙〔二〕

酴醾體

天倒波纖錦作堆。月中舟桂近人栽。也應兒斫甲枝回。凡脚尚堪筵上舞，瞎眸曾得

〔一〕不標詞牌，今據律補。
〔二〕不標詞牌，今據律補。

榜聲開。願簪仙菜早歸來。

好事近

月素波澄時，忽若江天飛雪。坐使滿汀蘋桂，變珠幰玉節。　千尋思浪浩茫茫，危舲望舟闕。相國旬宣湖海靜，冰壺清澈。

念奴嬌〔一〕

梅詞躰

汀蘋郁郁，岸蘭芳又是，金波澹白。夜氣清明，夕携得、湖海二三豪客。琉璃净清，帆舲廣張，不與仙都隔。美醑佳肴，爛熳吸露飡雪。　忘卻虎符銅節，隨身，詡詡化，莊園春蝶。飛渡重溟三萬里，拜舞繡宫煙月。櫓肖三聲，蓬窓悄坐，流涕無休歇。何其然也，請首江漢東折。

〔一〕不標詞牌，今據律補。

南鄉子[一]

家兒自錦水徑歸，遂作西行

一笑下江船。花落龍沉月黑天。醉魄遥歸陳后墓，蕘謳牧管，交喧舊岳川。　爭似弄朱絃。浮碧樓頭醉畫氊。歌號洋洋箕子國，溶溶浿水，蕘封萬里連。

《雪嶽遺稿》卷一，《歌》

鄭基安

（一六九五——一七七五），字安世，號晚慕，溫陽人。一七二八年登第，歷持平、正言、獻納、司諫、執義、大司諫、中樞府知事。謚孝憲，有《晚慕遺稿》。

[一]　原作《南歌子》，今據律補訂。

水調歌頭[一]

效朱文公小詞體

日月跳板丸，乾坤浮水萍。誰知一夢，人間往來紛不停。賢焉勇焉俱死，帝兮王兮同朽，萬古一郵亭。何似漆園老，死生視朝暝。　漆園老，解帝懸，通玄扃。適來時適去順，無形同有形。萬物紛紛蛇蜩，身世蘧蘧蝴蝶，神遊入窈冥。始覺物理幻，菌蕙壽椿靈。

《晚慕遺稿》一，《古詩》

趙天經

（一六九五—一七七六），字君一，號易安堂，豊壤人。李萬敷的門生。一七二〇年進士，歷五衛都摠府護軍、資憲大夫。有《易安堂集》。

[一] 不標詞牌，今據律補。

如夢令

題梅郚山庄

道是桃源不是。道是橘洲不是。緑水與青山，别是壺中天地。知否。知否。身在太平無事。

臨江仙

贈别河聖休

花影參差鸎語碎，玉船風動纖鱗。碧天穩送白銀輪。小樓東角，三疊和陽春。　門掩黄昏君不住，林外惟見行塵。隔花啼鳥唤歸人。後期何處，雙鬢白如銀。

憶秦娥

答聖休

春寂寂。丹邱有個人如玉。人如玉。半窓梅影，一牀周易。　别來三日香生席。彈琴爲奏相思曲。相思曲。一聲吹徹，山青水緑。

青杏兒

寄聖休

獨坐按孤桐。一絃商、□一絃宫。故人不見三更晚，蕭蕭落葉，湛湛零露，征鴈雝雝。
徙倚小樓東。從我者、明月清風。阿誰解説愁似海，功名草芥，死生泡沫，富貴苓通。

長相思

留别德川諸友

山之陽。水之陽。百世清風數仞墻。羣仙列畫堂。　余髮黄。爾髮黄。離合天涯夢一場。相思永徜徉。

臨江仙

題四幸堂，姜文學堂名

古有鼓琴三樂者，今君四幸何如。洪匀播物亩靈余。聰明男子事，講習聖賢書。　一個身生兒四個，堪傳經訓菑畬。百年溫飽好家居。風軒高枕卧，春夢到華胥。

鳳棲梧

一名《蝶戀花》，詠石榴花

人自惜春春自去。窓外榴花，也解留春住。紅錦粧成花處女。夜來更染臙脂雨。仙館玉堂春已暮。大夏移來，尚帶朱明序。旭日照人雙眼擧。山翁不患昏昏霧。

《易安堂集》卷二、卷三《詩》

南有常

（一六九六——一七二八），字吉哉，號太華子，宜寧人。一七二七年登第，歷春秋館記事官、修撰、吏曹正郎。有《太華子稿》。

望江南

酒闌出，東坡古詞讀之次其韻，賦梅花。

山夜永，煙靜月西斜。不道東風無厚薄，一枝花落一枝花。花下坐君家。花已老，花老莫須嗟。風暖漸聞幽鳥語，雪消旋試小龍茶。留醉看春華。

臨江仙

又以妄言齋分韻，得言字

斗轉參横將夜半，寒山雪擁柴門。梅花一樹散人村。冷風初度閣，緑酒復盈樽。

緑酒盈樽吾已醉，醉來徙倚高軒。曉霞飛盡月流痕。清眞觀物子，於此亦妄言。

行香子

又以東山月分韻，得東字

雲散天空，月出其東。上欄干簾影玲瓏。孤光瑛澈，一氣沖瀜。對梅邊雪，石竇泉，松下風。

皎皎霜兎，揚彩寰中。夜未央烏鵲飜叢。古來同照，圓缺無窮。憶香山老，謫仙人，東坡翁。

梅花引

又拈三闋，各申餘意

梅花早。山月好。使賦百篇情未了。花將闌。月向殘。滿樽芳酒，須君長夜歡。

松

風穆然來入室。北斗崢嶸天宇闊。霜林清。宿鴉驚。飜飛啞啞，東方生遠明。

蝶戀花

又以白雪樓分韻，得雪字

吳子樓高來把筆。的的寒梅，澹澹初浮月。但使百瓶芳酒潑。人間何事爲窮達。 立馬柴門朝日出。此去溪橋，一路連殘雪。更欲期君春沼闊。桃花楊柳歌新闋。

占春芳

鍾巖春帖，亦用小令

簾簌簌，東風入，一夜柳梢青。前澗雪消多少，已聞流水泠泠。 好鳥不停聲，早花開、幽草生庭。酒家沽酒來何晚，先向林亭。

清平樂

梅花半落。柳眼微微綠。窓外鳥啼春睡足。日照欄干東角。 溪南流水濺濺。溪西芳草綿綿。不識吾家何許，秪應隨處悠然。

調笑令

集王右丞詩語，又得一闋

居士。居士。酌酒會林泉水。平明閭巷掃花開，桃李陰陰柳絮飛。飛絮。飛絮。杖策村西日暮。

二

無事。無事。經過南隣北里。花繁衮衮壓枝低，拂曙爭先白鳥啼。啼鳥。啼鳥。花落家僮不掃。

《太華子稿》卷三，《詩》

南有容

（一六九八—一七七三），南有常之弟，字德哉，號雷淵，宜寧。一七四〇年登第，歷承旨、大提學、禮曹參判、大司憲、禮曹參判、右賓客。諡文清，有《雷淵集》。

同伯氏會伯玉亭，賦梅花小令，以下十八首屬詞令，丁未

望江南

梅已發，簾捲翠梢斜。萬里春風惟此樹，一天冰雪看孤花。樽酒坐君家。　花下飲，花落使人嗟。春後豈無花似霧，興來還有酒如茶。獨惜此芳華。

江城子

酒闌又出小令同賦

野橋深雪散驢蹄。水亭西。是君捿。漠漠煙村、處處養豚鷄。見客敷腴顔色好，冠白氎。杖青藜。　西樓宴坐俯長堤。宿雲低。暝禽啼。我有新詞、秉燭爲君題。春日相期何處好，池水緑草萋萋。

水調歌頭

用白雪樓分韻，余得樓字

飲子流霞酌，唱我水調謳。昔余來此，菡萏花發倚高樓。尚憶清泠石上濯足，踈風暖雨，圓

葉轉新秋。今日蒼髯客，惆悵碧欄頭。　曲將竟，天籟靜，嶺月流。餘音忽厲，捿鵲驚飛撲簾鉤。何處風塵儇子，鼾睡九街夜色，栩栩夢王侯。吾道苟如此，林壑且優遊。

浣溪沙

十灘丈小屏，畫淵明《歸去來辭》，鄭元伯所作也。以《浣溪沙》調，爲賦其二疊。

問征夫以前路

宿霧蒼蒼草樹平。溪南細路未分明。何村老子亦孤征。　欲往柴桑何處是，橋邊立馬問前程。回頭遥指峽雲生。

二

穉子候門

水鳥驚飛笑語喧。僕夫迎我到山樊。更看幼子候衡門。　容裔扁舟春水闊，依依桑柘繞山村。風塵十載返田園。

臨江仙

舟中見碉翁夢瀛記有述，庚辰

首春碉翁在鰲山，夢曁拙老覯予於瀛洲，予坐大艦，取眞一引滿，已，又飲二客火桃，三侑酒，皆醉飽盡懽。覺而異焉，書用識之。其四月予自蓬萊遵海而東，放於大瀛臺下。碉翁書若記適及舟中，而拙老在焉，相顧嗟異，述《臨江仙》一闋。

海上蟠桃紅萬顆，君山美酒如泉。三生結習太狂顛。偷來鰲山下，仙吏正高眠。　仙吏夢中能飲酒，霜毛何處癯仙。擧觴壽我一千年。三盃猶可又，追我大瀛船。

《雷淵集》卷八，《詞令》

吳瑗

（一七〇〇—一七四〇），字伯玉，號月谷，海州人。一七二八年壯元及第，累官正言、校理、應教、參贊官、工曹參判。追贈左贊成。謚文穆，有《月谷集》。

望江南

用東坡小令韻，共賦梅花

山月白，欄外影欹斜。冰霰未回桃杏夢，東風開遍北枝花。幽意在山家。　花正好，花落更堪嗟。春意乍添樽泛醁，暗香時滴雪烹茶。惆悵擥餘華。

西江月

復用東山月，分韻得山字

夜色微分古樹，清輝已動前山。山容隱約碧螺鬟。開户澹煙殘雪。　行踏寒光澗道，坐看疎影松間。澄明一氣夜中還。何處瓊樓玉闕。

如夢令

又各拈一闋

人坐闌幹東角。皓月千林萬壑。醉倚白玉壺，只恐梅花零落。更酌。更酌。不省村雞喔喔。

滿江紅

以白雪樓分韻得白字，又賦新闋

梅下壺樽，千載上、黄虞雲邈。秖有個、樽中酒味，合中春色。留著太平時氣象，能令我輩熙然樂。酒已闌、花老豈無君，千篇作。　貴不願，鳴鐘食。功不必，書金石。文章亦聊爾，空名何益。七子英風安在哉，高樓海岱浮雲白。摠不如、安樂窩中看，庖犧易。

《月谷集》卷二，《詩》

李晚松

（十八世紀前後在世），瓶窩李衡祥之孫子，號璞巖，全州人。有《璞巖文集》。

武陵春

次梅軒，效《退陶樂府》三篇韻

一春花事仙源晚，香侵甲乙籤。池塘夢罷草纖纖。光風自捲簾。　漁人傳我恩梅信，清芬忽聳瞻。賞心相負更愁添。雲山隔幾尖。

憶秦娥

次梅軒，效《退陶樂府》三篇韻

心正苦。人與春光今已暮。今已暮。虛度佳辰，思遇不遇。　狂蝶尋芳何處舞。惱殺城頭朝過雨。朝過雨。緑柳汀沙，愁伴白鷺。

點絳脣

次梅軒，效《退陶樂府》三篇韻

桃開軟紅，一陣風前香有韻。魂越地遠。徘徊空赼怨。　離腸欲摧，又聞鸎語嫩。麗景遲遲，那撥憫。停杯天一問。

菩薩蠻

次禁窩雜體韻五首，釣磯夜宿

野山漠漠天低樹。磯頭一抹煙光暮。取適未還家。月來物息譁。　手竿仍獨宿。凉露侵衣滴。伴鷺趁潛行。神清步步輕。

浣溪沙

暮春山行

棲山不復染衣塵。短髮蕭蕭解惜春。手弄殘花謾惱神。養閒探勝餘生樂，謝卻林間客到頻。恐被虛名洩八垠。

巫山一段雲

春山雨

裊裊絲絲柳，盈盈樹樹花。條風送雨捲輕霞。翅重返林鴉。耕叟歸携耒，漁人去覓槎。前村路滑酒能賒。詩興引山家。

蝶戀花

謝惠南草

詩債息春今始了。售廉取厚，賈如三倍道。牋間有物開顛倒。葉葉懷情南茗草。吸處惺惺神若曉。昔聞此藥，來從徐市島。憂消痰破能難老。嘗百遺方其理窅。

《璞巖文集》卷一，《詩部》

權煒

（一七〇八—一七八六），字象仲，號霜溪，安東人。一七五〇年進士。有《霜溪集》。

效古樂府贈汝五，十八首

憶秦娥

《陽關曲》三調

一

嶺雲江樹各相分。遥望槜湖空斷魂。孤鴈聲聲不忍聞。欲黄昏雪打，庭梧深閉門。

二

洛陽華閣隔雲邊。獸炭香燈擁繡氈。鶴髮韶顔坐老仙。筆如椽霞露，三盃詩百篇。

三

流光冉冉已窮陰。千里江山一片心。冷壁踈燈掛古琴。無知音山自，高高水自深。

長相思

三調

一

千重山。萬重山。山遠天高風雪寒。相思意萬端。　　鴈盡還。書未還。夢入西雲行路難。溪聲獨倚欄。

二

江悠悠。興悠悠。赤壁風煙佳可遊。舟横白鷺洲。　月滿洲。水如油。惟願明年七月秋。得君作二蘸。

三

天茫茫。地茫茫。兩鳥高飛東海傍。齊鳴聲共長。　離莫傷。老莫傷。黄菊紅蘭秋正香。寒天傲肅霜。

憶江南

三調

一

終南憶，最憶是樗湖。鸞子晴窓□玉抽，棠花深苑鳳麟趍。何當更携遊。

二

終南憶，其次憶龍山。簾外垂紅暮靄殘，檻前斜白夕帆還。何日更奇觀。

三

長相憶，何處是長安。萬户樓臺清渭灣，千官釰佩彩雲端。賀君老此間。

賣花聲

躑躅花

萬顆眞珠紅。碧紗囊中。半呑半吐光玲瓏。是月春王臨寶位，土階之東。　千羣綺羅叢。含笑東風。丹霞輕着彩煙籠。蝶郎暗窺花房側，香睡曚曨。

秦樓月

春晝

春晝長。門前垂柳覆溪堂。覆溪堂。庭園寥落，詩書滿床。　中有老翁年八十，衣冠古朴髮如霜。髮如霜。半是酒鄉，半是睡鄉。

望江南

門前柳，飄風素絮輕。裊裊垂條長拂馬，青青嫩葉密藏鶯。春風一家清。　此間趣，知者陶先生。鴟夷散緒描相似，越妓纖腰學未成。春日路傍情。

醉花陰

出墻花

憐渠正色如金黃。何緣棄出墻。昔在昭陽院，楊妃欲較，花顔問明皇。　明皇倚醉故相惱，只言花色强。一面發嬌妬，拔根仍投，墻外作孤芳。

巫山一段雲

碧梧桐

庭畔梧桐樹，枝幹青似藍。絶勝浣花堂前柟。濃陰覆溪簷。　丹鳳捿枝北，靈鵲巢枝南。碧玉一莖天半參。盤葉避海雺。

桃源憶故人

四調

一

桃花

淡煙微雨東風曉。千樹桃花開了。隔葉和聲山鳥。管領花多少。
猿攀鶴飛轉稍梟。滿地落紅誰掃。三月盡昭光老。谷谷紫芝草。

二

江亭

小亭筠窓開半面。案上羲易一卷。古桃隱今復見。猿賀鶴不怨。
世間萬事都排遣。盛酒樽題詩硯。前江水或深淺。望中村遠近。

三

空亭

人去山空桂如霰。數間亭掩四面。石墻毀庭草軟。窗外麋鹿戰。春風誰復捲書幔。

舊學徒散。一半鸗不知人腸斷。猶作聲聲顫。

四

感懷

前春折贈紅桃蘂。三夢顔色憔悴。末百歲酸世味。世事壑舟似。空山夕陽樵歌起。

回首舊歡無幾。虎在山梁無水。獨立梧影裏。

《霜溪集》卷三，《詩》

鄭煜

（一七〇九—一七七〇），字汝輝，號梅軒，迎日人。有《梅軒先生照影》。

效退陶和松岡樂府三篇，寄樸巖求和

武陵春

雨後春光迷近遠，睡起對書籤。梅蘂輕盈岸柳纖。弄影映疎簾。　淡蕩香風吹不歇，山墅可登瞻。長日閒愁別恨添。寄望暮峰尖。

憶秦娥

相思苦。風光淡蕩春將暮。春將暮。良辰美景，易過難遇。　屋梁飛燕雙雙舞。愁添草緑前溪雨。前溪雨。欄邊煙水，獨眠鷗鷺。

點絳唇

春入郊原，白梅紅杏涓泉韻。旅鴈歸遠。錦字佳人怨。　日暖草萋，谷鳥鳴聲嫩。思君不見誰開憫。寂寞無人問。

《梅軒先生照影》卷三，《詩》

南龍萬

（一七〇九—一七八四），字鵬路，號活山，英陽人。一七五六年生員，歷禧陵參奉。有《活山集》。

巫山一段雲[一]

次益齋《瀟湘八景》詩韻

益齋李先生，嘗遊洞庭間，用《巫山一段雲》體成八章。余奇其聲色，無聊中效而次之。耳聞不如足踏，意想不如目見，非特詩思萬不及古人而已。要當以時吟咀，少敘晚生偏壤之恨。

一

遠浦歸帆

潮退波聲急，山晴日影催。空洲秋晚水天開。風送遠帆來。　點點穿雲出，漂漂向岸

[一] 不標詞牌，今據律補。

回。長驅銀屋薄沙堆。石嶼震如雷。

二

平沙落鴈

白雪初花荻，黃雲晚穗粱。驚秋塞鴈忽成行。依舊返南湘。　風立朝鳴旭，洲眠夜拂霜。長沙明處耀斜陽。飛落更飛揚。

三

洞庭秋月

雲淨群山遠，波明一鑑空。湖頭新月忽生東。天地五壺中。　微浪輝成錦，長煙彩倒虹。飛樓影落靜無風。恍若頫龍宮。

四

瀟湘夜雨

有月雲沉岸，無風葉下洲。江天疎雨白蘋秋。靈瑟暗生愁。　霧匝迷征鴈，蓑沾泊去舟。蕭蕭竹淚夜聲幽。濕立不眠鷗。

五

山市晴嵐

蕭灑羣巒霽，依微一抹圍。高庵日晏半開扉。林樾乍陰霏。始謂朝煙淡，俄疑晚靄微。日中風捲市人歸。方覺兩皆非。

六

江天暮雪

冰合波聲靜，風獰雪意嚴。縱橫飄灑白纖纖。鋪地斥田鹽。港口維長纜，壚頭捲小帘。雲沉星漢没銀蟾。冷透彩航簾。

七

煙寺暮鐘

嵐氣風前滅，煙光雨後濃。江波澄澈倒山容。隱隱出疎鐘。僧在林端寺，聲從霧裏峰。遥看巖下獨歸筇。携鉢急穿松。

八

漁村落照

日夕回殘照，秋清映晚霞。煙光凝處是漁家。紫靄半邊斜。點白羣飛鷺，流玄獨去鴉。移舟捲網浪飜花。隨影散魚蝦。

《活山集》卷二，《律詩》

權道

（一七一〇—？），字道以，號懶窩，安東人。一七五七年登第，累官正言、侍讀官、大司諫、承旨、吏曹參議、大司成、忠清道觀察使、吏曹參判、藝文館提學、觀象監提調、漢城判尹、京畿道觀察使、工曹判書、禮曹判書、右參贊、兵曹判書、左參贊。有《文湖雜著》。

憶秦娥

冬夜

流光去。沉香燒盡心無緒。心無緒。碧帷殘夢，轉成悽楚。可憐寒月迷雲嶼。欄頭永夜愁延佇。愁延佇。江城歸鴈，悲鳴呼侶。

《文湖雜著》

安鼎福

（一七一二——一七九一），字百順，號順庵，廣州人。授僉知中樞府事，同知中樞府事，封廣成君，追贈左參贊。謚文肅，有《順庵集》。

沁園春

期友會話園亭，代少輩，戲作《沁園春》。

去日苦長，來日苦短，不樂何爲。故高人誌士，寸陰雖惜，秉燭清遊，常恐後時。黃鸝囀歌，青梅結子，弱柳軟蒲繞緑池。今奈何，使良辰虛度，美景坐馳。雨餘溪水新肥。且銀簾玉龍倒飛。當臨流濯纓，藉草代蓆，抽韻選勝，對景吟詩。蘭亭金谷，流芳千載，不如眞率會隨宜。君相念，牛山夕暉，昔人所悲。

《順庵集》卷一，《詩》

李光靖

（一七一四——一七八九），字休文，號小山，韓山人。一七八三年以學行薦舉參奉，官至別提。有《小山集》。

水調歌頭

三角山，用《水調歌頭》體。庚申下第，歷在衿川鋤里，三角山來龍局勢在眼底。

歲暮天風寒，三角望依俙。自覺經濟無手，世路又漸非。北望天門萬重，南瞻白雲孤飛，此心已先歸。何似尹先生，悠然謝場圍。　尹先生，早辦内外輕重。河南門下摳衣，一善養親闈。心法一個收斂，事業六經精微，魯者惟庶幾。是則報君親，何必素心違。

《小山集》卷一，《詩》

李周遠

（一七一四—一七九六），字亘甫，號眠雲齋，載寧人。有《眠雲齋文集》。

閒居老病，百感交中，托懷無處，試取樂府闋甲雜體，以爲效顰消日之資。

臨江仙

新春詞

槐檀火改柳榆鑽，處處家家新煙。江山萬里風光鮮。天時星鳥占，民事木鐸宣。　昨夜東風習習動，花紅樹緑泉涓。百昌迎雨各欣然。興闌時獨酌，神倦更謀眠。

浣溪紗

凍溪浣婦

春回何處覓春回。雪不晛消冰不開。浣女溪頭呵手來。　頂盆藕立語同伴，治線挫針衣幾裁。污私可薦風神盃。

人月圓

謾興

晴風暖日小溪畔，扶杖倚垂楊。鳥語花間，魚戲波心，滿眼春光。　十里明沙，白石千重，緑樹翠岡。紅塵走馬，物外耕雲，興味誰長。

蝶戀花

花王

一朶花王草閣東。層層階上，高開一法宫。千紅萬紫皆臣工。來去飄香即會同。　絳幘朱裾翠葆鬖。不言不笑，無爲化自融。青帝欲宣造化功。俾君正位衆芳中。

《眠雲齋文集》卷一，《詩》

趙宜陽

（一七一九—一八〇八），字義卿，號梧竹齋，漢陽人。一七七一年進士，授僉知中樞府事、同知中樞府事。有《梧竹齋集》。

憶秦娥〔一〕

雪梅二闋，奉懷敬夫

永綃幕。萬片白梅垂碧落。垂碧落。安期羽化蓬萊騎鶴。　天時鼎鼎衣裳薄。南來北去風蕭索。風蕭索。太浩煙景，春風樓閣。

二

待明發。王孫行李江南月。江南月。美人歌舞，梅花時節。　潯陽流水嗚嗚咽。長沙路上音塵絶。音塵絶。北枝未發，南枝堪折。

〔一〕不標詞牌，今據律補。

水調歌頭〔一〕

後天下而樂，先天下而憂。不知易不知險，來往酢仍酬。昔日綠珠金谷，當時胡椒千斛，倏忽空雲收。卻羡天隨叟，浮家弄小舟。　天隨叟江海，爲身謀。不爲奇章贊皇，苙澤磨針鉤。陸羽茶經一卷，懷素草書三昧，作伴興悠悠。雲月羊裘，夜歸來杜若洲。

二

次袁機仲韻

昔作金文客，同辭宛落城。青山緣水歸去，萬事何時平。鐵瀨穿花外徑，青猿弄煙中艇，雲月遞微明。且睹醉鄉睡，不關世上情。　牧童去，疎雨裏，一笛横。不脱蓑衣臥户，眞樂了平生。深巷鞅輪寡到，澄江蓼荻幽蔓，居士遂逃名。何必買山隱，莫要舟竈成。

《梧竹齋文集》卷三，《詩》、《樂府》

〔一〕原作《水調歌》，今據律補訂。

丁範祖

（一七二三—一八〇一），字法世，號海左，羅州人。一七六三年登第，累官大司諫、大司成、漢城府右尹、大司憲、開成府留守、吏曹參判、刑曹參判、藝文館提學。謚文憲，有《海左先生文集》。

戲爲宋人小詞，倣其詞，不倣其意。

望江南

都不省，簾外雪如何。榾柮有灰應夜半，逡巡無力奈寒多。難耐是衰疴。

長相思

人去遥。月去遥。人月遥遥不可招。儂懷太寂寥。　漢北梅。江南梅。梅花開落年光催。信使何時來。

菩薩蠻

青綾被換蒲團寒。黄封酒盡匏杯酸。凍星垂野艇。落葉灑幽欄。　歲華不可駐。霜鬢那能數。欲寫天河流。浣空心内愁。

臨江仙

緑髮胡然黐似雪，眼兒漠漠昏花。人間何處覓芬華。蝸廬堪坐卧，蠹簡是生涯。　夢見故人顔色好，覺來水繞山遮。莫教愁緒亂如麻，小詞無次序，佐以瓦甌茶。

何滿子

淺雪天邊疊嶂，輕風柳外平橋。别日常多逢日少。個中那不魂銷。舴艋附書不達，酴醿滿酌誰招。　一枕去年今歲，孤桐短曲長謡。重疊春愁成獨睡，三分減卻圍腰。暝樹東西棲鳥，疎星遠近歸樵。

《海左先生文集》卷一五，《詩》

徐寅命

（十八世紀前後在世），字之寅，號取斯堂，別號乃云齋，有《取斯堂煙華録》。

憶秦娥

走癸酉福州映湖樓，大醉覓毫，半闋詠懷，明春再往，足成闋。

山也青青水也流。數蟬平楚喚新秋。喚新秋。千里孤客，萬疊深愁。流水青山是前身。舊蟬安在芳草新。芳草新。蟻穴招魂，蝸角驅輪。

南隱曰：《遯齋閒覽》：「蘇軾詞，雖工，多不入腔，正以不能唱曲。」姑就工處看，留待知音擇。

虞美人

晚登崇禮門樓，荷花競挽留，忻然傾得數梧，月已終南頭，迤迤歸橋，託宿故人宵。

崇禮門前塵似海。西陽苦不待。疇於水上張蓋遊。現是紅粧、一齊笑不休。扶桑影裏閒遊客。來倚女墻側。數栝落肚情搖搖。花香月色、相送到新橋。

菩薩蠻

庭前海棠花也開得何鮮鮮

靚粧濃淡睡初醒。誰教扶腋也到庭。倚風飄憨態。心豈慊闐闐。　失意杜陵屋。曾怨東窓讀。慇懃陳去非。不辭冒雨歸。

臨江仙

取斯堂之一夜，南宮森吹洞簫，以長短句卧綴即地光景，因詠劉伶「長笛響中夕，聞此消胸襟」，擊扇再三，風吹月朗。

欄干影斜月瀲灩，夜深人氣自明。森也取簫窓下鳴。風引餘韻逝，洞壑高煙清。　挽迴萬事歸一枕，倒身横卧大平。曲終圓魄稍稍傾。露華生瓦溝，草蟲相響鳴。

減字木蘭花

贈内李孺人也，晚境心易悲

米鹽憂患。子孫羅列如鳧鴈。我老君衰。落花時下相對悲。　醯雞甕裏。貴賤壽夭都流水。何必論愁。兒吹柳笛階下遊。

漁父家風

閔水使

船遊詩，目擊也。序而曰：「閔百福忽棄官，西湖有見之作，肆述《漁父家風》，庶攬熱塵群夢。」

臥牛山前白鷺飛。多少樓家閉午暉。收釣載船尾，臥吹長笛一聲。　順流歸。順流歸。江邊綄紗諸女子，一時爭指閔水使。

二

青篛笠外無限愁。是非京洛不回頭。日日乘清遊。來到四忠祠下。　聽杜鵑。聽了鵑。天際隱見何山頂，細雨斜風緩回船。

平日虞慨之心，偶然目擊之發，高擡閔水使，垂示天載下，風詠復幾人。

《取斯堂煙華録》第五編，《詞賦》

中國賓

（一七二四—一七九九），字士觀，號太乙庵，平山人。一七九五年生員。有《太乙庵文集》。

錦堂春

《錦堂春》一闋，呈沈明府鈴壽母席下，并小敘：伏聞今日是太碩人晬辰也。海屋添百世之籌，官廚備五鼎之供，民夜來添疾，不能趍造於壽席之外綴，仰伸慶賀之誠。昔者皇明劉閣老大夫人壽席，邵天民歌《錦堂春》詞以侑壽觴。茲敢效顰，庸代獻壽竹枝，以供履舃之用。

潘母千里筍輿，河陽一縣花香。嶺南樓下都護府，斑衣獻壽觴。三遷教止於慈，八耋年壽而康。凝川入士感孝理，錫類祝陵岡。

《太乙庵文集》卷二，《歌詞》

李㷂

（一七二九—一七八八），字時晦，號農隱，全義人。一七七七年登第，歷典籍、工曹正郎。有《農隱集》。

望江南

次朴仲淵除夜《望江南》詞

除夜苦，遥憶苔侵除。妻裁夏服强操尺，妾廢朝粧倦理梳。幾日離吾廬。　吾廬遠，旅懷正如何。歲暮霜添千丈髮，夜深愁繞萬重書。歸夢太蘧蘧。

《農隱集》卷一，《詞》

黄胤錫

（一七二九—一七九一），字永叟，號頤齋，平海人。一七五九年進士，一七六六年以遺逸薦舉，官至翊贊。有《頤齋遺稿》。

沁園春

奉賀李令公錫天新授通政大夫慶宴樂府詩并序，乙丑

蓋聞禹箕明範，龜疇揭五福之元；井柳呈祥，狼地耀千秋之彩。是以天亭乾巽，六萬之琯灰已飛；地隔崑崙，百卄之海籌斯鮮。然則滄花犬而閲浮世，則白駒之流年不足言也；植玉鳩而陳常珍，則青雲之華秩不足貴也。故知金鈕鰲綬俗榮，不能越子喬之遐齡；弱草輕塵浮生，不能齊女偊之長壽。是以養序垂曲臺之記，得位著子思之書。德豈無名，上天降錫民之福；老而愈壯，聖代推燕毛之恩。寶牒鼎來，授二品三品之華級；綸音渙發，赫千歲萬歲之榮光。追虞皇養縞之儀，邁漢帝賜帛之詔。所重如此，其人爲誰？惟公太祖王之雲仍，沃野令之苗裔。璿潢玉派，流風踵六聖之餘；河目絲髯，公目眶平而長髯疎疎如絲。秀質超四宗之後。分精太白，餐靈桃於瑶池；受氣大黄，綴仙班於瓊籍。雖溢米蒲芐，泣風雨於早齡；而棣華雍渠，樂鯱壎於中歲。逮夫荆樹之蕭瑟，奈何橘林之凋零。顧哀慽未足以傷神，蓋眞元已多乎固本。冰牙利齒，快嚼大胾之登盤；月眼紺瞳，明覘細蠅之寫字。何必經熊伸鳥，始延長年；不須煮朮烹蔘，自底遐算。奚地仙之健羡，乃天神之護扶。蒼龍舊年，已經八十餘周匝；蒽犗今歲，未遠一百回方來。鳳穴靈雛，映三柯之珠

樹；雞窠老子，近九世之神翁。鵲噪猿鳴，何傷杜工部舊病；瑶林玉樹，元是王太尉美姿。方且受福之穰穰，由來積善之袞袞。宜茀禄自天之未艾，故國家覃惠之無垠。是時也，八埏咸寧，百姓皆喜。存問致餽，睿念軫於麗眉；賜米養安，聖化浹於黄髮。且夫虹流太渚，天回六十歲光陰；日出咸池，曆紀三七年晷景。南山祝壽，先瞻耆閣之龍顔；北極頒綸，更慰海邦之駘背。依先朝之舊典，給通政之新榮。王曰嗟予臣隣，眉壽無害；爾尚將厥父母，景福不騫。九重龍光，焕圭竇蓬蓽之下；三百州縣，囿郅隆太和之中。肆我公亦得與焉。蓋天恩於斯至矣。是故一洞黿抃而爭賀，九族雀躍而同欣。紫誥鸞回，帶天中五雲之彩；玉圈花鏤，作地上千金之珍。玄袍動輝，紫帶添色。嗟頂踵實歸於造化，顧宗黨盍慶以杯□。爾乃曰殺羔羊，載迎賓客。既謁先祖，瞻廟梠而長懷；乃謝鴻恩，望天根而遐慕。哀絲豪竹，雜金縷之清歌；渌醽嘉殽，擧玉船之深酌。諸孫酌斗，彩服炫於丹花；小阮飛觥，漆髮鑑於霜鬢。孰不祝以難老，神亦期以無疆。其爲爵也至崇，其爲榮也甚鮮。豈徒香山九老繪禪宫之勝遊，洛社四公集耆英之高會而已哉。猗歟盛矣！胤錫情視吾祖，戚聯姨孫。杖屨追隨，親覿童顔兒齒；筵席歌咢，自幸千載一時。在敖揚揚，蹈舞太平之煙月；擧醻逸逸，醉飽德將之酒□。是宜弄槧而陳辭，爰此飛牋而獻賀。吁才無吐鳳，恐玷藍瑛之孚尹；聲有談龍，羞學金口之緘齰。豈曰摛藻，直爲捈情。遂以《沁園春》一闋侑之曰：

五朝閒氓，七紀高年，天爵何羞。自乾坤氣漓，世無遐齡，珣勃年促，誰添靈籌。韶稺顔色，鬓黑鬢髮，我公年紀人莫侔。聖代覃恩，玉軸生輝，飛墜雲頭。參廟宇，望天闕，感古今，無愁還有愁。卜良辰宴，賓客飛羽觴，春生几筵，絃彈箜篌。玉喉䆋䆋，羔兒瀲瀲，永今夕與子遨遊。嗟小子，覿清光，望逍遥雙涕流。公與叔祖同生甲辰歲，故及之。

水調歌頭

寄師道丁師爀，庚午

離别已經歲，倏忽又逢秋。政憐妖癘彌宇，相叙苦無由。雨滴疎簾孤夢，風引閒庭散步，隨處使人愁。早晚尋君去，一笑俯溪流。生較遲，悲不復，及前修。沿洄千載事實，曠感豈堪休。但認六經要領，便掣百家鈐轄，聊且樂忘憂。願與子同志，相勉寡愆尤。

巫山一段雲

北樓八詠并序，戊戌

嘐嘐先生頃示《北樓八詠》，顧以授簡之勤，有不得終辭，謹依李益齋《松都八詠》調，寄《巫山一段雲》者，以俟進退。

一

白嶽晴嵐

地戒隆東夏，山容壯本朝。五卿三喬相交。無晝亦無宵。得日蒸初起，隨風抹未消。問龍正急喝民要。誰遣試行瓢。

二

西山爽氣

礙月何方事，尋梅尚韻流。爭如都市此山丘。輸爽一間樓。後夜澄將愜，平潮灝不收。先生寧遽學王猷。存氣定天游。宋人有武昌尋梅句，唐人有洪州礙月句，各爲西山而發者。

三

雲臺看花

漢代丹青界，華仙混沌鄉。陂陀小麓亦仁王。平瞰幾都房。萬紫歸陶鑄，千紅入辨章。乾坤春意一團腔。善識實無方。今文尚書平章，古作辨章。邵子詩：「賞花全易識花難，善識花人獨倚欄。」

四

天街步月

景福留光化，長街夾列曹。平時翔集幾英豪。今夕只心勞。　虛月初鋪水，輕埃不起毫。悠然徐出履聲高。未怕宿鴉號。

五

隱巖臨流

太乙眞蹤在，三天道氣餘。白蓮峰下是誰墟。空水自如如。　濯足方清隱，澄心便古初。翠翁何事不相須。獨頫更長噓。

六

古亭賞楓

故廟清池畔，孤亭小洞中。支天大節凜餘風。霜候早傳楓。　殷絳猩應妒，竊紅茜不工。何煩一萬二千峰。辛苦費游筇。

七

清晝散帙

清白傳家遠，縹緗載籍全。多時枕藉髮渾宣。隱約對先賢。洛誦宵猶足，鱗開晝更便。縱横靉靆卻逢源。且遲入經筵。公家藏書目總題曰載籍全書。漢人呼眼鏡曰靉靆。

八

靜夜理琴

月動開虚嶂，風來送遠灘。此心誰語獨眠難。白雲繞絃寒。天樂遥分籟，山精欲撼門。應懷招隱桂枝攀。人靜始堪彈。

《頤齋遺稿》卷五，《樂府》

孟欽堯

（一七三一——一八〇〇），字伯雍，號雷風齋，别號杏壇居士，新昌人。有《雷風齋遺稿》。

鷓鴣天

落花

漠漠荒煙遶古岡。窓開曙色襲庭香。空林積翠藏眞面，遠夜輕紅作錦粧。　萬朵蘂，千點花。迎風撩亂最堪芳。慇懃莫教兒童掃，只恨韶華卻不長。

江神子

暮春感興

狼藉西園紅白霏。萬蘂千葩覺稀。可堪游客、撚枝惜芳菲。登高蠋蠮撫餘景，林抹空碧四圍。　繁華十日還依俙。極目煙霞翠微。爲問緑草、王孫歸不歸。峨洋一曲牙音寂，惟有山鳥近飛。

蝶戀花

撥憫

卜築湖山宿計拙。堪笑一身，無思自閒適。經營事業徒空壁。淪落生涯但玉笛。　僧俗紛紛猶未決。且將鬻花，富貴閉閒寂。閒雲任他松篁冪。獨抱徽音謾慼慼。

滿江紅

雨後薔薇花發

遲日山窓風化雨，幽人讀罷黃庭篇，陽坡嫩綠，鷗洲占白。[一]裊裊新叢黃拂拂。浥露輕香滿荒屋。驚春盡，忽有千點，疑楚橘。　靜裏觀，化自得。品類同，人嘉樂。嗟三春虛負，桃李揔惜。宿雨千山新物色。輕黃次第拆籠殼。風過暗香浮浮，卻驚籬有菊。

人月圓

幽居即事

四月西湖春窈窕，燕子含泥歸。縱橫麥壟，碧圍葱蘢，溪柳葉肥。　一雨新過，薔薇花半開，香拂衣。幽人睡起，扶杖騁眸，山山落暉。

[一] 本調當於「罷」字處押韻，本詞落韻。

水調歌頭

登華山

堪輿氣融結，千古壯湖西。五峰屹起相對，石閣參清虚。巖花色肥翠壁，垂垂蒼松雲漢，知在百尺餘。造物可無物，禹迹宛有墟。　愁極目，煙花撩亂里閭。寸寸扶携躋攀，山僧引徐徐。我欲乘風下去，只恐紫霞深處，幽絶不堪居。一笑更狂歌，同游揔詩書。

沁園春

廣巖修契

雨濛濛，風習習，樹莫莫，草萋萋。嗟三春物色，已過關囚，布谷聲閒，有事前畦。睡罷山窓，整理煙蓑，獨訪深林處士棲。芒鞋穿，藜杖扶，流水柴門路迷。　半畝方塘東西。松檜交翠，偃蹇高低。室大於斗，耄倪屨舃，盤籌散亂，諧謔閒兮。縱樂不覺，金輪掛西，一曲狂歌過小溪。年年歲歲如今，康衢煙月祝齊。

《雷風齋遺稿》卷二，《詞》

金養根

（一七三四——一七九九），字善五，號東埜，安東人。一七六三年登第，累官典籍、郎官、持平、刑曹參議。有《東埜集》。

武陵春〔一〕

樂府和退溪所和松岡三首，紫禁曉

玉漏壺鳴宮火紫，曉色五雲中。四面輪蹄一處同。好是幾街風。　細雨初收鳩喚友，瓊佩響丁東。蒲袖天香拜化翁。祥鳳在朝桐。

〔一〕不標詞牌，今據律補。

憶秦娥[一]

白嶽翠

清嵐滴。龍盤虎踞松千尺。松千尺。明堂有事，上梁承桷。　矞雲吹散回仙笛。綉衣競拂闞闞翟。闞闞翟。萬年基業，笑看層壁。

點絳脣[二]

漢水清

春入江鄉，短帆長笛順風裏。沙明波暖，浩蕩鳴鳩起。　兩岸綠楊，錯置樓臺侈。漁翁笑把釣絲理。泛泛斜陽紫。

[一] 不標詞牌，今據律補。
[二] 不標詞牌，今據律補。

憶秦娥

長相憶，效《秦娥詩》寄舍弟

長相憶。常華一別無消息。無消息。何來寒鴈，一年秋色。　脊令聲若南雲迷，池塘夢斷南天碧。南天碧。花山斜日，洛水無極。

柳梢青

效秦少游《柳梢青》小令，賦別懷

柳上鶯嬌，鳩眠古岸，花暖沙明。一曲陽春，無絃獨立，人捲簾旌。　游絲野馬深林。隱約處、斜陽半城。風外疎篁，松間孤鶴，何事悲鳴。

巫山一段雲

龜亭八景，效錦溪《集勝亭・巫山一段雲》體

一

鶴嶠晴峰

一朶芙蓉秀，千堆琥珀空。霽天眞面曉嵐中。仙鶴幾年風。濃淡雲猶濕，微茫月欲籠。松杉洗出錦屏紅。初日國師東。

二

馬崖峭壁

鬼斧何年劚，雲根百尺巍。鷩鸞出洞倒徘徊。寶鑑碧天開。花爛春如畫，楓丹晚更堆。房精化處翠屏恢。點綴化翁才。

三

縣里煙花

一氣氤氳處，萬形動盪時。和飈先向縣門吹。花柳是佳期。雨洗尖新葉，鳥歌歷亂枝。太平遺跡未全衰。煙月畫中奇。

四

嶧洞寒松

十丈龍髯鬱，千年鶴骨癯。後凋精魄本來殊。天籟自笙竽。　流艷春溪逐，熇炎夏不虞。連雲翠色若相須。留與棟樑需。

五

長郊觀稼

霜落西郊迥，鴻歸八月深。田家作苦蒲車金。伊軋響松陰。　婦戴青蓑笑，僧爭白酒斟。村村蕭鼓賽神心。鼎小是何禽。

六

曲江打魚

藻弱眠晴渚，鷗閒戲暖沙。微風獵獵漾金波。何事樂鱨鯊。　笛散蘆間霧，蓑披岸上楂。長竿左荷緑陰斜。瀟灑此生涯。

七

三伏避暑

不有紅爐熱，誰知月殿寒。碧簫閒倚虛欄。徑罷祝融官。　槐影秋猶遠，蟬聲夏已殘。風襟散盡日輪丹。睡味爽入肝。

八

中秋玩月

煙豁長天夜，霜寒老鴈秋。婆娑桂影斗牛頭。清輝散不收。　萬頃青銀海，千層白玉樓。常娥半笑上雲鉤。分外是吾逑。

《東埜集》卷四，《樂府》

李養吾

（一七三七——一八一一），字周浩，號皤溪，慶州人。終身不仕，潛研學問。有《皤溪先生文集》。

鷓鴣天

贈鄭進士文希夏濬

白石溪邊白鳥飛。清明時節雨絲絲。故人清話頻傾耳，今日閒愁不上眉。　欣邂逅，惜分離。此情惟我與君知。勸君終夕花前醉，老去風流亦一時。

昭君怨

清明

去歲清明山舍。今歲清明溪榭。簾捲夕陽時。雨絲絲。　童子提壺沽酒。老婦携刀剪韭。窓外杏花開。暗香來。

望江南

磻溪

磻溪好，溪上草庵幽。三月鶯花兼富貴，一區山水足風流。何必覓封侯。

西江月

自詠

溪柳絲絲垂碧，山花樹樹蒸紅。清風明月滿青空。最是精神浮動。　出入文章洞裏，往來蝴蝶鄉中。百年天地一閒翁。乘興時時吟諷。

破陣子

畫梅

花上玉輪一片，花邊茅屋三間。借問東風來幾日，先到西湖第一山。主人春意閒。　眼處餘香入夢，雪時冷豔難看。呼作山妻嬌若笑，歌轉江城落欲殘。仙禽何不還。

巫山一段雲

謹次益齋先生《瀟湘八景》

一

平沙落鴈

薊北愁鵰鶚，江南戀稻粱。一張紙上字千行。秋晚寄瀟湘。　處處沙如雪，聲聲夜叫霜。來賓遠浦只隨陽。驚櫓忽飛揚。

二

遠浦歸帆

蒲日蒼蒼暮，帆風獵獵催。櫓聲起處浪花開。天際杳然來。　檣烏看漸大，水鳥忽先回。見他蓬底玉鱗堆。喧笑卻如雷。

三

瀟湘夜雨

煙鎖黃陵廟，雲迷青草洲。滿江飛雨夜鳴秋。聲入竹間愁。　颯颯侵漁户，疎疎打客舟。蒲花深處荻花幽。相並立沙鷗。

四

洞庭秋月

颯颯秋生浦，澄澄水若空。月來七百里湖東。涵泳玉派中。浪底懸明鏡，天中亘白虹。金光灩瀩又無風。明見水晶宫。

五

江天暮雪

雪下寒威重，江天暮色嚴。隨風颯颯落纖纖。天末若飄鹽。有鳥歸叢薄，無人訪酒帘。瓊花光景勝銀蟾。清賞自鉤簾。

六

煙寺暮鐘

日暮牛羊下，山深紫翠濃。行人投店莫從容。風聽古庵鐘。隱隱如鯨吼，聲聲出鴈峰。山僧尋寺卻停笻。雲外鶴歸松。

七

山市晴嵐

日出千峰照，嵐生一帶圍。誰將紗翠繞柴扉。隱隱更霏霏。　夢寐人形窅，丹青物色微。壚頭酒盡北南歸。卻恐道途非。

八

漁村落照

返照山頭日，齊飛鶩背霞。籬邊曬網幾漁家。風動綠煙斜。　急叫長天鴈，催翻遠浦鴉。江村酌酒對江花。樂在侶魚鰕。

南鄉子

挽族叔瓚

十月拜高牀。一疾蟬鬚兩鬢霜。爲先誠心猶未已，凄涼。多少情談不敢忘。　何處是雲鄉。萬事傷心一夢場。那忍再經泉上路，夕陽。鄰笛聲聲淚滿眶。

浣溪沙

除夕

新歲方來舊歲過。兒童懽喜老人嗟。夜深村巷笑聲多。　浮蟻罇前聞爆竹，呼盧牀上落燈火。一春消息傍梅查。

《磻溪文集》卷一、卷二、卷三，《詩》

李鎭宅

（一七三八——一八〇五），字養重，號德峰，慶州人。一七八〇年登第，歷承文院副正字、成均典籍、禮曹正郎、司憲府監察、兵曹佐郎、司憲府持平、掌令。有《德峰集》。

巫山一段雲

關東八景，《巫山一段雲》體

一

平海月松亭，平沙十里，長松蔚立。

遠浦寒波急，孤亭落照輝。須臾月出鷺鷗飛。天朗海風微。水動光摇眼，沙明白耀衣。蒼松影裏釣翁歸。卻羡日忘機。

二

蔚珍望洋亭，俯臨大海，波濤洋洋。

萬里天浮水，三春客倚樓。波飜浪吐一帆舟。渺渺使人愁。極望茫無際，俯臨碧似油。斜陽獨立思悠悠。惟欲語沙鷗。

三

三陟竹西樓，沙明潭清，山秀巖奇。

關景無多勝，江山第一樓。沙明十里玉川流。亭滀可容舟。踈竹餘根在，奇巖古壁留。登臨無與共清幽。獨步下西洲。

四

江陵鏡浦臺，海匯爲澤，波如鏡面。

海匯山仍起，樓高影落空。朝來水面忽生紅。日上海門東。灎灎明如鏡，青青色似銅。更看星月映波中。疑是廣寒宫。

五

襄陽洛山寺，樓高海闊，極目無際，海隅有觀音窟。

匹馬春風客，寒山暮寺鐘。樓高海闊水溶溶。其下有潛龍。萬古煙霞洞，千年菩薩容。倚笻東望五雲濃。擎出玉芙蓉。

六

杆城清磵亭，水匯山擁，波殘風微。

海曲千巖裏，蕭然一小亭。金剛餘麓落東溟。揷立作門屛。日暖魚遊水，花殘鳥語庭。清風拂面醉吟醒。澗草自青青。

七

高城三日浦，海決懷山，亭如泛船，巖下有夢天庵。

小閣澄湖上，孤庵古壁中。縈廻十里大洋通。一陣海棠紅。細雨雙雙鷺，微霞點點鴻。仙遊三日跡何空。倚杖挹清風。

八

通川叢石亭，山入海中，石如叢立。

地軸拖山入，天工削石森。神斧何日過東潯。叢立十餘尋。人力何能及，海靈亦苦心。孤樓愀倚久沉吟。落日掛西岑。

右八景雖是勝觀，皆濱海，故不甚奇愛，而惟竹西樓在於邑後客舍前，川流成潭，水清沙明，奇巖怪石，環列左右。山容秀麗，谷長十里，一望平闊，登臨不覺心神爽然。扁曰第一江山，信關東之絶勝也。余於甲午秋，自京城遊覽金剛山，還歸京城，以未見八景，殆成癖痞矣。今因謫行，處處覽盡，足以遂平生之願，莫非恩造也。

《德峰集》卷一，《詩》

成彥根

（一七四〇—一八一八），字叔晦，號稼隱，昌寧人。一七七七年進士。有《稼隱先生文集》。

望江南

芙蓉亭謾興

芙蓉花，秋水緑於荷。亭空夜静微香動，人坐池邊弄月華。花落結子多。

二

楊柳枝，春風送客時。疎疎歷歷江郊路，帶雨和煙千萬絲，絲絲摠别思。

三

中秋月，把酒倚孤亭。雲空海闊三千界，永夜長天盡意明，心與月同清。

四

西流水，隨月去何忙。蒼葭白露秋風夜，遥憶美人天一方。心與水俱長。

定風波

九日登高會二疊，用陳簡齋韻

人間離合苦無常。萍水同歡九日觴。短髮搔來還整帽，故謝，黄花今日爲誰黄。　遊子秋風未返鄉。況逢佳節是重陽。四海名區皆我界，莫道，人間隨處月炎涼。

臨江仙

又吟

憶昔鄉山會老筵，蒼顔白髮頹然。客亭秋思夜如年。碧山楓影裏，泛菊小溪邊。　浮世百年半是愁，故人把酒相酬。芙蓉亭上月如鉤。悠悠千古意，漁唱夕陽秋。

《稼隱先生文集》卷一，《詩》

姜鼎煥

（一七四一—一八一六），字季昇，號典庵，晋州人。有《典庵文集》。

水調歌頭

賦山水幽居

山下採芝草，江上伴沙鷗。吾將逝高卧，萬事頓忘憂。靜聽煙雨牧笛，時和夕陽樵歌，此樂誰與儔。　攜友參同契，聊與喜相酬。揮羽扇，跨蹇驢，侑勝遊。人生不滿百，罇酒好風流。諷詠古人詩律，棲息多小樓。臺幽興君知不，貧賤終無累，富貴更何求。

《典庵文集》卷三，《詩》

權宗洛

（一七四五—一八一九），字明應，號葛山，别號兄窩，安東人。有《葛山集》。

巫山一段雲

葛山八景，倣櫟翁《瀟湘八景》調格

一

鵂峰朝日

金鷄聲欲吐，火烏羽初颺。萬里滄溟波自揚。寅賓羲馭忙。依微曠野樹，明滅列星芒。夢罷莊園林鳥翔。長空水鏡光。

二

龍山暮煙

深林人語隔，踈竹鳥啼煩。柳絮隨陰飛入園。村娥炊夕飡。山高翠靄滴，潭闊碧霞翻。野叟歸來半掩門。兒喧繞膝孫。

三

草浦白沙

長川明似鏡，疎柳翠如煙。浩浩平沙經幾年。閒閒白鷺眠。　汀寒玉屑鋪，野曠雪堆連。且看山頭花欲燃。悠然與味專。

四

碧溪蒼松

丹阜塵煙外，碧溪雲影中。逶迤一麓氣融融。松老互長虹。　貞節歲寒凛，疎陰雨後濃。那間趣味有誰同。爾友即山翁。

五

長郊行客

南山宿雨歇，東海漲雲收。魚肆縱横通勝區。遊人紛去留。　塞天横鴈影，山月惹鵠愁。芳草萋萋生道周。馬牛不蹔休。

六

夕陽歸僧

緑水萍陰轉，青山花雨移。雲扉晝揜無人推。鐘響度峰崎。　錫杖深林際，上房落日時。諸天月下誦經宜。底事去遲遲。

七

小塘夜雨

梅塢微風起，松林翠靄飛。方塘一面對雲扉。夜聽雨霏霏。　地僻幽人静，天高過鴈稀。明朝倚杖立傾傾。溪水緑初肥。

八

遠峀晴嵐

飛鶴高千尺，游魚直萬尋。朝朝淡靄乍低陰。颯颯爽人襟。　塵念隨風散，詩思對月深。山居晚節無知音。時見一沙禽。

《葛山集》卷一，《詩》

金載瓚

（一七四六——一八二七），字國寶，號海石，延安人。一七七四年登第，歷右議政、左議政、領議政、領中樞府事。謚文忠，有《海石遺稿》。

踏莎行

一春花事，小院禽聲。滿逕芳菲瑶草生。杏子單衫紅茜裙，朱樓人立夕陽明。　屏畫香細，窓紗風開。輕盈寶襪下粧臺。卻遮團扇還羞殺，罵道飛花着面來。

蝶戀花

□霎輕風殘夢覺。艶粉妖紅，亂落山庭曉。脉脉凝情無處問，葡萄架上啼雙鳥。　高柳濛濛鳩欲乳。宿醉初醒，昨夜清明雨。紫鬢金翅雙飛蝶，喋得香泥窺繡户。

采桑子

紅板橋頭春漠漠，柔枝煙抹，沃葉露晞。女伴交肩日暮歸。　桂鉤摻得最高枝，翠袖欲皺，玉腕輕移。箔上蠶饑麗日遲。

清平樂

澹煙飄薄，即意似游絲。門外一雙紫桐樹，這處儂家易知。　停鳳梭褰畫箔，花光冉冉黄昏。故打鸚兒劇戲，是時月上南園。

錦堂春

別黄鶴樓

雨帶晴沙鴈陣，炯生遠楚漁舟。一聲風笛江城遠，仙鶴下處樓。　畫箔明横緑水，青娥睡損紅粧。汀洲漠漠孤舟發，纖月上蒼蒼。

南景義

（一七四八—一八一二），字仲殷，號癡庵，英陽人。一七七七年登第，歷承文院博士、成均館典籍、司憲府監察、兵曹佐郎、司諫院正言。有《癡庵文集》。

巫山一段雲[一]

家大人次益齋先生《瀟湘八景》韻命賦

一

平沙落鴈

浦闊多蒲荻，沙明近稻粱。青天萬里字千行。風翮下三湘。　影落清秋月，聲寒半夜霜。南飛不必過衡陽。煙水滿徐楊。

[一] 不標詞牌，今據律補。

二

遠浦歸帆

白起鷗聲亂，青斜柳影催。兼天秋水萬帆開。閒帶遠風來。 潮浦乘晨出，煙村向暮回。殘陽繫纜葦花堆。俄聽會稽雷。

三

瀟湘夜雨

暗色雲垂浦，寒汀浪打洲。鷓鴣飛處雨含秋。蕭颯使人愁。 竹裏湘妃瑟，楓邊楚客舟。黑風吹亂夜沉幽。應濕坐沙鷗。

四

洞庭秋月

玉露横秋水，銀河倒半空。桂輪高出楚城東。一片在江中。 魄轉秋猶扇，光垂夜亦虹。汀洲煙霧散金風。天地是瓊宫。

五

江天暮雪

日没千山暗，風號萬象嚴。滿江飛雪亂輕纖。兩岸散爲盐。

柳絮飄春巷，梨花落晚帘。玉龍何似照金蟾。白舫閉青簾。

六

煙寺暮鐘

寺裏煙光晏，林間日影濃。萬山含紫變青容。隔水數聲鐘。

蕩蕩鳴高閣，依依掛半峰。歸僧遥聽不停筇。一衲没深松。

七

山市晴嵐

山碧千重立，江清一帶圍。村臨小市掩朝扉。濃靄散霏霏。

有氣連空轉，無形撲宙微。斜陽回照宿雲歸。光景暮還非。

八

漁村落照

玉碎秋江水，金籠晚峀霞。煙生浦上萬人家。殘日倚橋斜。　遠渚明浮鴨，寒林送亂鴉。影濃紅樹似春花。處處曝魚蝦。

《癡庵文集》卷一，《詩》

李周禎

（一七五〇—一八一三），字景瞻，號大溪，固城人。文科及第，歷結城縣監、司憲府持平。有《大溪先生文集》。

巫山一段雲

冬至日與柳下兄，次從先祖留守公《騰雲山十二詠》，效《巫山一段雲》體

一

白雲殘更外，潛雷半夜中。微微響動劈千重。一長一消瀜。窓色俄仍曙，林光忽破曚。曈曈初日上瑶峰。拂面已和風。

二

懸簷疑一雨，開户失三峰。大往小來從此中。冥冥一太空。欲知始處始，須驗終非終。浩浩源泉流不窮。反求方是工。

三

家貧仁路窄，身老道心微。只有雩壇風詠歸。春天共物輝。微醺頻作笑，班坐儼成圍。何必牛山怨夕暉。悽然淚滿衣。

四

乾坤陽復夜，君子日乾時。況復經牀自有師。洗心毋失期。對兹白白雪，酌彼玄玄巵。祇戒心中危者危。初非有爲爲。

五

歲暮栢南舍，春生柳下家。小詩聯寫勝籠紗。遺響和清琶。氣味參蓮社，繁華屏玉珈。山川百里饒佳花。早晚點朱砂。

六

七耋風流座，一樽詩令開。金椎試擲響風雷。我志激波頹。大雅苟能作，王風可挽回。長城不復敵兵來。一鼓偏師摧。

七

吾如在汶上，誰可補虞裳。手裏琅玕猶自香。半生伊洛鄉。豈知芳歲暮，艱度北風涼。努力良辰數擧觴。榮枯都兩忘。

八

且喜青陽近，何憂白髮侵。高槐細柳自成林。蔭我饒清陰。　耒耜四鄰喜，琴書一座深。池塘春草日來尋。相對滌煩襟。

九

造物元無盡，閒情自有餘。春深料理小籃輿。濠上往觀魚。　好是荷風軟，無妨菰雨疎。怡然斜日返幽居。不願坐高車。

十

巫山在此地，雲雨關誰情。蓋有荒臺常不扃。空教煙霧生。　悠悠鳴珮響，寂寂嘯樑聲。卜築十年魂夢清。如何不見形。

十一

赫赫我留守，堂堂舊侍郎。昌時勇退占儸庄。二水開明粧。　紅樹輞川榭，白雲惠遠房。優遠七十送年光。道義以充腸。

十二

古詩經屢變，此體覺尤清。雲月妍姿松竹貞。逼眞方得名。吾家曾發軔，先集始刊行。依樣葫蘆試效成。清狂近四明。容軒先祖集中亦有是體，故末段及之。

《大溪文集》卷一，《詩》

申昌朝

（一七五三——一八三三），字公晚，號籠潭，平山人。有《籠潭集》。

巫山一段雲

八景，《巫山一段雲》格

一

過嶺閒雲

悠悠能蔽宇，冉冉條成氈。浮去浮來總自然。閒過暮嶺前。　人間時作雨，林外日霏煙。卷舒任吾豈得。牽仙家只在邊。

二

投林倦鳥

整暇搖晨翮，從容旁暮汀。徐徐飛處亦徐停。了拂小林青。　閒睡誰能喚，微啼客怕聆。知還舊路訪幽亭。便使主翁惺。

三

遠坡牧笛

短長調羽徵，廖裂異絲桐。芳草何原落晚風。牧牛兩兩僮。　拜時懷落果，驅處手招憧。不見其人曲自終。亡羊倚杖翁。

四

近浦漁歌

颯颯暮天雨，蕭蕭楓樹林。須臾綠盡雨山陰。漁子下煙潯。滄浪清纓濯，寒江白雪深。櫂歌九曲往相尋。風拂直投針。

五

石逕行商

巖巖牛背沒，穿穿馬蹄鳴。上際青天下際坑。難伸一步行。嘻吁危險蜀，艱苦甚多荆。名利方知共一枰。透來始得平。

六

風橋歸客

南浦寒潮急，西山落日催。長風壓盡短橋來。還使客心摧。倩僕冠難整，倚驂絡易頹。前堆後礫莫旋回。世道這邊開。

七

東林返照

雨霽長江闊，雲歸遠峀明。一邊殘照入東城。林鳥忽相驚。要返虞淵影，復迎若木英。悠悠萬事互相更。反本儘多情。

八

西壁掛瀑

絶壑開雙竇，長川掛半天。鳴雷噴玉自年年。風沫渾成泉。白練飛千尺，晴煙散萬旋。月明笙鶴下眞仙。遥和水山絃。

《籠潭集》卷一，《詩》

都禹璟

（一七五五—一八一三），字用會，號明庵，星州人。一八〇三年進士。有《明庵文集》。

憶王孫

三首，憶澹窩

晴窗盡日滿圖書。細繹潛心深草廬。厭薄澆漓多毁譽。蕙荷裾。來問呻吟長夏初。

二

憶仲養

槿花相對竹欄憑。病卧茅廬憶舊朋。忽得君書喜剪燈。滿溪藤。奇骨深憐倒髭鬡。

三

憶蒼廬

君家爲客弱冠時。顛髮蒼蒼兩鬢垂。蘿蔦晚登松栢枝。謾成悲。到老人生足别離。

菩薩蠻

遊修道山

碧蘿攀上神仙嶂。煙塵世界平如掌。回首問庵僧。雲軿幾時昇。僧言入定久。只識如來叟。況汝世間人。寧能知有眞。

《明庵文集》卷一，《詩》

金相日

（一七五六——一八二二），字子山，號一广，光山人。有《一广遺稿》。

漁父[一]

《釣臺詞》，贈朴進士鐺。

碧落亭前白鳥飛。滄浪之水錦魚肥。風打竿，雨沾衣。西巖盡日不知歸。

二

白頭司馬釣魚翁。流水浮雲萬事空。紅蓼月，綠蘋風。此心應不子牙同。

[一] 不標詞牌，今據律補。

三

屠龍大志竟歸虛。尋鷺前盟且遂初。楓葉晚，荻花疎。煙波垂釣意何如。

《一广遺稿》卷二，《詩》

漁父〔一〕

重和《釣臺詞》

沙禽格格近人飛。碧水潭深紫鯽肥。蘆花被，蓮藕衣。明月寒宵未肯歸。

二

十里煙波立一翁。明沙鋪練水連空。細雨雨，斜風風。漁臺幽興暮朝同。

三

橫林出水白煙虛。日落沉沉月上初。綠竿長，芳餌疎。不爲魚來釣自如。

〔一〕不標詞牌，今據律補。

鄭奎漢

（一七五七——一八二四），字孟文，號華山，長鬐人。一七八〇年進士，終身不仕，有文名。有《華山集》。

擣練子　夏景詞

月皎皎，風颸颸。瘦竹疎松影襯眉。雲盡河傾人不到，夜來幽興對深巵。

酹江月　七夕詞

白榆花落。月正是、紫姑行秋時節。一葉青梧飄零，道是織女牽牛七夕。月帳排空，銀河弄影，淨霽三天色。流雲如畫，一陣烏鵲横截。　遥想靈匹今朝，畫眉猶未了，精靈飄合。玉佩仙裙談笑間，丹桂花飛煙滅。跨鳳秦妃，履霜青女，笑我相逢别。猶勝世界，一去無復還日。

菩薩蠻

新秋霽夜景

凉蟾歷歷清如玉。青空一望生寒碧。秋色入疎桐。朗吟飄遠風。　良宵無酒緑。勝景虚排擲。雲水自吾心。青山繞素襟。

西江月

中秋夜

滿地唧唧蟲響，浮空皎皎蟾輝。夕陽已送白雲飛。酒興醒來秋意。　可愛一輪凉月，卻碎九宇霏微。對樽閒睡客來稀。楚鴈數聲歸去。

鷓鴣天

漁家秋景

江海霜前一鴈飛。蘆花煙水雪鱸肥。漁翁醉宿篷窓雨，惟有沙頭睡鷺知。　紅蓼月，白蘋涯。浮家泛宅不曾歸。灘聲惹起寒宵夢，楚竹煙生向晚炊。

《華山集》卷一，《詞》

丁若鏞

（一七六二——一八三六），字美鏞，號茶山，羅州人。一七八九年登第，累官檢閲、持平、兵曹參議、承旨、谷山府使。追贈奎章閣提學。謚文度，有《與猶堂全書》。

滿江紅

漁夫

一葉漁舟，我和你、煙波出没。了不管、西江駭浪，催人白髮。舉手長辭青玉珮，掉頭不入黄金闕。聽楓梢、曉露荻花風，寒侵骨。　哀簫哢，短歌發。暮潮薄，晨潮滑。取江豚、穿過緑楊枝末。濁酒三杯酬至願，蒲帆一幅留長物。只瞢騰、熟睡到天明，江沈月。

浪淘沙令[一]

戀闕

門外柳枝黄。春意難詳。芳池緑漲燕飛忙。細憶玉樓陪宴日，一蓦心傷。　流落在南荒。夢裏君王。東風吹綻小桃香。歌管嘲轟何處也，剪斷愁腸。

長相思

憶友

朝褰簾。暮褰簾。冉冉春雲礙緑欄。日令庭草添。　桃花尖。杏花尖。舀破芳心曉雨纖。不教兒去拈。

[一] 原作《浪淘沙》，今據律補訂。

菩薩蠻

寄僧

東風一夜南湖曲。春城草色連天綠。何處碧池蓮。可憐山黛邊。　油茶花正綻。竹翠交幽澗。穿著綠袈裟。褰簾看曉霞。

浣溪沙

春景

小雨廉纖竹院深。碧雲簾影共沈沈。靜觀琴譜當聽琴。　可惜杏花輕入水，已看榆莢暗成陰。綠肥紅瘦有誰禁。

水調歌頭

思鄉

瀟灑粵溪水，澹蕩白屏山。我家茅屋寄在，煙靄杳茫間。欲與雲鴻高擧，怪有重巒疊嶂，不許爾同還。一醉落花底，歸夢繞沙灣。　釣魚子，塵網外，十分閒。昔年何事狂走，漂泊抵衰顔。風裏一團黄帽，雨外一尖青蒻，此個勝簪綸。幾日湖亭上，高枕看波瀾。

如夢令

憶乙卯春，賞花釣魚宴事

湖上豔陽春至。滿眼殘紅軟翠。細憶賞花筵，放下一雙清淚。如醉。如醉。曾是十年前事。

又

寄内

一夜飛花千片。繞屋鳴鳩乳燕。孤客未言歸，幾時翠閨芳宴。休戀。休戀。惆悵夢中顔面。

更漏子

牆西有一小園，園翁喜打腦，謂之腦翁。二月晦，適遊腦翁園，鄰人饋酒殽，聊述其事。

碧桃園，黄芥圃。好貯一叢芳樹。銀縷切，玉壺傾。薄遊嬉晚晴。瑞蔥苑，芙蓉水。

舊日瀛洲學士。風淅淅，雨潺潺。春陰作小寒。

《與猶堂全書·第一集詩文集》第五卷，《詩》

佚名

青玉案

先唱樂章

邦家慶會膺繁祉。頌儲極增歡喜。兩殿供愉千萬祀。終南山色，漢江春水。聖算長如是。

銅盤露液盈瑤觶。池上蟠桃新結子。仙樂風飄金屋裏。女官一隊，鳴環齊起。香袖罏煙披。

醉桃源

後唱樂章

三朝彩服鎮承歡。彤墀陪玉鑾。簪花簇立繞朱欄。上清春未闌。　金膏滴、五雲端。

銅仙擎露盤。萬年宫樹駐雙凡。祥和渾一團。

柳梢青　夜會宴先唱樂章

玉漏丁東。月輪未午，銀燭揺紅。兩聖臨軒，斑衣歡待，樂意融融。蒼生匝域林葱。都是在、春和氣中。上世歌謡，升平休象，喜聽衢翁。

喜遷鶯　後唱樂章

豊亨樂，際昌辰。醉舞太平人。上林恩露百花新。長駐萬年春。蠟炬煌，爐煙細，滿殿齊呼千歲。聖朝渥澤洽於民。福禄自天申。

金永壽《荷亭集》卷四《内製集・樂章文》

柳台佐

（一七六三—一八三七），字士鉉，號鶴棲，豐山人。一七九四年登第，歷大司諫。有《鶴棲先生文集》。

王母獻仙桃

次《王母獻仙桃》樂詞韻，二首

觚稜日上舜堯光。和氣先凝度索陽。雲近瑤池開法宴，宫深長樂坐中央。星回南極輝輝影，花襲東風冉冉香。更看九重春色醉，君王遐壽發長祥。

二

一曲雲韶響九天。星冠飛下綵花筵。仙人掌挹三宵露，獸炭香浮九點煙。羽物商臣渾化内，龜齡鶴壽拜罇前。慇懃寄語花成實，寶曆千千萬萬年。

《鶴棲先生文集》卷一，《詩》

韓文健

（一七六五—一八五〇），字天若，號石山，谷山人。有《石山文集》。

柳公勵遇，崔上舍南獻，於賛堂雨雪時，拈出《退溪先生遺集》中《次松岡歌詞》三首，寄余求和。奉玩瓊章，詞律鏗鏘，自幸一魚目之換得兩個鮫珠，遂效越顰，聊和郢唱。

憶秦娥

陽回節。莊壇和氣洪爐雪。洪爐雪。查滓淨盡，官墻對越。　望美人兮腸斷絕。梅花浮動黃昏月。黃昏月。願言携子，玉佩珠闕。

武陵春

珠幢玉節羅松竹，人坐七閔中。欲和棹歌尋幾重。其如滿江風。　一觴一詠煎瓊屑，詩豪意正濃。濃且盈飄不空。肯羡緋山紅。

點絳脣

灞上寒橋，千秋誰送瓊琚韻。腔調清遠。使我起疎慢。　六花寒風，勁草恥芳嫩。時早晚。君子何憫。須向青天問。

《石山文集》卷二，《詞》

權晋度

（十八世紀前后在世），號穉明，安東人，與康儼（一七六六——一八三三）友善。

法駕導引〔一〕

穉明，效無住詞體三章見贈，體高難和，遂依其韻，別爲七言三絶，以謝來惠。原韻無住詞：

〔一〕不標詞牌，今據律補。

平湖士，平湖士，自是讀書人。詐愚苦惕滔滔世，公獨超然不染塵。隱約保天眞。

二

琴一撥，琴一撥，彈罷復吟詩。玉露溪邊清夜月，有時酬唱吐心期。眞趣少人知。

三

洛江水，洛江水，風濤浩將平。歸袂翩翩挽不得，隔林鸎語似含情。惆悵步溪聲。

康儼《謹庵集》卷一

洪醇浩

（一七六六—？），字孟儒，號半蒼，豊山人。一七九五年進士，官至沔川郡守。有《半蒼私稿》。

滿庭芳

詠梅

凡詞之作，自溫李而下，其語淫艶鄙褻，殆非丈夫所爲。然亦律家之一助云。

白雪舞花，玄風結條，錦帳香閣幽清。此時院庭，索笑引吾行。記得相思一夜，小窗下、似訴恩情。只須教，疎影暗香，可見難爲名。　嬋娟廣漢女，桂花一支，雲月三更。愛綽約芳姿，惆然逢迎。應是羅浮醉夢，諒此會、銀河易傾。須相念，主人勤護，無使流年爭。

木蘭花慢

措老梅

問梅花這神，來何因、去何因。記花蕾花英，花心花意，花暮花晨。都輸了詩人興，更綺羅窗下日相親。暗香疎影小閣，參横月落芳辰。　人間水流流年頻。回首老眞眞。但如醉如昏，如愁如怨，如泣如顰。教人至今惆悵，料玉骨芳魂馭飈輪。後日相逢何處，羅浮山下先春。

念奴嬌

除夜作

飛光飛光，何今日玄冬、明日春風。朝去暮來是日也，怎教今日不同。容成占斗，唐堯數蓂，年齒命兒童。須知個老，鬢髮便成秋蓬。　不知不知年紀，但春是長春，冬是長冬。把個百年如一日，冲然莫知歲終。煎膠粘住，長繩繫留，料得多愚蒙。乃知非計，只可醉眠夢夢。

長相思

上五兄聲窩

爲見梅花二詞，又續紙尾以呈。己酉。

煙如織。樹如織。煙樹一帶寒山碧。誰知新年樂。　問新作。寄新作。詩中有何新調格。箴砭無相愬。

賀新郎

送聲窩入燕

路掛長安城。值東風、草暗幽青，樹結寒聲。霜凄月落天色愁，料此夜難爲情。況子驪駒歌欲成。夢罷天門金榜上，去年今年國子監生。每此時，送君行。　梅花落盡虚窗櫺。悵春後、淡煙殘雪，乍陰新晴。千里江山多暮雲，斷群孤鴈飛鳴。謾令人、悵然心驚。禁苑鐘漏朝天罷，知你城南城北逢迎。須相念，少一觥。

釵頭鳳

臨别席上上聲窩

酒一卣。詩一首。送君攀折河橋柳。霤承筋。雲垂絮。别愁離恨，早鴉啼曙。去。去。去。　騎龍手。左龜綬。歸日光輝耀户牖。路險處。儂有語。穿冰踏雪，羸馬難馭。慮。慮。慮。

《半蒼私稿》卷三、卷四，《詩》

黄磻老

（一七六六—一八四〇），字叔璜，號白下，長水人。一七八九年進士。有《白下先生文集》。

水調歌頭

遊賞

何處遊賞好，扶策訪諸天。朅來蘭若高閣，山晝靜如年。茶熟香清眠罷，卻怕飛來泛磬，承露不勝寒。清澹做魂夢，渾忘在人間。　澗松瑟，泉竹瀉，客無眠。空花自落，何意明月佛龕圓。山色高低長短，水響哀懽揚抑，與爾半何全。獨有天中月，無競共娟娟。

西江月

魚父

汎鷁隨流移浦，輕鷗澹夢凝沙。青蓑綠篛雨飛斜。紅蓼蘆花上下。　獨釣爭如伴釣，有家輸似無家。數聲欸乃月如紗。浮宅夫輕來乍。

《白下先生文集》卷二，《詩》

李羲發

（一七六八——一八四九），字又文，號雲谷，永川人。一七九五年登第，累官大司諫、承旨、兵曹參判、知中樞府事、刑曹判書。謚僖靖，有《雲谷先生文集》。

王母獻仙桃

進宴第一爵，致詞奉教製進

琛樹東方葆瑞光。明堂寶位闢青陽。星臨南極人難老，燭設重宸夜未央。聖主垂衣宜景福，仙婆奉詔進天香。開函不翅瓊瑤美，大德家中壽最祥。

又

昌朝嘉貺降仁天。青鳥飛來繞禁筵。甲帳遥臨鰲海日，丁香浮動獸爐煙。三千歲色瑤池外，一萬春光玉罘前。瓜瓞周原綿寶籙，願君貽燕亦遐年。

《雲谷先生文集》卷一，《詩》

金三宜堂

（一七六九—一八二三），金海人，金仁赫之女，河煜之妻。有《金三宜堂稿》。

謁金門

效俞克成《謁金門》體二首

庚申下第，在衿川鋤里，三角山來龍局勢在眼底。

春寂寂。窓外花開花落。鷰蹴輕香入羅幕。日高殘夢覺。遥相望愁脈脈。無語獨倚欄曲。半掩紅粧羅袖薄。天涯芳信隔。

二

清晨慵起夢魂迷。蛾眉擺不齊。垂楊無力拂窓低。春閒聞鳥啼。極目前溪後溪，迢迢芳草萋，紫騮行踏泥。誰家年少玉壺攜。

眼兒媚

效王元澤鸎語櫟體

墻角朝輝映窓紅。人在畫屏中。數幅羅衾，一雙鴛枕，晚睡朦朧。流鸎喚起江南夢。無語傍簾櫳。小園春晚，杏花疎雨，柳條輕風。

望江南

效瞿宗吉西湖景體四首

東窓景，朝日上簾紅。桃花點點含宿雨，鸎子雙雙語晚風。屏間早起慵。

二

南窓景，午日當簷長。楊柳無風緑陰轉，黄鳥飛飛度前墻。團扇吹面凉。

三

西窓景，夕日倒軒斜。芳草茫茫有行客，平林漠漠見歸鴉。相思天一涯。

四

北窗景，夜月入户明。庭院深深人寂寂，何處笙歌兩三聲。獨坐度五更。

《金三宜堂稿》卷一《詩》

沈榮植

（十八世紀末——十九世紀初），號大林山人。有《大林山人未定藁》。

臨江仙

詠花

一夜池塘經細雨，東風卻在枝頭。軟紅嫩紫若相謨。春色誰多少，新粧正倚樓。無可奈何芳艷歇，人間一夢悠悠。殘英冷蕊爲誰留。多情蜂與蝶，惆悵也深愁。

憶秦娥

詠柳

江邊柳。幾條斜拂樽中酒。樽中酒。青春歌管，紅顔少婦。　可憐攀折離人手。斜日輕風古渡口。古渡口。千里長程，百年良友。

浣溪沙

詠草

淡若輕煙細若絲。芳菲移上彩鞋兒。西原年少踏青時。　門閉建章添恨緒，夢迴遼塞映愁眉。年年春緑若留期。

《大林山人未定藁·删餘集》卷一

惠藏

（一七七二—一八一一），字無盡，號兒庵，佛僧。有《兒庵遺集》。

漁家傲

雨夜

一穗寒燈明不滅。殘書古畫閒披閱。剥落離奇逾可悦。猶泉咽。晚春疎雨無時節。
自笑盲龜兼跛鼈。詩情到此一分别。定眼何嫌風景烈。香臺潔。數株枳樹花如雪。

菩薩蠻

遣興

叢林格外無生曲。没絃琴裹溪光緑。拈弄祖師禪。永鳴空劫前。　古調如再按。世界都成幻。閒憩白雲涯。支頤看落花。

長相思

奉寄東泉

朝夢歸。夜夢歸。依然金馬舊朝衣。醒去即還非。　黄鳥飛。白鳥飛。春風萬里草萋菲。迢遞憶山扉。

如夢令

春睡

簾外玲瓏山翠。林裏一鶯時至。閒卧竹窓邊，到午鐘鳴猶睡。慚愧。慚愧。狂走世間名利。

水調歌頭

奉寄東泉

山屋正蕭洒，山雨更支離。竹風吹處一瞥，彈指起題詩。莫向塵途傳去，恐怕林麕磵鹿，不與我相隨。但可自怡悦，將贈白雲誰。　好家計，煙鎖洞，水鳴池。石榴花下初見，紅綻兩三枝。樓外一聲清磬，松裏一雙啼鳥，摠是惱遐思。願陪東泉叟，看此語移時。

浪淘沙令〔一〕

聽鶯

山日照簾櫳。長卧如聾。芳林翠壁囀黄公。細酌白醪徙倚處，一個山翁。　嗟彼世人間。未得清閒。芬華只是夢邯鄲。身外浮名何願也，不出孱顔。

《兒庵遺集》卷一

姜樗

（一七七二——一八三四），字孳厦，號松西，晉州人。一八〇七年登第，歷正字、典籍、持平、吏曹正郎。有《松西先生文集》。

〔一〕原作《浪淘沙》，今據律補訂。

水調歌頭

賦新亭自嘲

東海白雲子，蕭灑一亭孤。不知身外榮辱，心内有也無。休説名山韻水，雨後竹梧桐月，清意一般乎。自有胸中樂，此所謂從吾。　從吾子，天地内，一逋奴。悠悠人世何事，日日飽殘盂。漫浪江湖蹤跡，放倒身家繩墨，七尺秪空軀。仰首瞻星斗，此意更嗚呼。

二

省事便閒寂，脱俗更清癯。極知此事容易，爭奈世紛紆。日課耕雲釣月，經濟澆花栽竹，非不自懽娱。何似明窓曉，端坐主人呼。　香煙歇，啼鳥聒，燕將雛。問君何事來去，無端與誰俱。出不辭來不覺，倏若上俄而下，那個是眞吾。更向清巖坐，盡日嗒如愚。

《松西先生文集》卷二，《詩》

李載毅

（一七七二—一八三九），字汝弘，號文山，全州人。一八〇一年生員，追贈户曹参判。有《文山集》。

望江南

文山八景，江南體

一

山寺曉鐘

羣動息，秋夜客懷難。遠響何來醒我耳，白雲飛盡月斜欄。疑是坐長安。

二

坪村暮煙

林漠漠，暝色鎖前坪。穩穩遊仙呼可語，半空笙鶴若聞聲。摇曳遠村横。

三　鞍峴落照

朝復夕，冉冉奈他何。天地亦無恒午晷，魯陽多事謾揮戈。回首一高歌。

四　鷹峰霽月

收暮靄，輝映在東山。洗出冰輪掛高處，澄清不許一塵班。如見故人顔。

五　九鳳殘雪

强半水，那忍谷風吹。經歲陰凝今始軟，春心漏洩爾先知。消盡未多時。

六

雙嶺驟雨

雲潑墨，轉眄失雙尖。誰激江河千萬丈，飛空直下欲摧檐。風急聽衣沾。

七

三巖賞花

穿錦繡，紅緑映人衣。蒲眼春光都管領，杜鵑啼罷晚風微。林下詠而歸。

八

柳川觀稼

川上望，蒲水夜俱長。一色黄雲秋欲晚，老農場築此時忙。雞酒樂年康。

《文山集》卷一，《詞》

申命顯

（一七七六—一八二〇），號萍湖，平山人。有《萍湖遺稿》。

虞美人[一]

殘鴉啼送夕陽好。新恨結芳草。更將瑤瑟奏相思。謾向曲欄、深處拂絃遲。　不堪回首長堤路。愁倚桐牀住。茶罏香散更無痕。魂斷軟錦、樓下月黃昏。

《萍湖遺稿》卷下，《詞》

南羲采

（一八三二年前後在世），字文始，號龜磵主人。有《龜磵詩話》。

[一] 原作《蝶戀花》，今據律補訂。

卜算子 梅詞

凍月掛珊瑚，透薄紗橱冷。不與梨花夢一春，耿介風姿挺。　索笑起巡簷，竹睡黄昏靜。手掇瓊枝竚所歡，立盡横斜影。

行香子 雪詞

宴罷璇宮。撤擲銀鐘。旋芙蓉、萬玉妃從。山藏嵐翠，路斂塵紅。但雲千堆，花千樹，月千峰。　清襟轉冲，幽興方濃，待王恭、鶴氅從容。彈瑶池宴曲名，試密雲龍茶名。對一窓梅，一軒竹，一庭松。

更漏子 春詞

楝風前，榆雨後。澹蕩一掩梅柳。誇白玉，矜黄金。動人游宕心。　枕山亭，臨水榭。

無數去驢來馬。雲淡淡，月娟娟。美人向那邊。

點絳唇

詠梅，次清山韻

琴幌虛明，篆爐薰歇茶煙迸。參横屋角，海月珊瑚映。　領得韻香，對詠寒宵竟。紗㡡冷。練裙鮮淨。莫是仙娥影。

思越人

次清山韻

雪銀堆，冰玉岸，曾颸透薄蓉裳。手掇瓊枝南浦晚，斂紅蘋末斜陽。　雲端一點終南小。郵亭立望煙渺。酒歇芳樽音塵杳。香梅獨自開了。

西江月

金池雪小酌

絮拂王恭鶴氅，花粘孟浩驢鞍。金池霽景水晶寒。恰好我歌君亂。　轉覺神清似水，且看氣涌如山。五更扶醉下朱欄。悄悵月斜人散。

望江南　坐嘯樓逢別

城角暮，泛艷月華濃。香透紗櫥梅穩藉，煙消松架鶴從容。琴酒此相逢。　虬箭咽，蘭燼墮殘紅。風觸難琴弦凍絶悄，青雲住兩三峰。流水各西東。

《龜磵詩話》卷二三

梁進永

（一七八八——一八六〇），字景遠，號晚羲，濟州人。一八五九年進士。有《晚羲集》。

望江南

君不來，虛言望幾誠。海榴花盡殘炎薄，庭梧葉飄早涼生。孤枕夢難成。　積雨霽，佳期月已更。白浪翻天能不没，知君茆屋駐沙汀。相憶倍深情。

二

日又晚，煙濃遠眼遮。倚杖坡頭高處望，漠漠平原芳草斜。隱約兩三家。　無人問，此時黯恨加。莫把愁眉臨照鏡，且將華藻賦同車。安得不我遐。

《晚義集》卷一，《詩·三五七言》

趙秉鉉

（一七九一——一八四九），字景吉，號成齋，豊壤人。一八二二年登第，歷兵曹判書、大司憲、刑曹判書、判義禁府事。有《成齋集》。

望江南

回首望，斜日動離思。鴈背楚天千里道，鴟邊漢水九秋時。與子對相悲。　悲底事，白髮爾應知。落木征鴻騷伯怨，高山流水故人離。把手故遲遲。

《成齋集》卷二，《詩》

趙冕鎬

（一八〇三—一八八七），字藻卿，號玉垂，林川人。一八二八年從燕行使書狀官季父趙基謙以子弟軍官赴清，一八三七年進士，累官工曹參議、户曹參判、知義禁府使。有《玉垂集》。

桃源憶故人

無題

因人情緒春如綉。剛掃雙蛾還皺。宵短孤眠難就。徑怯金蚪溜。　曉雲一朵堆文甃。恰是五更天候。寶瑟悽凉依舊。啼臉三分瘦。

如夢令

無題

池面雨痕緑漲。院落柳絲翠颺。杏梢子規啼，春寂寞珊瑚悵。惆悵。惆悵。樓外數重青嶂。

錦堂春

無題

臨水芊眠軟緑，過墻歷亂殘紅。樓前無數垂楊樹，那不繫青驄。恨未多圓滿月，情尚怯去來風。非無來歲春期在，來歲又怱怱。

錦堂春

底事多生懊惱，無端減卻風流。任地青玉闌干月，移過一重樓。甲煎濃都是恨，丁香結半緣愁。菱花羞照眉兒様，雙蹙遠山鉤。

行香子

無題

看了庭花。聽了林鴉。洞房中、揜了窓紗。多般煩悶，這個深嗟。恨水無窮，山不盡，樹重遮。　朝也來些。夜也過耶。錦衾邊、夢夜到麽。爐歕金屑，鼎沸蘭芽。奈鐘始動，鷄方唱，月又斜。

長相思

無題

南一樓。北一樓。樓角樓楞樓半頭。湘簾十二鉤。　好風流。不風流。有個人閒愁悶愁。問君知道不。

漁家傲

題發書

十里垂楊煙雨漫。長亭路短亭相貫。南玄北來行客斷。嘘也歎。曉鴉噪罷曛黃散。　擘錦書相思一段。多虧爾素手輕腕。百轉千回愁未半。癡了看。寸腸無緒如絲亂。

如夢令

題霽夜遠眺

白茫茫水無畔。碧沈沈山一半。明月滿空汀，江上遠近煙散。長歎。長歎。不知何處是岸。

長相思

無題

天光亭。海云亭。串北分南送客亭。人生到處亭。　今年情。去年情。朝還暮又不斷情。何時了此情。

如夢令

無題

慄慄慄紙條警。清清清梅髓冷。靜悄悄夜永，碧熒熒燈火影。多幸。多幸。依依黯黯之境。

念奴嬌

無題

碧梧金井，人立盡、卍字闌干槺影。一樹無情蟬欲斷，踏遍迴廊深靜。月印庭心，苔封墻角，淨甃碾銀綆。更尋看處，未容言語相併。　無限草底殘蟲，心情多少，且教予分省。說到五更猶未了，難道是今宵永。始自緣何，終然誰使，偏靠愁眞境。分明知道，一天凉露頻警。

鵲橋仙

無題

不是多情，例是無意，卻做相思憔悴。酒魔風欠説源頭，這一生、别離兩字。金鍼之術，朮籠之貯，許多可投可試。斯人也斯疾支離，太息曰、膏肓難矣。

一剪梅

無題

樓北樓南天一涯。望裏天涯。望外天涯。行人在遠近天涯。來是天涯。去還天涯。秋雨秋風更天涯。昨日天涯。今日天涯。何時何事不天涯。魂又天涯。夢又天涯。

鳳凰臺上憶吹簫

用李易安詞意，寄小玉校書

眉損山屏，夢銷冰簟，晚來慵自回頭。看一片殘照，捲起簾鉤。生怕西陵樹色，人更遠、欲望還休。無端病，剛過半日，恰似前秋。　羞羞。酒初香後，終没了些子，影也來留。二年痕迹，深鎖妝樓。依舊啼鸞團鏡，印不著、當日凝眸。凝眸處，情塵細黦，又一重愁。

沁園春

無題

飛度關河，踏向界門，繚堤縈沙。奈當當鈴響，重重遠樹，夢驚依約，覺後天涯。眼嘴森森，心頭脈脈，窓外三更疎雨斜。空空也，但换燒香篆，細算燈華。　行人此時如何。還幾月團圓歸在家。有不改清陰，一窓瘦竹，始開黄菊，三徑寒花。馹騎流星，飛書來近，交與儂平安字些。行李事，想晨裝夜頓，店飯亭茶。

瑞鷓鴣

秋情

問秋都有幾。算碎秋零秋，一團而已。扮成十條矣。向梧桐葉上，芭蕉聲裏。其三去耳。又一分、蟲唫者是。把分明、六數贏餘，擲付枕頭簾嘴。　誰使。吹牽夢絶，潤冷愁枯，若儂相竢。早知有此。留不著，個些子。可憎他玉露金風，輕薄來攪，無中事起。鎖重門、罵了新凉，索還與爾。

滿庭芳

水遠山長，夜凉人靜，一重牢合雙門。滿庭風露，分付草蟲言。記得年時歡舊，小牋上、情話溫存。而今也，病如中酒，醒後更殢殢。　孤眠終半就，金爐字滅，繡被紅翻。恨月斜樓上，五更鐘痕。檐花槺影深處，分明是、去夢猶溫。休休矣，數點砧響，無計不消魂。

離亭燕

題自壽，次孫浩然詞意

瘦骨崚嶒堪畫。茶椀藥爐瀟灑。滿庭碧苔千點散，嶽色北窓相射。一帶水抱村，隱映竹間草舍。　身上布衣穿掛。頭上葛巾低亞。聾瞽世間名利事，且悦姻親情話。濁酒二三盃，頹卧無窮花下。

芭蕉雨

無題

雨打芭蕉葉葉。小窓風雨緊、博山歇。枕簟一身清滑。單别冷酒情渝，溫茶韻愜。擁爐深處兀兀。看燭影微滅。還不見夢兒、歸時忽。試問道、再來麽，千萬等候殷殷，思量越越。

撲蝴蝶

題屏畫

情絲恨縷，畫出屏風綉。山重水複，都教人僝僽。上邊秋雨微過，下際秋雲乍驟。中間夢也逗留。去還又。問儂何事，一雙眉兒暗淡皺。看看没有，多少只依舊。情隨去水同流，恨共來山并繆。夢如雨寒雲瘦。

青玉案

無題

脚根不踏官街路。又目送、歸鴻去。柴米油塩無心度。畫樓芳樹，蓽門蓬户。一樣安身處。　華年錦瑟青山暮。且休説、曾題碧雲句。算到餘生今幾許。淡煙衰草，晚風輕絮。陣陣黄昏雨。

百字令

題老

白駒過隙，轉頭也、教誰駐它蹮蝶。眼見麻姑蓬海淺，爛柯仙棋應劫。落葉秋風，黄梅閏月，身是莊園蝶。都休休矣，歎息文章事業。　早知絶對佳人，少年豪俠，白髮同心鑷。三十年來風和雨，分别從須妥帖。綉被香空，藥爐丹就，經卷維摩攝。夙世朝雲，無嫌我老相怯。

洞仙歌

檃括《桃李園序》

浮生若夢，問爲歡終始。秉燭春遊古人是。萬物之逆旅、天地無情，光陰者，百代過人客子。　惠連同後秀，康樂詠歌，桃李芳園召我以。游賞高談處、樂事天倫，長若此、醉花前月裏。且要雅懷伸、有佳詩，金谷酒分明、不容罰爾。

踏莎行

題姜對山小畫

岸夾平沙，天含遠樹。傷心事在郎官渡。阿誰扶上木蘭舟，春潮帶雨將人去。　萬點飄花，十分狂絮。天然三月江南路。酒旗風力板橋横，□□一縷題詩處。

霜天曉角

潤閟

庭陰響屐。疑似情來迹。竟看看没有狗兒，向粉墻嚇。　倒誰偷杏摘。驚苔痕狼藉。不管也多還少，慮儂被、檀郎責。

最高樓

無題

君知否，在半夜中之。打雨暗風時。下沈沈數重槺子，拈熒熒一琖燈兒。背山屏，抛角枕，就眠遲。　耐過了、病將人困也。耐過了、老將人死且。眞不耐、夢相思。百年契活憑誰説，五更心事教誰知。鏡鸞啼，應我笑，生如癡。

滿江紅

題浩歎

二十年間，回頭是、雲消雨歇。風流事、至今猶憶，不教分別。白馬銀鞍游冶處，金箱玉笈神仙訣。忽無端、鬢髮已成絲，同心結。　且休矣，何堪説。終古恨，皆豪傑。向青山宿草，較誰優劣。弱水三千猶可絶，長天九萬無由徹。算此身、暫有似枝頭，殘紅綴。

訴衷情令

無題

碧琉璃屏外闌干。孤弓著棲鸞。冷潑銀瓶秋水，五更角枕看。　有情無情也難。歡不歡。正是西山下，雲一端數點鍾寒。

摸魚兒

題懷

幾回看、狂風顛雨，欺花編柳都去。鏡中消瘦蛾眉盧，愁迹夢痕無數。那問道。這處是、王孫芳草歸時路。與春一語。勸舞蝶游蜂，四時長到，繫馬不飛絮。　金徽事，又被檀郎再誤。人曾憐否人妬。延壽畫也相如賦。青天此情難訴。歌且舞。且盡醉、人生畢竟歸黄土。生前只苦。一去一茫然，佳人才子，誰記酒醒處。

金縷曲

無題

睡起青山語。自焚香、書塵向午，鳥聲無數。知道春風來分別，淡靄輕煙起舞。間觀裏、桃花前度。道士重尋無消息，日長長、眞治郎遊女。怊悵甚，更如許。　蘭芽緑出江南渚。水連天、樓臺歷歷，往早煙雨。清熟風流東家酒，剛把春衫典取。又恐被、張三來汝。五湖歸帆那時到，載黄金、不遣風波阻。誰省我，寫金縷。

金縷曲

秋懷

錦瑟絃絃語。九迴腸、春蠶未吐，此情誰數。知道乘除天元一，句股分門並取。借細筆、方諸神聚。韻勝丹青難描著，短兼長、奈恨郎情女。頭白盡，更如許。

和雲直上銀浦渚。宗動天、風金露玉，罩霞籠雨。別釀玻瓈盤中酒，醺倒寃家一肚。且莫説、非儂伊汝。勸教墳上時時到，二豪來、不見劉伶阻。長對月，酹金縷。

應天長

焚香

令君席上殷勤語。幾度尋思思正苦。博山頭，花影舞。一卷道書看日午。

鄂君春睡處。繡被紅翻金縷。欲説夢中風雨。夢還知也否。

阮郎歸

惜春

雨香雲淡這何時。玉驄驕且嘶。盤龍屈戊莫愁眉。蝶稀花也飛。　春債重，幾看低。秋霜明鬢垂。千金寶釵越羅衣。留君姑典歸。

憶秦娥

臨隸

何恍惚。山窓睡起攤書歇。攤書歇。稱心楮墨，鍾黄筋骨。　雙鉤懸腕爭毫髮。鸞停鳳泊煙雲發。煙雲發。二京古色，蒼茫津筏。

虞美人

燭

書情畫意時時了。此夜應多少。五更鐘後透微風。夢繞碧紗窓影、有無中。　玉肥消瘦蘭香在。恁道紅心改。并刀剪一種閒愁。恰是滿輪明月、鏡光流。

望海潮

餞春

一江春水，滿汀芳草，説曾幾處繁華。快馬長嘶，片帆孤揭，垂楊岸外平沙。碾牽日輪車。又紅顛緑倒，雨打風加。酒幔長亭，有誰句引宿誰家。　誰家前夜簫笳。儘買絲入繡，夢筆生花。蝶世不忙，鶯兒不老，世間甚事堪嗟。終奈鬢雙斜。向一聲長笛，萬點歸鴉。唱斷新詞，碧雲無數更天涯。

八聲甘州

看書

古人無萬里卷中來，還向卷中歸。問來時歸路，池窓夜雨，山閣斜暉。談説千年往事，和我笑還悲。可意誰誰在，最上忘機。　記否看多看少，一斗時喚取，潮暈紅霏。有青青書帶，小砌屐痕稀。爇金爐、名香一炷，也不妨、黄嬭自相違。休嘲我，蠹魚生活，紋錦爲衣。

水龍吟

歎老

小園俯瞰長安，銀鞍繡轂群群驟。章臺街裏，杜陵橋畔，好春天候。然諾千金，死生契活，甚難希有。英雄豪傑，古今誰是，景鍾名業雲臺繡。　將進酒君更壽。百年無盡千年又。紫鸞雪廨，瓊芝瑶草，麻姑還瘦。這個經綸，幾般思量，一例搔首。對清陰、自有山窓緑竹，讀書依舊。

水調歌頭

白牧丹

南院石闌在，可是嬾陰天。玉盃承露，誰記桂宮年。初捲錦幃香海，又好鎖煙籠雨，瓊漿沁髓寒。夙世儂和儞，那夢到人間。　朝來笑，暮也困，欲成眠。何日歸去，天上有月幾回團。傾國傾城堪唾，魏紫姚黄無數，雪操玉同全。白髮怕堂叟，相對一嬋娟。

瑞鶴仙

酒，次鄭板橋韻

東家松葉酒。誤才子佳人，桃前梨後。紅榴繼青藕。都算取幾甕，要君久久。柔脣浸口。更滚到、癡丁愚叟。問它朝、它暮不知，槽氣離身先透。　然否。麴生情黠，冷處非眞，暖時非偶。費神工巧，獻朱門，祝眉壽。這朱門溫潤，只依舊便，酬酢高賓良友。碎玉壺、駡了麴生，盡儂毒手。

賀新郎

憶花，次鄭板橋《青藤草書》韻

硯瀋詩香賸。記前時、斜陽一縷，烘帶西嶺。捲起湘簾人倚檻，立盡婆娑之影。轆轤響、絲繩汲井。癡白妖紅堪供玩，幽興在、半欹帽頂。難道儞，不相近。　素馨透濕青衫領。一任風、斜枝錯認，元央交頸。殘酒遲醒猶夢語，緣到多生怏逞。至今也、煙雨苔逕。百囀流鶯難贖，杜鵑啼血休凄冷。花病不，是人病。

踏莎行

即景　　雨思綿

繡毬將闌，金錢欲老。紅扁豆筴青猶小。秘甆鑪鬱玉蘭煙，將人晝夢虚空裊。綿，煙情杳杳。簾陰時拂凝殘照。卷中誰是有心人，千年朽骨生春草。

八聲甘州

雨中懷，用坡韻

雨何心漠漠鎖煙來，無心放煙歸。這樓前高木，簾外疊嶂，幾日芳暉。病客何曾思出，音緒自然非。人事無相管，倒合忘機。　坐想清門西畔，是碧溪轉處，竹籟林霏。有高人居住，閒坐世情稀。待天晴、橋矼可涉，顧一來、一往不令違。清門下、啄啄鳴屐，拂我新衣。

華胥引

雨熱

庭流潺碧，階蘚滋青，小亭一葉。泛在中間，看無涯畔隣鴨唼。甕牖來是雌風，正烘爐熏熾。呼喘如牛，我寧冬月寒怯。輕衫無情，至枚枚、汗髭當鑷。竹牀冰簟，誰人清凉評閱。灌頂醍醐餘瀝，檢看箱篋。愁把□毫，寫就葵扇單疊。

南鄉子

感事

池綠遊痕收。煙雨濛濛起遠州。太乙仙人消息斷，知否。誤向空欄一轉頭。美景苦難酬。幾度人歸秋復秋。翠盖紅妝今依舊，都休。修到荷花定有愁。

滿江紅

和呈申桂田

洞府三清，非塵世。松笙鶴氣。朝暮遇、碧雲深處，神仙富貴。眞個有眞知道否。閒檢絳簡丹爐沸。俯下界、擾穰轉浮漚，堪歔欷。修到得，幾時到。除煩惱，無憂畏。便瑶臺十二，六銖衣衣。霧吸雲餐煙火胃，史膏經馥分經緯。竹帛垂、功德被人間，還一味。

好事近

牛熱

萬葉垂頭低，朱熱當天始火。向午不放人去，下歲蕤金鎖。　將心無妨作虛舟，泛泛穩持柁。雪海一邊冰海，任浮由皆可。

謁金門

素山屋會話

溪香散。碧漲苔橋中斷。一桁山含斜照半。主人茅屋看。　近日蟬聲誰喚。有客來從雲岸。寫就冷金歸汗漫。贈君青玉案。

鵲橋仙

和小瓻，呈尊甫瓻翁先生

紫霞洞府，清風溪水，有個古人無恙。冰姿如玉氣如春，七十年、遊心昭曠。　神仙道德，羲農事業，成就升平宰相。珮玉時復去朝天，常對坐、疎簾翠嶂。

如夢令

和尹寶山

懊惱黴痕牀堯〔一〕，孱僽雨絲簾映。茅齋漏如船，强把新詩高詠。多病。多病。虛負西池荷柄。

太常引

一

素山宅會

前宵過雨打簾鈴。迴夢素山亭。今到晚蟬聽。清清得、一聲二聲。無常蹤跡，無心來往，合處也同情。話入夕陽明。好眞態、樽前醉醒。

〔一〕原文如此，然本句當韻，「堯」疑應爲「竟」，因形近而譌。

二

贈素山

秋花自抵小風鈴。斜照媚亭亭。來叩角門聽。休認道、松聲鬧聲。　山村寥闃闃，山家瀟灑，主客一般情。拭拭眼兒明。世間夢、從前已醒。

三

歸家小憩

鳴檐玉馬撒鈴鈴。閒步竹間亭。幽鳥堪一聽。求伴侶、前聲後聲。　如茶初沸，如香始爇，欲寫此時情。乍現乍分明。願持酒、千場未醒。

四

夜

睡猧微嚇撼紅鈴。燭影透林亭。虛籟要爾聽。頻傾耳、無聲有聲。　何林無熱，何雲不滴，惱我中宵情。不見數星明。擲衾簟、如醺似醒。

五

懷舊

芙蓉颭雨譜淋鈴。紅褪水西亭。誰共倚欄聽。吟詩處、金聲玉聲。汀煙締思，汀樹凝恨，歷歷往年情。幾夜月空明。問中酒、何由得醒。

六

寄隣

隣墻恨下繫銅鈴。閒自掩孤亭。安否倩誰聽。仍没有、呼聲喚聲。書來連牘，書還多字，日日幾時情。此事説難明。奴兒病、那由攪醒。

七

艷情

鸜哥顧影刷金鈴。風去只空亭。欲語向誰聽。吾憐爾、低聲細聲。紅墻三疊，紅欄六曲，鎖下萬端情。寂歷數花明。茶爐活、佳人睡醒。

八

偷兒過園

誰能遮耳巧偷鈴。適然閉吾亭。園裏没人聽。那由識、張聲李聲。山查結子，山荳抱莢，久自費心情。摘去數還明。園丁説、提撕得醒。

九

東亭燕會

楚巫不得碎叢鈴。高會占東亭。奇事必堪聽。諸君子、歡聲笑聲。名香應爇，名花可猥，脱略世間情。四座鬢絲明。貯良酒、朝醺暮醒。

十

驚雨

曉來雨點大於鈴。凝碎我園亭。還怕睡和聽。挑燈數、稀聲促聲。庭蕉可惜，庭梧可悶，念念敗人情。苦待到天明。拓南牖、翻然若醒。

南鄉子

和桂田，寫夢，乙酉

殘暑曉衾空。又聽梧桐葉底風。此語無勞提到耳，吾聾。聾盡人間萬事中。　夢也不朦朧。銀匕花姿碧酒崇。知爾常時情緒重，玲瓏。一點靈犀徹寸衷。

點絳脣

和眉堂

顏髮蕭飄，儘經前夜風和雨。怕人開户。如病沈吟苦。　數卷殘書，只管秋情挑。看了了。倒無分曉。憶哉千年杳。

《玉垂集》卷二七，《詩餘》；《拾遺》卷一

張心學

（一八〇四—一八六五），字在中，號江海，仁同人。一八五三年武科及第，歷五衛將、同副承旨、通政大夫、通津府使。有《江海文集》。

蝶戀花

古詞

雲林一段松花滿。默聽鶯啼，巧舌如管。紅瘦緑肥春正暖。倏然夏至光陰轉。　又值秋來容易換。黃花香堪供翫。迅速嚴冬如指撚。逍遥四季無人管。

《江海文集》卷三《詩》

洪壁

（一八〇四—一八六五），字士直，號老雲，南陽人。有《老雲文集》。

浪淘沙令[一]

丹山歸路，醉呼《浪淘沙》一章

春日欲生溫。且向芳樽。數家殘雪擁江村。解道諸君歸更早，醉與難言。　醉興到黃

[一] 原作《浪淘沙》，今據律補訂。

昏。誰與攀援。共看明月入山門。他日相思雲水裏，魂夢源源。

浪淘沙令[一]

贈金君而遠

君到又新春。且與怡神。風吹冰壑潔無塵。共道家山花發後，詩興逾新。　君去更懷人。誰識其眞。餘香猶有若留茵。見説書堂蒼竹好，焉致其身。

減字木蘭花[二]

閒居無事，戲賦《木蘭花》一章

朝暾出照。拓户懷人空遠眺。野渡無波。鎭日隨君每穩過。　柢緣春酒。醉裏分張忘別處。水詠山遊。採贈名花紅滿頭。

[一] 不標詞牌，今據律補。
[二] 原作《木蘭花》，今據律補訂。

水調歌頭

二章，閲《朱子大全》，因次其歌詞諸章

日夕與同樂，紅緑暗相催。幽情不耐消遣，詩軸欲成堆。案有朱書數卷，門對青山一片，叩友幾時回。新燕飛簾幕，明月上樓臺。　一藜杖，雙蠟屐，百花盃。逍遥廣漠之野，襟宇自恢恢。盡日高山流水，到處落花芳草，青眼此中開。吾黨知誰在，行樂正時哉。

二

有懷西峰，權進士褚字

記昔與君别，歸事使人催。白頭兩忘千里，遥憶落花堆。一幅陶峰山水，萬卷唐人詩史，心與一天回。不附青雲士，誰掃黄金臺。　下南子，常愛酒，酒盈盃。無人説與心事，此意竟誰恢。萬里中州人物，十載東庠僚友，衿抱不曾開。隔歲無來鴈，惆悵可言哉。

滿江紅

賦春興

日暖風輕，念故人、新詩奇格。聊載酒、殘紅軟緑，去尋臺閣。好鳥鳴春春欲晚，瓊莎錦石輕雙脚。更長歌短律暢幽情，姱行樂。擇勝日，攜朋伴，過里巷，穿林薄。喜千家乳燕，一川飛鶴。短策時從雲裏出，清樽好與花間約。但與君、長醉不須歸，休芒屐。

西江月

和《西江月》端、看、拚、歡用平聲，暖、半用上聲。二章爲一篇

珍重迎來海上，嬋娟更出雲端。明明直照此心看。坐待清窓日暖。對酒常如約信，登樓宜可躋攀。錦筵瑤席此同歡。興致殊勝一年。

鷓鴣天〔一〕

《江檻詞》一章

燕子飛來木葉齊。鵷兒爭啄菜花低。夕陽無限江亭裏，多少繁華漢水西。　經白雨，起青霓。長洲一色草萋萋。濁醪香蔌春無盡，短策輕衫日與携。

好事近

一章

春晚向清和，芳草落花嘉木。日暖風輕筋力，健携臺聽瀑。　丈夫五十識行藏，山林亦清福。四壁圖書三逕，蘭香滿屋。

〔一〕不標詞牌，今據律補。

南鄉子[一]

一章

春事樂年年。未必騎驢走日邊。把酒佇徊成悵望，故人去向，毗盧萬瀑淵。　鬢髮各蒼然，日向殘紅軟綠前，更有佳人留後約，玉臺猶見，涓涓酒瀉泉。

西江月

出山，賦《西江月》一曲

隔户泉音淲淲，滿庭花影團團。此身何處不怡安。更向松皐之館。　盡日丌書自樂，晚春山雪猶寒。行看軟綠踏紅殘，可復呼兒酒換。

西江月

憶詩友，爲賦《西江月》一曲

屋下清清流水，意中歷歷詩家。故人歸去踏明沙。芳草溪邊誰坐。　岸外樵歌牧笛，壇

[一] 原作《南歌子》，今據律補訂。

邊秃樹孤霞。無人相訪路横斜。獨自吟哦蕭灑。

水調歌頭

二章

緑鬢不相見，白首堪可憂。遥憐天外歸鴈，夜夜若爲酬。怊悵三秋别恨，廓落一生懷抱，歲晚有誰收。奮欲乘風去，桂棹木蘭舟。 一樽酒，雙蠟屐，兩相謀。歸來萬卷書史，盡日下簾鉤。默坐焚香憑几，高嘯吟詩題壁，窓外世悠悠。朱箔天涯隔，無意向芳洲。

水調歌頭〔一〕

次袁機仲韻三章

一

我佩伊誰翫，悵望洛陽城。美人不復思我，江漢與天平。紅杏緑楊村畔，白馬金鞭街

〔一〕不標詞牌，今據律補。

上，一一眼中明。老去風流拙，尚戀舊時情。　南飛鴈，西向月，任縱横。光陰冉冉如水，白首老書生。猶有孤桐三尺，更買石田數畝，野史可傳名。吾道只如此，晚學恐無成。

二

桂樹秋風晚，隱約在山城。浮雲獨與孤鳥，還往結平生。粧點石田茅廬，栽植奇花異草，中有一燈明。多事蒼浪叟，清濁更關情。　蘭香襲，梅影倒，竹枝横。無人説與懷抱，聊且對諸生。堪欲高歌長嘯，有個清風明月，此樂勝功名。絶羨秋江鳥，來往一羣成。

三

極目瀛洲路，秋水一笻難。遥知松左梅右，風月滿衿寒。白鷺娟娟沙上，黄葉蕭蕭村里，清灑此身安。更有兒孫在，嬉戲可堪歡。　茶煙歇，酒力醒，整襟餘。個中自有直樂，獨對萬籤書。粧點一區山水，俯仰千秋人物，思在本原初。相望不相見，咫尺杳然如。

南鄉子[一]

次《南歌子》張安國韻二章

江閣似樓船。靜對清清水底天。一片更看明月影，千秋依舊，溶溶散萬川。　獨坐撫瑤絃。風動梅花點□□。怊悵人懷秋水邊，白鷗飛去，汀煙斷復連。

二

隱約在山林。千疊明霞百囀金。時有尋眞塵外客，芝歌一曲，飄飄羽化心。　流水奏鳴琴。桂樹秋風山更深。鳳鳥河圖何世界，荷衣蕙帶，悠悠太古音。

念奴嬌[二]

次《眞梅詞》韻

世間難得，見眞梅半是，粧紅拕白。寂寞黃茆村標格，獨有意中詞客。淡若春溫，清似竹

[一] 原作《南歌子》，今據律補訂。
[二] 不標詞牌，今據律補。

立，潔潔緇塵隔。留香滿座，不須更向冰雪。　回笑粲粲江南，萬玉家肯，辭窺蜂偷蝶。何似孤山翁晚棹，一任西湖明月。瘦骨愈奇，芳馨不斷，竟歲無時歇。有味其實，勿宜輕許攀折。

西江月

和《西江月》

千里煙波渺渺，二更花影團團。西江一片月生寒。醉後逍遥別館。　今夜有詩自好，此身無累常安。丁東玉漏數聲殘。不識星移物換。

鷓鴣天〔一〕

次《江檻詞》

紅蓼白蘋月與憐。畫中飛閣弄江天。夜來忽有橫長笛，落盡梅花兩岸船。　樽酒後，錦屏前。美人還到續奇緣。須臾客去鷗眠穩，燭穗生花暖一筵。

〔一〕不標詞牌，今據律補。

二

畫閣登臨快一生。滿江秋月雨新晴。伊來剩得詩千首，韻水文波入眼明。　如此夜，更關情。好將鷗鷺續前盟。世間榮辱都忘了，共伴漁翁任醉醒。

好事近

天地動芳馨，先遣玉梅冰雪。紅杏碧桃開次第，日逢名節。　人間樂事儘無窮，溫綸下金闕。國泰年豊和氣，溢歌聲澄澈。

《老雲文集》卷四，《詩》

司空櫶

（一八〇五—一八四一），字萬實，號茶泉，孝令人。一八四〇年進士。有《茶泉集》。

如夢令

風暖鳥啼汀樹。雨暗馬嘶驛路。迢遞夢江南，身化綠楊鸎羽。相遇。相遇。無使酒醒春度。

《茶泉集》卷二，《詩》

金芙蓉

（一八〇五—一八五四？），號雲楚，妓生女流詩人。有《雲楚奇玩》。

憶秦娥

春眠覺。熹微夢斷西京樂。西京樂。纖歌妙舞，彩欄翬閣。牧丹峰下斜陽遠。綾羅島畔楊花落。楊花落。隨人心緒，散漫紛泊。

臨江仙

魚戲蓮錢，鷺點蘋汀。扣舷望美人。但水天無際，月通靈犀，驂邈雲鶴，嶺環屏。凄涼前代事，只麽是、山水夢中青。〔一〕

《雲楚奇玩》

閔胄顯

（一八〇八——一八八二），字穉教，號沙厓，驪興人。一八五一年登第，累官兵曹參判，右承旨，護軍。有《沙厓先生文集》。

〔一〕本詞與《臨江仙》譜不合，俟考。

水調歌頭

勝金亭，《水調歌頭》用板上韻

豊沛北山趾，盡閣枕寒流。誰知造物慳秘，幽絶一林丘。十里荷花爭發，三秋桂子初熟，何似杭西洲。鯨背謫仙去，璇月古今愁。　幽亭好，瞻峀色，聽江流。看來無限煙景，收拾在兹邱。最愛春花秋月，又是緑陰晴雪，漁遽下長洲。一世悠悠事，把酒不須愁。

《沙厓先生文集》卷一，《詩》

高聖謙

（一八一〇——一八八六），字穉希，號角里，開城人。一八八四年進士，終身不仕。有《角里文集》。

浣溪沙

賞春

佳氣濃如琥珀盃。百花陰裏好亭臺。玉人春困夢初回。　莫遣漁郎紅水去，洽如情友翠禽來。此間幽興有誰裁。

憶王孫

春日晚眺

春陰漠漠柳如絲。黄鳥雙雙啼上枝。永日無人問所思。午眠遲。寂歷江簾空自垂。

二

東風剪剪日娟娟。野馬遊絲纈眼前。燕麥園離野色圓。碧連天。布谷鳥聲報有年。

南浦月

春暮

麗景如梭，眼看花片紛如雨。晚來推户。無語雙梅樹。　乳燕成雙，婉婉多情緒。時且去。更向那處。説與愁千縷。

如夢令

惜春

欲挽殘春無路。謾把花枝柳絮。寄語采芳人，更覓香魂何處。無據。無據。夫何曉來風雨。

二

杜宇一聲春暮。萬樹飛紅如絮。陣陣晚颷寒，悄倚碧欄深處。知與。知與。東君去從何路。

減字木蘭花

曉起

良宵易曉。細月輕雲晴景好。香峀煙微。陣陣餘寒暗襲衣。　韶光已去。春在依依江上樹。何許紅娥。唱送東風山有花。

烏夜啼

夜坐

遠寺鐘聲依約，小簾河影横斜。爲裁春服誰家女，咿嘎夜鳴梭。　籬角何來流水，屋頭經宿明霞。卧聽山鳥時驚棲，應損晚開花。

人月圓

感舊

悠悠往事都如夢，爭似酒三盃。且看洛城，桃花片片，飛去飛來。　歷數今古，平泉花石，金谷樓臺。聊將一道，清江流水，淘洗寒埃。

碧雲深

憶遠

人寂寞。繡簾摇漾東風惡。東風惡。朋酒邂逅，莫須花落。　一方秋水蒼葭陌。伊人不見音塵邈。音塵邈。謾將琴韻，一清看客。

武陵春

恨別

立馬長亭行且發，殘日掛城頭。更把征衫欲小留。不語淚空流。　聞到清江春水至，約束泛輕舟。卻恐清江一片舟。載不得、萬重愁。

賀聖朝

幽居

百方思量清閒住。儘莫如常隝。三停山色二停雲，更一停花樹。　綠蓑青篛，斜風細雨。問從遊幾許。不教幽境世人知，信沙鷗無語。

漁歌子

春山青，春水碧。東風搖漾木蘭舶。草娟娟，蘆白白。艣外鴛鴦眠熟。　露葭朝，煙渚夕。遡迴不見人更邈。月盈湖，星滿磧。惟聞聲聲漁笛。

少年游

歎老

東川去去不曾休。餘景爲誰留。前人不返，後者將發，今古一場秋。　夕陽掛在西山頭，悄悵倚孤樓。一枕黄粱，孰修孰短，衰柳自風流。

鷓鴣天

梅花

鐵髓冰肌别樣姿。嬋娟月掛碧瑚枝。東風細拂紅粉臉，翠樓樓上舞玉妃。　存標格，絀芳菲。獨將清節好護持。丁寧莫近山和尚山鵲，不許相侵水秀才滇水虫名。

水調歌頭

和贈黄聲汝

詩酒諒非意，聊用破愁城。莫將時事干我，世已棄君平。粧點一區泉石，措置幾畦杞菊，歸卧小樓明。復得秋塘老，竿尺道深情。　相思苦，夜向闌，斗西横。前期那在，别恨如草拔還生。望裏蒼葭白露，曲裏高山流水，不是艷詩名。雨後南湖盛，歸夢也難成。

白蘋香

和贈黃聲汝

酒熟春生竹葉，睡醒日上梅枝。個中何物不宜詩。吾與白鷗爲喜。　行藥趁時雨細，流觴約日溪肥。情人遮莫到遲遲。晚境賞心惟是。

望仙門

和贈黃聲汝

蘋風吹水水粼粼。所懷新。無氈坐客莫須嚬。草如茵。　爲唱望仙曲，教誰挽得青春。且將耕鑿頌天恩。頌天恩。何必帝王門。

江城子

和贈黃聲汝

榴花如惱柳如愁。日悠悠。境幽幽。所謂伊人、宛在水西樓。不是秋塘雲際在，雲起處，幾回頭。　年光不爲老人留。水東流。未曾休。鳧渚鶴汀、修理一孤舟。欲訪蓬壺仙子去，從我者，有誰不。

大江東去

和贈黄聲汝

溪西一别，又忙忙、度盡黄梅時節。蒲地江湖無限水，除非羽毛難越。柳外平沙，巖頭殘日，誰勸盃中物。境留人遠，欲添千丈華髮。　安有無别故人，問君能見，幾夕團團月。想得秋塘塘上樹，酒一書和翁一。我欲明朝，抱琴去奏，看客清三絶。且須休道，世間萬話千説。

長相思

送春，贈黄聲汝

風飄飄。雨飄飄。雨雨風風春已凋。流光意孰招。　山迢迢。水迢迢。水水山山路更遥。相隨到遠橋。

蝶戀花

惜花，贈黄聲汝

忽忽春光忙似許。百舌多情，悽向枝間語。從此紅粧無覓處。不知去作誰家旅。　悽絶香情疇若侶。塞外王嬙，帳裏虞家女。不盡分張千萬緒。夕陽欲下江南樹。

千秋歲

秋千，贈黄聲汝

彼嬋媛女。也是神仙侶。燕似蹴，蝴似舞。雙鉤黄柳榦，百尺青絲縷。飛向上，今宵定鬧瑶皇府。　蹀躞凌虚武。快活培風羽。翾上下，浮來去。超臨飛鳥背，過批雙梧輔。人已散，一梭殘月空懸樹。

念奴嬌

詠梅，和贈黄聲汝

化工多事，巧粧出、樹樹名花紅白。獨有寒梅清到骨，厭殺他風流客。月下佳人，山中高士，襟韻無相隔。貞姿孤標，待他滿天風雪。　　許爾加百花頭，東風休遣，無賴貪香蝶。暗與詩人眞境會，清淺水黄昏月。驛使朝行，珠人夜返，從此芳緣歇。憑君寄意，不是情人那折。

江南好

詠月，和贈黄聲汝

問爾盃中月，何術到長天。愛看清影孤坐，遥夜抵過年。若使明光長照，更有情親同賞，勝似玉樓寒。方死方生理，天宇似人間。　　歌聲亮，舞影亂，未成眠。疇千磨汝，冰如清瑩鏡如圓。怊悵江南遠別，寂寞回廊獨轉，造化苦無全。多是有情物，隨處向人娟。

南鄉子

和贈黄聲汝

泛彼掘頭船。直欲窮源水盡天。遥憶故人人不見，怊然。夜久西望月一川。　　急景似張絃。莫以吾無坐客氈。博奕劇知非勝事，猶賢。何必逃名似魯連。

望秦川

和贈黄聲汝

爲送乘槎客，同來坐石床。旋將離恨蒲衰腸。願把一江春水、較誰長。　花節無晴景，書樓易夕陽。不如歸飲樂天觴。會意秋塘歌送、月明章。

青玉案

玉淵諸勝・玉淵亭

玉淵之水澄如澼。緑漾漾、山光滴。亭上遊人今已昔。蘿陰侵户，荷香繞檻，修竹千竿碧。　回看千尺芙蓉壁。客去孤横畫中艦。乞與奇觀來者覓。雲歸巖竇，雨過沙觜，月印寒潭白。

臨江仙

玉淵諸勝・謙巖亭

憶昔謙翁經始日，雲霞一畔巖樓。至今檻外水東流。半江疎雨裏，漁篴不勝秋。　二百年中忙浩劫，前塵欲問沙鷗。雙飛無語向重洲。泝洄人不見，日落畫橋頭。

望江南

玉淵諸勝·芙蓉臺

臨江曲，石氣近人清。玉削芙蓉山欲活，錦粧楓荻水偏明。綽約畫中帲。　登高頂，雙屐入雲輕。百尺崖將秋色動，四郊煙和夕陽平。身在閬風城。

南柯子

玉淵諸勝·桃花遷

缺塢和雲築，危蹊掛樹斜。巖堦寥闃少人過。幾度春風、開落碧桃花。　紅墮棲林雨，明生蒲水霞。任他飛去逐流波。縱有漁舟、終是斷涯何。

西江月

玉淵諸勝·望月臺

石逕穿雲通屐，檜陰移日臨門。荒臺客去自黄昏。秖有蒼江明月。　柳外川晴歸帆，林端煙盡孤村。秋宵如水定人喧。唐突雙清誰喝。

定風波

玉淵諸勝・淩波臺

葉落江楓没野臺。洪濤無日不風雷。遇壁舂撞謾費力，其奈，石欄千仞碧崔嵬。　伊昔豊原柳相國，不負，山南雲水錦衣回。猶有當時三印石，休遣，東風雨灑緑生苔。

巫山一段雲

玉淵諸勝・達觀臺

壁斷懸秋色，臺荒臥水聲。晴沙歷歷淨如瓊。分與白鷗盟。　遠峀雲眉現，飛泉石齒明。淩波一闋夕潮生。歸帆月拜行。

風入松

玉淵諸勝・萬松洲

滄洲踏盡日西顛。修理渡頭船。亭亭澗樹三千本，碧杈枒、篩月籠煙。飛節蟠龍幾尺，倒枝棲鶴何年。　清如磬釋老如仙。疎影渡長川。遥憐百卉風霜後，同汝者、梅士竹賢。

分付蒼江白鷺，不教閒雀來眠。

我東方之樂，壞久矣。至於操觚家、詩家之類，亦失其音響之節族。號爲能香山詞者，率不知五音清濁之屬，覽此者，或不以違制律之好。

《甪里文集》卷四，《樂府詞》

任憲晦

（一八一一——一八七六），字明老，號鼓山，豊川人。以學行薦舉參奉，不赴，一八七四年授大司憲，祭酒。謚文敬，有《鼓山先生文集》。

憶秦娥[一]

謹呈發淵尹丈永教，丁酉

積雪縈窓，盆梅未破，謹次晦翁雪梅二闋，奉懷高風。思致平凡，不成調格，固不足供一

[一] 不標詞牌，今據律補。

笑覽，如或恕其僭而察其誠，則何幸、何幸！

搴曉幕。陰雲四匝六花落。六花落。孟公騎驢，王子披鶴。閉門終日卧叢薄。千山鳥絶轉蕭索。轉蕭索。凄清銀界，冷淡瑶閣。

又

梅不發。寂寞空對黄昏月。黄昏月。不恨朔風，遥指臘節。手把瑶琴琴聲咽。徒依樹下腸斷絶。腸斷絶。且待亂開，願言寄折。

西江月

次晦翁所和《西江月》，奉呈錦甫

客去雪封苔逕，詩成月入蒲團。一塵不到自閒安。我愛三松仙館。簞食何須求飽，緼袍自足禦寒。從教物我不相殘。孰謂三公可換。

浣溪沙

次晦翁《浣溪沙》酴醾韻，詠雪竹

玉作飛花花作堆。青青也自舊時栽。貞心那必望春回。　　點點滴枝枝欲折，終然不折等花開。平章卻恐俗人來。

鷓鴣天

次劒南二辭，己酉

幽卧寒巖屋一間。門無剥啄日常關。耳聾猶聽潺湲水，眼暗能看窈窕山。　　松樹老，菊花殘。暮年相對足歡顔。十分窮寂君休笑，此世應無似我閒。

烏夜啼

次劒南二辭，己酉

鬢髮蕭蕭欲暮，乾坤蹙蹙安之。高齋明月三更夜，心事兩無機。　　案上有書可讀，缾中無粟堪炊。由來萬事從吾好，何妨少人知。

《鼓山先生文集》卷一，《詩餘》

李裕元

（一八一四—一八八八），字景春，號橘山，慶州人。一八四一年登第，一八四五年以冬至使書狀官赴清，歷義州府尹，左議政，領中樞府事，領議政。一八七五年以奏請使赴清見李鴻章。有《嘉梧藁略》。

詩餘二十六調五十四闋

御街行

雙中調歌行題

紅雲一朵籠雙鳳。金碧玲瓏送。平明華盖望翩翩，瑞靄靄流蘇楝。奏遊仙曲，進步虚舞，玉版聲聲弄。

虯龍含寶青天控。紅旭罘罳烘。君王千歲復千春，萬國來梯航貢。夜光雙璧，翡翠珍羽，羅列江南夢。

長相思

雙小令

春滿堂。月滿堂。花氣醲醲挹晚香。幽蘭風送芳。　憶玉郎。夢玉郎。萬里相思郎不忘。不忘怨恨長。

又

水青青。山青青。山水間儂在醉醒。懷人心未寧。　花婷婷。人婷婷。人拾花花照性靈。騁停空在庭。

又

萬枝紅。千枝紅。君見枝枝同不同。春光元至公。　君去西。我去東。道路平分横逐風。孤舟一老翁。

調笑令[一]

小令單調，令字題

儂在，君何去。願作雙鳧清水渚。君看清水雙鳧擧。一夜泛波眠嶼。輕霞灑雨紛紛處。長做江心佳侣。

如夢令

夫婿夢中相見。玉面依稀如電。未倒瀉情懷，天曙明光一片。鸎囀。鸎囀。驚起綺窓眠倦。

相思兒令[二]

小令雙調

碧玉欄干春暖，睡罷折花紅。芳草緑生衣袂，相映怨東風。　楊柳拂拂煙籠。祥光繞、

[一] 原作《調笑》，今據律補訂。
[二] 原作《相思兒》，今據律補訂。

建章宫。多情恩重無傷，六朝金粉玲瓏。

木蘭花

柳巷酒旗開繡館。水面杏花過客喚。江南春色管無人，野渡虚舟禽語亂。　　昨夢玉郎錦字看。説話分明難記半。欲裁函萏淚盈襟，山水屏風雲墨散。

聲聲慢

雙長調，慢字題

西域弱柳，東閣肥梅，早春消息堂堂。白髮還羞，遠山翠黛鵝黄。臙脂鉛粉花葉，較看他、傅色凝粧。昨夜雨落，繽紛無數，楚靺吴裳。　　絶對佳人不見，被煙濃霧漲、雨打風狂。搔首城隅躊躇，看彼鴛鴦。我心長爾心短，忽忽[一]忽忽反遑遑。不怕是、佳期蹉跎，怕逝光。

[一] 原文作「忽忽」，疑爲「忽忽」。

紅林檎近

雙中調

簾外風蕭瑟，砌前霜冷淡。瘦柳拂墻近，寒花繞欄馣。佳人芳蘭手折，何處白馬奇男。流水兩岸紅橋，楊柳碧毿毿。　相見腸欲斷，相別夢難甘。天胡生爾，天胡生我那堪。使爾看煞我，士兮女也，病纏骨髓猶可耽。

花犯

雙長調，犯字題

我園中，千花萬種，繁華驗時節。暮朝朝暮。樓閣對春光，乍冷輕熱。柳縹金線花凝麝，香勝似兩浙。莫歎寂寞芳辰促，業同心帶結。　今年花如去年花，紛紛去，去不乾猩猩血。心惆悵，斜依曲彔聽鶯舌。多情百鳥來遠樹，蝴蝶逐追翩翩纈纈。爾我我爾同生死，何須憂思惙。

甘州編

雙中調，遍字題

吳山遠，越水楚江深。杳難尋。佳人羽客，王孫公子，金鞭白馬唱低斟。紅着樹，緑敷林。鷓鴣怨子規歇，煙雨滿江沉。回頭望、萬古淚涔涔。少知音。英雄不見，壁上掛清琴。

蝴蝶兒

雙調小令，兒字題

山外山，兩重重。瀋青縈緑匝千峰。水雲鎖我儂。春晚花開落，花間蝶粉封。時時香聞去相逢。夕陽紅滿濃。

搗練子

單調小令，子字題

山疊疊，水茫茫。緑閣紅閨怨恨長。君去君來消息絶，錦絃無語惱人腸。

杏花天

雙調小令，天字題

前宵庭院飛紅亂。雨雨打時風風渙。人生那不流光歎。共逐落花莫算。　糁紅無數雜愁看。院落寂寥弓鞋斷。珠搴雲箔珊瑚半。蟾影落青蛾攢。

浣溪沙

二體並調，地理題

玉淚零零玉水香。柳橋人立近斜陽。收羅帕不理紅粧。　長短亭行人去去，行人去綠水洋洋。憶君時復我心傷。

二

白鳥自飛飛自到，飛飛長在玉流中。碧空明月信天翁。　爾似水無窮去也，儂如鷗逐浪追風。朝雲暮雨楚王宮。

洛陽春

雙調，時令題

習習東風西苑。春光將晚。捲羅帷雜進笙歌，朝日洞、開金鍵。　　繾綣郎心疇遠。憐清揚婉。髪青絲顔水芙蓉，何日見、薰籠偃。

臨江仙

雙調，人物題

巫山仙女乘雲至，帶裾露濕清香。董雙成舞六銖玉，笙簧一曲風凉。　　玉搔頭刻酴醿朵，清芬艷艷颸颸。明沙誰折海紅棠。碧波深日出扶桑。

醉太平

雙調小令，人事題

金莖掌高。仙人玉膏。瑶池王母遊遨。送三千碧桃。　　我登九臯。鶴鳴戾翱。思君無已心勞。太和生翠濤。

鳳凰閣

雙中調，宮室題

遍樓臺簾幕，無非錦綉。週遭平巘揷高峀。掃卻歸雲遼廓，欲望青秀。最可恨、飛花爭鬪。　百花齊謝，可奈炎飆遥透。豈知天氣去還復。春寂寞、這般愁，没處探舊。怎奈聽、丁東玉漏。

荷葉杯

單調，器用題

荷葉大荷花落。風弱。濕臙脂。玉盈盈夜夜承露。香薄。酒樓旗。

風中柳

雙中調，花草題

憔悴容光，郎去不來來未。懶儂粧、催催不既。向誰言説，待郎來其謂。悔郎郎、悔光陰費。　散落心懷，無意補屏金翡。摘紅櫻、青梅忘味。蘭薰眠了，語鸚何相慰。不如醺、鬱金香氣。

一籮金

雙中調，珍寶題

秣陵桃葉何稠疊。欲渡無船，空煞斜陽葉。桂棹蘭墻粘浪蝶。花香自逐何隨妾。　峨嵋山月猜嬌靨。終夜怊怊，不得交雙睫。僝僽萬千千萬劫。郎君不返三生業。

杏園芳

雙調，聲色題

杏爲臉柳爲眉。聲聲色色相欺。佳娘處處惜分離。稱花兒。　間芳草海棠花枝，草青棠紫垂絲。郎君不到意悽悲。夕陽時。

十二時

三疊長調，數目題

銀河聲，轉凉風瑟，單幔飄飄宵永。萬里碧雲遥垂影。冰魂流光金井。桂樹香滋，梧桐露滴，感慨西隤景。無語了、歎息人間，節序變遷，誰識炎天俄冷。　烈士悲，佳人惜别，可正是秋懷耿。蘭秀菊芳，何來故人，使我初心警。刺刺風不定，燈花撩亂玉檠。　的皪堦，花可愛，富貴繁華俄頃。世上何人，浮雲他視。能出紅塵境。我也逢爾也，滔滔熄停停静。

摘得新

單調，通用題

摘得新。深閨怨恨人。手中楊柳葉，可傳神。儂家花發落未掃，樂相親。

漁父

單調，二字題

汀蓼花開兩岸紅。漁翁頭上雨空濛。歌欸乃，託清風。一葉片舟楚水東。

感恩多

一體雙調，三字題

憶千千萬萬。恩重銘方寸。願無彊壽多。太平歌。　陌上花開爛漫，雨紛紛。幾個遊人，得來春十分。

詩餘者，古樂府之流別，而後世歌曲之濫觴也。始於清平調，中州人著作，平仄聲字字分，而脣齒協之。盖中州樂，以音登絃，長短促。我東全以言語詠之，或音或釋，混淪無適。所以東國小樂府，只舉其槩也。詞體二十六調，各製一闋，以備考覽。

《嘉梧藁略》册一，《樂府》

李震相

（一八一八——一八八六），字汝雷，號寒洲，星山人。有《寒洲集》。

水調歌頭

擬朱子《水調歌頭》，庚辰

早鶩琱鐫習，晚富鑽研編。光陰逝矣流水，德業兩茫然。漸覺聰明全減，況復筋骸難强，聞道儘無緣。卻憶打乖叟，畢老學先天。　打乖叟，關樂窩，老伊川。時賢攙掇非願，觀物自成篇。來往天根月窟，題品風花雪竹，光景浩無邊。玩弄成眞樂，生老太

平年。《寒洲集》卷三，《詞》

姜瑋

（一八二〇——一八八四），字仲武，號秋琴，晉陽人。創刊《漢城旬報》，《皇城新聞》發起人之一。有《古歡堂收艸》。

鵲橋仙

徐頌閣郙侍讀，以手寫山水小景屬題，次韻大著《鵲橋仙》小令，請正。

遥峰潑黛，恬波淨緑，添個花冥柳裊。茅堂位置盡分明，秖難寫、主人情抱。金蓮燭燼，銅龍水咽，忘卻身留蓬島。夢中依舊刺扁舟，被人問、歸來早了。

鵲橋仙

頌閣侍讀又以賀子翼先生集見贈，即用《鵲橋仙》韻奉謝。

泉飛山立，雷奔電激集中有激書，忽幻晴煙裊裊。遥知千載賀先生，定然具、英雄襟抱。

騷壇宗主，風塵羈旅，宛對昌黎賈島。贈書人似著書人，兩肝膽、一時輸了。

鵲橋仙

奉謝黃孝侯鈺侍郎以徽墨見贈

蘼蕪春早，桑榆景晚，相對情絲縈裊。此生會少別離多，算來怎不傷懷抱。　非人磨墨，墨來磨我，筆塚高如煙島。徽州百笏贈歸人，吟箋上、洒來還了。

鵲橋仙

奉謝陳筱農福綏郎中，以手書便面見贈

寫非煙霧，皎如明月，洒面涼颸裊裊。寶之欲過璧連城，到字滅、難離懷抱。　虞公姿媚，誠懸勍健，況乃詩凌郊島。只應十襲護龍蛇，定不敢、把來搖了。

鵲橋仙

奉謝陳黼卿錦檝戎部，以尊甫心言先生詩集見贈

老年筆墨，一何豪健，彌覺孤情裊裊。乾坤秀氣好栽培，蘭階上、豫章盈抱。　笙鏞協

譜，圭章琢質，不是寒郊瘦島。鷄林携去繡弓衣，併要乞、金鍼度了。

鵲橋仙

往春留蕪稿於吳峽村先生謙福乞批，今纔遂願，志喜奉謝。　　峽村夫子

人生一世，悲歡榮辱，揔是鑪煙風裊。删留兩卷字蠅頭，從誰訴、百年幽抱。

子，耆儒宿學，望若滄波竦島。休嗔白首去還來，補一段、吟緣未了。

鵲橋仙

奉呈張五溪世準員外爲別　　臣居湫

服非華采，容無脂粉，自爾仙姿裊裊。可憐人遇可憐人，天街上、相持相抱。

隘，市聲喧雜，也是珠林瓊島。有情天接有情天，大家是、婆心難了。

又

有時磊磊，有時落落，時復亭亭裊裊。先生字態妙無窮，如椽筆、横拕倒抱。　　法書一

紙，神交萬里，渺若追仙三島。也曾寄去也曾來，想了了、纔憐了了。威堂尚書酷愛五溪書，自書數十

幅，寄五溪求正，又要五溪書。五溪又以數十幅報謝。

鵲橋仙

奉贈張慕槎家驤侍講爲别

秦城漢驛，湘雲汴水，萬里鞭絲裊裊。艱難時事歷庚辛，悲和憤、一生襟抱。　扁舟一櫂，渺然何往，蕩滴天風海島。如今滌去世間情，不離步、琴師在了。

鵲橋仙〔一〕

奉贈李薌垣有蘂中書爲别

衆香國土，詩人下種，最是荷風裊裊。不辭竟日望天闕，纔到得、黄昏合菴。　汙泥著脚，四圍塘黑，不碍皆成蓬島。花應稽首謝皇恩，如今借、薇垣護了。

〔一〕不標詞牌，今據律補。

如夢令

復次吴春林鴻懋扇書《如夢令》詞韻寄贈

憶自童年志彀。堅守丹家火候。白髮已種種，仙訣無緣看透。慙愧。慚愧。纔結中朝耆舊。

二

此境如何能彀。後候勝如前候。感此倦游人，二諦如將參透。休較。休較。只好大家依舊。

三

强扭春來難彀。待到東風時候。試看這株楳，人静自然香透。記取。記取。他是三生故舊。

水龍吟

金松年（在玉）詩屋夜話，遇雪，同成次蘭（蕙永）、白小香（之珩），用東坡《楊花詞》韻，即景書懷。

謝家飛絮漫空，無風庭院紛紛墜。攬衣中夜，眼前清景，天涯情思。歲暮山空，樵蹤久滅，蓬門早閉。有爐頭榾柮，篝中菰粒，青縷縷、炊煙起。　誰道瓊糜代飯，更晶晶、瑶華堪綴。見無差別，幾人搏弄，幾人踏碎。各有風懷，党家羔酒，陶家茶水。大長安、一個袁安，清簌簌、憂時淚。

水調歌頭〔一〕

己卯上元夜同李二堂、吕荷亭、閔見山（衡鎮）、鄭壽山（顯五）、徐怡堂、葆堂、鄭懋亭、徐蔚齋（相臣）、徐養泉（周輔）、吳經齋、吕至齋（載鉉）、金滄江（澤榮）、白小香、李蘭坨、李心荃，分韻前招三辰後引鳳凰曉策六鰲濯足搏桑十六字，得曉字。

慣曾晨夕相過，況迎新月臨雲表。千門積素，九衢儲潔，珠圍玉繞。錦箋鬪墨，芳樽泛緑，

〔一〕不標詞牌，今據律補。

幽情婣婣。歎古今易盡，清光難住，此一會、如何少。　仰看一規寒鏡，影得來、山河大小。誰能離地，縱遊無際，爲余説了。只好坐談，路由杖底，春在楳杪。怪鬢邊、淅淅星輝歷歷，又澹將曉。

《古歡堂收艸》卷一七，《詩餘》

柳道洙

（一八二〇——一八八九），字聖源，一字仲溥，號閩山，豊山人。有《閩山集》。

閒中諸詠效雜體

巫山一段雲

初夏即事

野麥平連水，遥岑半没雲。翠靄青煙帶日曛。佳色满江濆。　得失寧關意，升沉自不分。耕鑿此中樂放勳。莫道世紛紜。

鷓鴣天

雨後步林

野色青連雨晚晴。樵歌牧笛載林程。一年歸燕前春意，萬樹流鶯此日聲。　蕭散迹，逸閒情。坐臨流水碧盈盈。詩成不向時人道，一曲風煙可了生。

菩薩蠻

晚晴

半天斜雨歸林樹。隱雲殘照青山暮。隔岸佳人家。隨風傳笑譁。　呼朋仍酌酒。塵事於何有。且喜歛煙洲。堪宜秉燭遊。

菩薩蠻

山門地僻塵緣隔。晨林露重青嵐滴。遠客倚高樓。樓中去國愁。　天涯空佇立，驟雨隨風急。何日是歸期。金鷄入夢遲。

《闇山集》卷一、卷二《詩》

金輝濬

（一八二〇—一八九八），字文叔，號希齋，禮安人。授繕工監假監役，不赴。有《希齋文集》。

浣溪沙〔一〕

九日登高

玉宇迢迢未有霜。茱萸韠紫菊含黄。美人何在思空長。　滿引清觴還獨酌，强携黎杖陟高岡。白雲紅樹遠微茫。

《希齋文集》卷三，《詩》

〔一〕原作《浣紗溪》，今據律補訂。

權相迪

（一八二二—一九〇〇），字聿元，號海閬，安東人。有《海閬集》。

餞迓詞三首并小敘

以上前五章餞舊，次五章迓新，然更收拾餘意，總餞意爲一詞，迓意爲一詞。自元朝，至七日爲人日，古人亦謂良辰，由是而又延至十五日，是曰上元，而會作玩月清遊，且占歲之豊儉，踏橋以歸居。新元之跋事，故亦附一詞，以爲曲終之奏。然詞之體，最於舒白香譜，逐字高低，皆一定不易。又分標於每腔頭，其調甚宕，而兼巧矣。余每擁鼻不得，覽者恕之。

謝秋娘

除夕餞舊

今何夕，天道訖功頭。如水無回滄海去，願言守歲與誰謀。畵角起高樓。

如夢令

元朝迓新

鳳曆青頒端卷。烏旭紅生新面。天下樂今辰，合個風流高擅。酣讌。酣讌。最愛芳春迎見。

憶王孫

上元玩月

滿輪淡淡碾蒼空。清興今年達宵中。隨照橋頭踏長虹。寧懽同。惟恐歸雲掩翳工。

奈奈調

贈族叔德瞻承夏

不親無相別，無別不相思。相親相別相思。恨到了盡，山焦海渴時。奈此人間無奈爲。

望江南

送別許泰見巑

難爲別，不若不知心。評月將何同夜永，玩花無復共春深。終曲是商琴。

一剪梅

千種春愁謀酒澆。瑟上聲搖，枕上魂招。越娥婉娩楚娥嬌。月與飄飄。風與瀟瀟。

江南春

山家

因活晝，別開區。茅簷雲半借，松響澗相酬。琴書猶退全閒地，時向丹爐文火收。

賀聖朝

贈別

知音當世眞情吐，驀地分南浦。獨吟自酌奈明朝，正花時風雨。月盈月缺，都來如許，我有歌延佇。天公只願莫生猜，更永逢佳處。

如夢令

春景

石唇新添珠溜。花瓣纖生帬皺。雙鶯語春深，唱答江南夢透。休舊。休舊。點化湖山不瘦。

減字木蘭花

春情

殘山剩水。爭得精神新喚起。風軟斜曛。枝上鵑聲窓外聞。　逢人煩語。憐爾韶光那向去。遥見垂楊。全似明花圍翠房。

夢江南

中秋

塵襟爽，明月一年多。爰理瑶琴尋逸調，桂花映發舊山阿。且竚故人過。

眼兒媚

秋閨

寂寂鎖窓小街西。日薄淡煙低。三聲陣鴈，雙丫露葉，千點鴉棲。　伴春征客秋期晚，粉恨咽如溪。有情宿夢，無情魄月，只共空閨。

《海閭先生文集》卷一，《詩》

琴佑烈

（一八二四——一九〇六），字景祖，號紫山居士，奉化人。一八八五年進士，授僉知中樞府事。有《紫山遺稿》。

憶秦娥[一]

次晦庵先生《雪梅》二闋韻，寄懷洪景敷

梅垂幕。巡筲近日懷牢落。懷牢落。香妬狂蝶，緣踈瘦鶴。　忽有美人迎素薄。風寒

[一] 不標詞牌，今據律補。

歲暮長離索。長離索。仙去西湖，雪深東閣。

梅早發。寒花綽約粧明月。粧明月。摽實佳期，和羹時節。　彼寒之濱水聲咽。歲寒心事愁不絕。愁不絕。千里相思，一枝誰折。

二

滿江紅

詠菊，樂府《滿江紅》體

我愛滿地，風霜傑、花中隱逸。歲華晼、晚爗然秀，馨香苾苾。南陽潭水飲百歲，神農醫書養本質。君子之道，誠有臭味，孚名實。　風雨打，園林殘，人情舒，天氣慄。坤土得正色，黃裳元吉。體輕盃中神仙食，品高叢外騷入筆。開三逕秋深保晚節，九九日。王介甫《殘菊》詩：黃昏風雨打園林，殘菊飄零滿地金。范至能《菊序》：盃中體輕神仙食。

江城梅花引[一]

沈吟霜月雪風叨。以韻勝，以格高。黄昏佳期，素娥相與邀。對方樽閲花譜，天下是尤物，尤物比英豪。英豪氣味遭。周邊療商鼎，調世遠，世遠我與違，誰識清標。只看横斜，疎瘦老枝綢。豈無知遇薦庭實，欲賦梅，若爲賦試濡毫。

《紫山遺稿》卷一，《詩》

白晦純

（一八二八—一八八八），字穉浩，號藍山，泰仁人。有《監山先生文集》。

〔一〕原作《梅花引》，今據律補訂。

臨江仙

次東坡韻，甲申

二氣流行形萬品，上仁克盡彝倫。烱如瑶鏡絶微塵。云何千載下，私淑世無人。　宇宙茫茫心性在，斯文未墜天民。林葱咸囿一元春。濂翁開太極，主静反求身。

又

淡對晴窓探衆妙，世紛不許相干。空潭波定月輪團。幽香吹老柱，雅奏答淮安。　飛景鬖鬖顔髮改，羽仙寄贈金丹。一圭洗髓覺清寒。含光須自惜，天府待琳玕。

西江月

欹枕桑麻夜雨，捲簾楊柳春風。此間此樂古人同。何羨王喬騎鳳。　詩思煙雲淡蕩，素衿水月清空。八紘輸入静觀中。直與周公通夢。

又

會值親朋萃至，更兼宗族俱安。折腰肯向督郵官。室有圖書堆案。　遯世眞成坐忘，燕居不作愁歎。西江日夕足波瀾。剩被重岡隔斷。

滿庭芳

王謝風流，金張富貴，世人誇道兼全。晨鐘暮鼓，掉臂各爭先。君看泡花起滅，算計了、幾個渾圓。藍山下，數椽草屋，朝暮遇前賢。　棲遲巖石裏，不容半點，膏火熬煎。又何愁，名韁利鎖相牽。體認唐虞心法，天中日、萬古長懸。閒吟弄，東阡北陌，花笑柳陰眠。

又

秫酒三杯，竹經一部，令人齒頰生香。含英嚼實，句句發天光。儼若洙壇列傳，詎要入、李氏山房。人間世，文章勳業，臧穀兩亡羊。　魯連何磊落，海天萬里，獨鳥高翔。且任他流輩，笑我爲狂。仰見天樞不動，四時運、常處中央。柴門迥，無人來往，春草滿庭芳。

《藍山先生文集》卷一，《歌詞》

崔宇淳

（一八三二—一九一一），字舜九，號西扉，全州人。有《西扉遺稿》。

水調歌頭

山亭詞

相老相憐久，白髮共棲山。煙霞風月書屋，日夕吐心端。朝灌幽階松菊，暮灌芳溪泉石，乘興或垂竿。所樂有誰識，一屐一筇還。　井梧碧，園柳緑，砌花斑。鴨樽兎筆龍硯，吟美忘時艱。數畝晴簑歸月，一棹孤舟泛夜，風致可廉玩。説與閒中趣，碧水又煙巒。

水調歌頭

書懷

獨坐茆簷屋，寥寂莫消憂。那逢同志良友，談笑共相酬。孤屐無人苔逕，短晷如年松户，光景一時收。會事助余興，疑是泛虚舟。　呼樽酒，追我暇，一遊謀。良宵冰玉如此，又見月生鉤。松籟蕭蕭園裏，澗溜泠泠窓畔，醉殺意悠悠。聊罷水調曲，就枕夢仙洲。

長相思

思古人

前千年。後千年。賢聖良箴盡在篇。由來道統傳。　日服焉。時服焉。至理明明瞭眼前。可期不愧天。

臨江仙

梅詞

月一天邊雪一逕，超然獨秀妍粧。春來消息問孤香。幽貞中自保，不向時人芳。　或愛巡簷索共笑，黄昏有約壺觴。風流不是探花郎。無言兩相忘，歲暮托心長。

西江月

白雪詞

亂亂堆成柳巷，霏霏飛撲蒲團。泠然坐我起居安。安清興偏多幽館。　莫道豪人衣暖，還思窮屋呼寒。若令殃孽盡消殘。雨玉雨珠何換。

滿江紅

懷美人

白髮孤臣，懷彼美、雲端遥隔。欲往從、芰荷秋水，蘭蘅春陌。聞道宮中承寵女，娟眉嬌靨三千席。恨妾身命薄，恐妬花容月色。　年已暮，門掩寂。霜玉砌，苔人跡。歎鏡中垂白，凋顔非昔。青鳥不來芳信晚，瑶臺十二空雲碧。每回頭遥夜，望瑶京瞻天極。

滿江紅

林浦歸艇

招招舟子，甫儻非、江湖遊客。乘興訪湘陵妃瑟，洞庭夔石。半世閒栖疎雨笠，一歌或濯滄浪足。問誰非誰是，頓忘形形色色。　我本是，奔商跡。貪利窟，營金橐。但煙波千里，風帆一席。全昧死生經幾載，至今已是頭鬢白。始聞公一語，覺得人殊憂樂。

沁園春

琴詞

我韻之清，枯桐三尺，山水之心。學舜殿薰風，漑皡歌詩，孔谷幽蘭，灑落胸衿。而又賡之，龍門雲谷，恭惟千載宛如今。晴窓夜，喜調高絃絶，幽興轉深。知之者少，非邪則淫噫，盡是巴人。下俚音故，潯陽江上，琵聲動聽，秦樓月下，簫侶誤尋。雖有古調，無誰解賞，獨抱瑶絃自鼓吟。奏終曲，但殷勤明月，來照深林。

沁園春

贈别許文五

相阻幾年，幸逢今日，其喜可量。顧陶謝清篇，吟賞煙霞，牙鍾古調，醒醉壺觴。眼前青白，世間非是，都付東流水逝長。是會也，儘吾儕晩暮，樂且無央。有逢有别，雖理之常。奈衰柳、郵亭祖道張。悵前程雪裏，征驂難挽，落照雲邊，分鴈孤翔。人生離合，如月虧盈，老大寧爲婦女傷。留後約，算春山花紫，秋夜月蒼。

鷓鴣天

新鶯

許我茅簷借汝生。雙雙頡頏美天晴。坡翁簾外嬌音轉，杜老堂前艷羽明。　飛鳥也，豈無情。年年來訪不寒盟。微風細雨疎簾下，慣識主翁春夢醒。

鷓鴣天

左耳峰

瘦骨娟容凜且憐。崢嶸高出插於天。嵬乎萬仞捫參界，邈矣千年架壑船。　龍岳後，鶴亭前。起居相接有奇緣。幾多遊士登臨屢，無恨詩人醉醒筵。

好事近

憶松峰

落落寒松姿，倘保舊時容色。一別於今幾月，悵一南一北。　臨淵亭上昔追遊，朱書共分析。自許知心一片，奈萍鄉歸客。

南鄉子〔一〕

憂時

世溺孰能船。明鑑下臨頻問天。狂浪懷囊毛，政日訌然。隻手誰能障百川。

一更張絃。祖國文華盡變氈。三千里江山。豈乏其賢。月上東溟憶魯連。

南歌子

隣家送瓜

暑退肝腸熱，快啗冰雪明。嚼餘閒步中庭行。仙耶非耶令我一身輕。

雖有引年禮，實由厚意傾。瓊漿玉液領君情。儘覺長吟夏病卻蘇醒。

〔一〕原作《南歌子》，今據律補訂。

菩薩蠻

夏夜清景

主人書屋臨溪水。竹林西畔柴門裏。憑几剪燈紅。閒吟雅頌風。　超然高卧偃。忘卻三更晚。誰與道朋情。空藏山水聲。

點絳脣

對酒

如此清宵，何嫌書屋小如斗。相逢白首。詩骨三分瘦。　吾輩風流，何用美人手。虛過否。相先相後。共問東鄰酒。

點絳脣

賦詩

詩思清閒，如年清晝當窓晏。興何可慢。人世夢如幻。　墨子毛公，貧乏吾何患。今已辦。心融手慣。共寫呼朋宴。

木蘭花慢

望梅

盖地闢天開，肇鴻濛、萬八年。儘爲物最宏，靈鰲巨鰐，吐納雲煙。大哉，湯湯浩浩，望無邊之水積稽天。苟不神功所造，世間此物胡然。　古人，多有詩相，傳難盡、記藤箋。盖絶唱、騷壇青蓮筆下，杜老吟邊。恁麽，煙波雲月，願相携知已共登船。風伯爲之護駕，雷公焂甭加鞭。

虞美人

悶農

紅炎暴背良辛苦。斫彼青山土。人生計活在農邊。粒我莫非、時雨時風天。　江村三四農家户。餉饁時當午。無論爾我公私田。憂國憂民、但願屢豊年。

青玉案

驟雨

阿香俄者轟無數。焂甭駕焉雲路。造化如神瞬一度。緜如也亂，瀑如也注。白晝窈如暮。一時洗盡塵埃污。況復枯禾喜扶護。忽感天功閒步步。以雷以雨，以風以□。曾不一時誤。

青玉案

湘江雙鴈畫

雙鴻啄食江湖久。一飛落、一仰首。煙景無邊眞別有。蕭蕭淡淡，在月邊蘆荻，風邊蒲柳。　絃絃哀咽皇靈手。江上天寒夜回斗。自在沙鷗堪可友。愼毋飛近，金丸公子，日醉江南酒。

如夢令

山中客

月上松關鶴叫。風清梅逕猿鬧。肅灑北窗前，一夢羲望初覺。可笑。可笑。何管是非多少。　不向紅塵馳驟。日煉神丹清瘦。此意與誰論，生晚許巢以後。是逗。是逗。同我煙霞故舊。

滿庭芳

觀漲

巨浸龍馳，狂瀾鯨噴，懷襄不辨其涯。崖崩石鬬，溵瀩此何加。高岸變爲深谷，噫浩浩、無數浪花。眞可謂，沾沾自大，河伯向濵誇。　忽如天始闢，堤防處處，操鍤家家。雖早禾蘇得，灾損不瑕。造化無全功破，屋者歎、害穀者譁。既往矣，但望秋熟，社酒醉煙霞。

浪淘沙令〔一〕

蘭詞

簾雨歇潺潺。花事闌珊。眞香灑落衿懷寒。采采終年無與贈，非我誰歡。　徙倚月邊欄。遥憶夷山。爲誰紉佩同心難。鳩杖烏巾無事老，嘯詠其間。

〔一〕原作《浪淘沙》，今據律補訂。

清平樂

思故人

自君別後。幾許衰顔皺。獨我燈前孤影瘦。荏苒春時秋後。可惜我琴君歌。俱是年薄如紗。盍今棹舟來訪，共與醉月題花。

清平樂

立秋

農家喜舞。氣象羲黃古。庚後微秋動一縷。但願時風時雨。朝霏猶潤蒼苔。暮山稍欽浮埃。讀罷歐篇一賦，颼颼聲自何來。

望海潮

弔屈原

湘潭之水，木落微波，正值楚秋其時。媒鳳悲風，酸鴻叫月，果是爲誰于飛。古廟丹楓老，貞忠白日臨，尚儼風威。敷衽沾衿，罄裏曲敢陳詞予。靈魂焂降桂旗。焂雷鞭風駕，容與逶遲。九州遠方，博訪蘭皐，朝攬椒渚夕馳。於此乎於彼乎，芝佩荷衣，彷佛其儀。也應上碧升仙，遥拜玉皇□。

水調歌頭

傷西京

昔我聖神祖，仁義闢門扉。誰知萬世鴻業，束手一朝歸。宫闕跳梁梟獍，城郭睢盱蛇豕，慘日放妖輝。匈彼賊臣輩，仇視首陽薇。　南冠岳，北三角，對雄巍。嗟哉天府之國，讓與别人歸。空使椒蘭蕙茝，鬪着刑秋霜雪，一夜盡芳菲。仰訴蒼天遠，何日穢氛揮。

水調歌頭

悼西扉

讀罷春秋史，深掩我西扉。夫何左海全界，至此古時非。猗我縫章文物，化彼禽魚蹄跡，日月幾時輝。已矣吾安適，采彼首山薇。　窮天地，亘萬古，首山巍。綱常炳若星日，微爾與誰歸。柔兆年間三士，某里山中一老，今古誦芳菲。社屋嗟如許，孰不淚相揮。

《西扉遺稿》卷一，《樂府》

鄭胤永

（一八三三——一八九八），字君祚，號石華，别號后山，草溪人。任憲晦的門生，授禁府都事、成均館直講，都不赴，潛研學問。有《后山集》。

念奴嬌〔一〕

利城雪夜，共朱曰龍，謹次朱子《梅詞》二闋，辛巳。

雲山邈邈，限天涯、忽憶鄉園梅白。經冬消息斷何日，卻逢驛使川客。冷蘂的皪，暗香浮動，恨與北關隔。佳人不至，誰遣瘴兩吹成雪。　羞與桃李較量，繁華休令，近歌蜂舞蝶。暗香留待黄昏約，管領一山明月。冰磧峨峨，雪窟陰陰，高齋頓放歇。縱然弱植，莫教東風吹折。以白、客、隔叶韻，而雪韻則與下折字叶之。以蝶、月、歇叶韻，而與第一闋、雪字叶折。

〔一〕不標詞牌，今據律補。

西江月

謹次朱子《西江月》詞，二闋

千里雲山邈邈，三更海月團團。明朝何處望長安。竟夜無眠旅館。　北土荒涼眼斷，西瀾汎濫骨寒。悄然坐我金缸殘。撥悶長思酒換。第一節以團、安叶韻，第二節以寒、殘叶之，復以第一第二節，館、換叶韻。

二

北地雪深數尺，故山梅發幾枝。鄉書不至强題詩。晨鵲那遲報喜。　最怕音毛斷絕，不關顏髮瘦肥。翁年五十未應遲。尚覺前非今是。第一節以枝、詩叶韻，第二節以肥、遲叶之，復以第一第二節，喜、是叶韻。

憶秦娥[一]

謹次朱子《雪梅詞》，四闋

月入幕。玉條的皪琪花落。琪花落。灞橋騎驢，孤山放鶴。　瓊瑤一夕滿林薄。世塵

[一] 不標詞牌，今據律補。

逈絶還蕭索。還蕭索。隆冬北陸，別春東閣。以幕、落、鶴叶韻，以薄、索、閣叶韻。

二

淡粧倚香閣。招招玉妃月。玉妃月。羅浮消息，剡溪時節。野水清淺響嗚咽。美人不來腸斷絶。腸斷絶。不堪臨風，一枝攀折。以閣、月、節入聲叶韻，以咽、絶、折叶韻。

《后山集》卷一，《詞》

柳大源

（一八三四—一九〇三），字子遠，號自慊窩，文化人。有《自慊窩文集》。

憶秦娥[一]

風水二闋，賀北溪崔石能壽洪晬筵

溪之北。水清漣猗人誰識。人誰識。閒翁卜居，日夕游息。我生之初今記憶。兒孫

[一] 不標詞牌，今據律補。

上堂班彩飾。班彩飾。日在東井六月故云云，星耀南極。

又

風水盡。欲靜不定彼岵陟。彼岵陟。匪莪伊蒿，敢云竭力。我欲其養養不得。白髮居然躋壽域。躋壽域。爲誰作歡，爲誰動色。

《自慊窩文集》卷一，《詩餘》

金汝振

（十九世紀前後在世），號三愚，有《三愚集》。

臨江仙

題妓壁

柳樣纖腰花樣面，粧樓深掩簾旌。清歌一曲少年爭。惱人春色好，雲雨楚臺情。我是秦樓騎鳳侶，曾聞良夜簫聲。鶯花時節海山盟。指環圓若月，芳信尚分明。

滿江紅

酬吳宣傳汝順《酒友詞》

玉洞佳人，碧城幾遭沽酒。金罍開、月容花色，玲瓏相受。星斗倒垂光爛爛，醉中卻把柔荑手。誰教我、一別十年餘，淹京口。世間行樂須臾，天上烏兎飛走。奈人生宛轉，悲歌酒後。忍見西原春草緑，壚頭不復尋紅友。借問爾、何處招芳魂，香案右。

《三愚集》卷一，《詩》

李相求

（一八三四——一九一二），字敏學，號好古齋，仁川人。有《好古齋文集》。

憶秦娥[一]

擬晦翁《梅花詞》

天機斡。朱明已暮清商發。清商發。高梧踈柳，白雲明月。幽人空谷音書絶。風蘭玉樹心超忽。心超忽。舞雩餘韻，紫陽遺闋。

二

煙霏廓。平原極目遥岑碧。遥岑碧。别區巖洞，中園松竹。年華畹晚芳塵隔。暮雲蕭瑟秋風白。秋風白。露盈襟袖，鳥歸林薄。

西江月[二]

擬晦翁

雲度高山淡淡，風回流水泠泠。桑麻一壑掛巖扃。不説朱門鍾鼎。詩擅鸎花富貴，酒

[一] 不標詞牌，今據律補。與李東詞同。
[二] 與李東詞稍異。

調雪月功名。淵源知洛閩清。樂處桓文不競。

二

屋後岡巒疊翠，堂前松柏交柯。軒窓盡日靜無譁。況有圖書滿架憂。喜生民苦樂行，藏一世平頗。時來奇志發高哦。逸韻非騷非雅。

滿庭芳

贈全晚悔覞漢詞并小引

闖塾一罇，可謂時利和俱擧，其樂陶陶，而野燹後亦一奇緣。但良辰既卜而雨絲風片，反受懊惱，勝景既躡，而鳳去臺空，往蹟莫追，佳友既集而冷談閒話，無資麗澤，歸卧思量，寂廖可惜，故效《滿庭芳》體，聊自警省。而元來韓人未解華音叶律尚矣，倡和者盖寡，烏得免巫敃步禹之譏也。

么紅侈緑，閒鍾難栽，這時節流光暗催。携友兩三，饞膾且銜盃。多少打話正闌，奈雨雪雪愁邊來。應今夜、團團月偏向天，上高處樓臺。短簷罥絮，空階繡苔，寶似圭窓逐江開。此際幽緒，能消得幾回。想古人不可見，圍爐坐、咄咄書灰。記否同安，破昏鐘有聲無聲，枕畔徘徊。

申應善

（一八三四—？），號心堂，平山人。一八九三年登第，官至參判。有《心堂集》。

《好古齋文集》卷二，《詩》

水調歌頭[一]

畫松詞

蒼蒼一株松，特立大古心。龍柯鸞葉眼前，惟有黛色深。古有道人遠來，自天台路摸寫，一幅傳至今。春滿亭亭盖，夏寒落落陰。　誰知根化石，山下尋。出澗壑風百里，清籟爽塵襟。若非人病於奇，也是木病於怪，撫爾盤桓吟。如何冬嶺上，霜雪不能侵。

〔一〕不標詞牌，今據律補。

望海潮

惜春詞，次柳耆卿韻

乾坤迭序，三春催暮，詩人解惜韶華。桃李園林，牧丹亭榭，幾處富貴人家。嫩柳繞溪沙。清明好時節，物色無涯。千山畫圖，萬林綺繡摠靡奢。　一任東風造化。見淑氣江山，盛代煙花。芳蝶趁晴，幽禽報曉，嬉嬉野客村娃。青帝返旗牙。萬木浮榮，捲似朝霞。獨有流鶯百囀，盡日夏陰誇。

滿江紅

滿江紅浪，桃花浮、上有高閣。畫檻映、空明玲瓏，繡户珠箔。蘭檣桂櫂載風流，粉黛佳人春綽約。令節肯虛過，世間事、誠難度憶。　千古一回頭，幾個英雄寂寞。況復鏡中顔，今年異昨。胡爲乎，白首富家翁，但有黄金藏滿橐。且不如、有酒長盈樽，樂其樂。

少年游

銀鞍白馬黄金鞭。冶遊幾處少年。桃李東園，楊柳南陌，物色正嬋娟。　歌欄舞榭春如畵，美人一笑千錢。有酒當傾，無酒當貰，試看落花天。

西江月

詠歸南陌花殘，醉對西江月朗。漁篴一聲人盪槳。天光水色蒼茫。汀蘭岸柳爭新，畵榭名樓可賞。載妓隨波任迭宕。風流許與仙郎。

望江南

莫浪度，物色正芬芳。暖風籠日花心紫，細雨和煙柳眼黃。人事底奔忙。勸君醉，無計住韶光。錦鳩鳴送青春晚，粉蝶飛來白雪香。簾外又斜陽。

柳梢青

桃花初發，杏花將謝，可愛韶華。昨日相逢，今日相送，岐路長賒。人間離別幾家。無緣合、地角天涯。回首遥望，五更湖月，千里關河。

菩薩蠻

垂楊裊裊煙絲織。新晴草色連天碧。向晚獨登樓。黯然生遠愁。　搔首怊悵立。節物流何急。遊子阻歸程。樹雲迷驛亭。

憶秦娥

歌聲咽。佳人遥在紅樓月。紅樓月。春光易老，世人多别。　好花虚度清明節。北來鴈盡音書絶。音書絶。蒼茫如隔，九天城闕。

定風波

寒食東風楊柳斜。枝枝嫋嫋弄韶華。似解情人離别恨，千緒萬絲，繫着亦無何。　碧砌紅桃一樹花。含情嫣笑得春多。對此佳娥粧面妒，數點臙脂，更向鏡奩加。

長相思

花滿庭。月滿庭。杜宇何心終夜聲。愁多眠不成。　草色青。柳色青。冉冉韶華難暫停。相思無限情。

二

送春歸。送君歸。柳拂紗窗花撲衣。空欄愁獨依。　　黄鳥飛。白鳥飛。深院無人風動幃。此心知者稀。

虞美人

朱樓東畔緑楊細。鶯語弄新霽。多情不見阻佳期。腸斷萋萋芳草、夕陽時。　　瑶絃乍拂還如訴。一曲相思苦。愁來獨卧掩羅幃。惟有枕邊魂夢、兩依依。

南柯子

粧鏡朝猶掩，綉簾晝不開。新愁舊恨兩難裁。謾向江南芳草、首頻回。　　澗柳風偷眼，庭桃雨弄腮。人情物態若相猜。偏覺紅顔玉鬢、自然摧。

浣溪沙

別後音容何渺然。去年不返又今年。桃花幾發玉窓前。　海闊山高雲隔天。魚沉鴈滯信難傳。夢魂那得到君邊。

減字木蘭花

良辰莫住。蕙逕蘭畦春欲暮。風暖日晴。燕老鶯慵猶有情。　花姿月態。憔悴不堪菱鏡對。一別幾年。腸斷魂銷正可憐。

《心堂集》卷一，《詞》

吳弦默

（一八三四——？），字聖圭，號莀園，海州人。歷麗水郡守。有《叢瑣》。

巫山一段雲

雪谷鄭誧麗朝人有《鶴城八景》詩，甚絢麗，用其韻效其體。

一

平遠閣

積水盈螺酌，長川入芥船。名樓興廢浩無邊。滿眼草芊芊。暗淡鰲山雨，空濛馬島煙。憑欄把酒興悠然。似欲吸鯨川。

二

望海臺

鳥背捫南極，魚頭挹北洋。前臨無際水天光。上下一蒼蒼。鏡裏河山小，籠中日月忙。求仙秦漢路迷方。禪指幾滄桑。

三

碧波亭

鰲極撑危頂，龍鱗曝晚汀。千年三字碧波亭。休問有無銘。　楣月將含白，簾嵐未了青。漁歌和與浪淘聽。石髪半凋零。

四

隱月峰

天揷金柯葉，山含玉露華。令人鮮誦半輪峩。錯認影西斜。　夜静喧銀瀑，秋晴散彩霞。連峰不遠上清家。脱屣躡仙阿。

五

藏春塢

浮白何從飲，霏紅半已無。春光爲我肯來留。收拾一山隅。　遠客腸應斷，佳人手尚柔。休教飛絮任溪流。歸轂可攀扶。

六　白蓮庵

逕路莓苔篆，煙霞綺縠紋。觀音道釋不言言。鐘磬隔溪聞。風度林香遠，雲深石氣昏。蓮花古蹟向誰論。山日已黄曛。

七　制勝亭

迢遞仙居壯，呼噓帝座通。處容云是昔何翁。今見在詩中。寶機凌波白，花簪映雨紅。悠悠今古劫無窮。平地倒藍風。

八　太和樓

北拱臨天闕，前瞻對海門。東南佳麗一樓軒。人物邑居繁。春風多係馬，夜月不離樽。紛紛來去鬧朝昏。誰復念窮村。

《叢瑣》册五，《詩》

金允植

（一八三五—一九二二），字洵卿，號雲養，清風人。一八七四年登第，累官兵曹判書、外務大臣、大提學。有《雲養集》。

《詩餘學步》，庚子春在濟州時作

謫居無事，偶閱華人王秋坨小詞二十首，戲倣一遍。余本不解聲調，必多舛誤，猶之邯鄲學步，無乃並失其舊步歟。因命之曰《詩餘學步》。

滿江紅

南城餞春

閉户三春，經過了、花朝上巳。又過了、清明寒食，光陰如水。澗草細鋪開餞席，林風輕拂摧行李。更可恨、觸怍旅人愁，勞延企。　回首六街三市。不見萬紅千紫。覓芳菲秖有，汀蘭岸芷。撫迹恍疑尋舊夢，解携那肯回芳躧。暗思想、浮世片時榮，都如此。

滿庭芳

西域遊龍淵

古郭雲深，殘村水抱，眄椶櫚聳出疎籬。扣門拄杖，休問主人誰。多謝慇懃鷄黍，消半日、談笑忘疲。儘堪畫，田家風景，一雨麥田肥。　　龍淵深綠淨，羣魚亂躍，波面凉吹。喚羈愁汀洲，草色迷離。北望家山何處，涵積水、不辨端倪。逝將買，扁舟草屨，與子釣漣猗。

念奴嬌

徐養泉參書，新喪愛姬，名香蘭，美而慧，拱奉甚勤。不幸夭逝，養泉甚悼惜之。余爲作輓歌小詞。

歡情濃處，別恨深、況復幽明路隔。誰與臨邛同滌器，倒羨文君頭白。紅荳歌殘，梨花夢斷，淚灑青衫濕。撫琴尋操，堪歎空谷蘭折。　　辛苦三載食貧，縞綦自樂，不慕公侯室。瘦減腰圍容色悴，但願兒夫早釋。佩帨香消，箱奩塵掩，觸目皆陳迹。此生緣薄，鸞膠重續何日。

醉太平

候輪船

來如候仙。去如閶弦。眼窮千里欲穿。抵一日三年。　還鄉夢牽。思鄉路綿。檣鳥底事留連。爲羇愁滿船。

減字木蘭花

白牧丹

天然素質，對月難分，穿一套羽服翩躚。疑是人間降謫仙。　金盃玉盌，曉露新承，消不得黯淡春愁。分與佳姬折插頭。

賀新郎

謫居

臣罪當誅滅。豈曾圖、恩存一息，屢看春色。憔悴江潭佳期暮，空戴切雲岌岌。縱喜此、水明山碧。老去異鄉終不慣，孰令余、晚作長流客。徒嘯傲，閒風月。　雲濤萬疊傷心白。問何時、飄然一棹，乘風歸國。瘴雨蠻煙經歲歲，自念身非木石。恨失路、諸公同謫。勿效楚囚相對泣，啜新茶、細和淵明集。人百代，如晨隔。

聲聲慢

夜坐

悠悠惚惚，杳杳冥冥，寥寥寂寂歷歷。內照無言，彷彿少林朝壁。誰能縶住猿馬，一刹間、周流六合。遊廣漠，返泠風依舊，寸田尺宅。　開眼森羅陳迹，如幻境、驚過去滄桑劫。槁木形骸，剩得不生不滅。算來功名富貴，總紛紛、夢裏蟻穴。這苦海，没一個、能渡覺筏。

夜行船

許小癡畫屏

竹樹茅齋清似水。柴門前、羣鷗來止。桃岸繫舟，柳陰沽酒，笑無賴、逐源漁子。　擇勝幽亭隨意置。染生綃、煙雨變態。山鳥不驚，野花如笑，風塵外、主人誰是。

眼兒媚　芍藥

十雙紅玉買殘春。一顧擅芳園。暈潮上靨，冷霞染袂，香色難羣。　折來溱洧云誰贈，知有所思人。將離托恨，同心結子，佇立銷魂。

一剪梅　怪石

老石嵌空賦詭形。出自荒濱，來鎮空庭。結趺高座狀枯僧。莫是觀心，還是忘情。　巖壑玲瓏洞府清。低處宜橋，高處宜亭。世人輕薄孰如卿。我願爲交，又欲爲兄。

踏莎行　芭蕉

炎晝涼棚，雨朝清籟。非花非木超凡卉。萬番堪比硏光箋，當年懷素供揮灑。　傍石添奇，依牆拂翠。且勤日日澆泉水。寸心不惜爲君抽，飄飄空負凌雲志。

如夢令

春夢

口應傍人還睡。身化蘧蝶翅。驀地到家鄉，欲説離情未細。牢記。牢記。此境重尋不易。

憶江南

聽趙雲成洞簫

飄律吕，訝直上青雲。中曲依依春恨積，餘音嫋嫋客愁新。惱殺倚樓人。

高陽臺

浴佛日懸燈

異域良辰，親朋畢集，今宵浴佛天晴。節物如何，試看屋角張燈。長繩纍纍明珠綴，照乘車、不啻連城。且和他，村笛山歌，同樂承平。

八關遺俗，一年佳日，祥毫放彩，大地光明。看到更闌，漸如落落晨星。旅人不寐挑殘燼，酌匏樽、共説情。祝吾皇，萬世千秋，松栢岡陵。

虞美人

紗峰落照

扶揺吹拂金烏翮。飛入祝融宅。怔營百怪失其棲。但見愁雲慘淡、海門迷。　虹車霞靷波頭没。山暗風蕭瑟。人生不得駐青春。誰把長繩萬尺、繫羲輪。

水調歌頭

鋤菜

鄴地僅容笏，一帶護籬笆。且依王氏僮約，鋤草别蔥茄。不是英雄韜跡，非做綸扉事業，淡泊寄生涯。莫遣羊兒踏，律吕響牙車。　庾郎韭，陸公杞，邵侯瓜。四時供用，食葉嘗實更看花。膏雨常嫌未足，抱甕休辭勞碌，擬學樊遲圃，經濟在山家。

浪淘沙令

島中素難買穀，況值儉歲窮春，有穀者不肯出售，謫客尤困。

儉歲落荒濱。又值窮春。不知何處積紅陳。縱有青銅難買得，珠玉非珍。　自笑廣文貧。素昧謀身。窮途空望持囷人。涸鮒誰能沾斗水，腸轉如輪。

沁園春

望漢拏山

五嶽眞形，琅環秀色，矗入海天。訝遠看冥杳，近看的歷，横看磅礴，變態殊千。玉醴長流，紫芝可採，白鹿來遊不記年。雲深處，問金堂石室，秘籙誰傳。　開門。日望悠然。喜一幅、廬山面目全。更松間明月，林間宿霧，巖間積雪，齊到眼前。晚壑流丹，晴空聳翠，鰲背蒼蒼戴嶠圓。知何日，辦青鞋布襪，長嘯登巔。

小聖樂

弔橘林書院遺墟

天降諸賢，遇明時不幸，流落瘴鄉。我今寓慕，何處奠椒觴。遥望城南廢院，蔭一樹、古槐殘陽。如復覩，五先生氣像，月霽風光。　志存君民堯舜，奈萋菲成錦，蘭蕙被霜。道高命舛，此理問蒼蒼。更惜時移事遠，撤籩豆、春秋烝嘗。秪見那，遺墟石標，朔望焚香。

長相思

夏初見月

瘴雲收。海天悠。佳月嬋娟懶上樓。見人還似羞。　拭吟眸。撥鄉愁。萬里今宵同見不。停盃搔白頭。

《雲養集》卷六，《詩餘學步》

孟晚燮

（十九世紀在世），號華松，有《塞白集》。

望江南

新昌

隨意步，回首是青山。黄鳥囀音幽谷出，白鳩捲睡暮江還。此景亦清閒。

浣溪沙

節物風光四月天。清溪幾渡古橋前。遠江散入煮茶煙。　城市囂塵何足問，追遊勝地是神仙。閒雲淡蕩影過川。

鷓鴣天

泛泛片舟太乙眞。慇懃江樹宛懷人。雲收霧罷多佳景，回首青山物物新。　時四月，屆良辰。弟兄聯袂問迷津。壚頭呼酒兼酬唱，詩以鳴春亦不貧。

長相思

琴一曲。歌一曲。曲曲清音流水緑。思君美似玉。　來平安。去平安。來去江山夢裏看。詩懷縱酒寬。

菩薩蠻

良辰佳約踏青山。尋君不遇又空還。百里隔西南。短筇可代驂。　情懷何日忘。舛午一般悵。歸路步棲遲。只增後日思。

鷓鴣天

適去適來各一時。行能速速可遲遲。溫南海北山川隔，豈不爾思室遠而。　曾幾歲，惜分離。離亭雲樹故人詩。君家桑宿違相合，歸路悵然倍我思。

《塞白集》册一、册六

徐應潤

（一八三六——一八六二），字周聖，號孺子，達城人。有《徐孺子文集》。

長相思

楓繞山。菊繞山。秋風切切客愁新。落葉下江津。　欲見君。夢見君。縱我思君君不臻。合歡應有辰。

二

山無窮。水無窮。一望天涯宿草芃。難憑寄帛鴻。　君憂冲。妾憂冲。獨枹鴦衾鬢髮鬔。待時相訴衷。

憶王孫

欄干萬里曲

王孫歸去不歸來。芳草年年緑更栽。蕙帳無人猿叫哀。待君回。日暮山中户尚開。

宫中調笑

三臺令曲

粧鏡。粧鏡。忍能把來相映。花容暗削潛消，爲是愁亂如焦。愁亂。愁亂。難借金刀剪斷。

《徐孺子文集》卷一，《詩》

都漢基

（一八三六—一九〇二），字禮叔，號管軒，星山人。以學行授嘉善大夫，不受禄。有《管軒集》。

聞設餞春會戲贈雜詞七疊於會中諸友

蝶戀花

闞青門外柳千縷。願言繫得，春住春欲去。故教風信吹輕絮。纈眼飄紛撒處處。　城南年少伴三五，把酒送春，題寄慇懃字。東君亦解騷人意。留卻繁華青滿地。

滿庭芳

藉草爲茵，牽花泛酌，鳳頭山下斜陽。挽春不住，爾我且飛觴。叵耐臨風惆悵，忽見了、蜂蝶紛忙。一道煙，粉褪鬢禿，瞥過隣村墻。　曳屧巡梅樹，下梢殘蘂，猶帶餘香。遮狂風，收拾繡肚瓊囊。對花低聲暗問，那時節、重睹韶光。小春後，雪銷日暖，留約院庭傍。

菩薩蠻

餞春盡日傷心緒。爲君醉把征衫語。秉燭緑陰間。夜遊吾不還。　啼鳥弄春久。啁啾相喚友。提壺到夕暉。猶不怪人飛。

繫裙腰

楊花樓畔下遲遲。風定後，月上時。東門酒婦艷如花，聞春暮，懶對鏡，皺雙眉。　渴喉爲是苦吟詩。入杏帘，沽一巵。笑向壚頭問少娥，花易萎，人易老，知不知。

一剪梅

步下前溪春水流。落花泛泛，夜漲紅漚。誰人寄送錦心來，謾嗔狂風，怨語不休。　百計留春春不留。無限相思，一般閒愁。此懷欲消奈難消，纔下樓頭，又立水頭。

浣溪沙

落溷花悲妾命薄，落茵花繡舞裙低。榮枯有數子歎奚。　點點斑斑江上岸，燕兒爭蹴黏巢泥。毋寧柳幕聽鶯啼。

憶少年

四時代謝，一來一往，晦明朝夕。靜觀貞元理，何嘗異今昔。　管軒翁、凭几笑啞啞。誰教爾、逢春解惜。徒勞迎且送，試讀聖賢策。

《管軒集》卷二，《詩》、《詩餘》

許薰

（一八三六—一九〇七），號舫山，金海人。義兵將。一九九〇年追授建國勳章愛國章。有《舫山集》。

浪淘沙令〔一〕

驚罷午眠酣。鸞語呢喃。滿庭芳草碧於藍。懶坐匡床無個事，人道儂憨。　怊悵正何

〔一〕原作《浪淘沙》，今據律補訂。

堪。春滿江潭。殘紅褪盡罵東風[一]，麥熟鳥啼聞更好，山北山南。

鷓鴣天

春情

深院風恬晝日遲。瓦鐺初熟緑槍旗。鵓鳩三兩啼桑樹，罨畫郊原兩霽時。　攜短策，欲何之。漁灣柳外碧漣漪。佳辰遊賞饒佳句，芳草名花總我詩。

滿庭芳

春夜聽雨

墨潑溪雲，青渲岸柳，細雨沾灑花枝。碧帷如水，床上潤琴絲。剪了銅釭殘穗，不眠處、詩思侵眉。還堪聽，活東亂吠，鼓吹滿春池。　知是西園裏，棠梨開遍，芳草離離。不肯下疎簾，一任風吹。多謝天工解事，從此見、新物華滋。理雙屐，江南江北，行樂趁晴時。

[一] 本句按譜當韻，此處失韻。

望江南

即事

無個事，散步小園東。半艇煙洲蘆笋緑，一簾山雨杏花紅。此景與誰同。

減字木蘭花

梨花開遍。明月嬋娟來滿院。淡泊新粧。西子深閨初沐湯。　梨花且住。駘蕩春光猶未暮。素質無塵。柳絮前身梅後身。

漁父

滄江滿地一漁翁。舴艋爲家不畏風。眉似雪，鬢如蓬。臥吹蘆笛月明中。

漁父

潮落楓根晚繫舟。緑蓑衣墊兩修修。花滿渚，酒盈甌。快活平生得自由。

水調歌頭

閒情

富貴諒非願，蕭散适其情。茅茨隱約林下，推户緑江明。梅底酒槍茶鼎，案上禪經道誥，焉用換浮榮。笑殺求名者，束帶謁公卿。　開荒圃，蒔杞菊，趁天晴。有時吟弄風月，浩浩放歌行。是處紅塵不到，有個青山如許，心地十分清。自道閒居樂，端不負平生。

臨江仙

賞花

綺綵霞文相錯互，東君手有丹青。山園可作衆香城。閒儂無事，新著百花經。　且願翩翩身化蝶，宿花花不飄零。春光如海極歡情。偎香沾馥，通體自娉婷。

《舫山集》卷二，《詩》

字字双

中林過雨花復花。遠水殘暉霞復霞。鷰子樓頭斜復斜。故人天際賒復賒。

朴尚台

（一八三八—一九〇〇），號鶴山，密陽人。有《鶴山文集》。

臨江仙〔一〕

戲挾丈二將軍歌鐵板，問渠何代英雄。浪淘千古大江空。蓮姬招舊伴，共惜洛花紅。飛仙游閬苑，耳邊惟覺璇風。碧桃花下幾回逢。醒來如夢國，萬事一壺中。

《鶴山文集》卷一，《詞操》

張錫藎

（一八四一—一九二三），字舜鳴，號果齋，别號一帆，仁同人。一八九四年登第，歷修撰、正言、通政

〔一〕原作《浪淘沙》，今據律補訂。

大夫、祕書院丞、中樞院議官。有《果齋先生文集》。

海東樂府詞十八曲

海東多樂府詞，而東人少音律之學，其作者往往没於詞華，而律之廉肉固懵懵也。余亦聾於是而病之，遂取沈際飛所撰《草堂詩餘》諸調，作葫蘆之依樣，其牙舌脣喉之音，未必合於樂律，而長短高下則因之而無變。調凡十八篇，篇目乃李匡師所拈也。

浣溪沙

太白檀

檀君事，詳東史

太白山中有木檀。神君龍馭降蜿蜿。海東初創奠盤安。　千四百年身便化，熊人無見祭天壇。悠悠往事摠堪歎。

菩薩蠻

黄河歌

周武王封箕子於朝鮮，人民歡悦，以大同江比黄河水。

大同江水清如鑑。祥雲靉隸川原藹。東國聖人來。千年禮俗開。　鍊光亭下水。日夜流千里。聖德休無疆。洋洋萬古長。

相見歡

聖母祠

赫居世母名娑蘇，祠在慶州西岳仙桃山。

月城西岳山阿。廟嵯峨。古砌桃花零落、竹風多。　居西降。王跡肇，有娀將。千祀萬齡來亨、報無疆。時稱君長謂居西干

木蘭花慢

林中鷄

閼智王始林鷄鳴事

嘐嘐何處響，知是在始林中。倘天上桃都，休祥來應，隲佑吾東。宮門更鼓未曉，底一聲、搏翼撤蒼空。催待漏鈴稀滴，遍尋林影葱蘢。　城西半月曲如弓。光閃樹梢風。看白玉雙翎，黃金小櫝，中有仙童。麒麟帝兒降送，亦古來兆見國家隆。詩頌高岡噦鳳，夢符入

帳飛熊。有半月城

如夢令

憂息曲

訥祇王弟末斯欣質於倭王，思之，朴堤上請使倭，紿其王先送末斯欣，堤上被燒死於倭。末斯欣之來，王命六部郊迎，作《憂息曲》。

荆樹雙花春色。海鴈千里回翼。堤上是忠臣，使我末欣歸國。憂息。憂息。共醉長歌無極。

長相思

鵄遬嶺

朴堤上使倭不辭家，其妻追至栗浦不及，率三女上鵄遬嶺望倭國，而哭死爲神母。

山如煙。海如天。望望夫君淚眼穿。星軺曷月還。　憶佳緣。斷佳緣。化作神嫗駐嶺巔。乘風飛渡船。

臨江仙

黄昌舞

黄昌年十五六，善劍舞，爲羅王報仇，入百濟宫中舞劍，擊王殺之，爲左右所殺，其母聞之喪明。國人憐之，令人舞劍於前曰，昌來矣。母驚喜還明。

韓府魂遁鷹搏日，秦宫圖出神釯。徐羅王國又黄昌。水樓慘曉月，山市動晴霜。　老母思兒雙眸瞎，死兒還拜萱堂。東天昏日復輝光。童年忠孝義，國史姓名揚。

最高樓

王母去

新羅眞平王好田獵，金后稷諫，不聽。臨死，謂其子曰：瘞我於遊佃路側。他日王出獵，有聲曰：王無去。王怪問之，從者曰，后稷塚在此。王流涕，不復出獵。

王母去，車駕復何之。盍念國家危。小臣窃愧東門尉，毅魄猶作史魚忠。昔蛇陵，垂懿範，啓洪功。　且莫向、山中追猛兽。且莫向、樹邊追猛豹。回蹕路、守王宫。禽荒遊衍母留思，治平勳業克圖終。九原歸，臣古朽，樂融融。

魚遊春水

楊山歌

太宗王使金歆運屯陽山，百濟乘夜來襲。從者曰：賊起暗中，雖死無知者。歆運揮釼突進而死。時人作《楊山歌》。

陽山何崔嵂。萬古英風吹颼凓。王門甥館，年少貴人驕逸。醉客酩酊白玉盞，美女羅綺黄金屋。隣警忽聞，將軍師出。黑夜軍兵亂失。正是丈夫殉身日。何論暗地無知，惟當一死。奮髯馳馬衝圍陣，劍氣霜飊風如疾。魂歸九天，義扶王室。歆運太宗王婿

蕮山溪

破台鏡

栗里薛氏父老，當防秋，女恨不身代，嘉實願代，父許以女待歸嫁之。嘉實臨行，分鏡爲信，留一馬而去。六年未歸，父曰：始以三年爲期，可歸他族。女固拒之，至廄見馬流涕，及嘉實歸，形骸枯瘁，不可識。示破鏡，父遂歸其女。

木蘭雖愧，心鏡終難破。六載守空閨，抱鏡篋、朝朝淚和。阿爺老耄，勸嫁救飢餓、膚可粉，

骨猶剉，舊約寧渝那。　郎行始返，婚禮亦堪賀。　欽月影重圓，還得當年□琢磋。　從今歲月，一日不相離，郎課讀，妾勤蠶，老父平安卧。

清平樂

萬波息笛

眞平王時，東海中有小山浮來，上有一竿竹，命作笛，吹之則風定浪平，號萬波息笛，後改萬萬波波息。

青山浮海。　緑篔孤根採。　長笛一聲波靜涯。　正值神王初載。　安將此竹貞竿。　遍生封域岡巒。　永使風波不惡，行人安渡江灣。

憶王孫

鮑石亭

景哀王與妃嬪宗戚出遊亭上，置酒娛樂，聞甄萱至，倉卒不知所爲，君臣皆被禽。

萋萋芳草憶王孫。　曲水流觴餘舊痕。　自古君王般樂甚。　國圖存。　可奈天監昭怨恩。

虞美人

落花巖

扶餘白馬江有釣龍臺，百濟義慈王爲唐兵所敗，宫女奔避登是巖，自墜於江，故名。

名花零盡江頭石。江底臙脂積。巖上游人拾花痕。花落無痕、江月欲黄昏。　香魂璫佩歸何處。欲問花無語。爾無怨恨大唐軍。與爾淫游，日夜是昏君。

點絳唇

近茜旗

首露王久無配，建武二十四年，阿踰陀國王女緋帆茜旗渡海而至，遂爲后，是爲許皇后。

緋帆飄颻，海天波靜祥飈起。是何行李。天上仙娘子。　迎入宫中，貞淑容儀美。君王喜。鍾琴樂只。邦祚垂千祀。

錦堂春

聖地帶

眞平王時，神人降庭曰：上帝賜玉帶。王跪受，凡廟社，大享服之。後不知所在。有黄龍寺僧，年過九十者曰：藏在南庫。遂開庫，風雨暴作，白晝晦暝，擇日齊戒，乃得之。

敬順王降高麗，獻麗太祖。

天帝緣何賜帶，新羅國史多虚。南城風雨還爲怪，傳寳可紳書。　國寳山河不守，區區寳帶何如。皇天命賜高麗國，鮑石已成墟。

憶秦娥

文曲星

姜邯贊之生，有一使臣夜見星隕於人家，異之，取養之。後宋使見之曰：文曲星不見久矣，今在此。

弧隆漢，箕膺武夢興王道。興王道。煌煌文曲，降麗衡保。　怪來文曲光輝掃。今行始見麗朝老。麗朝老。桓桓維武，大邦征討。

水調歌頭

百死歌，圃隱歌

亡國可臣死，不死豈人臣。不知崧岳王氣，將復屬睡人。萬壽山邊藤葛，百尺千絲相樛，其亦没緣夤。富貴有前定，身死乃成仁。　百番死，千度戮，骨埋塵。髓魄永滅一片，如石不能磷。人有存忘災福，國有興衰治亂，義理各相循。善竹橋頭雨，千古血如新。

武陵春

杜門洞

崧岳山中門獨閉，澗壑滌塵氛。舊國蒼茫落日曛。天地恨無垠。　七十二賢共一洞，萬古播遺芬。松樹高巔不見雲。把酒悵望虛墳。送聯及忠貞先祖事

《果齋先生文集》卷二，《詞》

李秀榮

（一八四五——一九一六），字孟實，號昌厓，慶州人。有《昌厓文集》。

巫山一段雲[一]

敬次從先祖益齋先生《瀟湘八景》韻

一

平沙落鴈

極浦多蘆荻，平蕪卧稻粱。斷雲斜日一行飛，萬里過三湘。影八君山月，聲寒楚水霜。不勝清怨等閒回，煙渚復垂楊。

二

遠浦歸帆

影亂驚鷗起，聲寒暮雨催。連天楚水浩無涯，向夕萬帆來。斜柳煙中去，晚楓月下回。蘆洲繫纜酒家眠，何處過雲雷。

[一] 不標詞牌，今據律補。

三

瀟湘夜雨

月隱雲流浦，風饕浪没洲。江宵黑窣雨蕭蕭，歸鴈楚天愁。竹淚雙妃瑟，楓橋遠客舟。汀花寂寞岸柳彈，聲濕下沙鷗。

四

洞庭秋月

玉露秋江闊，金飆楚樹空。冰輪高出海天東。宛轉一江中。影靜波沈璧，光飜夜作虹。風梭忽起水紋生，錦落素娥宫。

五

江天暮雪

白日西山盡，玄冬北陸嚴。隨風亂落雪雰雰，大地散爲鹽。月照孤舟笠，花飛晚酒帘。似嫌到水卻無痕，穿入碧山簾。

六

煙寺暮鐘

古寺懸山在，寒煙向夕濃。隔溪遠落白雲間，梵閣數聲鐘。寸梃餘曇鉢，春容掛鷲峰。遥知禮佛脱袈裟，喚鶴卧長松。

七

山市晴嵐

雨浥春山重，天連楚水圍。村扉近市倚雲開，朝旭散林霏。無沫籠花濕，非形繞樹微。俄然落照掛西岑，光景夕陽非。

八

漁村落照

荻浦沈紅璧，松門散紫霞。臨江萬户夕煙生，落日亂山斜。影急孤帆鷁，聲寒晚笛鴉。漁家猶惜寸陰多，處處曬魚蝦。

《昌厓文集》卷一，《詩》

郭鍾錫

（一八四六—一九一九），字鳴遠，號俛宇，玄風人。以蔭補授中樞院議官，累官秘書院丞、參贊侍讀官。一九一〇年日本剥奪大韓帝國主權，還鄉隱居，搞獨立運動。一九六三年追授建國勳章獨立章。

有懷南鄉諸公，壬辰

杏花天

旅愁偏值春宵冷。坐假寐、殘燈伴影。乍聞風信摧花景。長歎年華若騁。古人遠、今人且老，仰碧昊、丹衷耿耿。寒山好似琴書靜。甘與寒山證訂。

南鄉子

山靜月孤明。遥憶寒溪夜氣清。竹色梅腮蒼兀兀，儀刑。獨抱瑶徽乍倚欞。希韻喚誰聽。郢雪淮招惱遠情。此意如雲持莫贈，伶仃。且爲靈均作杜蘅。

相見歡

春風浩蕩江南。水如藍。桂棹蘭墻誰子、好相尋。問柳色，評花品，競高談。日暮煙波歸去、月盈潭。

醜奴兒令

山人愛向山中賞，萬壑閒雲。不見微塵。樹色泉聲處處春。花間百鳥交怡悦，艸裏游麞。物我俱眞。爭有官私到此濱。

惜分飛

百歲誰能無別恨。借問人腸幾寸。宇宙愁千萬。離群最是情難按。短檠清夜書在案。小瓮春朝緑醞。寂寞違相勸。月蘭花砌增憀亂。

望江南

長相憶，風月舊江南。鎮日管絃轟畫閣，如雲羅綺映香奩。猶使夢魂酣。

長相思

南方人。北方人。水遠山長不可鄰。寸心秖日親。　去年春。今年春。南鴈高飛度北濱。寄聲戛碧雲。

如夢令

門外禽啼晴晝。枕下泉鳴幽竇。不似世間人，爭逞百般音讀。依舊。依舊。眞面白雲蒼峀。

西江月

極目白雲垂地，回頭碧嶂參天。悠悠今古無傍邊。野馬塵埃何世。　都在醉中説夢，卻從靜裏稱仙。循環春色自年年。管甚悲歡逸勩。

好事近

庭暖欲花開，檻外晚風吹緊。輕鶯不勝寒，飛向碧煙林苑。　美人剛惜捲簾看，更聽鸎

聲憫。日日望江南，春在草堂深遠。鄉愁遠與

瑞鷓鴣

東風昨夜透重幃。尚怯春寒户晚開。高樹近樓紅結蕾，小塘鋪地緑生漪。書來日，詩思濃仍酒熟時。休道山翁無外事，訪雲隨水亦棲棲。

小詞三疊，寄姜公溥

菩薩蠻

春風側側梅花晚。幽香苦被輕寒損。猶看墨池隈。玉英明不漓。何如嵒下碩。韻趣仍天格。憔槁莫須愁。蘅蘺合賦游。

梅花引

碧雲稀。碧山低。獨鳥遥遥啼復歸。落花飛。落花飛。春盡相思。故人猶未知。非無小句題嵒築。且須新醸臨流曲。子來遲。子呼遲。林下從今，不堪千囀鸝。

鷓鴣天

庭院春深晝景遲。飛紅時逐燕兒回。嵓仙謾負尋芳約，剛惜朱顔過半頹。　黄入柳，緑舒槐。韶華駘蕩思難裁。青鞋白氎山南路，未妨東風拂面來。

曹仲謹請次其壽親詞二首

水調歌頭

冬日正堪愛，寒鬢覺豊盈。今朝定爾何事，和氣滿門生。騰喜令兒佳婦，迎笑韻儔絃客，灑掃土牀清。瀲灩開春酒，歌舞四筵傾。　舞歌爛，春酒海，醉眉横。源源福溉方至，深淺視東瀛。但願家邦無恙，好是君民皆壽，不禁負暄情。此意天應感，歳歳樂昇平。

木蘭花慢

當年弧矢志，嗟忽忽、已頭童。奈竽瑟乖時，杵琴度歳，萬慮澄空。買圖史澆詩禮，向庭前培養玉蘭蕤。領取閒中日月，坐成平地瀛蓬。　耕樵罔美董生風。静默蔡家同。惟孝友慈和，夕趨晨喏，莞爾阿翁。紋非願縻自可，彼膠膠氣數不能窮。此樂令人孰有，君歌百闋靡終。

《俛宇先生文集》卷九，《樂府》

李祥奎

（一八四七—一九二二），字明賚，號惠山，咸安人。有《惠山集》。

望江南

操送友人

逢還別，爭似遠將心。白馬過時芳草暮，黄鸝啼處碧山深。見月奈孤吟。

水調歌頭

題族弟允七晚松亭壁上

松可百叢長，獨立閲流年。不關天下榮枯，貞操自持全。縱欲與遊賞，祇恐桃花柳絮，風雨片時湔。爭似高飛鶴，借棲歲寒天。空山雪中，獨有丈夫堅。潔身不受封五，髣髴人中仙。陶有秀孤冬嶺，范有翠遲秋澗，此外難畫傳。願爾人相友，晚歲共團圓。

望江南

戲作《望江南》，送宋懿老歸白雲洞

停琴起，回首問津亭。點盡鳧鷖因不見，獨舟漠漠雨冥冥。目斷白雲扃。

如夢令

鳩啄槿花喎赤。鴨踏蘚文瓜碧。試手寫芭蕉，思結露珠寒滴。何處。何處。君與暮雲重隔。

水調歌頭

寄金景柔

稼穡有餘樂，榮辱不關心。誰知天下岐路，爲向老農尋。可怪僧齋乞米，且訝仙經辟穀，千古一空林。何似嚴夫子，獨守富春岑。嚴夫子，歸桐江，客星沈。不求分外鐘鼎，溪月弄清琴。天有田家春雨，人有書燈秋夜，此樂孰知深。我欲將膏秣，朝暮整胸襟。

水調歌頭

濯清臺,《水調歌》

人性本初善,清水見眞情。誰云天理無定,慾浪瞥時生。浼似朝寇塗坐,浣若浴衣泥屈,此事古難并。何似嚴夫子,能得聖人清。　嚴夫子,動星象,謝功名。想應兩忘身世,歸約一絲輕。春潮桐江煙浪,秋夜富春山月,此外少心惺。永棄人間債,心事付滄溟。

《惠山集》卷二、卷三、卷四,《詩》

李道樞

(一八四七—一九二二),字敬維,號月淵,星州人。有《月淵集》。

憶秦娥〔一〕

臘月二十三日,見雪中梅欲吐蕚,敢效朱夫子,《雪梅》二闋。

〔一〕不標詞牌,今據律補。

山圍幕。千林皓縞瓊花落。瓊花落。渺渺銀海，飄飄仙鶴。　客子不嫌衣袖薄。興來清境恣搜索。恣搜索。蹇驢古橋，瘦梅東閣。

二

梅花發。好藏清艶黄昏月。黄昏月。暗香浮動，先春時節。　漠漠湖山風雨咽。寒姿迥立愁孤絶。愁孤絶。鼎羹誰和，驛路空折。

玉漏遲

甲寅仲秋，病卧不得玩月，作《玉漏遲》一闋，以遣懷。

每年多勝日，騷人最愛，仲秋佳節。好是良宵，天下同看明月。幾處山亭水閣，觴且詠、遨游清絶。我有疾，沉吟獨坐，□悲時物。　或恐宇内狂塵，亦掩薄清都，廣漢宫闕。悵望遥空，如聽笙簫聲咽，玉杵玄霜搗來，乞一粒恩波傾，溢傳素，訣無使雪添髪。

《月淵集》卷四，《詞操》

武臣

（？—一八九四），據清李寶嘉《南亭詞話》，戰敗於甲午年中東戰鬭而自殺。

滿江紅

拔劍看天，問當世、誰最豪傑。更莫問、詞賦關山，烽煙陳述。離離禾黍故宫秋，蕭蕭易水衣冠泣。恨今生、未雪戴天仇，歌長別。　愁不盡，王孫玦。啼不斷，子規血。嘆吾王孱懦，受人磨折。柳花宫裏黑燐飛，腴英井畔紅牙歇。莽沙場、何處賦招魂，空飯麥。

李寶嘉《南亭詞話》

申晉運

（一八四九—一九二二），字時應，號晚寤，平山人。有《晚寤遺稿》。

水調歌頭[一]

漁父詞

溪風吹颯颯，山雨下霏霏。荷竿獨立沙上，野逕行人稀。寒寺暮鐘漸歇，西山落日欲没，煙樹遠依依。漁歌歌一曲，回船罷釣歸。　罷釣歸，隔江漁火明滅。瓦甌底酒一樽，醉卧湖上月。朝從灘暮向蘆，蘆花深處中有，眠鷗白如雪。曉來開巖扉，魚躍水活活。

水調歌頭[二]

牧童詞

三春芳草渚，十里緑楊堤。兩兩騎牛出郊，驅來下碧溪。溪南白石嵯峨，山下黄果婀娜，呼兒放花蹄。江干日欲暮，蘆笛高復低。　日欲暮，風蕭蕭，雨凄凄。鬢揷花袖掛鞭，叩角山之西。牛背上兩三曲，解道人間昇平，百年春臺躋。歸來讀牛經，起視緑萋萋。

[一] 不標詞牌，今據律補。
[二] 不標詞牌，今據律補。

巫山一段雲〔一〕

田園樂八景

一

山亭觀稼

黄收壟上麥，青挿水中秧。雨順風調漸看長。樂哉稻黍鄉。　把鉏耕埜緑，荷鍤決渠蒼。華秬香秔蔽一疆。何用羡汶陽。

二

水田農謳

携伴登南畝，唱歌出遠皐。一聲低處一聲高。曲曲水田薅。　瀏亮園林樂，咨嗟稼穡勞。擬將此曲叶風騷。携酒共遊敖。

〔一〕不標詞牌，今據律補。

三

石逕樵歌

小徑穿雲入，深林伐木遥。風前起聽數聲飄。日暮樵夫謡。　地僻仙踪躡，山空隱士招。俄然歌罷負薪蕘。萬壑更寥寥。

四

江郊牧笛

斜陽横半岸，細雨灑平郊。郊外笛聲出樹梢。行過白石嶅。　煙笳聯袂唱，山果滿懷包。兩兩騎牛雙手交。歸來江上茅。

五

春圃香蔬

雨均苗漸茁，風擺葉初舒。治圃老翁日把鉏。幽居樂有餘。　芹菁宜作菜，蔥韭可供葅。滋味此中勝有魚。莫教羊踏蔬。

六

秋園黄果

團團如白玉，個個染青霜。滿眼秋光適口香。呼兒摘栗黄。風條高出屋，星顆下垂墻。色色點朱淡似糚。鮮妍五畝庄。

七

榆社春酒

黄黍春西舍，紅醪釀北隣。團欒共會社中春。埜服與山巾。郊圃築場叟，堯衢擊壤民。幸逢吉日又良辰。斗酒酌無巡。

八

松燈夜話

簷端歸宿雀，户外吠閒狵。煙火松明夜照囪。於於埜語哤。山情共淡泊，土俗自淳厖。耀壁龍鸞紅一雙。燈前瀉玉缸。

《晚癯遺稿》卷一，《詞》

許杓

（一八四九—一九二九），字學叟，號澹盧，金海人。有《澹盧遺稿》。

效白香山體

謝秋娘

嘆時

今世何世，天意未定時。如水益深如火熱，拯濟生靈知其誰。赤子願逢慈。

如夢令

憫農

禾稌雖登歲飢。綿絹不廢寒肌。彼蒼高且遠，未鑑黎元阽危。何時。何時。重見唐虞皞熙。

憶王孫　讀書

談經皓首竟何成。悲嘆窮廬轉不平。身逢混世喜無名。寧居貞。樂此琴書以養生。

奈奈調　懷友

少也擬同老。到老未穩討。自少至老睽，離恨願共賦，停雲敘胸抱。只希衰殼各相保。

一剪梅　歎老

歲不吾與逝如斯。心中依舊鏡中生疑。欲折花枝花笑之。春興漸虧。風情漸衰。

夢江南

客中書懷

難爲客，不如守林烏。山豚逐時家豚放，人田耘處己田蕪。那時樂妻孥。

賀聖朝

憶竹史族兄在璞

知音半世眞情托。驀地分南北。獨吟孤坐奈此時，正風獰雪撲。　天長地遠，飜成阻隔。我懷無窮極。獲奉金玉音□□，頓然起蹩躄。

減字木蘭花[一]

懷文元一

前在秋九。弧辰宿約我實負。縞髮窮年。蟄伏窮廬只自憐。　安得好風。隨意南北與

[一] 原作《木蘭花》，今據律補訂。

西東。更期來歲，椒酒迎歡我弟兄。

眼兒媚

懷辛聖集

客月衝寒叩我棲。兩襪濕淤泥。晡時握手，宵燈看書，侵晨還藜。知若不知迎餞禮，傍人謂我迷。嗟余老君亦衰。片心照靈犀。

《澹盧遺稿》卷一，《詞》

崔濟泰

（一八五〇—一九〇七），號松窩，全州人。有《松窩先生文集》。

西江月

山寂寂雲生壑，鳥嚶嚶花滿枝。抱琴迢坐一題詩。頓忘山外憂喜。孰使潑潑魚躍，可舜靄靄草肥。與君談笑日遲遲。何樂人間若是。

《松窩先生文集》卷一

安益濟

（一八五〇——一九〇九），號西岡，耽津人。有《西岡遺稿》。

菩薩蠻[一]

謹次朱晦庵《回文》韻

晚艇春水緑清淺。淺清緑水春艇晚。尊傾易飲繁。繁飲易傾尊。老枝花看好。好看花枝老。長業與年芳。芳年與業長。

巫山一段雲

戲用《巫山》體次郭熹坤，五首

皜皜江上雪，依依江上煙。山雪江煙分離振，由來年復年。君看風憐變，且看變憐

[一] 不標詞牌，今據律補。

蛟。風憐夔憐猶如是，何況吾生憐。

二

名途輻似奏，世態矢如湍。透出此關方豪傑，何必求神仙。南郭靈籟定，東窓旭日鮮。榮辱悲歡不曾到，佳界此案前。

三

一何鷺之白，一何烏之玄。白白玄玄須不明，何似渾而圓。（下闋缺）

《西岡遺稿》卷一，《詩》

申泰一

（一八五二—一九三八），字季峰，號希庵，平山人。有《希庵文集》。

浪淘沙令[一]

次《浪淘沙》二章

終晷雨霏微。心氣悠悠。獨向南山掩竹扉。起抽黄卷生聲讀，庶或無違。（下闋缺）

二

爲詩欲效唐。言語無味，其於調格摠迷方。措大六旬何所業，徒然自傷。（下闋缺）

西江月

憶李白樵大汝潤聲，爲賦《西江月》一曲

塊坐書窓孤寂，此時不耐懷人。榴花的歷爲誰新。緑楊明月底處。杏樹壇邊幽花，一春同償芬芳。桃溪後日都兩忘。祇緣潦霖相續。

[一] 原作《浪淘沙》，今據律補訂。

南鄉子〔一〕

次《南歌子》一章

葱緑芥花黄，主翁窺圃未全貧。三時飽飯無餘事，空搔白髮，癡癡養天眞。讀書何事業，粗記姓名可以休。陶朱范蠡非吾願，聊樂餘春。泉石久淹留。

《希庵文集》卷一，《詩》

張華植

（一八五三—一九三八），字丙淑，號鶴巖，别號蓮坡晚，仁同人。累官義禁府都事、衙門主事、懿陵令、奉化縣監、漢城府判尹、軍部經理局二課長。有《鶴巖集》。

〔一〕原作《南歌子》，今據律補訂。

水調歌頭

敬次晦庵先生《水調歌頭》韻

樂極非眞樂，憂深便無憂。誰知生於憂死於樂，憂樂自相酬。請看江上鷗林間鶴，細雨閒雲興不收。渺渺天底高，飛鶻翺翔與誰謀。　卻羡青箬笠綠蓑子，閒弄釣魚鉤。兩岸垂柳嫋嫋，一川明月皎皎，聊與爾悠悠。謝卻塵寰事，盡日溯滄洲。

《學巖集》卷一，《詩》

安永鎬

（一八五四——一八九六），字敬能，號岌山，順興人。有《岌山文集》。

水調歌頭〔一〕

述懷，效《水調》

天地大無外，戚戚何當憂。春風行子萬里，前路我心酬。數尺龍千星斗，幾斛驪開明月，光價定難收。嗟爾輕儇客，長夜倒瓊舟。　讀書士，幼志業，壯謨猷。勸君須惜此日，微貫更深鉤。好個皇王門户，無限江山場壘，千古意悠悠。聊得長風翰，簸卻滄江洲。

調笑令〔二〕

江詞，閒忙，擬瀟湘舟中留宿熙豊朝士

江水。江水。此去扁舟萬里。漁翁家住問誰，雙雙鷗點點鷺。鷗鷺。鷗鷺。愁殺長沙賈傅。

〔一〕不標詞牌，今據律補。
〔二〕不標詞牌，今據律補。

憶江南[一]

清夜詞，窮通，擬方赴直中有懷招隱流。

天上月，遍照漢秦山。空谷有人吟桂樹，何如還向小樓閒。歌酒待紅顏。

長相思[二]

征詞，離合，擬露布至京師日招還戍役。

一鴈飛。二鴈飛。秋盡關山雨雪霏。相思淚滿衣。　夢君歸。得君歸。歸面多情夢見依。

擣練子

田詞，勞逸

堯日暖，舜風薰。麥壟秔疇各效勤。待得金秋登熟後，四隣歌曲月中聞。

[一] 不標詞牌，今據律補。
[二] 不標詞牌，今據律補。

菩薩蠻

蓬萊詞，清凡，携友登高指點都邑山川。

崑笙一別無消息。蓬萊海水空相憶。秦雍動春芳。對樽情未央。　百年如轉瞥。貴客頭生雪。歡樂了今緣。茫茫駕紫煙。

《岌山文集》卷一，《詩》

李宅煥

（一八五四—一九二四），字亨洛，號晦山，星山人。一八八二年登第，歷司憲府持平、司諫院正言。有《晦山先生文集》。

鷓鴣天

深谷書堂，用樂府《鷓鴣天》，次朱夫子《江檻詞》韻。

貧病吾人堪自憐。看山看水亦仁天。皎駒空谷春生藿，白鳥滄洲月滿船。　深谷裏，碧峰前。滿林煙雨好因緣。風泉一壑琮琤玉，花木千巖錦繡筵。

西江月

和《西江月》詞

雨後溪流谷谷，春來花發枝枝。嘯歌一曲自爲詩。何事人間憂喜。寂寂還甘澹泊，區區何用輕肥。書窓睡起日遲遲。千古縱横是非。

好事近

用屑字韻

人事此何時，憐爾眼花頭雪。幾處小多豪健，對清樽擊節。青袍朝士老悤悤，那會補君闕。惟被詩仙招待，坐湖山清澈。

憶秦娥

用陌字韻

吾安適。悠然日夕南山碧。南山碧。三人抵頂，一牀麗澤。百年去作亭中客。賦詩酌酒心無斁。心無斁。西江波浪，靈源烏石。

《晦山先生文集》卷一、卷二、卷三，《詩》

李南珪

（一八五五—一九〇七），號修堂，韓山人。一八七五年進士，官至參判。一九六二年追授建國勳章獨立章。有《修堂遺集》。

點絳脣

美人

蟾暈微凉，翠羅襦薄雲鬟嚲。悶愁誰寫。祗是相思也。　擬泛輕舟，那處風吹打。難拚舍。多情沾惹。背立梧桐下。

《修堂遺集》册一，《詩》

權直熙

（一八五六——一九一三），字惟執，號錦里，安東人。有《錦里文集》。

水調歌頭[一]

敬次朱夫子《釣臺詞》二闋

憶昔嚴夫子，隱居富春山。下有桐江七里，蒼崖繞磯端。須披五月羊裘，不問世間榮辱，閒弄一釣竿。想應斜雨裏，蓑衣不須還。　四七際，火爲主，龍衮斑。晝出風雲諸將，俱與弘濟艱。欲遂高尚志士，不以三公易介，任意狂且頑。星象動御座，爽氣照林巒。

《錦里文集》卷一，《詩》

[一] 不標詞牌，今據律補。

李萬相

（一八五七—一八九九），字邦憲，號僑齋，星山人。有《僑齋集》。

憶秦娥[一]

次李丈赫明，擬晦翁《梅花詞》二闋

僑廬拙。矬户疎簾風觱發。風觱發。獨看蒼山，相照明月。煙霞故友音書絶。寒來暑往年飄忽。年飄忽。簣鋪舊感，桂山遺闋。

二

天寥廓。故園北望星岑碧。星岑碧。雲樊猿鶴，溪舍松竹。芳鄰咫尺小椒隔。山青水緑巖雲白。巖雲白。歲暮寰宇，身遁叢薄。

《僑齋集》卷二，《詩》

[一] 不標詞牌，今據律補。

姜永祉

（一八五七——一九一六），字洛中，號南湖，晉陽人。有《南湖遺稿》。

相見歡

理明山絶頂

天秘絶勝名區。待吾遊。絡繹群巒如奕、快騁眸。　仰疊石，俯流水，意悠悠。不識人間何世，澹無求。

醉落魄

登高世臺

神慳鬼劃，石臺頂削平如席。孤危奇絶高千尺。臨背長吟，風冷凝霞碧。　穹巖窅窕蒼崖劈。悄然如遇仙人屐。凌空下視江山窄。身世渾忘，漠漠塵寰隔。

臨江仙

五月五日，戲題《臨江仙》一闋，相與一笑。

此日此時人共惜，楚江米落淒風。古人可望不可從。呼兒酌酒，酒盡咄樽空。　　談君莫笑，可憐桃李城東。櫻桃萬顆爲誰紅。無人一匊，持向舊宫中。

風光好

臨別歌，《風光好》一闋，贈稷亭諸友。

入門難。出門難。（發孤歎，）借得山堂數日懽。此身安。　　巖雲窈窕江湖渺。中心悄。但使青天月未殘。兩相看。

《南湖遺稿》卷一，《樂府》

崔正模

（一八五八——一九一五），崔宇淳之子，字中汝，號雲溪，全州人。有《雲溪集》。

菩薩蠻

迴文

恨長春雨簾紅亂。亂紅簾雨春長恨。殘夢伴燈寒。寒燈伴夢殘。　鏡塵成久病。病久成塵鏡。情寄遠鴻征。征鴻遠寄情。

臨江仙

贈族大父汝敬，癸卯

覆作波瀾翻作雨，此中道路難天。手摩便腹笑悠然。門前溪水響，猶自古無絃。　歲去年來鬢雙改，古今心事燈前。所思知在暮雲邊。今春梅信早，爲折一枝傳。

《雲溪集》卷一，《樂府》

沈相吉

（一八五八——一九一六），字泰元，號伊山，青松人。有《伊山文集》。

滿江紅

呈於汕金丈永運壽席

竹下閒翁，風格好、酒後吟篇。問闕里、明月清洛，種玉藍田。暑雨初收凉氣動，壽觴正合開瓊筵。交獻酬、賓友想盡室，樂脜然。　　鐵樹春，幾度過，紫琳房，昔住仙。喜舒長化日，修養引年。鸞鵠趍庭斑舞戲，鳳凰偕室中閨緣。但以壽、以康以福媚，更何先。

水調歌頭

梅花詞，效《水調歌頭》，示鍾煥姪。

溪上寒梅樹，迥絶倚孤城。遥憐雪月清夜，踈影渺難平。不願孤山幽趣，肯問羅浮春色，難與照心明。念昔滄洲老，吟此最關情。　　滄洲老，千古上，一枝横。荷珠拜照灑落，隨處淡容生。更有陶山夫子，遠續瑶琴餘韻，寧負丈人名。莫與衆芳妬，勉汝貞姿成。

《伊山文集》卷一，《詞》

文鍾

（一八五八—？），字時正，號睡隱，南平人。有《睡隱集》。

謹挽黃紫泉鍾教

桃源憶故人

紫泉翁厭人間趣。千載地靈還素。情性早他開悟。風彩爲人慕。　文章談論何須數。慷慨一生遲暮。四海幾番披肚。不惜爲吾吐。

相見歡

當時此語尋常。到今傷。淚不收眠還就，夢猶長。　雲養病兮居没，況吾狂。嘻戲在他人底，待輕颺。

東坡引

公年八十强，公顏六旬少。磊磊志氣軒軒笑。莫是吾師表。莫是吾師表。　朝耕莘野，暮垂渭釣。或抱膝、引長嘯。但留詩句傳人了。眉山空復杳。眉山空復杳。

西河　三疊

靈塔寺。年年修契誰記。古松寒竹與奇巖，一般積翠。衆香暖過軟塵兒，團團相向翁□。雙樹老，森如齒。膽瓶拳杓懸是。微風乍徹響寥寥，澗鳴數里。天晴月過竹簡來，眼花朦朧熟視。　晨鐘夕磬這個裏。得薤鹽、喫了斯美。月海不知甚意。向空齋、壁古釋迦，眞一霎笑罷，公我平生事。

南柯子

打着南柯夢，南柯影影齊。數聲山笛酒旗低。又是早春天氣、古城西。　暮雨東風起，空山子規啼。杏花未發草萋萋。想得風流多在、掛錢藜。

荷葉盃

寫寄短草數遍。腸轉。一讀一於戲。松柏蒼蒼亂夕陽，知麽知。知麽知。

申公壽宴詞三調

萬斯年

《萬斯年》曲，有後一段作《天仙子》

逆數六旬年上曆。桑弧金印曾開席。童顔兒齒到今期，賓絡繹。酒滴瀝。小杜家風老杜續。肇基山東光奕奕。令名又是自天申，孫繼德，子繼蹟。此慶非今而自昔。

賀聖朝

賀非壽賀爲公賀。請過謙休罷。十分榮禄九分天，更一分人些。人間希有，不求假借，辦自家中貨。用過不盡還留下，算當時幾個。

浣溪紗

尚生五嶽范家湖。樂志新篇摩詰圖。掌珠床瑟極歡娱。　夢外功名兒輩與，眼中茶酒故人俱。神仙今不在蓬壺。

《睡隱集》卷一，《詞調》

崔鍾和

（一八五九——一九一八）字鳳汝，號松庵，江華人。有《松庵集》、《江華崔氏三綱録》。

滿江紅

謹次岳武穆《滿江紅》詞

擊劍悲歌，高樓上、風雨未歇。□□□、□□□□，□□□熱。百萬生靈有肝膽，三千大地無日月。莫笑丈夫頭髮白，空悽切。　靖康恥，何時雪。岳爺恨，何時滅。□虐浪横躍，呑舟魚缺。□□□□□□□，日夜沸騰滿腔血。待旋天揭地定山河，朝舊闕。

《松庵集》卷一，《詩》

梁在慶

（一八五九—一九一九），號希庵，濟州人。有《希庵遺稿》。

水調歌頭[一]

讀朱子《嚴陵釣臺詞》感次

反覆晦父詞，如坐富春山。隱約一絲清風，獵獵動毫端。想像七里灘軒，冕視如浮雲，知心有釣竿。煙蓑日月，長逍遥不知還。　苔磯風霜飽，鬢毛欲成班。賴有鷗鷺深盟，不復計險艱。肯似滔滔塵客，隨手飜覆雲雨，奔汨恣性頑。千載仰靡，極屹屹危石巒。

《希庵遺稿》卷一，《詞》

[一] 不標詞牌，今據律補。

李熏浩

（一八五九—一九三二），字泰規，號芋山，載寧人。有《芋山先生文集》。

漁父詞

漁父泛，滄江漫。蘆花漠漠兩岸。稺子急持蓑衣待，駁車雲起雨淋𣾰。

二

漁父飲，江日午。刀鳴盤錯銀縷。醉舞娑娑波光動，緑凫驚散下前浦。

三

漁父歸，江月早。沙平露濕汀草。燈前結網隣翁話，紫蟹初肥野滿稻。

《芋山先生文集》卷一，《詩》

尹炳謨

（一八五九—一九三四），字直哉，號弦齋，坡平人。有《弦齋集》。

戲倣詩餘三調，贈别族弟相殷

長相思

山悠悠。水悠悠。相見無多又別愁。幾時會約求。　風滿天。雪滿天。惆悵汾陽暮渡船。思君懷萬千。

西江月

明月黄梅冬夜，春風矗石芳洲。願君隨處興優遊。歷落詩篇樽酒。　莫道光陰可恃，及時努力三餘。豪雄亶在經爲畬。此意君能知否。

如夢令

窗外梅花方吐。池上柳條垂縷。浪詠不勝情，行到小溪深處。舉首，悵望，平楚依微煙樹。

最高樓〔一〕

壽河大興六十一歲

方壺老，眉壽正如陵。高筵鋪花綾。手裏橫拖緑玉杖，雙瞳如水讀黄庭。問如何，木公醉，金母醒。　且鯉庭、采袖斕斑舞。有蘭芽、俊茁稱家兒。佇來許，福盈盈。境界可樂即須樂，莫將懷抱向新亭。待時清，看後承，騰鵬溟。

西江月

涵碧樓，賦《西江月》二闋

悠悠蕩子千里，泛泛白鷗一波，荒葉殘霞相爛映，渡頭爭唱漁歌。　危樓百尺巖上，寒磬

〔一〕原作《高樓引》，今據律補訂。

一聲寺前，人來人去斜陽裏，回首躊躇悵然。

鄭鳳基

（一八六一——一九一五），字應善，號守齋，初名孝基，延日人。有《守齋文集》。

《弦齋集》卷二，《詞》

念奴嬌

晦山滯雨於溪廬，與之戲賦長短詞各一闋。

晚風吹雨，向千山淨洗，塵埃群物。玉水西邊圖畫彩，萬古丹崖翠壁。倦起臨流，濯纓濯足，肝膽生冰雪。人間浩浩，誰家多少豪傑。　好是十月窮林，幽香尚有，籬下黃花發。又聽噫噫鳴不盡，天外孤鴻明滅。卻把金樽，據牀自酌，兩鬢吹華髮。適聞剝啄，故人來似明月。

西江月

黃葉紛紛撲地，白雲靉靉橫霄。雨聲遥帶水聲驕。秋晚前川衰草。　最好故人逢處，慇懃相贈瓊瑶。歸鞭休促過山橋。一夜五更飄曉。

《守齋文集》卷二，《詩》

諸世禧

（一八六一——一九二三），字道源，號月谷，初名世鎬，南陽人。有《月谷文集》。

水調歌頭〔一〕

謹用晦庵朱夫子《釣臺詞》，賦血竹歌

義魄千萬年，扶植舊江山。回惟危忠孤節，高出絳霄端。借問成仁地大，野上橫橋下，鮮血

〔一〕不標詞牌，今據律補。

化竹竿。月落風蕭夜，幽魂獨孤還。　橋之右，長不泐，血痕班。想看此一窠竹，猶可濟時艱。豈獨西山清節，凛烈風乎百世，立懦與廉頑。不改歲寒意，蕭瑟隔林巒。

《月谷文集》卷一，《詩》

申泰龍

（一八六二——一八九八），字仲雲，號道陽樵人，平山人。有《道陽集》。

木蘭花

賦《木蘭花》，呈李戚丈志憲

尼陽眞可卜，幾日獨盤桓。久韞天香，世味辛酸。胥佳址交數椽循，滁瀧瀧水成湍。野外閒雲，被住林間。倦鳥知還，爭資競紱不能閒。　喜色動彈冠，洛上青雲路傍寒。厘有命斯關。甘簞瓢安陋巷，任憑軒、永日展遐觀。善護蒼松翠竹，歲寒期與同看。

《道陽集》卷一，《詩》

李漢龍

（一八六二—一九二六），字致見，號唐川居士，陜川人。有《唐川集》。

水調歌頭

釣臺詞，《水調歌頭》體

鳳山宛飛舞，龍湫映澄碧，誰知飄然一叟。俯仰煙霞泉石，欲學富春夫子，一竿絲垂，蒼壁傲兀，聊自適凝佇。　山寂寂，釣魚臺，千載後，出青邱。月如笠澤秋夜，波連吳淞江流。志和歌曾望詩境，到眼前輒收，何用浮名求。耳掩機變俗，吾道付滄洲。

《唐川集》卷一，《古詩》

鄭丙朝

（一八六三—一九四五），字寬卿，號葵園，東萊人。一八八二年進士，一八九四歷東宮侍從官。有

《漉漁山館集》。

水調歌頭〔一〕

歲暮詞

木落空城雨，蕭瑟際冬秋。緑荷衣冷，喚羈人舊恨新愁。何事天涯蓬轉，一年年歸難得，劇景復當頭。總爲孤臣淚，萬里水添流。　念餘生，將安泊，儘悠悠。月虧易滿，人間憂苦幾時休。只好黃花籬畔，倒盡百壺清酒，聊以暢吾游。算來龍漢劫，止竟一泡漚。

敬次雲養尚書詩餘雜詠凡八首

滿庭芳

游龍淵

桃竹穿雲，角巾礙葉，青苔古徑逶迤。覓紅搜緑，吟屐自徐遲。借問龍淵何處，遥點指、林

〔一〕原作《六么令》，今據律補訂。

麓西陲。及到是，一泓春水，絶底蕩明漪。可憐磐石坐，流觴也好，垂釣還宜。不多讓，風乎舞浴乎沂。得此平生奇絶，君莫道、九死堪悲。且休去，煙波江上，極目夕陽時。

減字木蘭花

白牧丹

肌酥靨雪，獨太矜持應自分。月殿嫦娥。富貴王公不足多。芳心未已，剷意留春承曉露。玉漏難收。似泣人間易白頭。

賀新郎

謫居

休恨明時謫。我曾無支傾材，具治安手策。容易宮紈西風起，合墮塵煤古篋。臣敢望、與同中國。淪落天涯殊枯槁，詠江蘭、汀芷空愁絶。還有那，同情客。念瓊州路何迢遞。亩傷心、鴒原鴈字，斷無消息。誰把端明歌頭語，好尚蓬萊上徹。且滿口、徒含石闕。差喜風流多公輩，乞煙蓑、雨屐追晨夕。逝者水，難回得。

醉太平

候輪船

行如月圓。停如海塡。朝朝只怨長年。有鄉音莫傳。　東望意懸。西望眼穿。空抛卜費金錢。誤江頭幾船。

聲聲慢

夜坐

冥冥悄悄，脉脉寥寥，風風雨雨瑟瑟。儘我無眠，危坐五更燈碧。誰家怨笛一曲，卻喚人、故園情劇。怎不老，有新悲舊恨，片時都集。　四際蒼茫昏黑，擡眼是、連天外波濤積。一步難移，現在身生也滅。賒將十千斗酒，縱今宵、滿醉得。這斗酒，未必消、個氣塡臆。

念奴嬌

輓養泉參書愛姬香蘭

曇花乍現，人間世易幻，風燈泡沫。玉碎香沈春寂寞，一去空山草碧。素帷月昏，繡被寒警，誰道郎腸鐵。把盈盈淚，洒得青衫皺蹙。種阿耨一笑因，只恨他霎時懽、長時別。端的紅顏多薄命，何意鍾情太劇。才貌湘蘭，風流蘇蕙，萬事非疇昔。爲娘替訴，公貴無忘今日。

滿江紅

南城餞春

何處簫聲，聲聲怨、落花流水。且莫教、碧欄東角，臨風徙倚。歌舞王孫還寂寞，玉驄空繫垂楊裏。況孤臣、蕉萃恨，在天涯萬里。闢池館，陳羅綺。繚庭院，栽桃李。奈九春終，須一彈指。試看汀洲斜照外，滿江飄瞥風泡起。都不及、眼前一盃歡，長如此。

夜行船

許小痴屏畫

碧藕紅蓼何處水。撞過舟、元央驚起。帆杪山明，樹巔煙白，漁人去、夕陽汀沚。五渡三楓來尺咫。妙丹青、一筆千里。歷歷招情，依依幼境，倘宗秉、卧游圖是。

浣溪沙

紅葉館，贈妓鶴兒

池塘藏鴨柳棲雅。羞卻東園萬種花。怕人調戲掩窓紗。　良夜誰能停逝水，離歌還欲挽歸槎。且可留連飽紫霞。

水調歌頭[一]

癸丑，續蘭亭會，分韻得也字。

緑羅荷葉裳，珠勒桃花馬。何處水邊，送麗人試春遊冶。算一年競芳辰，説風光上已宜，及時歡難舍。且可溯蘭亭，玉流泛清斝。　不有畫壁繞欄，怎陶寫。唉盪神情了無過，揚風抱雅。研麝煤，鉤鼠毫，噴胸竹，吐吻花，金石鏗誰打。是亦修禊文，爲後人感也。

[一] 原作《六幺令》，今據律補訂。

滿江紅

申晦堂冕休七十一生辰，分韻得白字。

人生幾何，縱百爲涯、誰滿百。況離旅、常謝綺紈，湖海放跡。腰釰莫過榆次天，羽衣休躡蓬山客。一快意、作三千士裏，文章伯。　　驚鴻吟，換鵝書。迸珠玉，整鉤索。有身後風流，吉金貞石。卻笑他功名富貴，滿江吹散泡花碧。慶先生、年與文字壽，白墮白。

滿江紅

重陽集久庵室，分得「塵世難逢開口笑，菊花須揷滿頭歸」得「滿」字。

蕭瑟泓琤，一點點、天鴻不斷。更何處、疎林風葉，颼颼飄散。是秋爲氣例悲哉，奈鏡中看髮漸短。莫思量、急須倒玉壺，酌無算。　　敞簾閣，整茶椀。疊盆景，飛彤管。有竹林飲客，雪樓詩伴。也含情欲待誰歡，乞五更鐘撞且緩。約與東隣去展、重陽月又滿。

水調歌頭〔一〕

文藝社，分得雲字。

庖畫風雷衆，虞裳黼黻文。擢燒拉雜，尚無恙托在香芸。念吾生安所樂，快放千秋慧眼，有五典三墳。是處娘環館，脉望也仙群。　嗟嗟紫朱哇雅，竟誰分。把公輩去，飛騰馳驟足張軍。斷是彌天四海，一代風流人物，並玉粹蘭薰。現世知音衆，何須後子雲。

滿江紅

家伯氏七十七生辰，與同社諸公分韻，得乾字。

小樓春鬧，鬥紅紫、丁簾亞欄。集一代、錦繡才子，黄初建安。介眉頌白眉華誕，一字字是玉琅玕。試思量、人間天上，無此佳歡。　萊衣舞，抱茁蘭。筍脯具，治潔餐。況南曜增彩，内丹成丸。更何來高飛燕雀，賀人笑語詠斯干。我只管、籌花稱萬壽，觴

〔一〕原作《六么令》，今據律補訂。

不乾。

《漉漁山館集》卷二、卷三、卷四、卷六

朴載華

（一八六四—一九〇五），字允中，號觀齋，咸陽人。郭鍾錫的門生。有《觀齋遺集》。

巫山一段雲〔一〕

次《瀟湘八景》韻

一

平沙落鴈

夢渚流雲逗，湘汀夕照明。金風萬里朔天清。陣陣動秋聲。　玉籥開花紙，星棊滿橘

〔一〕不標詞牌，今據律補。

枰。幽閒羨爾一平生。我亦世人情。

二

遠浦歸帆

向楚蕭蕭雨，指吳渺渺波。臨風齊唱棹夫歌。去去夕陽多。南浦千重樹，西湖十里荷。煙浪花濤險經過。日暮未歸何。

三

瀟湘夜雨

橘岸寒潮落，篁汀積靄收。蕭蕭夜雨滿長洲。終古可憐秋。歲暮三閭恨，天長二女愁。白雲流水共悠悠。楚客在孤舟。

四

洞庭秋月

萬里秋空露，三更水共天。夜來明月一輪圓。劈破洞庭煙。銀漢涵星海，金波漾玉田。乘槎便欲上河邊。身作桂宫仙。

五

江天暮雪

漠漠連雲氣，霏霏滯雨痕。半天寒雪下江村。漁户掩蓬門。楚水流哀鴈，巴山阻斷猿。高歌一曲共誰論。人在玉乾坤。

六

煙寺暮鐘

暖樹春含緑，幽林夕映紅。暮鐘隱隱亂煙中。知是梵王宫。斷響摇殘月，寒聲落遠風。花雲花雨影空空。山啞水如聾。

七

漁村落照

宿雨開淮甸，孤舟入楚鄉。竹籬茅舍小溪傍。冉冉欲斜陽。秋水銀海躍，江盤玉膾香。空洲雲物晚蒼蒼。上下水天光。

八

山市晴嵐

遠峀留螺黛，孤村記夕橋。淺山晴日市門朝。蒼翠未全消。　黯淡遊絲住，輕盈亂絮飄。粧樓紅裒舞纖腰。日暮好相邀。

《觀齋遺集》卷一，《詩》

金箕瑛

（一八六四——一九二三），字英玉，號洛陰，光山人。有《洛陰遺稿》。

長相思　六調

一　惜春

一葉開。百葉開。滿點臙脂不勝堆。嬌愁空滿腮。　愛春來。惡春來。始不相憐終豈猜。紅顏遲暮催。

二　餞春

早花殘。晚花殘。人靜園空春月寒。無言悄倚欄。　雨痕斑。淚痕斑。粉蝶隨花飛不還。淡山低翠顏。

三

送人

雲油油，雨絲絲。揷地青帘盡日垂。柳深歸馬遲。　開花時。落花時。空斷柔腸況別離。休教怨女知。

四

懷人

晝正長。夜正長。春睡無痕翠被涼。撚鬢個個霜。　路茫茫。恨茫茫。一縷東風心自傷。落花吹滿箱。

五

相望

釵山高，釵山低。煙草朦朧望眼迷。行雲横翠梯。　一鵑休，一鵑啼。月滿緗簾花滿溪。吟魂曉過堤。

六

相期

柳絲短，柳絲長。樓外黄鸝不勝情。暖留花下觥。　憶君行。夢君行。夢到來時還不成。春愁苦難平。

憶秦娥

六調，和贈美洞澮翁

一

傷秋

秋瑟瑟。空林盡日西風櫛。西風櫛。千聲起處，鬢毛生雪。　氣悽慘可銷堅鐵。應難割去愁腸結。愁腸結。卧聽遥夜，一鴻聲咽。

二

傷春

春無情。別人何似春歸輕。春歸輕。情人莫信，況與春盟。

暖香池館花輕盈。夜來風雨花飄零。花飄零。不堪春恨，恨到春生。

三

花時別

那爲別。江娥灑淚花如血。花如血。殘春古道，此情難遏。

九江江上清明節。年年驛路春埋沒。春埋沒。心頭空算，滿枝纖月。

四

雨時別

江天暮。花間柳外如絲路。如絲路。離羣孤客，滿空涼雨。

霖微不見江頭樹。霧重

重山無數。山無數。楚天行色，蜀猿腸肚霧。

五

月中懷人

簾透冷。幽人不寐春宵靜。春宵靜。碧琉紅挂，畫樓分鏡。天寒苦守看書檠。休教惹起相思病。相思病。月明明處，有形無影。

六

雪中懷人

風搖溧。山陰古道花騰六。花騰六。銀屏粉蝶，有人如玉。醒來魂夢誰家宿。祇看亂朵撩心目。撩心目。梅邊竹上，郢人歌曲。

《洛陰遺稿》卷一，《詩》

李正浩

（一八六五—一九四一），字貞允，號棲山，載寧人。有《棲山先生文集》。

水調歌頭

和趙孝謹顯珪，回甲

瑞日曜堂上，彩舞頌揚卮。猗歟善積功懋，連世壽遐期。架貯唐虞遺籍，胸抱桑蓬初志，怊悵歲將遲。固守山西屋，永保昔賢規。　孫承祖，忠與孝，念焉茲。修身早得師友，一生勑威儀。春草平原蒼翠，秋月連天晴朗，風景浩無涯。莫恨流年邁，努力日孜孜。

《棲山先生文集》卷一，《詩》

芮大周

（一八六五—？），號穀齋，義興人。有《穀齋集》。

南鄉子〔一〕

餞別，次韻賦《南歌子》詞

啼鳥下離亭。喚友春聲豈忍聽。掺子之襟留約意，秋山桂樹，休教紫霰零。　曲罷夢魂醒。流水滔滔咽暮汀。更進情杯，客舍柳青青。悵望江雲去路停。

水調歌頭

金周彦參奉壽宴席，賀呈《水調歌頭》詞

樂易溪陽子，絳甲更回時。福田新穫良稻，釀得介眉巵。皓首中堂無恙，綵舞趨庭奉壽，和氣溢門楣。願使長千歲，仙井泛蓮龜。　窮經史，延歲月，鬢成絲。桑弧志蓼莪涕，感發吐瓊辭。歡悦堂欄親戚，唱和鄉隣知舊，滿座賀賡詩。積善效如此，敺世壽鄉隨。

《毅齋集》卷一，《詩》

〔一〕原作《南歌子》，今據律補訂。

裵道泓

（一八六六——一九五六），字孟汝，號毅齋，達成人。有《梅潭齋遺稿》。

水調歌頭

全景賢作《繡林書堂》，《水調歌》以贈之聊和其韻

但見先祠址，寂寞繡林山。構成蓬户茅棟，灑落白雲端。强勸程朱書讀，自誓不負遺訓，更進百尺竿。坐愛王春色，依舊送青還。　板蕩世，多慷慨，淚班班。頹吾萬古綱常，反謂濟時艱。獨斂襟紳孤立，常恐塵囂到及，可笑至愚頑。水調歌中叟，相和踏青巒。

《梅潭齋遺稿》卷二，《詩》

沈斗煥

（一八六七——一九三八），號直窩，青松人。有《直窩文集》。

水調歌頭

菊花詞

□山家小庭，藹然幾叢生。百年林下孤趣，尚帶逸名。灌培雨露恩天，獨秀風霜晚節，還笑朝暮榮。粲粲黃金色，釀來泛我觥。　老圃菊，秋容淡，纈眼明。不逐桃李芳華，春風肯誇爭。牀頭摘露寫史，籬下綴英可餐，與爾同作盟。陶後無復聞，誰作栗里行。

念奴嬌

觀瀾詞

道川之水，逝如斯、儘覺悠然眞樂。道體因茲見魚得，活潑天機於躍。無本曾看，鄒書發歎，可立待其涸。傳心吾道，千年寒水秋月。　須把浩浩洋洋，斯理眞驗，得工夫涵育。縱有江河分派處，皆是從來源一。始自盈科，終然放海，隨處固洋溢。水哉奚取，吾人觀得有術。

念奴嬌〔一〕

困學詞

聖門幾多款悟姿，曾子以魯得。日三省不已終，聞一貫之無惑。餘子徒能，貧多務博，畢竟無歸宿。耐辛喫苦，且無間斷休息。　須把人十已千，工夫喫做得要訣。柔必剛、愚必明，變化氣質，聞善江河如決。噫彼疎慵，安於暴棄，人理終殄滅。困心衡慮，莫教空負賢哲。

《直窩文集》卷一，《詞》

河鳳壽

（一八六七—一九三九），字采五，號栢村，晋陽人。有《柏村先生文集》。

〔一〕不標詞牌，今據律補。

水調歌頭

呈同業諸君

桃李自古好，松柏至今寒。誰知行路歧别，狐鼠卻前難。請看窮溟滲漷，更對華山奇嶮，千載有餘歎。正見雲深處，直髮垂天曼。　拂荆棱，披草露，出巑岏。高接天涯開郎，此間得眞歡。春晝杏壇琴韻，秋宵濂溪風月，光景儘平安。戒爾泣歧者，何不由此寬。

水調歌頭[一]

釣臺詞

德川之上有矸，然孤立者，高可數十丈，世傳李陶邱濟臣河雪窓澈兩先生前後嘯詠之所野。陶邱先生始刱立爲臺，而陶邱去後，雪窓先生又築亭於其上，扁曰：直方軒。今歲久見廢，嗚乎，兩賢之出處大節，無非懷仁輔義之事也。謹依朱夫子《釣臺詞》，因酣走毫，以勵今日留釣於臺上者。詞曰：

〔一〕不標詞牌，今據律補。

落日過川上，寂寞陶邱臺。下有千挺巨石，危出銀河限。緬想往哲人，俄然睥睨天地，忽揷一竿來。何似嚴陵氏，高尚富春嵬。　未羡夔皋事業，乃思箕潁舊件，與之送殘年。終古杳一羽，豪氣戛雲天。

《栢村先生文集》卷一，《詩》；　卷三，《詞》

崔東翼

（一八六八——一九一二），字汝敬，號晴溪居士，全州人。有《晴溪集》。

漁家傲

和王荆公《春意詞》

緑水青山環復繞。數間茅屋縈花草。有酒懷人歌窈窕。行未到。庭前日使家僮掃。　暖日庭柯聞語鳥。欣然爲得芳時早。坐想西園芒屩老。吟賞好。此心難與人知道。

武陵春

用退陶先生韻

一雨經旬春欲老，悄悄倚簾櫳。錦繡林花一萬重。迎送幾番風。　屋上羣山環復繞，蒼翠滴如濃。半醉閒吟世慮空。不管軟塵紅。

宴桃源

一作《如夢令》，和諸友餞春詞

經了幾番風雨。春又忽忽歸去。我欲送將歸，萬水天山行路。何處。何處。聞取黄鸝無語。　林下芳菲幾許。野外落紅無數。把酒祝東風，早與歸來同住。休苦。休苦。直待天公分付。

浣溪沙

田家詞四首

好雨知時向晚晴。稚秧出水水盈盈。況聞布穀報新聲。　少婦炊粱供午饁，老夫戴笠勸春耕。一年田事此時並。

二

整頓丘塍水面平。秧車繹繹向前坪。東鄰催喚北鄰聲。老媪身邊裳半摺，小娥頭上髻縱横。一時齊唱大家行。

三

禾始清時草已驕。更兼霖雨累連朝。滿田不辨草耶苗。雙手忙忙雙脚重，荷簑荷笠共招招。斜風細兩不辭勞。

四

我耨維時我稼同。禾麻菽麥並占豐。汙邪篝窶各盈充。曰殺羔羊爲酒醴，升堂介壽樂融融。且迎田祖報神功。

《晴溪集》卷二，《樂府》

金基鎔

（一八六九—一九四七），字敬模，號幾軒，商山人。有《幾軒集》。

水調歌頭

餞春

江草榮新逕，巖花謝舊枝。認得天道消長，循環不相離。王公濺毫修禊，曾氏言志捨瑟，千載風流圓。其奈送佳節，無計住芳年。著單裌，理不借，臨流川。與君批風抹月，煩衿付滌湔。千竿繞舍松竹，一天滿空雲煙，萬象登什篇。俯仰窺臨際，浮綠浩無邊。

《幾軒集》卷一，《詩》

趙鏞憲

（一八六九—一九五一），字可憲，號致齋，咸安人。郭鍾錫的門生。有《致齋集》。

菩薩蠻

秋思

山風送雨微凉挹。床頭絡緯啼秋急。獨坐撫衰顔。緣何蒼白斑。　初心終不轉。寤寐抱書卷。招隱與同歸。幽崖業桂菲。

望海潮

中坐歎

檀箕遺域，金湯天府，中華文物餘波。渭釣乍收，莘耕亦輟，賢材蔚若菁莪。馬海阻東南，白頭限西北，天塹如何。内政萎靡，强隣耽視奈機蹉。　一朝版籍歸他。是奸松有幾，逆檜何多。風景不殊昔，山河有異，那堪烈士悲歌。邪説濫横流，其害甚洪水，道義消磨。

洗耳休聞俗狀，歸隱首陽阿。

風光好

中元賞月

仰看圓。俯看圓。水涵天遥想姮娥，侍帝前。　理粧妍向空開了，菱花鏡。輝光盛散入江湖，化億千摠完全。

望江南

漢城懷舊

京師好，邈矣右文治。花覆千官鳴玉佩，日臨八彩動罘罳。能不憶京師。

二

京師憶，最憶漢陽城。楚使來將周鼎問，魏人遽折漢通傾。世事不須評。

三

京師憶，其次憶宫闈。可惜千年基奠處，忍看百尺石樓巍。憤淚幾時晞。

憶秦娥

感秋聲

秋聲切。群生蹉過芳菲節。芳菲節。和風習習，緑肥紅蓺。西來一氣吹餘烈。颯然兩鬢成霜雪。成霜雪。人間公道，孰能違越。

長相思

伽倻琴

文一弦。武一弦。續得南薰舊制全。今人多不傳。大伽人。小伽人。巧意更張十二綸。添蛇反失眞。

浪淘沙令〔一〕

壬戌秋，續赤壁游

壬戌幾回秋。赤壁扁舟。蘇仙孟德水同流。白浪千堆霜雪捲，淘盡塵愁。　往事問江鷗。泛彼中流。幾人過此幾人游。但恐文章名不振，俾我心憂。

點絳唇

解童謡

風莫吹來，長亭紅葉蕭蕭振。流光何迅。白盡英雄鬢。　少壯不游，老大思量成悔吝。不旬花爛。月望從虧看。

〔一〕原作《浪淘沙》，今據律補訂。

鷓鴣天

贈別

征馬嘶風舊渡頭。爲君摻袖故夷猶。盃行到君休辭醉，句語傾心可寫憂。　衰暮節，別離愁。令人還憶隱侯。不聊知後日相思，夢衿抱清，虛月滿樓。

更漏子

紅白鳳仙花

白於粉，紅勝錦。一朵還題兩品。巧莫巧，巧難尋。誰知造化心。　前身有些仙分。方丈蓬萊孰近。王母去，落人間。肯爲衆卉班。

臨江仙

虞美人草

草有情兮西向楚，未歸魂夢遲遲。花邊珠露滴臙脂。恰如玉帳，起舞別離時。　故國蒼茫千里阻，年年春色誰持。丹心惟有雪冰知。縱然山倒，海渴也無移。

錦堂春

桃源

舉酒往迎月坐，支筇來聽泉還。桃源知在吾心内，何用遠求山。路險不如世險，境閒爭似身閒。漁舟未覺蕉隍夢，惹説滿人間。

西江月

《西江月》二闋，呈雙岡崔丈一，以謝慫一以寫憂。

古調何曾夢到，今人徒費心長。葫蘆依樣不成章。還失邯鄲前步。郢有誤書擧燭，臧何挾策忘羊。我忘我誤愧疎狂。敬爲拈香披露。

二

獨鶴徘徊雲際，儵魚活潑波心。任他自得樂高深。奈此浮生煩悶。一事不曾稱快，百憂只得相侵。問春春意緲難尋。恨不與人方便。

前人之作此詞者，有此兩般。看簾初終第五字，或去或平不一格例，未可質也。或可發蒙否？示中魚虞通韻，不用愚實。未聞若既知其不用，則盛作，强此同韻，而效尤何也？蓋此作同簾同格，而不要同韻，則何必乃爾？然《青玉案》詞有曰：「凌波不過橫塘路，但目送芳塵去。」又曰：「人生南北如岐路，世事悠悠。」等，風、絮、路是虞下韻，去、絮是魚下韻，則古人多有通用。已例《玉樓春》亦以兩下韻通用者，下韻既通用，則上中韻何不通之？有敢此貢愚。

青玉案

和雙岡，贈成齋

海山深處瑶弦抱。只個恨、知音少。歲暮孤懷誰與道。一群猿鶴，四圍松桂，守我東岡固。

瓊詞遠寄成齋老。字字相酬盡傾倒。宛轉冰壺秋月皓。鴈晨鷄夜，葉聲虫語，摠是相思了。

長相思

有懷李玉川禹見

雨如絲。柳如絲。難繫青春任所之。遽然朱夏爲。

逢何時。别何時。及此相思卻自

疑。請君問後期。

如夢令

兼簡李愚石復彥

付與田家三畝。留取書床千首。遥想意中人，近日有何消受。知否。知否。惟願金蘭耐久。

《致齋集》卷二，《詞》

李垕

（一八七〇——一九三四），字善載，號朗山，全州人。有《朗山先生文集》。

憶秦娥

雪夜寄遠人，己丑

簷前雪。瑯璫鳴玉寒聲徹。寒聲徹。鴈書悽斷，匣琴絃絕。

夢闌愁極心如結。天涯

地角空相别。空相别。佳期莫負，好花時節。

二

樓頭月。銅壺漏滴香初歇。香初歇。望中煙靄，玉臺銀闕。　下階一拜霜侵襪。明河宛轉殘星没。古來此處，幾人華髮。

搗練子

夏景，壬戌

山寂寂，夜沉沉。煙覆菱池露滴林。薤簟冰床殘暑退，一輪明月入簾尋。

一剪梅

懷人

雲母屏寒琴瑟慢。眉黛蒼茫，鬢雪紛繽。青鸞消息幾時來，玉宇河明不可親。　愁裏秋風夢裏春。荏苒流年，寤寐伊人。他時相見正相驚，情事非新。面貌如新。

臨江仙

許景晦擬《巫山一段雲》，作湖東八景求和，謹次原韻，賦《臨江仙》八闋。癸亥

一 德峰祥雲

一朵巒頭圓淨地，年年樹老花開。晴雲時向碧空來。仙旗排窈窕，玉葉覆崔嵬。　騎鶴道人何處去，只麽紫翠成堆。從龍那得起春雷。滄洲横沛澤，碧落洗浮埃。

二 龍淵秋月

銀漢秋高天似洗，婆娑白華村南。空山月出影澄潭。峰頭纔半吐，水面已全含。　恰似驪珠光惚恍，緑蘋丹桂相涵。幽人不寐坐孤庵。冰壺更點五，玉笛弄成三。

三

九鳳朝陽

九鳳不來山萬古，只今何處簫韶。空餘丹穴接青霄。蒼茫君子國，怊悵艷陽朝。

鷹隼鴟鴞來復去，梧桐雨葉風條。知君三嘆意寥寥。引琴舒窈糾，開户對岧嶢。

四

甑峰紫霞

破釜沉船渡江後，楚甑遠揷蒼空。輪囷化石氣噴雄。淋漓雲影合，燦爛日光通。

映水桃花千萬片，似含宿雨深紅。人家如在武陵中。九州定何世，一笑問漁翁。

五

法庵暮鐘

向夕鐘鳴天際寺，數聲風送江灣。一山清警響千山。龍吟隨共壯，鶴夢攪逾閒。

想像厖眉誦經處，煙霞水月中間。巖崖峭絶不堪攀。身隨青嶂住，心與白雲還。

六

月峰返照

隔水三鬟雲黛歛，亭亭玉立芙蓉。朝暾落照再迎峰。半眉明欲畫，一抹淡還濃。　白首尋眞山下客，仙靈日日過從。丹芝三秀在中峰。時來岸輕幘，石上響枯筇。

七

新坪土籥

五月田家三日雨，村村結耦紛忙。昇平古樂一聲長。初音融土脈，中曲潤禾光。　隴上小兒隨饁婦，青煙點點浮筐。丈人植杖玩新陽。杜陵耒耜句，小雅楚茨章。

八

錦江歸帆

問爾忩忩江上帆，去歸那裏鄉城。半江雲黑半江明。鷗邊含雨重，蘋末任風輕。　回想天涯多少客，迷津失路縱横。無緣兼濟惱閒情。且將愁裏景，聊作畫中聲。

如夢令

洪聖中時寄示《如夢令》數闋，簾韻多，未當。聊和一闋，以發其趣。

庭畔芭蕉風定。簾外梧桐露冷。何處寄書來，披落半窗雲影。天淨。天淨。興入亂山秋景。

《朗山先生文集》卷三，《樂府》

何謙鎮

（一八七〇——一九四六），字叔亨，號晦峰，晋陽。有《晦峰先生集》。

臨江仙

二十二日，宿落水庵。夜久月明，百懷層生，遂與趙孝謹成潤，行步出溪上。孝謹偶誦李白《臨江仙》一曲，聲甚悲壯，樂而和之。

有酒留君君莫辭，窮懷欲斷無腸。寒天風緊月如霜。一聲叫鴈苦，何處是家鄉。手折蘭條臨澗底，素芳可愛紅芳。菲菲香歇滿中堂。願言遺所思，北望路何長。

二

去歲何時方丈路，今年落水庵樓。天涯獨坐念離憂。微風吹碧落，華月滿空洲。　聞道南山叢桂樹，偃然高拂清秋。情人何處久淹留。我姑酌彼酒，聊以慰窮愁。

三

寂歷山溪秋水至，銀濤直射蒼崖。褰裳欲涉杳徘徊。白鷗緣底意，故故近人來。　風露滿山時夜靜，碧空淨淨無埃。清歌一轉首頻回。雲山依舊好，客意冷如灰。

西江月

效蘇長公體，仍用其韻。

西峽煙深藹藹，東郊月隱遲遲。空堂酒盡客來時。不惜爲詩相寄。　阮籍豈眞狂者，楚人能作悲辭。君家茂竹與清池。已足令人心醉。

二

菊花

艷艷香浮皎月，輕輕露浥幽泉。卻疑蓬島衆靈仙。清夜來臨深院。　一朵初看孤秀，千葩忽覺均圓。春花不敢與爭妍。觀取猶當一面。

三

月

試問茲山何地，九秋風露微涼。夜深寒月照回廊。俯仰難分下上。　曠宇虛明自足，微雲點綴何妨。故人誰與玩孤光。對此自然悵望。

四

贈孝謹

對酒斜臨急浪，論矜直躡層霄。少年有氣莫長驕。還恐由徑落草。　我愛君詩清婉，譬如入手瓊瑤。高吟弄月過霜橋。不覺鷄聲報曉。

滿庭芳

歸去來兮，家山何在，宛轉欲躡嵯峨。秋風吹處，杳杳夕陽多。可惜人生如水，嘻吁戲、擊節長歌。歌回首，此身依舊，□是老東坡。　思量能幾許，世間萬事，朝暮奔梭。謝諸君莫作，當日驚波。貞石猶難自保，況乃汝，弱植柔柯。五湖裏，行尋煙月，短棹又長蓑。

菩薩蠻

回文

處處月林棲鳥語。語鳥棲林月處處。清露浥空庭。庭空浥露清。　有誰知盡醉，醉盡知誰有。歸來獨吟微。微吟獨來歸。

清平樂

潭潭雲壁，高出東西岸。落照倚山踈影亂。秋入荒涼舊苑。　朝來臨水提壺。暮歸乘月踟躕。捫蝨何須談世，客腸斷盡應無。

菩薩蠻[一]

回文，效晦翁作

暮天江碧苔間路。路間苔碧江天暮。花發晚風斜。斜風滿發花。客來同此集。集此同來客。醒醉樂人情。情人樂醉醒。

菩薩蠻[二]

立秋節，閒居賦，回文

好山遥望閒吟苦，苦吟閒望遥山好。佳景愛煙斜。斜煙愛景佳。寂寥時飲樂。樂飲時寥寂。幽興發高秋。秋高發興幽。

[一] 不標詞牌，今據律補。
[二] 不標詞牌，今據律補。

水調歌頭

和孝謹寄余《水調歌頭》詞

晉陽非疇昔，佳麗使人愁。爰有城東一士，三歲此淹留。皎潔玉樹風前，森羅星斗胸裏，卓哉誰與儔。永懷不可見，我思徒離憂。　一樽酒，酬佳節，恣清遊。笑道人間何世，萬緣江水流。長空杳杳鳥没，殘郭重重日隱，笛聲生渡頭。也應行到此，怊悵一回舟。

沁園春

元朝戲賦《沁園春》詞，戊辰

堪笑吾儒，小少謬笑，竟亦何成。謂希賢希聖，可久可大，功偉天地，道回三英。素志蹉跎，光陰水逝，一朝鬢雪垂千莖。嗟生世，寧如此而已，則如勿生。　顧今天柱已傾。總鬼怪啾喧如沸羹。雖瓌才俊傑，亦胥以淪，恬然若性，無畏天明。静思其由，欲試拯救，爭奈無期如俟清。然此事，乃其終有濟，爾無不誠。

臨江仙

戲作《臨江仙》一闋，奉寄忠一

物色山南千古地，風塵季子貂裘。斜陽獨倚仲宣樓。無人問所思，孤嘯大江流。我亦何時生羽輪，訪君杜若芳洲。一樽相屬共綢繆。臨風搔首立，暝雨赴春愁。

《晦峰先生遺書》卷八，《詩餘》

芮漢基

（一八七二—一九三九），字右卿，號恒齋，義興人。有《恒齋先生文集》。

南鄉子[一]

送禹景南夏容歸冠峽

有客自平川。正是黄花九月天。叔世英才那易得，蕭然。茅屋相觀度半年。朝日上

[一] 原作《南瓜子》，今據律補訂。

離筵。楊柳垂垂緑萬千。洛水冠山征路遠，思君。不見無聊坐塊然。

水調歌頭

贈柳士元

昔我高祖晚翠公，嘗受業於性潭宋先生之門。當時及門之士，湖南最盛，後承涯角，不能世講，先誼何恨，如之往在。丁酉刊潭翁遺集，於文山書社，猥參掃塵之末，獲見淵源各家諸公，而武靈柳君士元，最相親愛，仍與士元，又束修於溪上。其後燕鴻契闊，屈指十年，去冬之季，以先師常事，遇於溪上閲數月，而治任。時丁未二月初吉也。因往推來，益覺會面之不易，聊歌一闋，留作異日故事云爾。

憶昔文山社，君我一初知。浹旬相與談笑，怊悵路分歧。五夜心懸湖月，千里眼遮雲嶂，樽酒更何時。試把窓前竹，要問歲寒期。　逢溪上，忠婢屋，日西移。依稀記舊顔色，觀善十年遲。共灑山樑餘淚，復挹芝蘭遺臭，星換谷風吹。出洞增離索，汀柳欲成絲。

水調歌頭

聖山歌

修短皆先定，富貴亦難求。嗚呼人在斯世，舍學問何由。正爾年華方壯，信莫效夸毗子，惟利是埋頭。掩卷思前哲，閩洛水悠悠。　尋幽去，三聖下，一清邱。居然泉石茅棟，爲我有藏修。靜夜秋堂蟲語，永日春山花笑，此樂與誰謀。珍重數君子，畢世共優柔。

水調歌頭

家大人六一生朝

四月登新麥，寒竈暖生光。堂中二老康健，疑住紫琳房。今日不知何日，得共弟兄姊妹，戲舞綵衣裳。厚德天應報，胡福永無疆。　開塵榻，園草緑，野條長。雖無旨酒肥牡，時物正芬芳。邀我桑鄉耆老，揔是蓬瀛仙客，樂事未渠央。只顧家邦泰，歲歲奉兹觴。

憶秦娥

春梅詞，憶故人

春梅結。孤亭宛在瑶臺雪。瑶臺雪。無勞吟弄，肯須攀折。　山中三月看花節。故人何事相離别。相離别。清香當酒，向風鳴闋。

《恒齋先生文集》卷一，《樂府》

吳周根

（一八七三——一九三一），字尚遇，號歸溪，一八九〇年司馬試及第後不仕，有《歸溪遺稿》。

錦堂春〔一〕

歸溪詞

余弱冠游泮宫，既而世級日降，士風日頹，不可久游，故仍懷歸，賦此詞。

〔一〕不標詞牌，今據律補。

伯夷峀伯夷溪，歸歟可以安棲。要取煙波勝狀，何攀雲路危梯。自有一區仁宅，莫誇數尺榱題。緬懷千古清者，宛在此山之西。

《歸溪遺稿》卷一，《詞》

曹兢燮

（一八七三—一九三三），字仲謹，號深齋，昌山人。有《巖棲集》。

水調歌頭

家大人生朝二闋

十月穫新稻，春酒正盈盈。朱顔緑骨無恙，道是羡門生。今歲不知何歲，今日不知何日，天氣暖仍清。座客摠豪俊，一醉百壺傾。　喧歌笑，交舞蹈，影縱横。眞仙自在平地，奚必問蓬瀛。我欲丹青寫了，奈乏龍眠妙手，誰盡此時情。稽首向天道，但願每昇平。

木蘭花慢

兒生癡鈍甚，到壯歲、尚孩童。念教育多方，立揚無望，徹底貧空。從何處，躬負米，得吾親幸免百憂叢。强設盈盤苜蓿，教除滿室蒿蓬。　詩書舊誦聖賢風。此事古今同。況富貴繁華，去來消息，一任天翁。須看取身上物，有仁膏義絲是無窮。尚冀晨昏匪懈，誓將風月甘終。

《巖棲集》卷二，《詩》

李甲鍾

（一八七四—一九五八），字聖律，號菊坡，載寧人。有《菊坡遺集》。

西江月

寒食

窓外山雲淡淡，庭前花露團團。端居神思覺平安。況又佳辰溪館。　爲是王孫一去，也知擧世皆寒。詩愁正爲感春殘。美酒金裘朝換。

憶秦娥

殘春

鵑聲咽。多情解惜春三月。春三月。忽忽歸去，幾年傷别。芳菲萬壑飛花節。留君不住行塵絶。行塵絶。憑誰更問，起看天闕。

《菊坡遺集》卷一，《詩》

河經洛

（一八七六—一九四七），字聖權，號濟南，晋陽人。有《濟南集》。

水調歌頭

麗澤堂餞春，用朱夫子《水調歌頭》

堂下草漲緑，門前樹交枝。定知花信將遞，番風不相離。憐君春服既成，愧我志業未就，此日難再圓。人生貴聞道，努力及芳年。　穿芒屩，携勝侶，步晴川。聊將風月詠歸，胸衿蕩如湔。請看浮雲忽變，更聽逝波不息，生涯付殘篇。誰知經濟業，猶在寂寞邊。

水調歌頭

復齋初度，在臘月晦日，邀數三知，舊守歲於其芝山亭，共賦《水調歌頭》。

窈窕棠陰宅，上有仙人臺。君昔何年降此，道骨超凡埃。堂有怡神老鶴，庭有將雛彩鳳，撫瑟側金罍。戶外知何世，萬緣從此灰。　萬緣息，屋數楝，書一堆。但願長年度世，坐看桑海摧。典午乾坤何處，召南耕讀今日，時有遠朋來。與君期千載，爲君鍊丹回。

西江月

又賦《西江月》

一片高臺萬仞，千年方丈三韓。碧山紅樹白雲端。日暮人間何似。　素髮黃花交映，金樽玉佩相隨。天涯遥望云誰思。且進一杯童子。

《濟南集》卷一、卷二，《詩》

丁泰鎮

（一八七六—一九五九），字魯搜，號畏齋，羅州人。一九九〇年追授建國勳章愛族章。有《畏齋文集》。

昭君怨

懷友，仄平進退叶

寂寞山花開了。綽約窓梅香繚。林鳥兩三聲。夢頻驚。　遠客江南千里。明月樓頭孤倚。相別幾多時。我心癡。

二

紅蓼一江秋水。黄菊半籬香蘂。花氣上欄干。倩誰看。　謾作東園閒步。獨對晚簾疎雨。南浦鴈聲流。我心悠。

三

白露秦洲人溯。輕棹剡溪孤渡。今古一般思。共誰知。我有清樽無晤。我有新詩獨賦。竟夜對寒床。我心長。

《畏齋文集》卷九,《詞》

權道溶

(一八七七~一九六三),字浩仲,號秋帆,安東人。有《秋帆文苑》。

江神子

贈李允汝承漢

河陽縣裏有人豪,志崢嶸,笑蓬蒿。遠客豈知,今日忽相遭。元禮風裁忻復覩,胸懷放,海天高。鮮明几案不留毫,一身閒,等仙曹。休説靈源,雙七快遊遨。不覺颷然凡陋謝,□蘅芷,續離騷。

桃花飛

壬寅

雨淫日欲昏。黯然愁思獨開樽。千紅萬紫非無惜，只恐桃花落盡點泥痕。　暫離惱夢魂。輕薄隨風去紛紛。幽人亦解文章趣，終不留花園裏待郎君。

蝶戀花

甲子

隙地公園新繕好。大館林深，車馬夾官道。麗景濃陰時尚早。甡甡競走横芳草。　四面觀光顛復倒。中有如雲，遊女凝粧皜。愉快不堪春色老。歸來暗暗場懷抱。

《秋帆文苑》原集，《韻文》；續集下卷四，《韻文》

金甯漢

（一八七八——一九五〇），字箕五，號及愚齋，别號東江，安東人。一八九四年進士，歷寧陵參奉、英陵令、龍仁郡守、陽根郡守、秘書院丞。一九〇五年乙巳勒約後不仕。有《及愚齋集》。

西江月

一解，記幽居近況

檻外一灣流水，簾前數疊青山。老槐疎巷掩松關。隔斷囂塵車馬。　林鳥有時攪夢，庭柯終日怡顔。翛然不似在人間。淨几明窓掃灑。

漁歌子

書《漁歌子》，寄東湖釣伴，二首

十里平沙紅蓼秋。數家煙雨緑楊洲。一竿竹，一扁舟。滿地江湖任去留。

二

病卧城東掩板扉。漁舟明月夢依依。楊子江，秋水磯。蘆花時節我當歸。

夢江南

憶延陽舊居，仍賦《夢江南》，二首

濱陽好，昔年我卜居。孟夏龍門木頭菜，殘春桃水錦鱗魚。回思江上廬。

二

秋聲至，獨卧夢江鄉。東籬宿雨匏瓜老，南畝凉風穲稏香。能不憶濱陽。

《及愚齋集》卷三，《詩》

沈鶴煥

（一八七八——一九四五），字應章，號蕉山，青松人。有《蕉山文集》。

水調歌頭

后山翁席上，同許君景曾容孝，效朱子《水調歌頭》

幾年與君别，匼帀白雲城。一雨連陰三日，心懷苦不平。故人猶解相慰，笑指清灝小艇，月色何澄明。莫辭伯牙琴，流水百折情。　長回首，臨渡頭，路縱横。上有后山書屋，微沈拜先生。飲我冰丸雪水，不覺火傘張天，敢請保身名。勉汝敬所守，日後冀大成。

二

雨中觀蓮花效《水調》

荷葉何田田，游龜疾若飛。花君子亭亭立，不厭疎雨霏。秦女弄箏千撾，水仙泣珠萬斛，愛此卻忘歸。灑落濂溪説，頓覺雌黄非。　吾家園，喚淨友，不相違。白雪梅黄金菊，同參輝日暉。玉露垂垂山月，光風澹澹野煙，燁燁發天機。慣唱江南曲，微香襲巾衣。

《蕉山文集》卷一，《詩》

李鍾弘

（一八七九—一九三六），字道唯，號毅齋，有《毅齋集》。驪州人。

水調歌頭

謹次朱先生《水調歌頭》

不見朱夫子，怊悵滿腔憂。懷哉金鐸無作，不復正聲酬。祇有千載高韻，留在晚生書簏，欽仰不能收。昔日黄陳子，流溯泛虚舟。　黄陳子，由梱域，炳徽謀。涵游揚休和氣，昏燭更玄鉤。春晝隱屏猿鳥，秋夜仁堂書籍，向上進悠悠。安得高明士，携手訪滄洲。黄勉齋、陳北溪

水調歌頭[一]

釣臺詞

天山齋先生許公，築釣臺於鷺山之下，作詩以示志，南州士友賡和撰述，無慮數百篇

[一] 不標詞牌，今據律補。

矣。謹依朱先生古樂府，作《釣臺詞》一篇，以塞賢仍之責云爾。

不見天山子，寂寞鷺山隈。空留九曲清漪，漾漾激雲開。想象狂奴心性，笠遇遯翁爻繇，歸上鉤魚臺。不識陶山叟，肯許見羲來。　陶山叟，成德業，育英材。欣然兩忘身世，道義共徘徊。推本洙泗微旨，參據洛閩眞訣，勉勉透關棙。南紀有餘韻，百世起人頹。

西江月

謹次朱先生《西江月》，寄崔尚見

水上荷花濯濯，山陽桂樹團團。相思焉得夢魂。與爾誓從林館。　風撲衣裳欲裂，雨寘溪壑增寒。獨嘆馨馥及時殘。不恨逢期遷換。

《毅齋集》卷二，《樂府》

李鉉郁

（一八七九—一九四八），字輔卿，號東庵，載寧人。有《東庵集》。

水調歌頭

和崔尚見

與子結深契，聽緒忘塵憂。盃樽日夕歡樂，談笑好相酬。澗畔孤松疎水，橋上寒梅殘雪，圖畫盡難收。散步相吟賞，猶勝濟同舟。　相吟賞，乘逸興，有紆謀。要當脱卻紛冗，陞几下簾鉤。泉石四隣茅屋，風月一床書籍，此意正悠悠。世遠瑶徽寂，千載溯滄洲。

最高樓

文丈護鉉氏與夫人同甲，其生朝獻壽之席，乃作此詞以寄之。

壽詞

同華甲，偕老壽如岡。靜瑟調高床。晚生叔季儲金屋，競看桃李倒巾裳。問何如，耕隴上，樂糟糠。　幽徑外、茂松寒更碧。小圃畔、菊英黄也馥。謀德耀，挈壺觴。滿屋盈室多孫子，地仙天爵禱爺娘。人間清福，履未遽央。

菩薩蠻

題《長橋煙雨圖》

盈盈野水皺生縠。長橋楊柳煙如緑。暮雨暗汀洲。有翁踏孤舟。　投竿魚不食。此樂誰能識。惟有老農眠。留神揮灑箋。

憶秦娥

征婦詞

長相憶。良人遠在河梁側。河梁側。關山萬里，路無窮極。　嚴霜白草黄榆北。頻年白鴈無消息。無消息。空閨獨夜，我心誰惻。

錦堂春

次吴進士周根《歸溪詞》

一區白石清溪，千里羈禽故棲。靜坐看書有味，閒來覓句無題。　觀瀾必有餘術，取月何須古梯。曲江簪花幾日，問君孤竹山西。

《東庵集》卷三，《樂府》

趙正來

（一八八〇—一九四五），字亨進，號和軒，咸安人。有《和軒文集》。

水調歌頭

復次復齋生朝《水調歌頭》詞韻

此日喜兼懼，吾道樂還憂。誰知弧矢初志，叔季莫相酬。厭看桑瀾無地，隱處龍門絶壑，俯仰恨難收。歲晚將安適，浮海亦無舟。　抱經籍，成別業，有深謀。心遊千篇聖賢，手把釣魚鉤。春晝大坪煙樹，秋夜滿江雲月，清興正悠悠。念子多仙分，何必問瀛洲。

《和軒文集》卷二，《詩》

柳潛

（一八八〇—一九五一），字晦夫，號澤齋，晋州人。有《澤齋集》。

浣溪沙

賦泣弓臺，曺老愚所築

方丈山翁舊負暄。丹誠不得照天門。遏音四海乾文翻。謖謖松聲空谷迥，峩峩石色遺臺尊。國士傳詩尚記存。

鷓鴣天

寄題李静夫炳坤壽帖

江南鮮覯静夫堂。玉貌清揚照老娘。酒道群山迎喜光，詩成流水侑新聲。泗水上，尼山傍。教君好着作仙鄉。仁孫文弟重重返，不博東家萬户郎。

巫山一段雲

權敬建書來寄詩五首，作此詞以謝之。

二虎威山門，千螺點洞府。吉區似此君來胥。隻視傾靈貯。暮色青篁園，清風白石渚。月明歌枕招仙侶。林鬼寂無語。時君新卜川坪

二

鴻飛常遠繒，蛾死竟親火。此路直分方有我。道頭痛掃坐。玉笛殊堪聞，金鈴奈久鎖。勉君胸海平岩硝。仁波運義柁。借用玉亶二公事

菩薩蠻

哀時

秋樹重重透戍角。秋月凄凄來野哭。問君胡此地。馬革裹亡子。二老守空廬。少孀新寡居。東家三世肓。到此厚天祥。

點絳唇

樓夜沈沈，老人偃仰居常獨。黃花被砌。叢影交深竹。

酒盡燈前，百懷堆滿谷。何人贈，劍割愁腸，空對秋山綠。

望江南

一

白馬山

白馬好，駥駥臨江豪。骨相端宜伯樂品，文章奇秘伏羲圖。千秋自色毛。

二

月明山

月岳秀，奔騰捍北方。列星百里神應毓，興雨西時物自昌。迢迢湊奇祥。

三

斜川

斜川美，一瀉澄如空。白石鳴湍雷斧跡，黄稻委地水車功。上善與歸同。

眼兒媚

有感作

漠漠霜林風捲洲。慈烏集原頭。煦嫗育子，上枝下枝，載營載謀。怪彼鴟鴞時相虐，啄盡母腦流。母腦不足，連及同群，朝暮千軀。

鵲橋仙

衰蘭

百花敷榮，□娉春功，□孤蘭托幽院。翳然含薰不自言，忽忽奈春度秋半。仲尼不操，正則廢詞，獨結千載哀怨。天寒霜白事大謬，復何望、斧斤日遠。

如夢令

淺質已過六旬。遥情更托何隣。浩浩本無滯，不二門者是眞。靜坐。靜坐。都是忘言與身。

《澤齋集》卷二，《詞》

鄭鍾和

（一八八一—一九三八），字士剛，號希齋，晋州人。有《希齋文集》。

水調歌頭

奉和趙孝謹値生朝，賦《水調歌頭》，戊寅。

聞說復齋子，此日是弧辰。也知厥德日進，降福自天申。三世趨庭彩舞，八耋在堂壽考，有酒旨且醇。我將歌一闋，亹亹祝仙人。　奕奕乎，金羅閥，舊維新。原泉湜湜不舍，忠孝世傳薪。勿失古來緒業，扶得斯辰陽脈，令聞動鄉隣。願言復齋子，無憂度千春。

《希齋文集》卷一，《詩》

李教宇

（一八八一—一九四四），字致善，號果齋，全義人。有《果齋先生文集》。

水調歌頭

玉堂風流足，蓬窓歲月閒。誰識世路險艱，倚伏互往還。君看涸轍游魚，更看炎突呴雀，惻然淚潸潸。寧作江湖盟，肯隨宛路班。　山萬重，水無盡，興悠悠。擺卻浮世榮華，閒弄釣魚鉤。粧點煙波明月，招呼平沙白鷗，縹緲興難收。人間何世界，渺渺付東流。

西江月

贈金啓源在洙

興來命駕提壺，妙處吟風哢月。漠漠煙塵長不侵，林堂獨也迢絕。　樓下清流少澗，天邊突起衆峰。故人正在山之北，雲林參差萬重。

《果齋先生文集》卷一，《詞》

安壎

（一八八一—一九五八），號憤庵，順興人。郭鍾錫的門生。有《憤庵先生文集》。

木蘭花慢

壽權蘭石炳夏，周甲生朝，庚辰

劬勞當日事，到老慕心猶童。奈世與我違，顯榮無地，咄咄書空。辭禄養安善養，六十年坐撫玉蘭叢。庶不憾於風樹，莫嗟枉了桑蓬。　琴書歌詠先王。風理亂、將無同。彼烈砲轟槍，萬區幅裂，一任天翁。須句，當自家事，惟孝友婣睦樂無窮。洗盞勸君更酌，用蘄眉壽靡終。

《憤庵先生文集》卷二，《樂府》

李炳鯤

（一八八二—一九四八），號退修齋，驪州人。有《退修齋集》。

水調歌頭

呈蔡愚堂詞伯

百穀貴成實，繁蔓謂宜芟。空言還悲無益，聊復默如緘。指示存羊深意，爲向頂門針砭，珍重故人函。駟舌有前戒，從此我其監。　思韜晦，雲谷老，亦棲巖。要知萬木春熚，養自始箭摻。矯枉那容過直，竪立須從本體，一語警愚凡。大地橫流急，努力試征帆。

《退修齋集》卷一，《詩》

鄭德永

（一八八五—一九五六），字直夫，號韋堂，延日人。有《韋堂遺藁》。

西江月

復齋更賦《西江月》，以示戲效和之

佳辰陟彼青嶂，卬友相携樂遨。宿雨初晴玉宇高。晚山風景秋好。詩情欲爛歌唱，醉興無端氣豪。孤抱悠悠心自韜。世違其奈身老。

《韋堂遺藁》卷一，《詩》

朴遠鍾

（一八八七—一九四四），字聲振，號直庵，密陽人。有《直庵遺集》。

西江月

又賦《西江月》

佳節相尋翠巘，同人好佩香尊。登臨怳惚狃寒門。又是方壺不遠。山水重重活畫，菊楓冉冉秋痕。莫教天際夕陽飜。樂意悠然忘返。

《直庵遺集》卷三，《詩》

李炳和

（一八八九—一九五五），字卓汝，號頤堂，星州人。有《頤堂集》。

西江月

趙復齋賦寄《西江月》一篇，輒此奉和。

珍重眷兹佳節，崎嶇陟彼崇岡。仙人遺跡石臺荒。俯仰今來古往。　浩刼依然一夢，浮生摠是電光。眼前惟有促傳觴。休管千愁擾攘。

臨江仙

《臨江仙》一闋，有懷吳勳卿熙台

憶昔終南山下屋，玄冬雪地風天。支離長夜坐無眠。冰霜集户牖，寒折布衾綿。　一別年多信息稀，河山渺渺路千。光華如駛劇流川。君顔依舊否，我髪已皤然。

臨江仙

《臨江仙》三闋，壽李書卿秉顯，六十一歲晬辰。

海屋天晴朝日麗，紺瞳緑髮何人。翛翛巾服出風塵。廣成千二百，應是後來身。　聞説三山鰲背在，仙家幾許比隣。碧桃花下共分春。翺翔仍抗手，七氣舞丹晨。

二

愛日初長添幾線，氤氳吉氣敲天。聯庭彩袖泛風前。無彊諸子祝，指證海爲田。　山有梅兮泉有杞，紛綸頌禱華箋。絃朋韻侶集翩翩。遥知詩裏景，鳧藻又龜蓮。

三

案上黄庭書一部，孜孜炳燭工深。咀英啜髓勝丹金。烏頭長有力，不遣鬢華侵。　六管灰飛來復月，寒梅欲放春心。微陽取次闢重陰。請君扶竪是，昭晢日星臨。

《頤堂集》卷三，《詞》

朴膺鍾

（一八九三—一九一九），字景愚，號易堂，密陽人。郭鍾錫的門生。有《易堂稿》。

戲作樂府詞三篇

武陵春

好鳥聲中煙柳細，衿佩晚相逢。麗水佳山千萬叠，任此一枝笻。　聞道壚頭新酒熟，莫謝飲千鍾。只恐春光暮飛花，滿地掩蒿蓬。

憶秦娥

歌一曲。滿江春柳絲絲緑。絲絲緑。征人秣馬，忽然催促。　臨邛美色多傾國。恐君此去歸西蜀。歸西蜀。悵望雙淚，沛如溟沐。

臨江仙

珠箔銀樓天外起，美人畵了蛾眉。雲如雙鬢雪膚肌。嬋娟花月夜，端坐吹参差。　我欲求之騎鶴去，相逢摻手委蛇。黄昏細月好相期。怕佗中改道，怊悵淚交頤。

又作二首，憶河子圖、劉泰弘

謁金门

屬子圖

秋氣颯。心緒摇摇風葉。遥望松山雲百帀。幽人難可狎。　想像綴紉蘭苙。遥向芳洲孤涉。我願追隨無柱檝。蒹葭秋冷澀。

二

清宵永。寒月挂檐孤影。蔓草蕭蕭零露冷。亂蛩吟暮景。　□□□□□□。□□□□□□。青障疎燈思耿耿。悲風吹夢警。

滿庭芳

厲泰弘

星月光晶，蛩螿鄉亂，窓帷蕭颯風生。流雲慘淡，白鴈数聲清。忽憶山陰舊雨，虛堂坐、燈暗鷄鳴。芳年敇，心躬似爾，少同列願齊名。　虛懷方汲古，簞瓢雖空，能嚼華英。君休慊生涯，萬古誰爭。春去秋來不見，心中事、兩地難平。秋山寂，夜深獨嘯，玉澗和悲笙。

《易堂稿》卷一，《樂府》

金棿

（一八九六——一九七八），字而晦，號重齋，義城人。郭鍾錫的門生。有《重齋先生文集》。

水調歌頭

偶閲樂府，效得《水調歌頭》一闋，寄呈龜岡先生。戊辰。

聞説龜岡舍，風物儘清幽。先生端坐如佛，聲氣有同求。山斗文章咸仰，洛閩微言垂絶，眞意向誰酬。但願加餐飯，樂此共優游。　噫斯世，何底止，不堪憂。滔滔滿地風浪，孤泛葉如舟。懷我佳人何處，耿耿中宵欹壁，萬念獨悠悠。安得一樽酒，携手寂寥洲。

水龍吟

壽詞二闋，奉呈幾軒金戚丈基鎔，回甲生朝。己巳。

赤城山水氤氳，眼前勝像紛如畫。春風有信，名花佳木，敷榮郁郁。偏向門欄，雜軼和氣，令辰方届。不必尋方丈，蓬萊何處，即兹便，成仙界。　喜見令兒肖姓，滿中庭、彩衣羅拜。時兼匝座，韻儔絃客，風流俱足。緑鬢朱顔，嫣然相對，劇談長喟。且傾春酒瀲灩，新發一，醉遺塵債。

最高楼

幾軒子，生長法家門。道義志存存。勿川清齋攀薰花，晦窩函席服春芚。向遺編，窮旨訣，溯淵源。　既不惜、矢弧違宿願，又不憚、竽瑟乖俗好。惟此意，矢無諼。已占樂年崇囷廩，莫教醇醲罄缶罇。漑其根，宜食實，質靈燉。

菩薩蠻

小詞兩疊，奉寄金君汝剛丙秀，遥壽其大人回甲生朝。時汝剛大人羈留海外，辛未。

新春景物猶堪愛。祥風已動陰寒退。相思碧牕前。玉梅猶帶憐。　飛仙何處去。一帆迷瀛嶼。孤鴻際天回。猶疑遠信來。

鷓鴣天

緣業君家歲月遲。阿翁心事向誰知。羊皮易琬尋常計，殷望猶存一令兒。　爭奈弱，植難持久，東風駘蕩催佳期。將君擢得穹林秀，始信當年謝種滋。

酒泉子

奉壽靈川金丈斗鉉回甲生朝三闋，壬申

八月初涼。天氣遠垂簾外。斂煙霏，消晻靄。一清光。　此時歡慶溢門堂。中有老仙當坐。左壺觴，右唱和。晝陰長。

荷葉杯

緬憶曾年弧矢。懷志。俄忽易桑榆。數畦環堵適優游。活計付田疇。　文獻古家風韻。悠遠。遺緒諒誰抽。碧囱孤燭晚藏修。幽想幾時休。

相见欢

靈原每每幽靚，好園林。躡屩擔登何日、欵扉尋。　伴紫鳳，驂青鶴，好懷音。酒罷更闌揮弄、一張琴。

满庭芳

癸酉十月十四日，伯從孫兒，生於佳谷其母家，爲賦《満庭芳》一闋，以志喜聞。

種德吾門，餘休未艾，殷望合在兒孫。那期此日，墮地聞瑶琨。矧是小春佳節，高堂上、雙睟連臨。好輪那，歡情滿室，把得一樽深。　王春何代物，蒼茫眼際，風雨黄昏。念誰人辨得，一線重坤。未説矢弧有事，終難忘、弓冶詒言。生來了，壽耉福禄，由此好推尋。

望梅花

奉壽外姑曺夫人六十一生朝三章，甲戌。

早秋天氣欲澄鮮。望一抹、尼岳雲際，鎮日徜徉紫琳仙。　瑶樂聞何邊。酌罷霞觴鶴舞翩。欣看日如年。

謁金门

念疇昔。天遣仙人兹謫。似爲人間愁債積。風霜長摵摵。　莫説平生蹇阸。肯怨天工多辟。得喪榮枯隨變易。此心惟所適。

定风波

左闔門扉笑語聞。愚生無自効殷勤。矧復廿年如隔日，爭看，眼前時物等煙雲。　但願自今眉壽幸，無害，永教女範在裀幬。醞釀盈庭和氣足，賸喜，年年此日對顏醺。

西江月

《西江月》二闋，寄呈南沙詩社諸公。往年重九，諸公有會尼東，先已作此。今請續録於軸末，陋拙可愧。戊寅。

阻面情親幾日，相看還欲忘言。悲歡人事苦多門。荏苒風埃一夢。　摵摵陳編滿案，浮浮醇酒盈罇。玆間眞趣諒難諼。恨殺離程倥偬。

二

聞道尼東勝會，黄華初發佳辰。紅顔蒼鬢酒三巡。滿紙瑤珠可掬。　我亦非無宿癖，緣何孤負芳鄰。題詞聊託稧中人。奈爾貂冠狗續。

西江月

古詞三闋，奉壽金士文大人大夫人，回巹慶讌。

正值仲春天氣，漫紅軟緑無邊。江州茅屋靜芳年。滿室懽忻何許。　好是金孃木老，相逢六十年前。携來平地作房仙。嘉耦雙諧律吕。

臨江仙

緬想當年好會，標梅桃夭何時岐。南風化室家宜。樊公曽下拜，孟耀亦齊眉。　坐說人間閱歷，悲歡勞逸交隨。紅顔白髮渾如玆。田園無素食，詩禮有佳兒。

水調歌頭

萬業由前定，熙穰摠浮生。惟有眼前實地，端的合經營。不願遍身紋繡，不怕厭腸藜藿，何物更關情。一笑當鼓吹，志養蔑三牲。　人生樂，無與最，兩親寧。矧伊棃面鮐背，嘉慶喜重并。祝爾壽如喬嶽，祝爾壽如川至，永奠一家平。錫類有孫子，視此獻酬觥。

西江月

擬賦詩餘三闋，奉壽宋姻兄允叔憙永回甲，癸巳八月十三日。

爲賀碩人回甲，良辰際是中秋。家鄰無事豊登疇。緬想嘉俳何世。　繚屋叙倫悦話，滿筵韻客騷儔。蒹葭玉樹倚還羞。復有通家末契。

相见欢

雙存古宅風聲，夙攸諳。受履文行難弟、有經庵。　懿世德，篤遺緒，屬誰擔。一片靈臺澄靜、月盈潭。

水調歌頭

祝爾綏多福，祝爾壽耄頤。此意定是何許，終曲有餘詞。未把閒中時日，直抵蓬瀛方丈，來去伴仙師。好向人間事，所在願無違。　人間事，紛萬變，錯千歧。惟將素履順應，由我最堪期。賸説聯床金玉，竚看庭蘭茁茂，保佑自申之。夙夜永終譽，昌大證門楣。

《重齋先生文集》卷四，《詞》

鄭泓采

（一九〇一—一九八二），字容夫，號逸齋，河東人。有《逸齋先生文集》。

水調歌頭

謹和晦翁朱文公《水調歌頭》

山水有餘樂，富貴不堪憂。須知要路三鍚，三遞更酬。我愛山之不動，我愛水之不息，此樂孰能收。所以彭澤令，輕揚歸來舟。斯人叟，爲百里，本無心，不有卿相大家，歸把耘草鉤。東籬彩菊泛酒，北窓醉卧賦詩，此外儘悠悠。吾道在兹裏，何必付滄洲。

《逸齋先生文集》卷一，《詩》

成焕赫

（一九〇八—一九六六），號於亭，河謙鎮的門生。有《於亭集》。

水調歌頭

恒山李汝直，初度之辰在去年，而適以居憂，子弟不敢稱觴，至是其弟相灌招人士，另設壽讌，先期請余一言。余雅不喜作人壽言，然於恒山惡可已乎，爲賦《水調歌頭》詞一闋以呈。

我友恒山子，天資固異人。儀表骨節并秀，心持一段眞。眼前閱歷滄桑，脚底踏披枳棘，善得保其身。歲月悠悠逝，淹茲六二春。　老萊舞，孟光酌，娱此辰。灝濱又致賓友，頌禱一番新。子髮飄飄白垂，子顔藹藹丹渥，竟體脱埃塵。生世如斯足，何關富與貧。

《於亭集》卷一，《樂府》

姜錫鋧

（一九〇九—一九九四？），字宇宣，號遜庵，晉陽人。有《遜庵稿》。

古詞二闋，寄題曉堂金昌淑稀壽録

西江月

志氣與山屹屹，心源如水澄清。守眞扶義是何成。文獻古家餘德。　瀛滋新庄修築，蓬山大德結成。群仙作伴好從行。康健必加平昔。

臨江仙

天導金孃木老，送人間結佳緣。瑟和琴唱作房仙。子葉香風動，孫枝瑞氣連。　壽算宜如喬嶽，福源必似長川。一家享得太平年。修德多應物，立言永有傳。

《遜庵稿》卷一，《詩》

有目無詞

尹誧

（一〇六三—一一五四），横川人。官至檢校大師守司徒参知政事柱國，謚烈靖公。有《唐宋樂章一部》，不傳。

劉燕庭《海東金石苑》補遺卷三云：「癸丑（一一三三）八月，奉王旨，撰集古詞三百首，名《唐宋樂章一部》。精通音律，尤工歌詞。」

王俁

（一〇九七—一一二二），即高麗睿宗，高麗十六代國君。一一〇五年即位，一一二二年卒。

萬年詞

「十年(一一一五)三月壬午,宴群臣於乾德殿,賦《萬年詞》宣示左右。夏四月癸丑,召諸王宰樞於賞春亭,置酒極歡,制詞二闋,令左右和進,兩府宰樞表辭,不允。」,據《高麗史》(一)。

臨江仙

「十一年(一一一六)夏四月庚午,幸金剛、興福兩寺,還至永明寺,御樓船。宴諸王宰樞侍臣,復以御製仙呂調《臨江仙》三闋,宣示臣僚。」,據《高麗史》(一)。

壽星明

「十五年(一一二〇)九月癸丑,宴群臣於長樂殿,親製《壽星明》詞,使樂工歌之。」,據《高麗史》(一)。

王晛

(一一二七—一一七三),即高麗毅宗,高麗十八代國君。一一四六年即位,一一七〇年廢位。

「二十四年閏五月庚寅，御大觀殿，受朝賀，仍宴文武常參官以上，王親製樂章五首。」據《高麗史》（一）。

景照

生卒年不詳，高麗佛僧。字空空，法名景照。與李奎報（一一六八—一二四一）友善。

浪淘沙令

「重九日無聊，有空空上人、盧同年來訪，小酌泛菊。因有感作詞一首。」；「兩君見和又作」，據李奎報《東國李相國後集》卷第五。

盧生

與李奎報（一一六八—一二四一）友善。

浪淘沙令

「重九日無聊，有空空上人、盧同年來訪，小酌泛菊。因有感作詞一首。」；「兩君見和又作」，據李奎報《東國李相國後集》卷第五。

孫舍人

與李奎報（一一六八——一二四一）友善。

望江南

「衿州客舍次孫舍人留題詞韻」，據李奎報《東國李相國全集》卷第一五。

朴椐

與李奎報（一一六八——一二四一）友善。

桂枝香慢

「五月十七日，丙申年門生及第等，大設華筵，慰座主朴尚書廷揆致政。以予其年亦預試席，故并邀參赴。又迎朴樞院椐、朴學士仁著、朴侍郎暉同宴，予酒酣，即席作詞一首，奉呈云」；「是日三朴學士見和復次韻」，據李奎報《東國李相國後集》卷第一〇。

朴仁著

與李奎報（一一六八——一二四一）友善。

桂枝香慢

「五月十七日，丙申年門生及第等，大設華筵，慰座主朴尚書廷揆致政。以予其年亦預試席，故并邀參赴。又迎朴樞院椐、朴學士仁著、朴侍郎暉同宴，予酒酣，即席作詞一首，奉呈云」；「是日三朴學士見和復次韻」，據李奎報《東國李相國後集》卷第一〇。

朴暉

與李奎報(一一六八—一二四一)友善。

桂枝香慢

「五月十七日,丙申年門生及第等,大設華筵,慰座主朴尚書廷揆致政。以予其年亦預試席,故并邀參赴。又迎朴樞院椐、朴學士仁著、朴侍郎暉同宴,予酒酣,即席作詞一首,奉呈云」;「是日三朴學士見和復次韻」,據李奎報《東國李相國後集》卷第一〇。

李需

(一二一四—一二五九),字樂雲,一名宗胄。

桂枝香

「次韻李侍郎需和《桂枝香》詞見寄二首」，據李奎報《東國李相國後集》卷第一〇。

李藏用

（一二〇一——一二七二），初名仁祺，字顯甫，仁州人。官至門下侍中，謚文眞。

臨江仙

「慶原李侍中扈駕。遊衫廊城。作《臨江仙令》。以慶中興之兆。承休謹依韻課成一首。奉呈。」據李承休《動安居士集》卷第二。

李混

（一二四六——一三一二），字去華，一字太初，全義縣人。年十七登第，官至僉議政丞。

「詩文清便，長短句若干篇行於世。」據《高麗史》(三)。

蔡洪哲

(一二六二—一三四〇)，字無悶，號中庵居士，平康人。有《中庵集》。

清平樂

「高麗侍中蔡洪哲。作清平樂，水龍吟，金殿樂，履霜曲，五冠山，紫霞洞。」，據李衡祥《瓶窩先生文集》卷八。

水龍吟

「高麗侍中蔡洪哲。作清平樂，水龍吟，金殿樂，履霜曲，五冠山，紫霞洞。」，據李衡祥《瓶窩先生文集》卷八。

李齊賢

（一二八七—一三六七），字仲思，號益齋，别號櫟翁，慶州人。一三〇一年登第，一三一四年赴元，與姚燧、閻、趙孟頫交遊。累官匡靖大夫、密直司使、政堂文學、三重大匡、領藝文館事、判三司事、都僉議贊成事，謚文忠，有《益齋集》。

朝中措

「奉和益齋」，據閔思平《及庵先生詩集》卷四。

皇甫沆

（十二世紀前後在世），一一七六年壯元及第，官至中原書記。

「得足下所撰樂章六篇，手披目覩，反覆成誦，且欣且慶，輒用歎服，非有厚也，誠公義之然也。僕觀近古已來本朝製作之體，與皇宋相爲甲乙，而未聞有以善爲樂章名於世者。……僕嘗歎世無作者，屢欲爲之而力不暇久矣。足下負超卓之才，學博而識精，氣清而詞雅。今又於樂章，推餘刃而爲之。正聲諧韶護，勁氣沮金石，鏗鋐陶冶，動人耳目，非若鄭衛之青角激楚，以鼓動婦女之心也。」據林椿《西河先生集》第四。

鄭道傳

（一三四二——一三九八），字宗之，號三峰，奉化人。有《三峰集》。

巫山一段雲（八首）

「新都八景，次三峰鄭先生道傳韻」，據權近《陽村集》卷八。

巫山一段雲（八首）

「新都八景次三峰鄭先生道傳韻，先生首列八景之目，各賦《巫山一段雲》體，獨谷、陽村皆效其體而賦之。」，據權遇《梅軒集》卷五。

成石璘

（一三三八—一四二三），字自脩，號獨谷，謚文景。有《獨谷集》。

巫山一段雲（八首）

「新都八景次三峰鄭先生道傳韻，先生首列八景之目，各賦《巫山一段雲》體，獨谷、陽村皆效其體而賦之。」，據權遇《梅軒集》卷五。

朴兼山

（十五世紀前後在世），字艮甫，與洪貴達（一四三八—一五〇四）友善。

巫山一段雲

「次朴艮甫《巫山一段雲》」，據洪貴達《虛白先生續集》卷二。

李汯

（一四四〇—一五一六），字深源，號洛浦，固城人。一四八〇年登第，歷正字、司憲府持平、尚州牧使、開城留守。

巫山一段雲（十二首）

「冬至日與柳下兄，次從先祖留守公《騰雲山十二詠》，效《巫山一段雲》體」，據李周禎《大溪先生文集》卷一。

李娎

（一四五七—一四九四），即朝鮮成宗，朝鮮第九代國君。一四六九年即位，一四九四年卒。

獻仙桃

「奉賡御製賦獻仙桃曲宴」，據李婷《風月亭集》卷二，《七言律詩》。

朴誾

（一四七九—一五〇四），字仲説，號挹翠軒，高靈人。一四九六年登第，歷正字、修撰、經筵官、知製教，遭甲子士禍貶謫東萊，被處死。有《挹翠軒遺稿》。

「詞學盛行直省十五，國多有作者。景祁生長東南，未免南浙摭採較富，然足跡所不到，耳目限焉。覽者賞其備美，可以知其缺遺矣。又孫孝廉愷似談次言：《向奉使朝鮮，見所進書，有朴誾《擷秀集》二卷，皆塡詞，封達御前，不敢稍寓目，遂外間莫傳。》附誌姓名於此，天朝聲教之訖，寧有量乎。」據蔣景祁《瑤華集》。

玉堂直學士

與申光漢（一四八四—一五五五）友善。

念奴嬌
憶王孫
夏初臨

「吾東人鮮有作詞者。僕久病無聊，忽承玉堂直學士辱示所製三詞，且謂求正。此事古聞而今始見之。奉讀再三，不覺沈痾去體。觀其詞意高古，格律森嚴。雖置古人作中，不多讓焉，況敢有所評議耶。且其所賦，實皆先得病夫未道之懷。謹依來韻和之，此亦相長之意也。」，據申光漢《企齋集·別集》卷七。

金益壽

（一四九一——？），字仁卿，金海人。

無住詞(三首)〔一〕

「惜春詞三闋，次金仁卿益壽韻」，據崔演《艮齋集》卷二。

虞美人

「惜春詞，又次仁卿韻」，據崔演《艮齋集》卷二。

清卿

與申潛(一四九一——一五五四)友善。

玉樓春

「戲次清卿，《玉樓春》二首」，據申潛《高靈世稿續編·冠山録》上，《詩》。

〔一〕卽《法駕導引》。

趙士秀

（一五〇二—一五五八），字季任，號松岡，漢陽人。一五三一年及第，累官吏曹判書、户曹判書、刑曹判書、工曹判書、知中樞府事、左參贊。謚文貞。

何滿子

「夏旱，次季任公韻：」，據申光漢《企齋集·別集》卷七。

更漏子

「次韻」，據申光漢《企齋集·別集》卷七。

蝶戀花

「松岡見和，復疊前韻」，據鄭士龍《湖陰先生文集》卷五。

武陵春

「和松岡樂府三篇」，據李滉《退溪文集·別集》卷一。

憶秦娥

「和松岡樂府三篇」，據李滉《退溪文集·別集》卷一。

點絳脣

「和松岡樂府三篇」，據李滉《退溪文集·別集》卷一。

李後白

（一五二〇—一五七八），字季眞，號青蓮，延安人。官至户曹判書，追贈延原君。謚文清，有《青蓮集》。

巫山一段雲・瀟湘八景

「公諱後白字季眞號青蓮……嘗作《瀟湘八景》歌詞，傳播京中，或騰諸樂府。自是聲名益振，京師文士，皆遲其至，時年十六矣。」據宋時烈《青蓮先生李公行狀》。

「甲午（一五三四），先生十五歲……先生之伯父參奉公泛舟於花開岳陽之間，先生從焉。參奉公望見智異山雲嵐掩藹，斗治江煙波澄碧，命先生賦《瀟湘八景》歌詞，即席立就，膾炙一時，騰諸樂府。」據《青蓮集》卷三《年譜》。

李瀞

（一五四一——一六一三），字汝涵，號茅村，載寧人，有《茅村先生文集》。

菩薩蠻

「余嘗用俚語作憂民短歌。李判官韷以文字，演成《菩薩蠻》一章，遂用其韻而答之。」據李安訥《東岳集》卷一八

憶秦娥

「李判官知余有區區愛君之心，作《憶秦娥》一章，以示余。余亦用其韻，作爲戀主詞以自啥云。」據李安訥《東岳集》卷一八。

沈詮

沈友俊（一五四七—一六〇四）之父，歷京畿道觀察使。

巫山一段雲

「次沈同知詮萬里岾韻，《巫山一段雲》體，十首」，據權應仁《松溪集》卷三，《雜體》。

李修撰

與朴元甲（一五六四—一六一八）友善。

巫山一段雲

「次李修撰矗石樓題,《巫山一段雲》體以贈之。」據朴元甲《桃源文集》卷上,《五言詩》。

趙夢翼

(一五六五—?),字翼之,洪州人。

一剪梅

二首

「效元朝學士虞集體,時在舒川,和趙上舍夢翼。」,據李光胤,《瀼西先生文集》卷三,《詩·雜體》。

趙濈

（一五六八—一六三一），字德和，號花川，豊壤人。一五九一年登第，歷正言、副修撰、掌令、同副承旨。奉命赴明，有《燕行酬唱録》。

沁園春

「次趙花川韻」，據李民宬《敬亭集》卷八。

鄭經世

（一五六三—一六三三），字景任，號愚伏，晉州人。累官刑曹判書、禮曹判書、吏曹判書、大提學。有《愚伏集》。

西江月

《年譜》云：「庚申萬曆四十八年，光海十二年先生年五十八歲。正月，鄭寒岡訃至哭之，有祭文輓詞。有效晦庵先生十二辰體，和《西江月》等作。」，據鄭經世《愚伏先生別集》卷五。

李童溟

（一五七一—？），字汝涵，全州人。

菩薩蠻

「奉次李判官汝涵見貽二首韻」；「余嘗用俚語，作憂民短歌。李判官覼以文字，演成《菩薩蠻》一章，遂用其韻而答之。」，據李安訥《東岳集》卷一八。

憶秦娥

「李判官知余有區區愛君之心。作《憶秦娥》一章。以示余。余亦用其韻。作爲戀主詞以自嗐云。」，據李安訥《東岳集》卷一八。

金得礒

（一五七〇——一六二五），字義精，號晴翠軒，光山人。

憶秦娥

「次金義精，效《憶秦娥》」，據鄭榮邦《石門先生文集》卷三，《雜詩》。

朴泰赫

與徐思選（一五七九——一六五一）友善。

巫山一段雲

「朴和甫讀《昌黎文》有感，效《巫山一段雲》體示余，忘拙次之。」，據徐思選《東皐先生文集》卷三，《詩》。

崔時應

與申楫（一五八〇——一六三九）友善。

虞美人

「與崔時應效《虞美人》體，送別洪叔京。」據申楫《河陰先生文集》卷三，《詞》。

朴瀰

（一五九二——一六四五），字仲淵，號汾西。宣祖的駙馬。有《汾西集》。

望江南

「次朴仲淵除夜《望江南》詞」據李爗《農隱集》卷一，《詞》。

李弘經

與朴應衡（一六〇五—一六五八）友善。

巫山一段雲

「次渭陽御留城韻，并小序敬次内舅仙溪李弘經」，據朴應衡《南皐先生文集》卷一，《詩》。

趙麟祥

趙龜祥（一六四五—一七一二）的哥哥。

臨江仙

「謹次舍伯下示韻，次「臨江仙」一闋」，據趙龜祥《猶賢集》卷一，《詩》。

憶秦娥

「謹次舍伯下示韻，次「憶秦娥」一闋」，據趙龜祥《猶賢集》卷一，《詩》。

華陰處士

與李衡祥（一六五三——一七三三）友善。

巫山一段雲（四首）

「次華陰處士四首」，據李衡祥《瓶窩先生文集》卷四。

金聖運

（一六七三——一七三〇），字大集，號珠潭，蔚山人，有《珠潭先生文集》。

水調歌頭

「次金大集，二疊」，據河世應《知命堂文集》卷一，《詩》。

申德觀

與金夏九（一六七六——一七六二）友善。

巫山一段雲（八首）

「申汝欽德觀「新居八詠」韻，「巫山一段雲」體，此篇首句多平聲起，可仄。」據金夏九《楸庵集》卷一，《五言律詩》。

洪相朝

（一六九〇——？），字敘一，南陽人。一七二八年登第，歷任古阜郡守、務安縣監。

水調歌頭

「《水調詞》敬翫，意又可悲。其平仄不叶，仰想寥閬拂亂，信筆不之計也。」，據李瀷《星湖先生全集》卷一七《答洪敘一》。

金用謙

（一七〇二——一七八九），字濟大，號嘐嘐齋，安東人。歷右承旨。

巫山一段雲（八首）

「嘐嘐先生頃示《北樓八詠》，顧以授簡之勤，有不得終辭，謹依李益齋《松都八詠》調，寄《巫山一段雲》者，以俟進退。」，據黃胤錫《頤齋遺稿》卷五。

李鈺

（一七六〇——一八一二），字其相，號文無子，别號梅史，全州人。

「《題墨吐香艸本卷後》：李君其相……尤工於塡詞。余不以爲奇也。」據金鑢《藫庭遺藁》卷一〇。

柳勵遇

與韓文健（一七六五——一八五〇）友善。

憶秦娥

「柳公勵遇，崔上舍南獻，於黌堂雨雪時，拈出退溪先生遺集中次松岡歌詞三首，寄余求和。奉玩瓊章，詞律鏗鏘，自幸一魚目之换得兩個鮫珠，遂效越顰，聊和郢唱。」，據韓文健《石山文集》卷二。

武陵春

「柳公勵遇，崔上舍南獻，於贇堂雨雪時，拈出退溪先生遺集中次松岡歌詞三首，寄余求和。奉玩瓊章，詞律鏗鏘，自幸一魚目之換得兩個鮫珠，遂效越顰，聊和郢唱。」，據韓文健《石山文集》卷二。

點絳脣

「柳公勵遇，崔上舍南獻，於贇堂雨雪時，拈出退溪先生遺集中次松岡歌詞三首，寄余求和。奉玩瓊章，詞律鏗鏘，自幸一魚目之換得兩個鮫珠，遂效越顰，聊和郢唱。」，據韓文健《石山文集》卷二。

崔南獻

與韓文健（一七六五——一八五〇）友善。

憶秦娥

「柳公勵遇，崔上舍南獻，於黌堂雨雪時，拈出退溪先生遺集中次松岡歌詞三首，寄余求和。奉玩瓊章，詞律鏗鏘，自幸一魚目之換得兩個鮫珠，遂效越鞶，聊和郢唱。」，據韓文健《石山文集》卷二。

武陵春

「柳公勵遇，崔上舍南獻，於黌堂雨雪時，拈出退溪先生遺集中次松岡歌詞三首，寄余求和。奉玩瓊章，詞律鏗鏘，自幸一魚目之換得兩個鮫珠，遂效越鞶，聊和郢唱。」，據韓文健《石山文集》卷二。

點絳脣

「柳公勵遇，崔上舍南獻，於黌堂雨雪時，拈出退溪先生遺集中次松岡歌詞三首，寄余求和。奉玩瓊章，詞律鏗鏘，自幸一魚目之換得兩個鮫珠，遂效越鞶，聊和郢唱。」，據韓文健《石山文集》卷二。

申應朝

（一八〇四—一八九九），字幼安，號桂田，別號苟庵，平山人。有《苟庵集》。

滿江紅

「和呈申桂田」，據趙冕鎬《玉垂集》卷二七。

南鄉子

「和桂田《南鄉子》，寫夢，乙酉。」，據趙冕鎬《玉垂集·拾遺》卷一。

成蕙永

與姜瑋（一八二〇—一八八四）友善。

水龍吟

「金松年在玉詩屋夜話，遇雪，同成次蘭蕙永、白小香之珩用東坡《楊花詞》韻，即景書懷。」，據姜瑋《古歡堂收艸》卷一七。

白春培

與姜瑋（一八二〇—一八八四）友善。

水龍吟

「金松年在玉詩屋夜話，遇雪，同成次蘭蕙永、白小香之珩，用東坡《楊花詞》韻，即景書懷。」據姜瑋《古歡堂收艸》卷一七。

水調歌頭

「己卯上元夜同李二堂、吕荷亭、閔見山衡鎮、鄭壽山顯五、徐怡堂、葆堂、鄭懋亭、徐蔚齋相臣、徐養泉周輔、吴經齋、吕至齋載鉉、金滄江澤榮、白小香、李蘭坨、李心荃，分韻前招三辰後引鳳凰曉策六鰲濯足搏桑十六字，得曉字。」，據姜瑋《古歡堂收艸》卷一七。

李重夏

（一八四六——一九一七），字厚卿，號圭堂，别號坦齋，全州人。

水調歌頭

「己卯上元夜同李二堂、吕荷亭、閔見山衡鎮、鄭壽山顯五、徐怡堂、葆堂、鄭懋亭、徐蔚齋相臣、徐養泉周輔、吴經齋、吕至齋載鉉、金滄江澤榮、白小香、李蘭坨、李心荃，分韻前招三辰後引鳳凰曉策六鰲濯足搏桑十六字，得曉字。」，據姜瑋《古歡堂收艸》卷一七。

吕圭亭

（一八四八——一九二一），字士元，號荷亭，咸陽人。有《荷亭集》。

水調歌頭

「己卯上元夜同李二堂、吕荷亭、閔見山衡鎮、鄭壽山顯五、徐怡堂、葆堂、鄭懋亭、徐蔚齋相臣、徐養泉周輔、吳經齋、吕至齋載鉉、金滄江澤榮、白小香、李蘭坨、李心荃，分韻前招三辰後引鳳凰曉策六鰲濯足搏桑十六字，得曉字。」，據姜瑋《古歡堂收艸》卷一七。

閔衡鎮

與姜瑋（一八二〇—一八八四）友善。

水調歌頭

「己卯上元夜同李二堂、吕荷亭、閔見山衡鎮、鄭壽山顯五、徐怡堂、葆堂、鄭懋亭、徐蔚齋相臣、徐養泉周輔、吳經齋、吕至齋載鉉、金滄江澤榮、白小香、李蘭坨、李心荃，分韻前招三辰後引鳳凰曉策六鰲濯足搏桑十六字，得曉字。」，據姜瑋《古歡堂收艸》卷一七。

鄭顯五

（一八三九—？），字景奎，號壽山，草溪人。

水調歌頭

「己卯上元夜同李二堂、呂荷亭、閔見山衡鎮、鄭壽山顯五、徐怡堂、葆堂、鄭懋亭、徐蔚齋相臣、徐養泉周輔、吴經齋、吕至齋載鉉、金滄江澤榮、白小香、李蘭坨、李心荃，分韻前招三辰後引鳳凰曉策六鰲濯足搏桑十六字，得曉字。」，據姜瑋《古歡堂收艸》卷一七。

徐光祐

與姜瑋（一八二〇—一八八四）友善。

水調歌頭

「己卯上元夜同李二堂、呂荷亭、閔見山衡鎭、鄭壽山顯五、徐怡堂、葆堂、鄭懋亭、徐蔚齋相臣、徐養泉周輔、吳經齋、呂至齋載鉉、金滄江澤榮、白小香、李蘭坨、李心荃，分韻前招三辰後引鳳凰曉策六鰲濯足搏桑十六字，得曉字。」，據姜瑋《古歡堂收艸》卷一七。

徐光祚

與姜瑋（一八二〇——一八八四）友善。

水調歌頭

「己卯上元夜同李二堂、呂荷亭、閔見山衡鎭、鄭壽山顯五、徐怡堂、葆堂、鄭懋亭、徐蔚齋相臣、徐養泉周輔、吳經齋、呂至齋載鉉、金滄江澤榮、白小香、李蘭坨、李心荃，分韻前招三辰後引鳳凰曉策六鰲濯足搏桑十六字，得曉字。」，據姜瑋《古歡堂收艸》卷一七。

鄭萬朝

（一八五八—一九三六），字大卿，號茂亭，東萊人。姜瑋的門生。有《茂亭全稿》。

水調歌頭

「己卯上元夜同李二堂、吕荷亭、閔見山衡鎮、鄭壽山顯五、徐怡堂、葆堂、鄭懋亭、徐蔚齋相臣、徐養泉周輔、吳經齋、吕至齋載鉉、金滄江澤榮、白小香、李蘭坨、李心荃，分韻前招三辰後引鳳凰曉策六鰲濯足搏桑十六字，得曉字。」，據姜瑋《古歡堂收艸》卷一七。

徐相臣

與姜瑋（一八二〇—一八八四）友善。

水調歌頭

「己卯上元夜同李二堂、吕荷亭、閔見山衡鎮、鄭壽山顯五、徐怡堂、葆堂、鄭懋亭、徐蔚齋相臣、徐養泉周輔、吳經齋、吕至齋載鉉、金滄江澤榮、白小香、李蘭坨、李心荃，分韻前招三辰後引鳳凰曉策六鰲濯足搏桑十六字，得曉字。」，據姜瑋《古歡堂收艸》卷一七。

徐周輔

（一八五〇—？），與姜瑋（一八二〇—一八八四）友善。

水調歌頭

「己卯上元夜同李二堂、吕荷亭、閔見山衡鎮、鄭壽山顯五、徐怡堂、葆堂、鄭懋亭、徐蔚齋相臣、徐養泉周輔、吳經齋、吕至齋載鉉、金滄江澤榮、白小香、李蘭坨、李心荃，分韻前招三辰後引鳳凰曉策六鰲濯足搏桑十六字，得曉字。」，據姜瑋《古歡堂收艸》卷一七。

吴翰應

（一八五四—？），字文伯，寶城人。

水調歌頭

「己卯上元夜同李二堂、吕荷亭、閔見山衡鎭、鄭壽山顯五、徐怡堂、葆堂、鄭懋亭、徐蔚齋相臣、徐養泉周輔、吴經齋、吕至齋載鉉、金滄江澤榮、白小香、李蘭坨、李心荃，分韻前招三辰後引鳳凰曉策六鰲濯足搏桑十六字，得曉字。」，據姜瑋《古歡堂收艸》卷一七。

吕載鉉

與姜瑋（一八二〇—一八八四）友善。

水調歌頭

「己卯上元夜同李二堂、呂荷亭、閔見山衡鎭、鄭壽山顯五、徐怡堂、葆堂、鄭懋亭、徐蔚齋相臣、徐養泉周輔、吳經齋、呂至齋載鉉、金滄江澤榮、白小香、李蘭坨、李心荃，分韻前招三辰後引鳳凰曉策六鰲濯足搏桑十六字，得曉字。」，據姜瑋《古歡堂收艸》卷一七。

金澤榮

（一八五〇—一九二七），字於霖，號滄江，花開人。歷編史局主事、中樞院書記官。有《滄江稿》、《韶濩堂集》。

水調歌頭

「己卯上元夜同李二堂、呂荷亭、閔見山衡鎭、鄭壽山顯五、徐怡堂、葆堂、鄭懋亭、徐蔚齋相臣、徐養泉周輔、吳經齋、呂至齋載鉉、金滄江澤榮、白小香、李蘭坨、李心荃，分韻前招三辰後引鳳凰曉策六鰲濯足搏桑十六字，得曉字。」，據姜瑋《古歡堂收艸》卷一七。

李琦

（一八五六—一九三五），字奇玉，號蘭坨，碧珍人。有《朝野詩選》。

水調歌頭

「己卯上元夜同李二堂、吕荷亭、閔見山衡鎮、鄭壽山顯五、徐怡堂、葆堂、鄭懋亭、徐蔚齋相臣、徐養泉周輔、吳經齋、吕至齋載鉉、金滄江澤榮、白小香、李蘭坨、李心荃，分韻前招三辰後引鳳凰曉策六鰲濯足搏桑十六字，得曉字。」，據姜瑋《古歡堂收艸》卷一七。

李玹軾

與姜瑋（一八二〇—一八八四）友善。

水調歌頭

「己卯上元夜同李二堂、吕荷亭、閔見山衡鎮、鄭壽山顯五、徐怡堂、葆堂、鄭懋亭、徐蔚齋相臣、徐養泉周輔、吴經齋、吕至齋載鉉、金滄江澤榮、白小香、李蘭坨、李心荃，分韻前招三辰後引鳳凰曉策六鰲濯足搏桑十六字，得曉字。」，據姜瑋《古歡堂收艸》卷一七。

尹象儀

（一八二五——一八七七），號寶山，别號小瓻，坡平人。歷刑曹正郎。

鵲橋仙

「和小康瓦呈尊甫康瓦翁先生」，據趙冕鎬《玉垂集》卷二七。

如夢令

「和尹寶山」，據趙冕鎬《玉垂集》卷二七。

金永壽

（一八二九—一八九九），字福汝，號荷亭，光山人。一八七〇年登第，累官吏曹參判、禮曹判書、慶尚道觀察使、平安道觀察使、户曹判書、掌禮院卿、議政府參政。謚文獻，有《荷亭集》。

點絳唇

「和眉堂」，據趙冕鎬《玉垂集·拾遺》卷一。

郭焘坤

與安益濟（一八五〇—一九〇九）友善。

巫山一段雲（三首）

「戲用《巫山》體次郭焘坤，五首」，據安益濟《西岡遺稿》卷一，《詩》。

黄基鍾

（一八五四—?），字聲汝，平海人。一八七四年登第。

水調歌頭

「和贈黄聲汝」，據高聖謙《用里文集》卷四。

白蘋香

「和贈黄聲汝」，據高聖謙《用里文集》卷四。

望仙門

「和贈黄聲汝」，據高聖謙《用里文集》卷四。

江城子

「和贈黄聲汝」，據高聖謙《用里文集》卷四。

大江東去

「和贈黄聲汝」，據高聖謙《用里文集》卷四。

念奴嬌

「詠梅，和贈黄聲汝」，據高聖謙《用里文集》卷四。

江南好

「詠月，和贈黄聲汝」，據高聖謙《用里文集》卷四。

南鄉子

「和贈黄聲汝」，據高聖謙《用里文集》卷四。

望秦川

「和贈黄聲汝」，據高聖謙《用里文集》卷四。

李赫明

與李萬相（一八五七——一八九九）友善。

憶秦娥

「次李丈赫明，擬晦翁《梅花詞》二闋」，據李萬相《僑齋集》卷二，《詩》。

許蘊

（一八六一——一九四一），字景晦，號晦谷，陽川人。歷糾正。有《拙庵遺稿》。

臨江仙（八首）

「許景晦擬《巫山一段雲》，作湖東八景求和，謹次原韻，賦《臨江仙》八闋。癸亥」，據李垕《朗山先生文集》卷三，《樂府》。

洪時

與李垕（一八七〇——一九三四）友善。

如夢令

「洪聖中時寄示《如夢令》數闋，簾韻多，未當。聊和一闋，以發其趣。」，據李垕《朗山先生文集》卷三，《樂府》。

趙顯珪

（一八一五—？），字圭玉，咸安人。有《古庵文集》。

西江月

「趙復齋賦寄《西江月》一篇，輒此奉和」，據李炳和《頤堂集》卷三，《詞》。

西江月

「復齋更賦《西江月》，以示戲效和之」，據鄭德永《韋堂遺藁》卷一，《詩》。

水調歌頭

「和趙孝謹顯珪，回甲」，據李正浩《棲山先生文集》卷一，《詩》。

水調歌頭

「和孝謹寄余《水調歌頭》詞」，據何謙鎮《晦峰先生遺書》卷八，《詩餘》。

水調歌頭

「復齋初度，在臘月晦日，邀數三知，舊守歲於其芝山亭，共賦《水調歌頭》」，據河經洛《濟南集》卷一，《詩》。

水調歌頭

「奉和趙孝謹値生朝，賦《水調歌頭》，戊寅」，據鄭鍾和《希齋文集》卷一，《詩》。

崔景淳

與李鉉郁（一八七九—一九四八）友善。

水調歌頭

「和崔尚見」，據李鉉郁《東庵集》卷三，《樂府》。

崔鎬淳

與趙鏞憲（一八六九——一九五一）友善。

青玉案

「和雙岡，贈成齋」，據趙鏞憲《致齋集》卷二，《詞》。

吴汝順

（十九世紀前後在世），與金汝振友善。

滿江紅

「酬吳宣傳汝順酒友詞」，據金汝振《三愚集》卷一。

失調名　自度曲

鄭誧

（一三〇九——一三四五）

失調名

辛水原席上贈妓

明月當歌席，香風泛畫堂。佳人笑整越羅裳。脈脈斷人腸。夜靜絃聲急，天寒燭影長。酒闌携手起彷徨。一曲滿庭芳。

《雪谷集》卷下，《詩》

李詹

（一三四五——一四〇五）

感皇恩

爲天使兩位作

丹鳳下朝鮮，錦文交錯。舉國同欣承異渥。頓首三呼嵩嶽。雲水茫茫，煙花漠漠。星郎回玉節登江閣。魚龍亦樂，共沐恩波騰躍。渡江君莫怪、風濤惡。

《雙梅堂篋藏文集》卷二

徐居正

（一四二〇——一四八八）

烏夜啼

效古人體

烏夜啼，風凄凄月欲低，孤燈愔愔冷無影。堆枕不眠人語靜。梧桐葉落氣蕭爽。芭蕉雨滴送悲響。輕寒細透白苧衫。短髮如雪紛毿毿。烏夜啼，淚如線。天長地久相思怨。

《四佳集·詩集·補遺》一

裵龍吉

（一五五六—一六〇九）

西江月

和桓夫《西江月》二首

蟲鳴鳥鳴。時序去鼎鼎，風清月清。客子心耿耿，封豕長蛇，左海横行。違恤鄉關鶴迥，車轔馬彭，壯志上貫牛斗星。天道屯而亨。直待功業成。報君恩幸，政好泛五湖煙艇。

二

雲狂雨狂。波浪高千丈，山長谷長。蕙蘭無人賞，考槃之樂，永矢不忘。世事那入夢想，素琴一張彈罷，峨峨與洋洋。千載遇聖皇。東征濟黔蒼。洪恩甚廣，爲日日祝壽稽顙。

《琴易堂先生文集》卷一，《詩》

申欽

（一五六六—一六二八）

長短句

次人韻

長相思，莫登樓。如何人世上，有生還有愁。烈士暮年增感慨，岐途底處恨堪休。空添離別淚，灑盡漢江流。

《象村集》卷七，《七言古詩》

宋時烈

（一六〇七—一六八九）

水調歌頭

書白沙鐵嶺歌後，飜《鐵嶺歌》，效《水調頭》詞體。

鐵嶺高處宿雲飛。飛飛何處歸。願帶孤臣數行淚。作雨去向終南白嶽間。霑灑瓊樓玉欄幹。

《宋子大全》卷一四八，《跋》

李瀷

（一六八一—一七六三）

黄葉飛

余嘗略依《草堂詩餘》詞句，成一篇，名曰：《黄葉飛》詞，曰：

窓外風霜，黄葉倒飛。半壁青燈，人倚書幃。一年今夜永，眞樂關心智者稀。彼何處白駒空谷，閒抱瑶琴對月輝。

凡六句，而腔調皆叶，不違於俗，而與三疊陽關相符。俗調有五節，而其間亦有長短之別，今六句而無不諧也。未知知音者，以爲何如也。

《星湖先生全集》卷六，《樂府》

趙天經

（一六九五——一七七六）

玉樓春

寄竹郵

樓上春風花欲燃。樓下春江波接天。夕陽佳色何時盡。九曲離腸半已穿。（下闋缺）

長相思

長相思，遠離別。岸柳參差條可折。少時伴新春節。　陣陣芭蕉雨，團團十五月。可惜落來花，如君鬢邊雪。

《易安堂集》卷二，《詩》

南有容

（一六九八—一七七三）

失調名

觀鄭元伯畫山水五疊，各題小詞。辛未。

一

誰謂畫無聲。百谷飛泉一林清磬。試看缺月峰頂。

二

踈木斷岸。細雨長洲。篛笠一老。瞑踏孤舟。爾家何在。不如且歸。於以曬網。於彼竹籬。

三

蒼壁下白石好。古松畔流水好。一茅亭無亦可。一棋局有亦可。

四

大男南陀釣魚去。小男西崦採藥去。薄暮歸來。古渡寒煙。遥村澹樹。老子窓間睡罷。擘衣獨眄。興在白鷗沙紅蓼岸。

五

誰勸汝彈琴。汝莫彈琴。孤舟蘆葦前。獨夜徘徊。鍾子期竟不來。鴻鴈歸盡後。江天泬□時。小絃廉折。大絃寥朗。卻恐興極生悲。汝莫彈琴。天地是汝形骸。水月是汝肺腑。汝抱汝膝。冥兮窈兮。又安知何者爲商何者爲羽。汝莫彈琴。

題古畫

文遠請畵江居,爲賦此詞,題曰題古畵。蓋江山者,天地間一古畵也。

欲知江上秋。鴈落蘆葦散。欲知江上夜。月小江流緩。欲知江翁濯足時。江天沉□漁歌斷。

夜聞鄰歌

倚其聲，戲爲新詞三闋

一

李退溪辭

清涼山六六峰。惟有白鷗知我家。白鷗清慎豈負吾。輕薄難信是桃花。桃花桃花更莫出洞去。恐引外客來經過。

二

朴思庵辭

漁父驚風波。賣舟買騏驥。誰知羊腸險。甚於瞿塘水。從今棄舟又棄馬。願從老農學耕稼。

三

金河西辭

三琴一布褐。巖穴受風雪。雲間一寸暉。不曾晞我褐。忽聞西山白日頹。自然淚落心中哀。

《雷淵集》卷八，《詞令》

徐寅命

（十八世紀前後在世）

樵夫月

批抹樵夫風月，竊就卷中諸月作，剟綴短詞三章，以自詠歎。樵如見之，潸其涕矣。

一

父子攜手江之涘。詩學相傳月一字。自茲非俗不離俗，夜夜人境吟無已。吟無已。奈若何，舉世閉門方熟睡。

文章不遇，人相弔處，和云收入巾衍中，無復放他睡世界。

二

百事千事皆不知。唯知月色天下奇。短簷何年星共集，水樓秋宿來如期。來如期。奈若何，忍齋先生不在家。

早罹荼毒，人相哭處，澆以三梧酒，泣送歸照九原人。

三

畢昂如燈馬上懸。冷冷遠渡車嶺川。南隱舊宅又相逢，流水柴門響潺湲。潺而湲。可奈何，故人遺跡已無多。

義氣朋友，人相惜處，破作千萬片，分餉天下會心友。

《煙華録》第五編，《詞賦》

孟欽堯

（一七三一—一八〇〇）

望夫石

一闋，偶吟

病掩落花三春。眼前光景日新。强穿芒鞋出門看。悵然無處可開顔。

浣溪沙

短闋，渭陽曲送任甥

湖山風物日生態，正值飛花四月時。水北山南别路依。茫然分手處。珍重戒車書。

《雷風齋遺稿》卷二《詞》

金載瓚

（一七四六——一八二七）

黄鶯兒

池塘春曉生疎雨。輕紅欲綻，嫩緑初齊。美人覓新聲，小墻東，畫欄頭，炯樹西。小庭芳草露華多。簾角風微，柳梢星斜。惱卻幾家夢，一聲春，一聲秋，一聲歌。

金梭幕

金梭幕。金梭幕。織得青絲素絲紅緑絲。闌干十二齊褰箔，隋堤炯帆，蘭陵酒旗。金梭幕。金梭幕。繡出花色草色炯雨色。珠勒香車南陌畔，輕霞透户，飛絮縈席。

武陵春

回文

永晝清風花帶露，露帶花風清晝永。細細香生水，水生香細細。點點紅痕繡碧苔，苔碧繡痕紅點點。流水逐輕舟，舟輕逐水流。

减字山有花

山明斜日薄，花暗細霞濃。君歸去，君歸去，請看鼎方山城孤秀松。山低蘭寺雨，花落翠巖風。人船去，人船去，青傘彩轎躡蹀桃花驄。

《海石遺稿》卷一，《詩》

惠藏

（一七七二—一八一一）

樂隱詞

和中峰

一

半世疎慵，百事癡聾，轍天下知己難逢。一杯白酒，萬里蒼穹，任鷃疑鵬，碔欺玉、樗壓松。

二

曙色簾櫳，苾蒭鳴鐘，起擡頭萬象豁胸。浮雲不盡，流水無窮，嗟空其腹，高其心，迷其宗。

三

登嶺採茶，引水灌花，忽回首山日已斜。幽庵出磬，古樹有鴉，喜如此閒，如此樂，如此嘉。

四

身著袈裟，頂禮婆娑，朝飲露夕餐飛霞。達摩何物，臨濟誰家，會見毫光，乘雲氣，託蓮華。

五

問字僧回，携酒客來，踞胡床一吸三盃。功名夢斷，聲色心灰，聊註水經，看棊譜，批觀梅。

六

石面雲開，澗口泉㴳，幽人興豈不快哉。林壑窈窕，院宇崔嵬，好迎清飈，弄明月、步蒼苔。

七

騁望十虛，中有坤輿，九萬里非其小歟。蠻觸相戰，齊楚交譽，豈較遠近，分内外，定後初。

八

憶昔鶢鶋，誤入帝居，失本性儘可嗟歔。無求金帛，勿寶璜琚，但霞爲佩，風爲馬，雲爲車。

九

屏跡梵宮，琢句花叢，蔬荀氣也自豪雄。時題詞曲，聊寄郵筒，有菩薩蠻，漁家傲，滿江紅。

十

漸作衰翁，依舊癡童，佛祖意半夜蝃蝀。清寒家計，淡泊宗風，看影即眞，凡即佛，色即空。

十一

圓頂方袍，逈出塵勞，携一鉢棲息林皐。與人津涉，猶是駝鶩，但窺池魚，聽山雀，吟風騷。

十二

多見慧高，集義氣豪，泡幻物不用貪饕。溪頭種杏，牆下移桃，也歠薇羹，噉荀炙，遠雉膏。

十三

閒嘯頭輪，傲視紅塵，三峰秀九曲粼粼。油茶慈竹，四序長春，似鹿門山，仇池穴，武陵津。

十四

外絶笑嚬，内破畦畛，大廈上跌宕精神。竹風吹袂，蘿月侵茵，有棊一局，書一架，酒一巡。

十五

天宇崢嶸，日月昭明，含亭毒萬物齊平。道無彼此，人有輸贏，忘爭頭角，說是非，辨咎禎。

十六

白雲鎖扃，緑樾滿庭，集千石揮麈從横。苟味眞理，還墮妄情，須去思量，離文字，見性靈。

《兒庵遺集》卷一

趙冕鎬

（一八〇三——一八八七）

行春橋

行春橋，夢題橋柱詞也。橋以行春名，未知何處果眞有是，此詞亦合何聲，而特奇其夢緣，姑載於此。

堤上楊柳，堤下水流。捻把人間古今愁。　試問明年春色，堤是堤，橋是橋。人似柳影遥。

《玉垂集》卷二七，《詩餘》

申應善

（一八三四—？）

花月吟

庭前一朵菊，去年開。今年開。願同菊花信年年，相對兩人盃。　天上一輪月，去夜來。今夜來。願隨明月影夜夜，同照兩人臺。

《心堂集》卷一，《詞》

李教宇

（一八八一—一九四四）

失調名

梅詞，甲辰

千林揺落。今如許問君，獨秀胡爲爭春，吾豈肯怪來，迎霜破雪。寄意冷蘂，誰拚天香，自知不與凡卉比，只恐花落。莫教邊兒吹笛。　郤嫌緑柳紅花，闌曼巧笑得暖，雨和風爭似瑶臺裏，窺水墮月，偃卧山中。昨夜狂風吹動，一片減卻餘殘叢。羅浮夢罷，美人去心忡忡。

《果齋先生文集》卷一，《詞》

成煥赫

（一九〇八—一九六六）

失調名

春盡日，閱歐陽公樂詞，戲效《浪淘沙》體二闋。

一番風，一番雨。萬紫千紅俱塵土。一年春又去。　春又去。新愁滿眼無誰訴。都付與鶯啼燕語。

二

草青青，柳重重，腸斷江南送春時。轉頭花事非。　花事非。一樽欲與故人期。更醉倒繁陰忘歸。

《於亭集》卷一，《樂府》

朝鮮漢文小説中的詞

無名氏《安憑夢遊録》

蝶戀花

草緑南園春又謝。夢裏風光，爾豈非吾化。一會華筵天所借。更尋何處紛紛過。　看盡世間忙裏惱。緑碎紅殘，不禁年芳老。今日那知明日好。有身莫惜樽前倒。

林明德《韓國漢文小説全集》卷三

宕翁《玉仙夢》

浪淘沙令〔一〕

把酒迎湖月。江山超忽。幾個男兒盡消歇。總是當年離別處，風煙攬結。　聚散苦相

〔一〕原作《浪淘沙》，今據律補訂。

戞。只恐白髮。洞庭木落波生骨。可惜明朝掉臂去，依俙景物。

林明德《韓國漢文小說全集》卷三

金時習《金鰲新話》

玉樓春

干戈滿目交揮處。玉碎花飛鴛失侶。殘骸狼藉竟誰埋，血污遊魂無與語。　高唐一下巫山女。破鏡重分心慘楚。從兹一別兩茫茫，天上人間音信阻。

林明德《韓國漢文小說全集》卷七

滿江紅

惻惻春寒，羅衫薄、幾回腸斷。金鴨冷、晚山凝黛，暮雲張繖。錦帳鴛衾無與件，寶釵半倒吹龍管。可惜許、光陰易跳丸，中情懣。　燈無焰，銀屏短。徒收淚，誰從款。喜今宵鄒律，一吹回暖。破我街城千古恨，細歌金縷傾銀椀。悔昔時、抱恨蹙眉兒，眠孤館。

林明德《韓國漢文小說全集》卷七

無名氏《英英傳》

憶秦娥

春寂寂。一庭梨花風雨夕。風雨夕。相思不見，音耗兩隔。　卻悔當年遇傾國。我心安得頑如石。空相憶。對花腸斷，臨風涙滴。

林明德《韓國漢文小說全集》卷七

權韠《周生傳》

風入松

玉窓花暖日遲遲。院靜簾垂。沙頭彩鴨依斜熙，羨一雙、對浴春池。□柳外輕煙漠，煙中細柳緑線。　美人睡起倚欄時。翠斂愁眉。燕雛解語鶯聲老，恨韶華、夢裏都衰。□把琵琶輕弄，曲中幽怨誰知。

林明德《韓國漢文小說全集》卷七

眼兒媚

窓外疎影明復流。斜月在高樓。一階竹韻，滿堂梧影，夜靜人愁。　此時蕩子無消息，何處作閒遊。也應不念，離情脉脉，坐數更籌。

林明德《韓國漢文小說全集》卷七

長相思

花滿煙。柳滿煙。音信初憑春色傳。綠簾深處眠。　好因緣。惡因緣。曉院銀缸已惘然。歸帆雲水邊。

林明德《韓國漢文小說全集》卷七

踏莎行

隻影無憑，離懷難吐。歸鴻暗暗連江樹。旅窓殘燭已驚心，可堪更聽黄昏雨。　閬苑雲迷，瀛洲海阻。玉樓珠箔今何許。孤踪願作水上萍，一夜流向吳江去。

林明德《韓國漢文小説全集》卷七

無名氏《滿江紅》

浪淘沙令

舉首望京華。水斷山遮。秋殘江口又蒼葭。不是行吟澤畔客，休看黄花。　無語立寒沙。有淚如麻。長煙一織暗愁斜。永夜飄零何處也，依舊天涯。

林明德《韓國漢文小説全集》卷九

採桑子

沈沈一枕扶頭睡，直到黄昏。猶覓夢痕。滿地榴花深閉門。　遥山蜀魄啼相送，莫是爾魂。卻道我寃。殘月凄凄人不言。

林明德《韓國漢文小説全集》卷九

引用書目

按漢語拼音爲序

韓國

安鼎福，《順庵集》，《韓國文集叢刊》本
安命夏，《松窩先生文集》，國立中央圖書館所藏本
安壎，《慎庵先生文集》，《韓國歷代文集叢書》本（景仁文化社）
安益濟，《西岡遺稿》，慶尚大學所藏本
安永鎬，《岌山文集》，《韓國歷代文集叢書》本（景仁文化社）
白晦純，《監山先生文集》，奎章閣所藏本
邊慶胤，《紫霞先生文集》，國立中央圖書館所藏本
蔡彭胤，《希庵集》，《韓國文集叢刊》本

曺漢英,《晦谷先生集》,《韓國文集叢刊》本
曺繼明,《松齋遺稿》,慶尚大學所藏本
曹兢燮,《巖棲集》,國立中央圖書館所藏本
曹偉,《梅溪集》,《韓國文集叢刊》本
曹友仁,《頤齋先生文集》,昌寧曹氏頤齋公宗親會,一九九〇
陳景文,《剡湖詩集》,奎章閣所藏本
成煥赫,《於亭集》,《韓國歷代文集叢書》本(景仁文化社)
成石璘,《獨谷集》,《韓國文集叢刊》本
成文濬,《滄浪先生詩集》,《韓國文集叢刊》本
成彦根,《稼隱先生文集》,《嶺南士林文集》本
池光翰,《雪嶽遺稿》,奎章閣所藏本
崔東翼,《晴溪集》,國立中央圖書館所藏本
崔濟泰,《松窩先生文集》,《韓國歷代文集叢書》本(景仁文化社)
崔日休,《蓮泉遺稿》,《韓國歷代文集叢書》本(景仁文化社)
崔演,《艮齋集》,《韓國文集叢刊》本

崔宇淳,《西扉遺稿》,慶尚大學所藏本
崔正模,《雲溪集》,《韓國歷代文集叢書》本(景仁文化社)
崔鍾和,《松庵集》,國立中央圖書館所藏本
崔滋,《東文選》,《韓國文集叢刊》本
丁範祖,《海左先生文集》,《韓國文集叢刊》本
丁若鏞,《與猶堂全書》,《韓國文集叢刊》本
丁壽崗,《月軒集》,奎章閣所藏本
丁泰鎮,《畏齋文集》,奎章閣所藏本
丁希孟,《善養亭集》,《韓國文集叢刊》本
都漢基,《管軒集》,奎章閣所藏本
都慶俞,《洛陰先生文集》,奎章閣所藏本
都禹璟,《明庵文集》,《韓國歷代文集叢書》本(景仁文化社)
法宗,《虚靜集》,奎章閣所藏本
高聖謙,《用里文集》,《韓國文集叢刊》本
郭鍾錫,《俛宇先生文集》,《韓國文集叢刊》本

韓文健,《石山文集》,奎章閣所藏本
河鳳壽,《栢村先生文集》,慶尚大學所藏本
何謙鎮,《晦峰先生遺書》,國立中央圖書館所藏本
河經洛,《濟南集》,慶尚大學所藏本
河世應,《知命堂文集》,國立中央圖書館所藏本
洪醇浩,《半蒼私稿》,奎章閣所藏本
洪迪,《荷衣遺稿》,《韓國文集叢刊》本
洪璺,《老雲文集》,《韓國歷代文集叢書》本(景仁文化社)
洪貴達,《虚白先生續集》,《韓國文集叢刊》本
洪柱國,《泛翁集》,《韓國文集叢刊》本
黄俊良,《錦溪先生文集》,《韓國文集叢刊》本
黄命河,《懈軒先生文集》,國立中央圖書館所藏本
黄磻老,《白下先生文集》,國立中央圖書館所藏本
黄胤錫,《頤齋遺稿》,《韓國歷代文集叢書》本(景仁文化社)
黄應奎,《松澗先生文集》,《退溪學資料叢書》本(安東大學校退溪學研究所編)

惠藏,《兒庵遺集》,《韓國佛教全書本》,東國大學出版社,一九九〇
慧諶,《眞覺國師語録》,普濟社,一九四〇
慧諶,《無衣子詩集》,《韓國佛教全書本》,東國大學出版社,一九九〇
姜鼎煥,《典庵文集》,慶尚大學所藏本
姜萬著,《癡齋集》,《韓國歷代文集叢書》本(景仁文化社)
姜希孟,《私叔齋集》,《韓國文集叢刊》本
姜錫鎤,《遜庵稿》,慶尚大學所藏本
姜瑋,《古歡堂收艸》,《韓國文集叢刊》本
姜永祉,《南湖遺稿》,國立中央圖書館所藏本
姜檃,《松西先生文集》,《嶺南士林文集》本
金安國,《慕齋集》,《韓國文集叢刊》本
金芙蓉,《雲楚奇玩》,奎章閣所藏本
金輝濬,《希齋文集》,《嶺南士林文集》本
金榥,《重齋先生文集》,《韓國歷代文集叢書》本(景仁文化社)
金基鎔,《幾軒集》,慶尚大學所藏本

金箕瑛,《洛陰遺稿》,《韓國歷代文集叢書》本(景仁文化社)
金九容,《惕若齋學吟集》,《韓國文集叢刊》本
金麟厚,《河西先生全集》,《韓國文集叢刊》本
金甯漢,《及愚齋集》,國立中央圖書館所藏本
金圻,《北厓集》,《韓國文集叢刊》本
金馹孫,《濯纓集》,《韓國文集叢刊》本
金榮祖,《忘窩先生文集》,《嶺南士林文集》本
金汝煜,《虛舟文集》,國立中央圖書館所藏本
金汝振,《三愚集》,奎章閣所藏本
金時習,《梅月堂集》,《韓國文集叢刊》本
金始鑌,《白南先生文集》,《韓國文集叢刊》本
金壽恒,《文谷集》,《韓國文集叢刊》本
金壽增,《谷雲集》,《韓國文集叢刊》本
金萬基,《瑞石集》,《韓國文集叢刊》本
金三宜堂,《金三宜堂稿》,國立中央圖書館所藏本

金熙洛,《故寔》,慶尚大學所藏本
金夏九,《楸庵集》,《韓國文集叢刊》本
金相日,《一广遺稿》,國立中央圖書館所藏本
金烋,《敬窩先生文集》,《韓國文集叢刊》本
金秀三,《耻耻齋文集》,國立中央圖書館所藏本
金養根,《東埜集》,《韓國文集叢刊》本
金應祖,《鶴沙先生文集》,《韓國文集叢刊》本
金永壽,《荷亭集》,《韓國文集叢刊》本
金允植,《雲養集》,《韓國文集叢刊》本
金載顯,《蘆溪集》,《韓國歷代文集叢書》本(景仁文化社)
金載瓚,《海石遺稿》,《韓國文集叢刊》本
金宗直,《佔畢齋集》,《韓國文集叢刊》本
金止南,《龍溪遺稿》,國立中央圖書館所藏本
具容,《竹窓遺稿》,國立中央圖書館所藏本
具崟,《明谷先生文集》,《韓國文集叢刊》本

康儼,《謹庵集》,國立中央圖書館所藏本
李安訥,《東岳集》,《韓國文集叢刊》本
李炳和,《頤堂集》,《韓國歷代文集叢書》本(景仁文化社)
李炳鯤,《退修齋集》,《韓國歷代文集叢書》本(景仁文化社)
李承休,《動安居士集》,《韓國文集叢刊》本
李承召,《三灘集》,《韓國文集叢刊》本
李春英,《體素集》,國立中央圖書館所藏本
李大㝵,《活溪先生遺稿》,國立中央圖書館所藏本
李道樞,《月淵集》,《韓國歷代文集叢書》本(景仁文化社)
李德馨,《漢陰先生文稿》,《韓國文集叢刊》本
李東標,《懶隱先生文集》,國立中央圖書館所藏本
李光靖,《小山集》,《韓國文集叢刊》本
李光胤,《瀼西先生文集》,《嶺南士林文集》本
李穀,《稼亭集》,《韓國文集叢刊》本
李漢龍,《唐川集》,《韓國歷代文集叢書》本(景仁文化社)

李衡祥,《瓶窩先生文集》,國立中央圖書館所藏本
李洪南,《汲古遺稿》,《韓國文集叢刊》本
李弘有,《遯軒先生文集》,《韓國文集叢刊》本
李亘,《朗山先生文集》,慶尚大學所藏本
李滉,《退溪文集》,《韓國文集叢刊》本
李甲鍾,《菊坡遺集》,國立中央圖書館所藏本
李柬,《巍巖遺稿》,《韓國文集叢刊》本
李教宇,《果齋先生文集》,慶尚大學所藏本
李介立,《省吾堂先生文集》,國立中央圖書館所藏本
李榘,《活齋先生文集》,《退溪學資料叢書》本(安東大學校退溪學研究所編)
李奎報,《東國李相國集·全集》,《韓國文集叢刊》本
李民宬,《敬亭集》,《韓國文集叢刊》本
李明漢,《白洲集·別稿》,《韓國文集叢刊》本
李南珪,《修堂遺集》,《韓國文集叢刊》本
李齊賢,《益齋集》,《韓國文集叢刊》本

李瑞雨，《松坡集》，《韓國文集叢刊》本
李湜，《四雨亭集》，《韓國文集叢刊》本
李婷，《風月亭集》，《韓國文集叢刊》本
李廷龜，《月沙集》，《韓國文集叢刊》本
李廷藎，《白雲齋遺稿》，《退溪學資料叢書》本（安東大學校退溪學研究所編）
李廷藎，《白雲齋詩集》，高麗大學校圖書館所藏本
李萬敷，《息山先生文集》，國立中央圖書館所藏本
李萬相，《僑齋集》，《韓國歷代文集叢書》本（景仁文化社）
李晚松，《璞巖文集》，奎章閣所藏本
李羲發，《雲谷先生文集》，國立中央圖書館所藏本
李夏鎮，《六寓堂遺稿》，《韓國文集叢刊》本
李相求，《好古齋文集》，國立中央圖書館所藏本
李祥奎，《惠山集》，《韓國歷代文集叢書》本（景仁文化社）
李瀣，《溫溪先生逸稿》，《韓國文集叢刊》本
李荇，《新增東國輿地勝覽》，首爾，民文庫，一九九〇，重版

李秀榮,《昌厓文集》,國立中央圖書館所藏本
李潊,《弘道先生遺稿》,《韓國文集叢刊》本
李鉉郁,《東庵集》,《韓國歷代文集叢書》本(景仁文化社)
李熏浩,《芋山先生文集》,國立中央圖書館所藏本
李養吾,《磻溪集》,奎章閣所藏本
李㷜,《農隱集》,《韓國歷代文集叢書》本(景仁文化社)
李瀷,《星湖先生全集》,《韓國文集叢刊》本
李殷相,《東里集》,《韓國文集叢刊》本
李裕元,《嘉梧藁略》,《韓國文集叢刊》本
李原,《容軒集》,國立中央圖書館所藏本
李載毅,《文山集》,《韓國歷代文集叢書》本(景仁文化社)
李詹,《雙梅堂篋藏文集》,《韓國文集叢刊》本
李宅煥,《晦山先生文集》,慶尚大學所藏本
李震相,《寒洲集》,慶尚大學所藏本
李鎮宅,《德峰集》,《韓國文集叢刊》本

李正浩,《棲山先生文集》,慶尚大學所藏本
李鍾弘,《毅齋集》,《韓國歷代文集叢書》本(景仁文化社)
李周遠,《眠雲齋文集》,《退溪學資料叢書》本(安東大學校退溪學研究所編)
李周禎,《大溪先生文集》,《退溪學資料叢書》本(安東大學校退溪學研究所編)
梁弘澍,《龍城世稿》,慶尚大學所藏本
梁進永,《晚羲集》,國立中央圖書館所藏本
梁在慶,《希庵遺稿》,國立中央圖書館所藏本
林懽,《習靜遺稿》,成均館大學圖書館所藏本
林明德,《韓國漢文小説全集》,首爾,國學資料院,一九九九
林悌,《白湖集》,國立中央圖書館所藏本
林泳,《滄溪集》,國立中央圖書館所藏本
柳大源,《自慊窩文集》,奎章閣所藏本
柳道洙,《闆山集》,《嶺南士林文集》本
柳東淵,《南磵集》,《韓國歷代文集叢書》本(景仁文化社)
柳稷,《百拙庵先生文集》,《退溪學資料叢書》本(安東大學校退溪學研究所編)

柳潛，《澤齋集》，慶尚大學所藏本
柳升鉉，《慵窩集》，《韓國文集叢刊》本
柳台佐，《鶴棲先生文集》，《韓國歷代文集叢書》本（景仁文化社）
柳宜健，《花溪先生文集》，奎章閣所藏本
盧景任，《敬庵集》，《韓國文集叢刊》本
呂考孟，《休叟遺稿》，國立中央圖書館所藏本
孟欽堯，《雷風齋遺稿》，奎章閣所藏本
孟晚燮，《塞白集》，奎章閣所藏本
閔思平，《及庵先生詩集》，《韓國文集叢刊》本
閔冑顯，《沙厓先生文集》，《韓國歷代文集叢書》本（景仁文化社）
南國柱，《鳳洲先生文集》，國立中央圖書館所藏本
南景羲，《癡庵文集》，《韓國文集叢刊》本
南龍萬，《活山集》，國立中央圖書館所藏本
南龍翼，《壺谷集》，《韓國文集叢刊》本
南夢賚，《伊溪集》，《退溪學資料叢書》本（安東大學校退溪學研究所編）

南羲采,《龜磵詩話》,《韓國詩話總編》本
南有常,《太華子稿》,《韓國文集叢刊》本
南有容,《雷淵集》,《韓國文集叢刊》本
南正重,《碁峰集》,《韓國文集叢刊》本
裵道泓《梅潭齋遺稿》,國立中央圖書館所藏本
朴長遠,《久堂集》,《韓國文集叢刊》本
朴昌元,《朴澹翁集》,《韓國文集叢刊》本
朴承任,《嘯皐先生文集》,《韓國文集叢刊》本
朴泰淳,《東溪集》,《韓國文集叢刊》本
朴尚台,《鶴山文集》,慶尚大學所藏本
朴膺鍾,《易堂稿》,《韓國歷代文集叢書》本(景仁文化社)
朴應衡,《南皐先生文集》,慶尚大學所藏本
朴元甲,《桃源文集》,慶尚大學所藏本
朴遠鍾,《直庵遺集》,《韓國歷代文集叢書》本(景仁文化社)
朴載華,《觀齋遺集》,國立中央圖書館所藏本

奇大升，《高峰先生集》，《韓國文集叢刊》本
琴佑烈，《紫山遺稿》，《韓國歷代文集叢書》本（景仁文化社）
權韠，《石州集》，《韓國文集叢刊》本
權擘，《習齋集》，國立中央圖書館所藏本
權𠐝，《文湖雜著》，奎章閣所藏本
權道溶，《秋帆文苑》，慶尚大學所藏本
權好文，《松巖先生文集》，《韓國文集叢刊》本
權近，《陽村集》，《韓國文集叢刊》本
權暐，《玉峰集》，國立中央圖書館所藏本
權煒，《霜溪集》，國立中央圖書館所藏本
權相迪，《海間先生文集》，國立中央圖書館所藏本
權相一，《清臺先生文集》，《韓國文集叢刊》本
權應仁，《松溪集》，慶尚大學所藏本
權遇，《梅軒集》，《韓國文集叢刊》本
權直熙，《錦里文集》，慶尚大學所藏本

權柱,《花山先生逸稿》,《韓國文集叢刊》本
權宗洛,《葛山集》,國立中央圖書館所藏本
芮大周,《毅齋集》,《韓國歷代文集叢書》本(景仁文化社)
芮漢基,《恒齋先生文集》,《韓國歷代文集叢書》本(景仁文化社)
任憲晦,《鼓山先生文集》,《韓國歷代文集叢書》本(景仁文化社)
申昌朝,《籠潭集》,國立中央圖書館所藏本
申光漢,《企齋集》,《韓國文集叢刊》本
申國賓,《太乙庵文集》,《韓國文集叢刊》本
申楫,《河陰先生文集》,《韓國文集叢刊》本
申吉暉,《幽軒文集》,國立中央圖書館所藏本
申晋運,《晚寤遺稿》,國立中央圖書館所藏本
申命顯,《萍湖遺稿》,國立中央圖書館所藏本
申灊,《高靈世稿續編》,奎章閣所藏本
申欽,《象村稿》,《韓國文集叢刊》本
申聖夏,《和庵集》,《韓國文集叢刊》本

申泰龍，《道陽集》，《韓國歷代文集叢書》本（景仁文化社）
申泰一，《希庵文集》，《韓國歷代文集叢書》本（景仁文化社）
申琓，《絅庵文藁》，奎章閣所藏本
申維翰，《青泉集》，《韓國文集叢刊》本
申應善，《心堂集》，奎章閣所藏本
沈斗煥，《直窩文集》，《韓國歷代文集叢書》本（景仁文化社）
沈鶴煥，《蕉山文集》，慶尚大學所藏本
沈榮植，《大林山人未定藁》，奎章閣所藏本
沈相吉，《伊山文集》，《韓國歷代文集叢書》本（景仁文化社）
沈彦光，《漁村集》，《韓國文集叢刊》本
石之珩，《壽峴集》，《韓國文集叢刊》本
司空檍，《茶泉集》，《韓國歷代文集叢書》本（景仁文化社）
宋奎濂，《霽月堂集》，《韓國文集叢刊》本
宋德溥，《醉隱逸稿》，《韓國歷代文集叢書》本（景仁文化社）
宋夢寅，《琴巖集》，《韓國文集叢刊》本

宋延耆,《竹溪集》,奎章閣所藏本
宋寅,《頤庵先生遺稿》,《韓國文集叢刊》本
蘇世讓,《陽谷續集》,《韓國文集叢刊》本
孫起陽,《聱漢先生文集》,慶尚大學所藏本
孫佺,《儉庵集》,國立中央圖書館所藏本
文鍾,《睡隱集》,國立中央圖書館所藏本
文德龜,《藏六齋文集》,《韓國歷代文集叢書》本(景仁文化社)
吳弦默,《叢瑣》,《韓國文集叢刊》本
吳尚濂,《燕超齋遺稿》,國立中央圖書館所藏本
吳守盈,《春塘集》,《韓國文集叢刊》本
吳瑗,《月谷集》,《韓國文集叢刊》本
吳周根,《歸溪遺稿》,石版本,一九七三
徐恩選,《東皐先生文集》,景仁文化社
徐居正,《四佳詩集》,《韓國文集叢刊》本
徐居正,《東文選》,首爾,民文庫,一九八九,重版

徐渻，《藥峰遺稿》，《韓國文集叢刊》本
徐寅命，《取斯堂煙華集》，奎章閣所藏本
徐應潤，《徐孺子文集》，《韓國歷代文集叢書》本（景仁文化社）
許篈，《荷谷先生詩鈔》，《韓國文集叢刊》本
許筠，《惺所覆瓿藁》，首爾，民文庫，一九八九，重版
許均，《鶴山樵談》，首爾，民文庫，一九八九，重版
許礿，《澹廬遺稿》，慶尚大學所藏本
許薰，《舫山集》，《韓國文集叢刊》本
尹炳謨，《弦齋集》，《韓國歷代文集叢書》本（景仁文化社）
俞好仁，《雷谿集》，《韓國文集叢刊》本
魚世謙，《咸從世稿》，驪江出版社，一九八七
元天錫，《耘谷行録》，《韓國文集叢刊》本
張華植，《學巖集》，《韓國歷代文集叢書》本（景仁文化社）
張錫藎，《果齋先生文集》，《韓國歷代文集叢書》本（景仁文化社）
張心學，《江海文集》，慶尚大學所藏本

趙秉鉉，《成齋集》，《韓國文集叢刊》本
趙觀彬，《悔軒集》，《韓國文集叢刊》本
趙龜祥，《猶賢集》，三省印刷社，一九九〇
趙濈，《燕行酬唱録》，國立中央圖書館所藏本
趙冕鎬，《玉垂集》，《韓國文集叢刊》本
趙泰億，《謙齋集》，《韓國文集叢刊》本
趙天經，《易安堂集》，《韓國文集叢刊》本
趙宜陽，《梧竹齋文集》，《韓國歷代文集叢書》本（景仁文化社）
趙鏞憲，《致齋集》，慶尚大學所藏本
趙裕壽，《后溪集》，《韓國文集叢刊》本
趙正來，《和軒文集》，《韓國歷代文集叢書》本（景仁文化社）
鄭誧，《雪谷集》，《韓國文集叢刊》本
鄭丙朝，《漉漁山館集》，奎章閣所藏本
鄭德永，《韋堂遺藁》，慶尚大學所藏本
鄭鳳基，《守齋文集》，慶尚大學所藏本

鄭泓采，《逸齋先生文集》，《韓國歷代文集叢書》本（景仁文化社）
鄭基安，《晚慕遺稿》，《韓國文集叢刊》本
鄭奎漢，《華山集》，奎章閣所藏本
鄭來僑，《浣巖集》，《韓國文集叢刊》本
鄭麟趾等，《高麗史》，臺北，文史哲出版社，一九七二
鄭慶雲，《孤臺日録》，慶尚大學所藏本
鄭球，《乖隱遺稿》，《韓國文集叢刊》本
鄭榮邦，《石門先生文集》，《退溪學資料叢書》本（安東大學校退溪學研究所編）
鄭士龍，《湖陰雜稿》，《韓國文集叢刊》本
鄭梯，《南窓先生文集》，《韓國歷代文集叢書》本（景仁文化社）
鄭祥麟，《杯山集》，《韓國歷代文集叢書》本（景仁文化社）
鄭沆，《四何堂文集》，《韓國歷代文集叢書》本（景仁文化社）
鄭胤永，《后山集》，寶庫社，一九九九
鄭煜，《梅軒先生照影》，《韓國歷代文集叢書》本（景仁文化社）
鄭鍾和，《希齋文集》，慶尚大學所藏本

諸世禧,《月谷文集》,《韓國歷代文集叢書》本(景仁文化社)

中國

戈載,《詞林正韻》,上海,上海古籍出版社,一九八一
蔣景祁編,《瑶華集》,北京,中華書局,一九八二
潘慎主編,《詞律辭典》,太原,山西人民出版社,一九九一
唐圭璋編,《全金元詞》,北京,中華書局,一九七九
唐圭璋編,《詞話叢編》,北京,中華書局,一九八六
唐圭璋編,《全宋詞》,北京,中華書局,一九八八,第四次印刷
萬樹,《詞律》,上海,上海古籍出版社,一九八四
王奕清、陳廷敬等編著,《詞譜》(全八册),北京,中國書店,一九七九
韋旭昇,《中國文學在朝鮮》,廣州,花城出版社,一九九〇
吳藕汀編,《詞名索引》,香港,太平書局,一九七七年,重印

徐兢，《宣和奉使高麗圖經》，揚州，江蘇廣陵古籍刻印社，一九八四
徐樹敏、錢岳輯，《衆香詞》，臺北，富之江出版社，一九九七
張綖，《詩餘圖譜》，《古今圖書集成》本
張璋、黄畬編，《全唐五代詞》，上海，上海古籍出版社，一九八六
朱孝藏集校編纂，《彊邨叢書》，上海，上海古籍出版社，一九八九

作者索引

[A]

安鼎福 安魯生 安命夏 安壎

安益濟 安永鎬

[B]

白春培 白晦純 邊慶胤

[C]

蔡洪哲 蔡彭胤 曺漢英 曺繼明

曹兢燮 曹偉 曹友仁 陳景文

陳義貴 成煥赫 成蕙永 成石璘

成文濬 成彥根 池光翰 崔東翼

崔鎬淳　崔濟泰　崔景淳　崔南獻
崔日休　崔時應　崔演　崔宇淳
崔執鈞　崔正模　崔鍾和　崔滋

〔D〕

丁範祖　丁若鏞　丁壽崑　丁泰鎮
丁希孟　都漢基　都慶俞　都禹璟

〔F〕

法宗

〔G〕

高聖謙　郭燾坤　郭鍾錫

〔H〕

韓濩　韓文健　河鳳壽　何謙鎭
河經洛　河世應　河潤寬　洪醇浩
洪迪　洪壂　洪貴達　洪汝河
洪時　洪柱國　華陰處士　皇甫沆
黃基鍾　黃俊良　黃命河　黃磻老
黃胤錫　黃應奎　惠藏　慧諶

〔J〕

姜鼎煥　姜萬著　姜希孟　姜錫鎤
姜瑋　姜永祉　姜橒　金安國
金得礒　金芙蓉　金輝濬　金榥
金基鎔　金箕瑛　金九容　金克己
金麟厚　金甯漢　金圻　金馹孫
金榮祖　金汝煜　金汝振　金時習

金始鑌
金壽恒
金壽增
金萬基
金三宜堂
金熙洛
金夏九
金相日
金烋
金秀三
金養根
金益壽
金應祖
金永壽
金用謙
金允植
金載顯
金載瓚
金澤榮
金宗直
金止男
景照
具容
具崟

〔L〕

李安訥
李炳和
李炳鯤
李藏用
李承休
李承召
李春英
李大甹
李道樞
李德馨
李東標
李光靖
李光胤
李穀
李漢龍
李赫明
李衡祥
李浤
李洪南
李弘經
李弘有
李屋
李後白
李混
李滉
李甲鍾
李柬
李教宇

李介立　李榘　李奎報　李民宬
李明漢　李南珪　李琦　李齊賢
李瑞雨　李湜　李婷　李廷龜
李廷藎　李童溟　李萬敷　李萬相
李晚松　李羲發　李夏鎮　李相求
李祥奎　李娎　李修撰　李秀榮
李需　李潡　李玹軾　李鉉郁
李熏浩　李養吾　李爗　李瀷
李殷相　李裕元　李鈺　李原
李載毅　李詹　李宅煥　李震相
李鎮宅　李正浩　李鍾弘　李重夏
李周遠　李周禎　梁弘澍　梁進永
梁在慶　林懽　林悌　林泳
柳大源　柳道洙　柳東淵　柳稷
柳勵遇　柳潛　柳升鉉　柳台佐

柳宜健
盧景任
盧生
呂圭亨
呂考孟
呂載鉉

〔M〕

孟欽堯
孟晚燮
閔衡鎮
閔思平
閔冑顯

〔N〕

南國柱
南景羲
南龍萬
南龍翼
南夢賚
南羲采
南有常
南有容
南正重

〔P〕

裵道泓
朴長遠
朴昌元
朴承任
朴暉
朴兼山
朴椐
朴瀰

朴仁著　朴泰赫　朴泰淳　朴尚台
朴闇　朴膺鍾　朴應衡　朴元甲
朴遠鍾　朴載華

〔Q〕

奇大升　琴佑烈　清卿　權韠
權擘　權導　權道溶　權好文
權近　權晋度　權暐　權煒
權賢妃　權相迪　權相一　權應仁
權遇　權直熙　權宗洛

〔R〕

芮大周　芮漢基　任憲晦

〔S〕

申昌朝　申德觀　申光漢　申國賓

申楫　申吉暉　申晋運　申命顯

申潛　申欽　申聖夏　申泰龍

申泰一　申琓　申維翰　申應朝

申應善　沈斗煥　沈鶴煥　沈詮

沈榮植　沈相吉　沈彦光　石之珩

司空檍　宋奎濂　宋夢寅　宋延耆

宋寅　蘇世讓　孫起陽　孫佺

孫舍人

〔W〕

王晛　王俣　王運　文錘

文德龜　吳翰應　吳弦默　吳汝順

吳尚濂　吳守盈　吳瑗　吳周根

武臣

[X]

徐恩選　徐光祐　徐光祚　徐居正
徐淯　徐相臣　徐寅命　徐應潤
徐周輔　許楚姬　許篈　許筠
許杓　許蘊　許薰

[Y]

佚名　尹炳謨　尹誧　尹象儀
俞好仁　魚世謙　玉堂直學士　元天錫

[Z]

張華植　張錫藎　張心學　趙秉鉉
趙觀彬　趙龜祥　趙瀓　趙麟祥

趙夢翼
趙天經
趙裕壽
鄭道傳
鄭基安
鄭球
鄭萬朝
鄭胤永

趙冕鎬
趙顯珪
趙正來
鄭德永
鄭經世
鄭榮邦
鄭顯五
鄭煜

趙士秀
趙宜陽
鄭誧
鄭鳳基
鄭奎漢
鄭士龍
鄭祥鱗
鄭鍾和

趙泰億
趙鏞憲
鄭丙朝
鄭泓采
鄭來僑
鄭梯
鄭沆
諸世禧

後記

漢唐以來，古代中國一直是東亞、東南亞一帶的文化中心。與中國爲隣的國家，諸如今天的韓國、日本、越南、泰國等，都不同程度地受到中國文化的影響。尤其是朝鮮半島的高麗和朝鮮時期，都以漢字爲書面語，且當時中國歷代的各種文學體裁都被介紹到朝鮮半島。被介紹的文學體裁大多通過模仿和再創作，深深扎根於朝鮮半島，唐宋詞就是成功事例之一。

一九六四年至一九六五年韓國車柱環教授共五次發表《韓國詞文學研究》系列論文，介紹高麗朝鮮兩朝詞人四十三人，詞四百二十一首。不過韓國國文學者對陌生的韻文「詞」并不怎麽感興趣，而韓國的中文學者，一來因專門研究中國文學而無暇顧及，二來又因韓國「漢文學」屬於「國文學」的領域，很容易招來「班門弄斧」或者破「井水不犯河水」默契之嫌疑，結果雙方學者都對高麗朝鮮詞視若無睹了。

先師羅忼烈教授曾經是香港大學博士生導師，當時給在讀博士研究生的筆者一個課題，就是「高麗朝鮮詞研究」。筆者遵循先師準備的課題思路，以車教授的論文爲基礎，經多方搜檢，共得高麗朝鮮兩朝詞人一百十四家的詞作九百二十一首（其中一百十首有目無詞，不包括漢文小說中的詞十七首），但不少作品或有調名而無實，或有實而無調名。先師雖年事已高，仍堅持親自一一勘定，爲筆者提供了最好的資料。

一九九一年筆者回國後，一邊教學，一邊查閱古書，又搜集到了高麗朝鮮詞作若干篇什，二〇〇六年在韓國出版了《歷代韓國詞總集》，共收入一百七十一位作者詞作一千二百五十首，然而一個人找資料，一個人打字，失誤在所難免。

光陰如箭，該書問世距今又已十餘年，韓國俗話說：「十年江山移」，書也得要一變，筆者不揣淺陋，重新整理高麗朝鮮兩朝詞人三百十五家的詞作二千零七十二首，以《全高麗朝鮮詞》爲名再度刊行，其中不當之處，敬請各位學者指正。

整理詞作過程中，蒙得歐明俊教授、汪超博士、楊焄博士、姚大勇博士的大力幫助，在此謹表達謝意。同時也向爲本書作序的朱惠國教授以及在出版過程中發現問題並與筆者討論商榷的責任編輯時潤民和提供意見的戴伊璇、周韜致以由衷的感謝。最後，感謝華東師範大學出版社，特別是社項目部龐堅先生欣然接受並同意出版本書。

柳己洙 kaiyeche@naver.com

二〇一八年一月

圖書在版編目(CIP)數據

全高麗朝鮮詞/(韓)柳己洙編著. 一上海:華東師範大學出版社,2019

(歷代總集選刊)

ISBN 978－7－5675－9599－6

Ⅰ.①全… Ⅱ.①柳… Ⅲ.①古典詩歌一詩集一朝鮮 Ⅳ.①I312.23

中國版本圖書館 CIP 數據核字(2019)第 172459 號

歷代總集選刊

全高麗朝鮮詞

編　　著　[韓]柳己洙
責任編輯　時潤民
特約編輯　戴伊璇
裝幀設計　盧曉紅

出版發行　華東師範大學出版社
社　　址　上海市中山北路 3663 號　郵編 200062
網　　址　www.ecnupress.com.cn
電　　話　021－60821666　行政傳真 021－62572105
客服電話　021－62865537　門市(郵購)電話 021－62869887
地　　址　上海市中山北路 3663 號華東師範大學校内先鋒路口
網　　店　http://hdsdcbs.tmall.com

印 刷 者　上海中華商務聯合印刷有限公司
開　　本　890×1240　32 開
印　　張　32
插　　頁　2
字　　數　622 千字
版　　次　2019 年 9 月第 1 版
印　　次　2019 年 9 月第 1 次
書　　號　ISBN 978－7－5675－9599－6
定　　價　128.00 元

出 版 人　王　焰